アマノン国往還記

YuMiko KuraHashi

倉橋由美子

P+D BOOKS

小学館

目次

プロローグ

Pは小さい時から遠い見知らぬ土地へ出ていくことが夢だった。早くこの世を去った父親の遺産で相当期間は遊んで暮らす余裕に恵まれていたので、大学に長く籍をおいて工学部と医学部で航海や冒険旅行に必要な技術一般と医学の知識を習得したのち、モノカミ教団のコレジオと呼ばれる宣教師養成学校に入学したが、これは近い将来アマノン国に派遣される計画があるという宣教師団の一員に加えられることを期待してのものだった。このコレジオでPはアマノン語およびモノカミ教の神学を学ぶとともに布教活動の実践課程を修了した。このうち、アマノン語とアマノン国の歴史、文化、政治などについてPはコレジオ随一の成績をあげたけれども、神学や布教実習については、生来何か欠けるところがあったのか、成績は余り芳《かんば》しからず、そのため国外派遣宣教師の選抜順位は大幅に下がってしまった。それと言うのもPは（指導にあたった教父の評によれば）堅固な信仰心、厳しい自己抑制、殊《こと》に性と食に関する禁欲的姿勢において欠けるものがあり、過度に楽天的で、寛容で、また融通無礙《むげ》でありすぎる、といった宗教的人間には不向きな特性を備えていたからである。ただし、語学の才能に恵まれていたことは最大の取柄《とりえ》で、わずか二年ほどでアマノン語を習得するとともに、アマノン人の文化や習慣についても十分な予備知識を身につけたことが高く評価されて、結局Pは第一回のアマノン国派遣宣教師団に加えられることになった。

　アマノン国というのは恐ろしく遠方にある孤立した国で、ここ数百年間に何人かの渡航者を通じて限られた情報が入ってくるだけの、いわば知られざることで想像を掻《か》きたてる類《たぐい》の存在である。しかし大昔にはよく知られていた国であるし、今もなお高い文明の水準を維持し、その国民は温和かつ怜悧《れいり》で知識欲も強く、モノカミ教を伝えて教化するのにはきわめて有望であると一般に信じられていた。とは言うものの、今日のアマノン国についての知識はほとんど無きに等しい。Pがコレジオで与えられたのも数百年も前の文化習俗や言葉（今は古典アマノン語と呼ばれているもの）であったから、それがアマノン国における布教活動に実際上どれほど役に立つかは疑問であった。正直なところ、アマノン国について貧弱な予備知識を掻き集めるにつれてその像はますますぼやけ、焦点の合わない目を凝らして蜃気楼《しんきろう》を見るのにも似た頼りなさばかりが募るのだった。つまりPのような、どちらかと言えば実際的な人間の想像力を刺激するには余りにも情報が少なすぎたのである。辛《かろ》うじてPの頭に浮かんだのは、アマノンという言葉がもっている一種優美な、明らかに女性的な響きからして、それは美しい女の多い国ではないか、という勝手な希望を混えた想像であった。Pがこの期待を宣教師派遣団の結団式の挨拶で冗談めかして漏らしたところ、予期に反して失笑と顰蹙《ひんしゅく》を買った。Pは式のあとで指導教父に呼ばれて、次のような注意を受けたのである。

「P修士、モノカミ教徒はいかなる場合も不謹慎な冗談を口にしてはいけない。それも異性に関する冗談は絶対に禁物だ。君はどうも俗人風に軽口を叩く癖がある。そういうことではアマノンの婦人にも侮《あなど》られ、誘惑されて、簡単に虜《とりこ》にされてしまうことにもなりかねない。アマノン人は頭がよくて狡《ずる》い、油断のできない国民だと言われているし、とりわけ婦人は男以上に賢くて強いという。くれぐれも安易な心構えで臨むことのないように」

「わかってますよ、教父」とPは相変らず気楽な調子で言った。「私はこう見えても、コレジオ入学以来、戒律に従って終始禁欲を守っております。たとえアマノン国でどんな美女に言い寄られても信仰は微動だにするものではありません」

「それは結構なことだが、しかし禁欲を守ることがそれほどの大事業かね」と教父は皮肉をこめて言った。「修士としては当たり前のことにすぎないではないか」

「それはまあおっしゃる通りです。アマノン国の女は悪魔に等しいものと考えて立ち向かうつもりです。ただ、この点は念のため確かめておきたいのですが、教化、布教の目的で異教徒の女と交わることは認められておりますね」

「止むを得ざる場合なら罪とはならない」

「それさえ伺っておけばいいのです」

そういうやり取りがあったのち、Pは胡散臭《うさんくさ》そうな表情を隠そうとしない教父に別れの挨拶をして、最終身体検査を受け、支給される荷物や滞在費を受け取ると、二年ぶりに家族と束の間の再会の時を、というよりも長い別れの前の一夜を過ごすためにわが家に帰ったのである。この帰るべきわが家とは、父から相続した土地家屋と診療所に、これまた父が残してくれた老人性痴呆《ちほう》気味の母親という厄介《やっかい》な付属物、それらを守って住んでいるPの妻、それにまだ小さな子供、その子供よりはるかに図体《ずうたい》の大きい老犬等々からなっていた。これらについて語ること、とりわけ夫の常軌を逸した願望のため突如二年間も寡婦《かふ》同様に放置され、今また半永久的に放置されようとしている妻の心情について語ることは、優に小説の一章をなすほどの大仕事であるが、ここではそのような仕事にかかわって足踏みをしている暇はない。またその夜のPと妻のやりとりを詳しく紹介している暇もないので、結果だけをかいつまんで報告しておくならば、要するにPは妻の気持などお構いなしにその務めを果たすことを求め、二年間の禁欲生活（これについては指導教父に大見栄《おおみえ》を切った言葉に偽りはなく、Pは厳重に戒律を守って禁欲的なコレジオ生活を送ってきたのだった）によって蓄積したものを吐き出して妻に与え、その代わりに妻を疲労困憊《こんぱい》させたのである。この一晩にPが妻に与えた大量の濃厚な「生命の種子」は、もしも相手が妻一人ではなく数人に及んでいたとすれば最大限その全員にPの子供を残す可能性もあるほどのものであった。というわけで妻は将来のことについて深刻な話を持ち出したりする機会もないままPを送り出すことになり、Pの方はすこぶる満足して、意気軒昂《けんこう》として翌朝家を後にした。出発基地に向かう途中でPは、今後終身年金の形で妻子や母親の生活に困らないだけの手当が支給されるという話を妻にはしていなかったことを思い出した。その話をしておいたらあれも大いに安心できただろうに、とPは思ったけれども、今更それを言いに帰るわけにはいかなかった。

それにしても、前夜からの寝不足と過激な運動の効果が覿面《てきめん》に現れて、Pは出発を前にして延々と続くモノカミ教団大司教やコレジオ校長、来賓の外務大臣といった人々の挨拶も宣教師代表の宣誓も、睡魔に浸される頭でぼんやりと聞いていた。

第一章　到着

Pが乗った船はスープ皿を二枚合わせた形の一人乗り遠距離航行船で、その中にはいった時Pは、ある動物、例えば海亀の体内の、肋骨《ろっこつ》の梁《はり》と柱に囲まれた内臓の隙間に這《は》いこんだような気分に襲われた。実際、その形から言ってもこの船は大きな亀か二枚貝に似ていたのである。特別に濃密な気体が充満しているせいか、頭が痺《しび》れて自分が自分でなくなるようだった。船内には複雑な機械装置や計器類が並んでおり、それだけでもいささか不安の種になりそうだったが、実際にはPが操作する必要はないと言われていたし、すべては神の加護と宣教師団派遣本部の綿密な配慮に委ねればよいと聞かされていたので、Pもとりあえずそんな不安は追い払って、これから渡航するアマノン国に思いを馳せることに努めた。

管制塔からの指示の声が頭の中で響いた。「心身安定剤」を服用して航行態勢に入れ、というような内容だったが、Pは遠距離航行服のどこかに入れたはずのその薬を見つけることができなかったので、別に支障はあるまいと勝手に決めこんで、次の指示で始動ボタンを押した。船は滑るように海上を走りはじめた。

船に乗りこんだ時から、前夜の疲労が祟《たた》ったと見えて、瞼《まぶた》が異常に重い。次第に夢が頭の中に浸水してくる。濡れた土嚢《どのう》のような頭の一部で、早くも眠ってしまうのは重要な使命を帯びて派遣される人間としていかにも不謹慎ではないか、という自責の歯車が辛うじて回っている。それを闇の色をしたタールのように夢が浸していく。頭の中に闇が広がる。Ｐは最後に、自分が得体の知れない魚になって、海の底深く潜っていくような感覚に身を委ねた。

Ｐの先入観では、アマノン国は遠い宇宙空間の彼方《かなた》にあり、この遠距離航行船すなわち一種の宇宙船は暗い闇の中を流星のように飛翔《ひしよう》していくはずである。そのような数百の宇宙船がアマノン国の方角を目指しながら次第に散開していくところがＰの頭のスクリーンに映っていた。数百の流星群はしだれ柳に似た線を描いて広がる花火のように闇に消えて、Ｐの船の航跡だけが頼りなく震えながらも果てしなく伸びていく……

実際はそうではなかった。Ｐがいつのまにか船団の先頭に立ち、あかあかと熱せられた金属のように輝く船体から金色の尾を思わせる航跡を曳《ひ》いて進むあとについて、幾分弱い光を放ちながら数百の船が一列縦隊になって追走してくるのだった。それから眠りこんでいたＰには想像もできないほどの時間が経って、船団は狭い水路を通り、ようやく長い旅の終わりに近づいていた。Ｐの船が進んでいく正面に薄赤い熟した果実を思わせる太陽が見えていた。というのもこのあたりで折よくＰもその長い眠りから覚めて、窓から周囲の様子を窺《うかが》いはじめたところだったのである。その時Ｐが見たのは世にも異様な風景だった。先程太陽、それも熟して落ちようとする夕日のように見えていたものは、近づくにつれてアマノン国（とＰはなぜか根拠なしに確信した）の全貌《ぜんぼう》であることがわかったのである。それは、不思議な大気に包まれているせいか、妙にぶよぶよした卵の黄身を半透明にして複雑微妙な毛細血管や浮遊する黄塵《こうじん》を思わせる微粒子を封じこんだように見える世界で、その奥の方に無数の折れ釘《くぎ》を寄せ集めて積み上げたように見えるのは建物が密集した都市の景色であるらしい。Ｐの乗った船はこの巨大な卵細胞的世界にかなりの速度で接近していた。このままではゼラチン状の大気の表面に激突しそうな気配だったので、Ｐは操縦席のまわりを見渡して、初めて自分で船を制御しようという気を起こした。とりあえず速度を落とす必要があった。そこで加速―減速制御桿《せいぎよかん》に手をかけたのであるが、不用意にも手はそれを加速の方に思いきり押したと見えて、船は猛烈な勢でアマノン国の表面に突っこんでいったのである。

船が薄赤い卵細胞的世界の表面に激突した衝撃でＰは再び意識が薄れたが、それでもその瞬間に奇跡が起こったことは覚えている。船が触れたところはいわば自ら進んで漏斗状《ろうとじよう》に凹《くぼ》み、船を包みこんで細い通路に導いた。そして食道を下るような具合に船は中心部へ進んでいったのである。まるですべてはモノカミの恩寵《おんちよう》によって予定された通りに進行しているかのようであった。とは言うものの、Ｐは本当のところはその種のことを心から真に受けていたわけではない。混濁していく意識の中で、ここはひとまずそんな風にでも考えておこうと努めたのである。それからＰは本格的に意識を失った。

次に気がついた時、Ｐは典型的な漂流物体となって見たこともない海岸に打ち上げられていた。次第に頭がはっきりしてくるにつれて、こんな到着の仕方も満更悪くはないという気がしてきた。考えてみると、遠い国から筆舌に尽くしがたい艱難《かんなん》辛苦を乗り越えて目的の地を目指した宣教師が、半死半生の遭難者として海岸に打ち上げられているのは劇的な到着の仕方だと言えなくもない。Pは用心深く薄目を開けてまわりの様子を窺った。万一、漂着したところが蛮族の国で、身動きしたとたんに槍衾《やりぶすま》を構えた蛮族どもに刺し殺されるという目にでも遭ったら大変だと頭を働かせたのである。というのも、あたりには明らかに人の気配がしていたし、P自身は、首や腕のまわりに服の切れっぱしが申訳程度に付着していたほかは、およそ無防備な全裸の状態であったから、しばらくは気を失ったふりをしているのが無難であった。少し赤みを帯びて見える太陽から穏やかな陽射しが降り注ぎ、季節で言えば春から夏にかけての、軽ろやかな暑さと柔らかい風が肌に快い頃のよく晴れた午後で、耳には波の音が優しく聞こえている。初夏の海水浴のあと砂浜に寝そべって時を過ごしているような錯覚に陥りそうだった。心地よさの余りPが思わず伸びをしたとたんに、まわりでざわめきが起こった。生死不明の異人の水死体が突然生きている証拠を見せたというので見物人がざわめいたようである。Pは今昼寝から覚めたという風に、もう一度伸びをし、反転しながら、抜け目なくまわりの様子を観察した。

数十本の裸の脚が見える。林立した脚の上の方も裸である。それでおのずから明らかになったのはこの脚の主の性別であって、それはいずれも女だった。要するにPは数十人の女の裸体を仰臥《ぎようが》した姿勢で見上げることになったのである。まるで林立する塔を地上の広角カメラで見るような具合であるから、ある種の壮観には違いなかった。塔の上についているはずの顔については、この角度からは詳しく品定めすることはできない。その代わり、塔の脚が一つに合するところ、あるいは塔の胴が二股《ふたまた》に別れるところ、つまり女性のもっとも女性らしい部分、ただし女性なら誰をとってもあまり変わりばえのしないその部分を、気が済むまで克明に観察するのに絶好の視角に恵まれていた。そこで観察の結果、Ｐは暫定的に一つの結論に達したのであるが、Ｐの推測によると、この女たちはそれほど若くはなく（ということは例の部分以外の観察に負うところも大きかったが）恐らくは既婚の経産婦で、やや骨太の逞《たくま》しい肥満気味の体型をしており、それは年齢と職業上の経歴によるものであると思われた。つまりＰはこの女たちを海水浴に来ている若い娘の一団とは見ず、海岸で仕事をしている漁師の女房連か海女《あま》ではないか、と見たのである。この推定は当たっていたことが間もなく判明するが、その前にＰは不覚にも最初に出会ったこのアマノン国の、それも女の住民の前で、人前でみだりに表わすべからざる生理現象を披露してしまった。何しろまわりには裸の女が立ち並んでいて、それを仰向けになって見回すのであるから、この失態も止むを得ないと言えば言えたのである。下半身が衣服に隠されていなかったのも不運であった。Ｐは狼狽《ろうばい》して上半身を起こし、異常な現象を呈している部分を両手で隠そうとしたが、生憎《あいにく》Ｐの持物は簡単には隠しきれないほど雄大なものではあったし、女たちが感嘆の声とともに輪を縮めてくる気配だったので、Ｐはここは天衣無縫の態度を持することが得策であろうと判断して、不自然な挙動は慎むことにした。女たちは口々に何やら言いながら近づいてくる。アマノン語のようでもあるが、正確には聞きとれない。Pは最初それが卑猥《ひわい》な感嘆の調子を帯びているかのように聞いたけれども、本当は当惑と非難の混った声を上げながら、好奇心に動かされて、女たちはこの思いがけない異変を見定めるために輪を縮めてきたらしい。その時Pは、女たちが腰のまわりを布で覆う習慣がない代わりに胸を女らしい色彩の布で巻いて乳房を隠していること、そして外見からはそれほど個性的に見えようのない例の部分は、それがこの国の婦人のたしなみであるのか、そこを飾る毛だけは思い思いの形に整髪し、金色、銀色、あるいはにんじん色などに染めていることに気がついた。なんともおかしな見物《みもの》で、大変印象的であった。

やがて一人の女が大胆にもPの前に来てしゃがみこんだ。

「どこから来たの、あんた」

それはPにも理解できる紛れもないアマノン語だったので、Pは狂喜して、いささか自信の持てるアマノン語を駆使してしゃべりだした。

「私は遠い遠いモノカミの楽園から、アマノン国の皆さんに神の教えを伝え、病める人々を救い、アマノン国にモノカミの楽園を実現するために派遣されてきたのです」

そう言ってPはうやうやしく伏せた顔の前で右手を独特に動かし、モノカミ教徒が神の名を呼ぶ時にするしぐさをして見せた。これはいかにも敬虔《けいけん》そうな印象を与えるものであって、モノカミ教と無関係な人間と接する際にもよい効果をもたらすという風に教わっていた。

しかし女たちはまたがやがやと騒ぎだした。

「なんだかよくわかんねえな、言ってることが」

「頭、おかしいんじゃないの」

「どっから来たんだ、こいつ」

「人間じゃねえな。男だな」

「まあ待ちな。話を聞いてみるから」

リーダー格の女はそういって他のものを抑えると、もう一度Pの素性を訊《き》いたので、Pももう一度先程名乗った通りのことを繰り返した。ここでPは気がついたのであるが、この漁師の女房らしい女たちにはPの古典的なしゃべり方が十分理解されないようであった。あるいは階級の違い、教養の差ということもあるかもしれない。そこでPはできるだけ平易な俗語的表現を使うように気を配りながら、モノカミ教のあらましについて説明し、はるばる渡航した目的は布教にあって一切の害意をもたないこと、至急この国のしかるべき行政機構と接触して首相や皇帝にも謁見《えっけん》の栄に浴し、いずれ正式に許可を得て布教活動に入りたい、というようなことを熱心に説明したが、言葉を重ねるにつれてPのしゃべり方はつい格調高い難解な古典アマノン語の調子になり、まわりの女たちにはますます理解困難に陥るようだった。それでもリーダー格の女は、Pの処置については、最寄りの駐在所か町役場に連絡してその指示を仰ぐのが無難であるという判断に達した様子で、他の女たちに指図してPを近くの民家につれていって見張らせ、自分はその連絡の方を引き受けることにしたらしい。Pは立ち上がると女たちに囲まれて歩きだした。逃げたり暴れたりするつもりは毛頭ないことを示すために、Pは長身を伸ばして堂々と、しかも優雅に足を運んでいった。無論これには女たちの前で洗練された紳士の魅力を見せようという見栄《みえ》も働いていたが、肝腎《かんじん》の女たちはPのそのような努力にまったく気を引かれる風ではなかった。

Pがひとまず連れていかれたのは余り大きくない（というのは家全体の規模よりも細かく仕切られた部屋の印象から来たものであった）小綺麗《こぎれい》に片付いた家で、男の姿はなく、五歳前後の女の子が二人祭壇の前に座っていた。

「この餓鬼、朝からテレビばっかり見やがって」と怒鳴ったのはこの家の主婦で母親らしい。Pは子供たちが、たとい異国の邪教の流儀であれ、祭壇に向かっているのをつかまえて口汚く罵《ののし》るのはどうかと思ったが、子細に眺めるとそれは祭壇というより一種の画像受信装置のようなもので、子供たちは画面の中で飛び跳ねて歌う芸人に見入っていたのである。「暇さえあれば小さい子供でも祭壇に向かうほど信心深いアマノン人」というPの仮説は早くも御破算になった。それと同時に、「ガキ」という言葉は知らなかったが、多分手に負えない子供を罵る言葉だろうとは推測できた。それで母親の罵声《ばせい》を浴びた子供たちに対する同情もいっぺんに消えて、P自身もどちらかと言えばそのテレビなる映像娯楽に対する反感を募らせたのである。

「腹減ってるんじゃないの」と女の一人が尋ねた。

「実を言うと、かなり空腹なんですが」

すると女たちはどっと笑った。「空腹」という言葉がおかしかったらしい。現代語では「腹減った」と言うべきだろう、とPはこれも頭に入れておくことにした。

女たちが台所に入って声高に何やら談笑しながら食べるものを作っている気配に、Pの期待と食欲は大いに高まった。間もなく運ばれてきたのは、小さな鉢に入った米飯と、独特のソースのかかった生の魚や貝の薄切り、それに青菜を油で調理したもの、それに魚のスープという予想外に充実した献立であった。Pは好奇心、食欲ともに旺盛な美食家で、大概のものは食べるし、舌も肥えている方だと自負していた（世俗の欲望を軽視するモノカミ教の立場からすると決して自慢にはならないことである）。アマノン国で初めて口にしたこの漁師の家での料理にPはすっかり感心した。即席の料理とは思えない繊細さと「魔法のソース」とでも呼びたい暗紫色のソースの味のよさには驚嘆すべきものがある。青菜の料理も熱の加え方が絶妙で、歯ざわりもよく、芳《こうば》しい油と香辛料の香りが冴えて、名人の手になる料理かと言いたいほどである。実際、Pはその感想を率直に伝え、料理の素晴らしさをやや大袈裟なほど褒めあげた。どこへ行ってもお世辞の効果は馬鹿にならないもので、女たちは照れながらも悪い気持ではなかったと見えて、態度はにわかに親しげになり、さっきの「ガキ」まで加わって駄菓子《だがし》のようなものをつまみながら、女たちはPにいろいろと話しかけ、Pのしゃべり方がおかしいと言っては無遠慮に笑うのだった。こうなるとPも持ち前の茶目っ気を出して、殊更《ことさら》に荘重謹厳な古典アマノン語でしゃべるように努め、少々調子に乗ってこう言ってみた。

「折角の愉快な宴会ですから、この際肝腎のものを所望したいところですな」

「何が欲しいんだ」

「つまりその、肉体と精神を快い酩酊《めいてい》に誘うもの、早く申せば一般に酒と呼ばれるものです」

「そんなものはないよ」

「こちらでは今なんと呼ばれているかは存じませんが、世の男どもが好むアルコール性飲料のことですよ」

「だから酒のことだろう。ここじゃ、そんなもの飲まないよ」

「お宅の御主人なんか御酒はたしなまないんですか」

「たしなむ？　そういうことはないね。でも御主人て何だ」

すると女の一人が、

「あれよ、ほら、あれのことじゃないの？」と言って握り拳《こぶし》に親指を立てたものを見せて仲間の同意を求めた。

「はあ、あれのことか」とこの家の主婦もうなずいた。

「そうです。みなさんの御主人、夫、御亭主《ごていしゅ》、旦那《だんな》さんのことです。お宅では漁にでも出られて今はお留守のことだと思いますが」

「いや、そうじゃない」と主婦は首を振った。「うちにはそんなものはいないよ」

まわりの女たちもその発言を支持するようにうなずいたが、その意味をPは当然、この家の主婦がたまたま寡婦《かふ》であるという内容を支持したものと受け取ったので、

「それはとんだ失礼を致しました」と恐縮して見せた。「御主人はお亡くなりになったんですね。で、今は未亡人で、二人の子供を育てていらっしゃる……」

「何よ、その未亡人って」

どうやら相手はその言葉がわからないながらも、侮辱されたようにとったらしい。

「とにかく、御主人なんてもの、ないよ」

相手がそう言う以上、Pとしてはこの女が事情あって父親のない子を生んだものと理解し、そうだとすればもはやこの件には立ち入るべきでないと判断した。その種の女の不幸はどこにでもあるもので、勿論モノカミ教の世界にもある。ただその場合には教父の一人が名づけ親となり父親の法律上の責任を（ただし母子の扶養の責任だけは別であるが）引き受けることになっている。それでコレジオのある教父などは、独身でありながら五十三人の子持ちである。このやり方を適用して自分があの父親のいない二人の「ガキ」の父親になってやることもできる、とPは思案したが、相手が素直に応じるかどうか、はなはだ心許《こころもと》なかったので、ここではその提案は見合わせることにした。

そうこうしているうちに、役所に連絡に行っていたらしい女が制服の警官らしい人物と一緒

に姿を現した。二人は女たちがPを囲んで和気藹々《わきあいあい》と飲み食いしているのを見て顔をこわばらせたが、ともかく警官はPの前に進み出て威儀を正すと、只今《ただいま》から不正入国の容疑で本署まで出頭されたい、という趣旨のことをかん高い声で通告した。

「不正入国ですって」

Pも思わずこの言葉を繰り返したが、それまで「密入国」という観念は頭にあったものの、同じことを今「不正入国」という権威ある法律用語で言われてみると、何やらひどく新鮮な発見をしたような気になったのが我ながら不思議であった。確かにPの現在の立場は、アマノン国という主権国家からすれば、正体不明の異国人の、正規の手続を踏まない入国ないしは無断侵入に相当する。それが新鮮な発見のように思えたのも、こうした入国の手続については宣教師派遣本部でもコレジオでも、実は一度として議論されたことはなく（あるいは意識的にこの問題は無視されたのかもしれない）、僥倖《ぎょうこう》でもなんでもアマノン国に到着することのみが至上命令として真剣に検討されてきたからであった。

Pを連行しにきた警官は特に自由を拘束するつもりはないらしく、Pが女たちに丁重にお礼の言葉を述べ、とりわけ料理が素晴らしかったことについて再度賛辞を呈している間、手持ち無沙汰《ぶさた》の様子で待っていたが、Pが裸で無一物のまま立ち上がったのを見て、少なからず驚いたようだった。

「荷物は？　それにあんた裸じゃないの」

「船が遭難したものですからね」とPはできるだけ軽い調子でいった。「でも私がこうして無事漂着したんですから、荷物もいずれ海岸に流れ着くでしょう。私にとっても布教活動をしていく上でかけがえのない品が沢山入っていましたし、献上の品も数々用意してあったのです。それから着ていたものも漂流中にすっかり剝《は》ぎとられてしまって御覧の通りの情ない有様です。貴国の気候がこんなに温暖なことは今の私にとってはまことに有難い。多少礼儀には反しますが、こんな恰好でも凍えるということはありませんからな。これもすべてはモノカミの御加護によるものです」

「この人の話はよくわからんが」と警官が言った。「誰か着るものを貸してやってくれないかね。こんなみっともない恰好じゃ署長の前に連れていくこともできない」

「本当は、できればそう願いたいところですね。確かにこの姿ではモノカミ教宣教師としての尊厳を保つこともできない」

Pもそう言ってみたが、この家の女が出してくれた衣服を見ると、果たしてそれで宣教師としての尊厳が保てるかどうか、はなはだ疑問に思われる代物《しろもの》だった。Pもすでに研究してよく知っている、アマノン国の伝統的な衣装である点は文句のつけようもなかったけれども、如何《いかん》せんそれは花柄もあでやかな女もので、長身のPがそれをまとって鏡の前に立つと、これから仮装行列にでも出るのにふさわしい姿だった。しかし女たちはむしろ感嘆の声を上げて、よく似合うしなかなか見栄えがすると言ってくれたので、Pも、この国ではそんな風に見られるのかもしれない、と気を取り直し、この家の女がPの胸に顔を押しつけるようにして幅の広い紐《ひも》で腰のまわりを締めてくれたのにも感激して、思わずお礼のしるしに女の両頬《りようほお》にすばやく唇を押しつけた。女は驚いて体を堅くした。アマノン国では男が女に気安くこういうことをする習慣はないと見えたが、Pの感謝の気持は相手にも通じた模様である。ともかくPはもう一度女たちに挨拶をすると、この伝統衣装に合わせてサンダル様の履物をはき、派手な女ものの衣装の胸をはだけて渦巻《うずま》く胸の剛毛をなびかせながら、警官に付き添われて最寄りの警察署に向かった。

第二章　尋　問

Pがアマノン国で本格的に接触することになった最初の人間は、この田舎の警察署の治安刑事であった。約二週間に及ぶ取調べ、あるいは事情聴取は早朝から昼の休憩をはさんで夕方まで行なわれ、Pはその間、机を隔てて終始この中年の刑事と顔を突き合わせて質疑応答を続け、時には雑談にも及んだので、普通ならこのような密な接触からは、互いの立場はどうであれ、知己を得たという感情が生まれても不思議はないのであるが、なぜかPはこの人物に対してはおよそいかなる親愛の情も抱くには至らなかった。取調べが仮に一年かかったとしても同じであることをPはほとんど確信したほどである。

この刑事（正式には治安第三課主任警部）、名前はカガノン、見たところ五十近い年恰好であったが、雑談の際に聞いてみると意外に若くてまだ四十を過ぎたばかりだった。そもそも最初にPは署長室に連れていかれ、そこで取調べを受けるというよりも得体のしれない「不正入国者」として署長の一瞥《いちべつ》を受け、P自身も、正式の外交使節でもなし、かと言って犯罪者の意識もなし、はなはだ曖昧な立場のまま署長に向かって慇懃《いんぎん》に挨拶だけはして、今後の希望を簡単に述べたのであるが、ここで署長から引き合わされたのがこのカガノンである。その時の署長の話では、Pは賓客の扱いで、カガノンがそばについて万事面倒を見てくれるから、ということだったけれども、実際の待遇はと言えば、特別拘置室に監禁され、事情聴取という名目で連日このカガノンの取調べを受けることがその中身であった。もっとも、署長自身は昼の食事のあとの休憩時間などに何度か姿を現し、その時は肥満体の男によくあるどこか女性的な声で愛想よくPに話しかけて、ここでの生活は快適か、何か欲しいものはないか、といったことを尋ねるのだったが、Pはそれに対して、大昔の乞食哲学者のように、今の自分の希望は昼の休憩時間にそういう話をしにこないでいただきたいということだ、と答えたいほどだった。というのもPはカガノンの、決して高圧的ではないがだらだらと執拗に続く事情聴取にうんざりして、食事のあと位は一人になって頭を休めたいと思わずにはいられなかったからである。そんなわけでPは署長の質問には微笑して首を振るだけで答えず、今はこの事情聴取が余り長びかないことだけを心から希望していると言い、それに対して今度は署長が曖昧な微笑を浮かべて、自分としてはそんなに長びくことはないものと確信している、というような答を返すだけだった。

Pがカガノンからできるだけ早く解放されたかったのはある程度まで生理的な理由による。つまりPは、この取調べ担当になった係官の容貌と体臭にはなかなか慣れることができなかったのである。カガノンはその四十過ぎという実際の年齢よりはるかに老けていたが、それは尋常の経過をたどって到達した老化というよりも、例えば、若い頃人一倍肥満していた人間がある時から急速に痩せ始めて、その当然の結果として急激に多数の皺《しわ》を生じたことによるものであった。目尻、口元は言うに及ばず、額には静かな海の波を表したような十数本の皺が見事に並んでいる。しかしその顔の皮膚そのものは皺とは無関係に滑かで、よく見るとまるで髭《ひげ》がない。いや、顔のどこにもおよそ毛が生えていた痕跡がなくて、これは丹念な髭剃りによるものではなさそうだった。鼻の下などに、どんな女にでも見られるうぶ毛さえ生えていないのは理解に苦しむことである。このどちらかと言えば老婆に近い萎縮した顔から窺われる感情も、同様に萎縮して貧困で、何事にも溌剌と反応して動くということがなく、いわばそれは堅くしぼられたまま乾燥してしまった雑巾に似ていた。

その雑巾が発する独特の臭いの如きものが、実はこの男の体、とりわけ下半身の方から発散されているのではないかとPが気づいたのは取調べ初日の午後のことである。その臭いは夕方に近づくにつれて次第に濃くなってくるようで、死臭と言うには生臭い異臭が、初老の男の口臭、タバコ臭、頭髪臭等々とも渾然《こんぜん》一体となってPを悩ませた。人を人間嫌いにせずにはおかないようなこの臭気が人間の形をして目の前にある限り、少なくともこの人物に好意を抱くことは不可能で、そのことが逆にこの人物を長年の間に人に好かれることを欲しない干物のような人間にしていた。それに服装がまたその臭気にも容貌にもふさわしいというべき暗い不愉快な印象を与える代物で、カガノンはいつも袖の長いだぶだぶの灰色の服を着てその上に短い紺の事務用上着を羽織り、黒のこれまただぶだぶのズボンをはいていた。全体として袋のようなこの粗末な服装の上に萎縮した首がのぞいているところは出来の悪い呪術《じゅじゅつ》用の人形を連想させる。そのうちにPはこのカガノンが、普通の風貌をした若い部下たちからも決して敬愛されてはいないことを知った。それは陰でカガノンのことを「ラオタノス」と渾名《あだな》で呼ぶ調子に明らかに軽蔑と嫌悪がこめられているのがわかったからである。「ラオタン」（もとは「老公」と書いていたのがいつのまにか訛《なま》ったものらしい）に男子名の語尾をつけたものが「ラオタノス」で、この言葉自体には年配の上司を尊敬する意味が含まれていそうであるが、部下たちにその点を訊くと首を振りながら笑って答えなかった。

しかしこのカガノン、通称ラオタノスはその仕事に関して無能だったわけではない。公平に判断すればむしろ有能な部類に属するのではないかとPは思った。何しろ事情聴取のやり方は細かくて、調書の作成についてもソツがなくて几帳面である。ただしこの調書の文体は、この国の官庁一般に通じる公文書独特の文体のためか、Pにとっては、調書のできあがった文体を読まされる度に自分の言ったことが少しずつ歪曲《わいきょく》されているようで、これでいいかと訊かれれば思わず異議を唱えたくなる。そこは少し違うのではないかとPが言うと、カガノンはどこまでも細かくPの言い分を聞いた上で、あくまでも独特の文体の文章に直してはPの同意を求める。これを何度でも繰り返して辟易《へきえき》することがないのは、稀《まれ》に見る強靭《きょうじん》な精神、というよりも恐ろしく鈍磨《どんま》した精神の持主を相手にしているというやりきれない疲労を感じさせるものであった。こんな調子で調書の作成に付き合っていたのでは無為徒労のうちに何年でも過ぎてしまいそうに思われたので、Pは途中から持前の大雑把さという美徳を十分に発揮して、カガノンがおかしな文章で調書を書き上げていくのに進んで協力した。

「君が協力的姿勢になってくれたお蔭で予想外に早く終わりそうだ」とある日カガノンは言ったが、相変わらずその顔には一片の微笑もなく、予想外に早く終わることが職務上残念だとでも言わんばかりの憂鬱そうな口調だった。

「まあ私としては申し上げるべきことはすべて申し上げたつもりですがね」とPは応じた。

「それはそうかもしれない。しかし君は、当然のことながら、本官が質問しなかったことには答えていないようだ。とすると、この調書に遺漏があると見なされた場合の責任は本官が負わされる、ということになる」

「残念ながらそうなりそうですね」とPは平然として言った。「勿論、そんなことになれば私としてもカガノンさんの峻厳《しゆんげん》にして緻密な事情聴取ぶりについては大いに弁護して差し上げるつもりではおりますが」

「御厚意は有難いが、恐らく無駄だろう」

「そんな風に悲観的になる必要もないでしょう」

「君は本官のような『ラオタン』の立場というものがわかっていない」

カガノンはそのしなびた顔中の皺を一段と深く刻みこむような暗澹《あんたん》とした表情で考えこんだ。気のせいか、こんな時例の異臭も一段と強まるような気がした。

「失礼ですが、その『ラオタン』というのはどういうことか、よろしかったらこの際教えていただけませんか。実はあなたの部下のみなさんが『ラオタノス』という言葉を使っているのを耳にしたことがあるんです。どうもそれはいい意味で使ったのではなさそうだった。一種の差別用語とでもいうのか……」

するとカガノンは明らかにむっとした様子を見せた。それは「ラオタノス」という言葉を使った部下に対するよりも、部下がその言葉を使ったことを本人に伝えたPに対してやり場のない怒りの火となり、その火は十分燃えあがることもできないまま黒い煙を出してカガノンの胸中でくすぶりつづけ、最後は自分がその「ラオタノス」であること自体に対する怒りの熾火《おきび》となって胸を焦がしているように見受けられた。

「君は異国人にしては勘がいいな。大体の見当は外れてない。ただ、私の口からはラオタンについてこれ以上語りたくないね。われわれ後天的不具者の汚辱は正常人にはわからないし、まして異国人の君には想像の外だ」

「われわれとおっしゃったところからすると、その、後天的不具者だかラオタンだかは、あなたのほかにもかなりの数いらっしゃるんですか」

「絶対数から言えばかなりのものだろうが、われわれは少数派だよ。例外者だ。しかも互いに仲間として団結するということがない。自分の同類と顔を合わせることを何よりも不愉快だと思っている。自分と同じ屈辱を背負っている人間の顔なんか見たくもないね」

「それはしかし、言わせていただくなら誤った態度ですね。差別されている少数者はまず団結しなくてはなりません。同じ屈辱を背負っている運命にあるなら、もっとも理解し合い連帯することのできる仲間ではありませんか」

Ｐはそんな型通りのことを言いながら、腹の中ではこのラオタン族（というようなものがあるとして）がモノカミ教布教の手掛かりになるのではないかという計算を働かせていた。しかしカガノンはＰのこうした思惑とはまったく無関係にヘドロのような抑鬱状態の中に沈んでいるらしく、やがて立ち上がると、調書は明日にでも完成して中央政府の方に送付されることになるだろうから、それが向こうで検討された結果次第では近日中にＰの身柄は中央に送られる可能性もあるだろう、と言い残して出ていこうとした。

「ではそれとは別の可能性もあるということですね」

「それはあるだろうね」とカガノンはいくらか同情をこめた声で言った。「例えば、これは可能性としてはきわめて小さいが、不法入国の外国人ということで、超法規的措置がとられることも予想される」

「例えば」

「そうだな、例えば、即時国外追放とか超法規的抹消とか。このあとの場合が最悪のケースで、はっきり言えば君の肉体は抹殺されて不法入国という事実そのものがなかったことにされるわけだ。私自身はこの措置には疑問を感じる。しかし中央政府がどういう結論を出すかは私の関知するところではないし、その予想をすることも無理だ。何しろ、わが国の法律には不法入国に対する規定も罰則もないんだから」

「するとこの私からの事情聴取報告書が物を言うわけですね」とPはにわかに心配になった。

「まあそういうことになるが、私はできるだけ正確かつ公平を期して書いたつもりだし、私の筆先一つで君の運命がいちじるしくねじ曲げられるということはないはずだ」

「それならいいんですが」とPは心配そうに言った。

「心配することはないよ」

カガノンは露骨に気休めとわかる調子でそう言うと、尿が溜まったので今日はこれで失礼すると言い残して出ていった。「尿が溜まる」とは奇異な言い方だとPは感心したが、あとで考えてみると、この時カガノンが妙に股間を押えるような手つきをしてそそくさと出ていったのは、自前の膀胱《ぼうこう》にではなくて股間に用意されていた容器にでも尿が溜まったという様子であったことに思い当たった。するとカガノンが言った「後天的不具」というのは、あるいは尿の排泄に関係した異常で、あの独特の臭気もそのことから来るのかもしれない。Pはそこまで推理して、この余り愉快とは言えない問題についてそれ以上考えるのは中止した。

ところがその翌日の朝早く、Pは署長室に呼び出されて、

「突然だけど、昨夜遅く官房副長官から連絡があってね」と署長から言い渡された。福々しい肥満体の署長は初対面の時からこんな調子で馴れ馴れしく話しかけてきたのだったが、この日

は一段と上機嫌に見えた。そこでPもつい調子を合わせて、

「いい知らせのようですね」と言った。

「まあね。君は内閣官房長官が身柄を引き受けるということで、政府のスペゲスの待遇を受けることになったよ」

「何やら大変有難い措置のようですが、その『スペゲス』というのは何ですか。古いアマノン語しか知らないものでして」

「その、特別のお客さんという位の意味だろう。もとはアメカン語のなんとかって言葉を略したんだろうけどね」

「すると国賓に準ずる待遇と考えてもよろしいんですね」

「よくはわかんないけど、まあそんなとこじゃないの」

署長はますますくだけた物の言い方をするのでPもさすがにいささか面食らってしまうほどだった。国賓待遇になったことで安心して、今はきわめて率直に親愛の情を表明しているというわけであろう。

「しかし意外な成行きでしたね」とPは言った。

「何がなの」

「何がって、第一私の取調べ、あるいは事情聴取の報告書はカガノンさんのもとでやっと今日あたり完成するということですから、報告はまだ行ってないはずだし、政府の方では私の件に

ついて正式に決定を下す段階にないと思っていましたが」

「それは君、いわゆるホルマリズムというもんよ。私はあのラオタノスの調書作りとは別に、それと並行して、政府のさる高官とはちゃんとコンタクトをとっていたよ。そいで向こうは私の話を聞いてとりあえず君を内閣官房のダイレクト・コントロールの下において、その上で最終処分を決めよう、とまあそういうわけね。これで事態は君にとってはどちらかといえば有利に展開しそうよ。よかったね」

「感謝します。署長さんの政治力のお蔭で一挙に政府の中枢部《ちゅうすうぶ》にはいりこむことができます。いや、はいりこむと言っても陰険な目的をもって政府要人に接触を図るといった意味では毛頭ありません。すでにたびたび申し上げましたように、私はこうして無一物ではありますが、このアマノン国にモノカミの福音を伝えるために参った人間で、反対にここからは塵《ちり》一つ、情報の切れっぱし一つ持ち出すつもりはないんです」

「わかってる、わかってる」と署長は鷹揚《おうよう》にうなずいた。「それに、官房長官その他とコンタクトした結果私が得たヒーリングによれば、どの道、君をこの国から出すことは認めないというのが政府の基本方針みたいだから、仮に君に今後首相官邸の中を自由に歩き回ることを許したとしても、まあどうってことはないわけね」

その時Pは急にカガノンのことを思い出した。思い出さざるを得ない例の臭いを今確かに嗅いだのである。いつのまにかカガノンがはいってきて、署長の机の横に、病気の犬のような具合に座っているのだった。

「ああ、カガノン警部」と署長もPと同じく臭いに気がついたのか、カガノンの方を振り向いて言った。「今君も聞いたと思うけど、このPさんは内閣官房の方にお送りすることになった。Pさんからの本格的な事情聴取は、多分首相の私的諮問《しもん》機関に委託されて、実際にはホーカノン教授かトライオン博士あたりが中心になって行なわれることになるだろう。これは官房副長官からの連絡でね、大体そういうことよ。でもここだけの話にしといてほしいね」

「では私が作成した報告書はどういう取扱いになるのでしょうか」とカガノンは言ったが、無表情のうちにも屈辱と恨みがましい抗議の色が読みとれるようだった。

「ああ、そのことね」と署長はおおらかに言った。「報告書はいずれPさんから正式に事情を聴取する委員会のメンバーが目を通して参考にするだろうから、できあがり次第送っといたらいいよ。ただ、ああいう委員になるような方は余り詳しいものを読んでいる暇がないから、できればサマリー位つけておいた方がいいな」

「そのように致しますが、私としましては少々腑《ふ》に落ちない点がございます。と申しますのは、本来は私の、いいえ、本署からの第一次報告書がしかるべき機関で検討されて、その上でPさんに対する今後の処置が決まるべきものと思っていましたから」

「そういう考え方もあるね。でもどちらかと言えばホルマリズムよ。政府としてはこの際官僚的な手続に時間を費やすよりも迅速かつ単刀直入のスタイルをとったわけね」

「その『ホルマリズム』ですが」とPは口をはさんだ。「形式主義というようなことですか」

「そう。君は古い言い方をよく知ってるね」

「私ども現場の行政官としてはその形式主義を遵守《じゅんしゅ》するところが最大の取柄なもんですから」

とカガノンが言った。

「わかった、わかった、君は立派なホルマリストだよ。ところでPさん、本署での事情聴取もこれで一段落ということになったから、今夜あたり、私のアレンジメントで、このカガノン警部の労をねぎらうのも兼ねて、送別会をさせていただきましょう。知事と市長にも、都合がつけば出席してもらうことにしよう」

第三章　晩《ばん》餐《さん》会《かい》

晩餐会までの間に、Ｐの着るものが一式、平服から式服、夜会用の服まで用意されていた。欲を言えば、Ｐは贅沢な夜会用の服よりも宣教師らしい黒の簡素な聖職服が欲しいところだったが、その種の希望は追々それとなく伝えることにして、さしあたりその夜の晩餐会のために光沢のある夜会服を着た。そして一緒に出席するカガノンを誘いに行ってみると、こちらはいつものみすぼらしい、あるいは不吉な、とも言いたくなる例のだぶだぶの服を着たまま晩餐会に出るつもりのようだった。Ｐがそれではいくらなんでも、ということをほのめかしたのに答えて、

「いいえ、これでいいんです」と言った。「私どもラオタンはこういうラオタン服しか認められていないんです」

「服装にまでそんな差別があるとはひどい。せめて晩餐会の時位はその場にふさわしい服装をすべきだ」

「そうは言っても、ラオタンにとっては時や場所よりもラオタンという身分にふさわしい服装をすることが大事なんですよ。遠くからでも一目でその存在がわかるような服装が必要なんで

す。服装であらかじめ存在を明示しておけば、一般人はそれなりに覚悟してラオタンに接するなり避けるなりすることもできようというものです。しかし表向きはラオタンがいちじるしく不利な扱いを受けて虐げられているということでもないんですよ。私どもラオタンはそれなりに重要な地位や職務にも就いてるし、その中にはラオタンでなければ就けないものもある。例えば内勤の秘書官や警察関係の仕事、会計、出納などの分野も比較的ラオタンに門戸が開かれているところです。勿論、本当の高位、高官となると、ラオタンの近づくべきものではなくなりますが」

Pは興味をもってカガノンの話を聞いてはいたが、その結果このラオタンに同情を覚えたりラオタンのために一肌脱いで正義の回復を説いてやろうというような気持はついぞ湧いてこなかった。

会場の迎賓館に着いた時にはすでに大勢の人が集まっていて、Pは副知事、市長、警察署長などと同じ「貴賓席」と呼ばれるテーブルに案内された。司会をするのが警察署の公報部長で、まず立って開会の挨拶をしたが、いくら注意深く聞いていても、Pには結局のところこの宴会がいかなる趣旨のものであるかを正確に知ることは不可能であった。「遠来の珍客を迎えて」というようなことを司会者は言ったが、その珍客がどこから来た何者であるかは具体的に説明されなかったし（恐らくそれは意図的に説明されなかったのである）、P自身にとってもこれが歓迎の会なのか、これから首都に向かうPを送る送別会なのか、判然としないまま司会者の挨拶は終わった。続いて副知事が立って知事の祝辞を代読し、市長がすでに大分酩酊《めいてい》の体で長々と熱弁を振るった。これはPの語学力をもってしても容易には理解できない支離滅裂の代物で、Pの突然の勇敢なアマノン国来訪を歓迎して、これを機会に両国の活発な交流を希望するという話から始まって、この市の教育問題、屎尿《しにょう》処理場建設問題から宗教の堕落に矛先が向かい、Pがもたらした新しい宗教のことを聞き齧《かじ》って「モノガミ教」(勿論「モノカミ教」の間違いである)に対する期待を表明したかと思うと、一転して政府の地方軽視と防衛努力の欠如を非難する論調となり、その中で市長は、最近のこの地方における未確認航行物体による侵略未遂事件の頻発《ひんぱつ》に言及する、といった具合であった。察するところ、この最後の点はPを含むモノカミ教宣教師団の船隊のことを言っているらしい。ここでPも改めて思い出したのであるが、他の宣教師たちの消息はあれ以後不明のままであり、この国のどこかに無事到着したという情報の断片一つPの耳にははいってこない。Pのほかにも多数の不正入国者が摑《つか》まっていたとすれば、事情聴取の過程でも当然相互の関連が問われるなど、当局の出方にもそれらしき様子が現れるはずである。

しかし正直なところ、Pはその一方では、自分が先頭を切ってアマノン国に突入した以上、他の後れをとった仲間たちが、いわば卵細胞を前にしてむなしく挫折して死を迎える精子のように、どこかに消えてしまったとしても止むを得ないことではないか、という気持が働いていた。それがモノカミの御心《みこころ》というものである。いずれにしろ、今市長の大演説の中で言われていたのはこの失敗した仲間たちの「侵略未遂事件」であるらしい。Pはおめでたいことに、それならば自分が「侵略」に成功した唯一の「未確認航行物体」の中身であり、「侵略者」あるいは若干穏やかな言葉で言えば「不正入国者」にほかならないことになる、ということも忘れて、今自分がこうして注目を集めていることに興奮していた。

しかし数十人の列席者はかならずしも遠来の珍客を迎えて興奮しているわけでもないことが間もなくわかった。市長の支離滅裂な演説の間一同が比較的おとなしくしていたのは、一応の礼儀から、ということのほかに、その間に給仕たちが次々に各テーブルに運んでくる御馳走に気をとられてのことであった。あるいはその品定めと、喚起される食欲の制御とに関心のほとんどが向かっていたとも見られる。つまり市長の長たらしい熱弁に耳を傾けている人間は寥々《りょうりょう》たるもので（Pは間違いなくその一人であったが）、時々投げやりな拍手が起こるのも、早く演説が終わることを暗に催促しているようにも聞こえるのだった。Pも同じ気持になりながら、主賓としての礼儀をわきまえて、熱心に拍手を送った。それにしても市長の挨拶は長く、終わりに近づくにつれて大きな動物の断末魔を思わせる荒い息の音や咳、歯がマイクにぶつかる音、げっぷ、ろれつの回らない罵声などの雑音が増えてきたのは、これ以上しゃべるのが無理になってきたという意味で演説の終わりの近いことを示していた。

その時どこからか紙片が回ってきた。見ると、「乾杯のあとで簡単なスピーチをお願いしますので、よろしく」と走り書きしてある。Pはこれが署長あたりから回ってきたものではないかと思ったので、今は席を立ってマイクの前で演説している市長の席を隔ててもう一つ隣に座っている署長にこの紙片を見せて、スピーチとはごく簡単で形式だけのものでいいのか、それともあの市長の何分の一かでも実質のあることを話すべきか、その辺の感触を聞いておこうとした。ところが署長はこの紙片を自分宛てのものと誤解したらしく、肉の厚い女のような手を振って、

「スピーチは乾杯の前にやるよ」

「そうじゃなくて……」

「いいよいいよ、君がそんなことを心配しなくても」と署長はあくまでも誤解したままで言った。「どうせ私のはあんなメチャクチャに長いんじゃないしね。大体あの人は立派なアル中なんだから乾杯の前にしゃべらせては駄目なのよ。司会はどうしようもなくヘマね」

丁度その時市長の演説は終わった。正確にはマイクに倒れかかったのを、給仕たちが待っていたかのように助け起こし、まるで逮捕した犯人を連行するようにしてその席に運びこんだのである。すると市長は嘘のような虚脱状態に陥っておとなしくなり、今までわめき散らしていたのは市長にとりついていた妖怪ではなかったかと思われるほどだった。

「お疲れさまでした」とPは労をねぎらった。「アマノン国の現状と問題点について、まことに詳細かつ鋭い分析を聞かせていただきまして、私にとっても裨益《ひえき》するところ大でした」

「そんなことより乾杯はまだかね」

「今司会者が乾杯の音頭を警察署長にお願いすると言っているところですが」

「いいから、われわれだけで先に乾杯しよう。あいつの乾杯の挨拶を聞いていたら、泡も何もなくなって発泡酒が蒸発しちゃうよ」

「そうも行かないでしょう」とPは困って手でグラスに蓋をした。「それに署長の挨拶はうんと簡単になるようなお話でしたがね」

「なるほどね。あいつは私が短くしゃべると自分はその十倍も長くしゃべるし、私が長くしゃべるとその十分の一しかしゃべらん奴だ。あれで目立ちたがりやなのよ」

市長の悪口の通りで、確かに署長のスピーチは極端に短かった。それも一人でたっぷり時間を消費した人が私の分まで勝手に使いこんでしまったので、と皮肉を入れておくことは忘れなかった半面、肝腎《かんじん》のPに言及するのを忘れて、短いながらもこれまた趣旨不明の挨拶になった。しかしとにかく乾杯の時はようやくやってきた。Pは隣の市長にグラスを挙げて目礼してから発泡酒（と先程の市長の話から予想していたのである）を飲んだ。するとそれはただの水だった。無色透明、無味無臭で泡も出ない。要するに間違いなく水そのものであった。Pは困惑した。これには何か特別の意味があるのだろうか。例えばこれは侮辱と敵意を表すためのやり方かもしれない。市長のグラスを見ると、それには少なくとも水ではなくて発泡性の飲物がはいっていることだけは確かである。Pは給仕の一人を呼んで、小声で、自分の乾杯の飲物は水になっているので取り換えてもらいたい、と頼んだ。

「水？　そんなことはないはずですよ」

「じゃあ飲んで御覧なさい」

給仕は目にも止まらぬ速さでPのグラスを飲みほした。

「ほら、確かに水でしょう」

「水じゃないね」

「ではなんですか、これは。とにかく、取り換えて下さい」

するとと市長が立ち上がってさっきの演説の続きのような調子でまたわめきだした。

「私のグラスにも水がはいってるじゃないの。一体どういうつもりなの。誰の陰謀なの。こっちにはちゃんとわかってるからね」

そう言いながら市長は帰ってきた署長の頭にグラスの中身を浴びせかけた。摑み合いになろうとするのをPと副知事が懸命に止めたが、給仕たちは我関せずの態度で、このすきにシャンパンを勝手に注いで水かどうかを調べるふりをして飲む者もいれば、ついでに料理にまで手を出す者もいる。余りのことにPは唖然《あぜん》としたが、さすがに猛勉強の成果がここで現れて、ふと思い出したのはアマノン国に昔からあるという「無礼講」というスタイルの宴会のことである。

「どうやら無礼講になってきたようですね」

Pは署長にそう話しかけたが、相手はその意味が正確にはわからないらしかった。

「給仕たちも勝手に飲み食いを始めてるようだし」

「ああ、ボイのことね」と署長は言った。「実はあれはうちの若い巡査たちでしてね。今夜はボイ代わりに連中を動員せざるを得なかったのよ。何しろ急なことだし、接待の予算は残り少ないしでね。まあ大目に見てやってよ」

「いや、そんなことはいいんですよ。あの人たちが本職のボイではないとすると、われわれ同様、大いに宴会を楽しんでいただかなければ。この無礼講というのもなかなかいいものです。それに、この御馳走は凄い」

「ほんの田舎料理でね、私たちには珍しくもなんともないが、初めての方は驚いてくれるようね」

「驚きます。なんとも巨大なエビだ。私の腕より太い。しかもまだ生きてますね。これは生きたままのを食べるんですか」

「そう、これは当市の名物料理ですよ」と横から市長が口をはさんで、ボイを呼んだ。

「君、お客さんに脳味噌を取って差し上げなさい」

しかしボイは市長の言葉を無視した。

「私の命令は聞けないというの」

「まあまあ」と署長がなだめた。「君、ちょっと脳味噌を取ってあげてよ」

ボイは長い箸を持ってきて、巨大なエビの、肉を取りはずされて空洞になった胴のところから箸を挿入して脳味噌のあたりをほじくった。エビは残っている脚をいっせいに痙攣させて金属がきしむような鳴き声をたてた。

「鳴いてますね。残酷な食べ方だな」

「でも珍味ですよ。このエビという奴は、こうやって脳味噌を掻きとられながら初めて自分の存在を意識して、意識しながらがらんどうになっていくんです」と市長が言った。

ボイは脳味噌を掻き出すと、まず自分の口に入れてしまった。署長が声を出してとがめようとしたが遅かった。

「いいんですよ」とPは制した。「こういう珍しいものは慣れた人に毒味をしてもらった方がいい」

「毒味？　試食のこと？　まあ、とにかくああやってほじくり出しては食べるのよ。さあどうぞPさんも一つ試食してはいかが」

Pは一大試練に立ち向かう気持でエビの頭の中を箸でつついた。エビは痙攣してその強力な震動を箸に伝えてきた。

「なんとも悲惨ですね」

「いや、エビにとっては快感ですよ」と副知事の隣にいた人が言った。

Pは意を決して大罪を犯すような気分でエビの脳味噌を口に入れた。海の匂いとかすかな苦みとともに不思議な甘さが口の中にひろがった。

「どう、なかなかいけるでしょう」

「正直なところ、これはいけます」と言いながら、Pはこれにには病みつきになりそうだと思った。一尾分をたちまち平らげるとボイがほかのテーブルからまだ手をつけてないエビを数尾集めてきた。もう一尾分の脳味噌を賞味したところでPは気がついて、あとは遠慮することにした。誰かが教えてくれたことによると、地元の人はこのあとエビの肉片で脳味噌をこそげとるようにして食べたり、強い酒を沸《わか》したのを頭に流しこんで飲んだりするらしいが、余り上品なやり方ではなさそうなので、Pもそこまでやってみるつもりはなかった。

そのうちに人々はグラスを片手に席を立って自由に移動しはじめた。その大半はまずPのいる「貴賓席」にやってくるのである。そしてPに自分のグラスを差し出し、Pにそれを持たせると、酒を注ぎ、次にそれを飲みほすことを強要する。そのあと今度はPがグラスを返して相手に飲ませる。このやり方を（Pの知らない言葉で）「献酬」というらしかったが、この日の主賓のPのところには会場のほとんど全員が献杯しに集まってきたので、Pはその相手をしてひっきりなしにグラスを干さなければならなかった。幸い、酒はごく弱いものだったし、人によっては水としか思えない酒を注いでくれるので（みな自分専用の瓶を持ってテーブルにやってくるのである）、Pはそれほど酩酊することはなかった。「君、大丈夫ですか」と署長が声をかけてくれたが、どうやらPのところに来た連中はかならず副知事、市長、署長にも献杯して、というよりそちらの方が本来の目的らしくて、Pとの献酬を儀礼的に済ませたあと、地元のおえら方との献酬にははるかに念を入れるのだった。よく見ているとそれは、献杯する方が慇懃《いんぎん》かつ執拗に飲むことを強要するのに対して受ける方は秘術を尽くしてそれを辞退するか、うやむやにしようという、一種の熾烈な押問答でもあって、その間に挨拶と日常茶飯の会話から陳情、商談めいたものまでが行なわれ、それがひとしきりつづいた頃、相手がまだ飲んでない酒を是非飲み干すようにと改めて懇請すれば相手はまた丁重に辞退する、といったやりとりが延々と続く。杯を受ける側がついに観念してグラスに口をつけた時は献酬が打切りになる時である。Ｐもやがてこのやり方に気がついたので、すぐには飲まないで、しきりに遠慮をして見せることにした。

「それにしても、私なんか本当はこういうカッペ・スタイルの宴会はいやね」と署長が途中でささやいた。「早く本庁の方に戻りたいよ」

それも署長のような若手のエリート官僚としてはもっともな話かもしれないとＰは思った。そう考えれば地元の人間である市長と仲が悪いのも理解できる。

「失礼ですが、先生はトキオからいらっしゃった方ですか」と献杯に来た男の一人が訊いた。いかにも地元の農業か漁業関係の有力者のように見える。

「トキオって、アマノンの首都のトキオでしょう」

「御冗談がお上手ですな」

「冗談ではないんですよ」とＰは呆れて言った。「私はこれからそのトキオに行くことになった人間ですが、アマノン人ではないのです」

「はあ、外人の方ですか」

「害人とおっしゃいますが、別に悪いことをする人間ではありません。それどころかみなさんのお国へモノカミの福音を持ってきたのです」

「すると貿易関係の方ですな」

「やや近いと言ってもいいでしょう。もっとも私が取り扱うのは目に見える品物ではなくて信仰とか観念とか知識とか、それに救済、喜び、そんなところですが」

「はあ、随分高級なものを扱っていらっしゃるようだ。で、お国の方の景気はどんな具合ですか」

Pは絶句した。相手は依然としてPのことを貿易関係の人間か何かと思っているらしい。その時Pは便利な言葉を思い出して、

「まああですね」と言うと差された酒を一気に飲み干した。これで相手は退散することになるのである。

そろそろスピーチの方をお願いします、という紙片がまた回ってきた。

「私にスピーチをしろということですが、自由にしゃべらせていただいていいですか」

Pが署長にそう尋ねると、署長は大きくうなずいて、

「いいよいいよ、どうせこういう席だし、君には失礼だが、今はもう誰も話なんか聞いてやしない。ほんの二、三分口を動かしてくれればいいのよ」

いくらなんでもそれではいい加減過ぎる、と思いながら、Pは正面の金色の衝立《ついたて》の前に進み出てマイクの前に立った。そして話を始める前に、例のモノカミ教徒が神の名を呼ぶ時の敬虔《けいけん》なしぐさをした。これを近くで見ていた人々は一瞬息を呑《の》んだが、結局どっと笑った。その笑い声のためにほかの人々もPに注目したので、Pは予想に反して静粛な聴衆の前で挨拶を始めることになった。

「本日は私の如き異国人のためにかくも盛大な歓迎の宴を催して下さいましたことを、関係者の方々にまず心から感謝申し上げます」と言って、Pはアマノン国の流儀に従って深々と頭を下げた。「本来なら私は、あるよんどころのない事情により不正入国者として到着せざるを得なかった人間であり、そのために貴国からのいかなる処断も甘んじて受けるべき立場にあります。にもかかわらず、瀕死の状態で到着して以来、漁師の御夫人方を始め、警察署の皆様、とりわけ署長や治安第三課主任警部のカガノン氏には一方ならぬお世話になり、中央政府からも高度に政治的な御配慮を賜りまして、間もなくトキオへ出発することとなりました。そこで本夕は折角のこの機会を借りまして、私の渡航の目的と、貴国に携えてまいりましたモノカミ教の福音についてお話し申し上げて挨拶に代えさせていただきたいと存じます」

ここで拍手が起こったので、Pは会場の三方に向かってうやうやしく頭を下げた。その時またまた紙片が回ってきて、それにはこう書いてあった。マコトニ恐レ入リマスガ、モウ少シ易シイ言葉デオ願イデキマセンカ。古代アマノン語ノ通訳ガ当市ニハイナイモノデスカラ。

これにはPもいささかショックを受けたが、言われてみるとそれももっともだと思い、気を取り直してまたマイクを握った。

「聞くところによれば、貴国、いやアマノン国は経済の繁栄と文化水準の高さでは他の追随を許さぬものがあり、つまりそういう点ではいわゆるダントツで、人々は賢明で礼儀正しく、また内外に争いがなく、満ち足りた生活を送っているそうですね。その片鱗《へんりん》は私のまだ短い滞在期間中にもすでにいくつも拝見させていただいた次第でありまして、例えばの話が今日のこの席で食わせていただいた大エビの活造《いけづく》り、あれはとてもうまかった。アマノン国の料理文化の一端はこれをもってしても十分うかがえるものでありますね。

さて、しかるに人々の精神生活はどうでありましょうか。わがモノカミの聖なる言葉を集めた『神聖契約書』にこういう言葉があります。瘦せた野良犬は天国への門をくぐることができるが、太った豚はその門をくぐることができない。つまり飽食して満ち足りた者はモノカミの楽園には受け入れられない、ということね。しかしこの言葉は単に肉体的な飽食、肥満について語っているのみならず、精神の自己満足や誤った信仰による有害な贅肉についても、それがモノカミの国への妨げになることを指摘しているのであります。聞くところによれば、古代よりアマノン国には多数の神々が乱立し、あるものはそのいくつかを行き当たりばったりに崇拝し、あるものはそれをみなひっくるめて信仰し、あるものは多数の乱立はなきに等しいとしておよそ神を信じないなど、その精神生活は贅肉をまとった豚の姿に近いと言われている。私はこの説をもって先入観とするものではありませんが、しかし少なくともこの恵まれた生活を送っている国民が、表面の満足の裏に病と死を潜ませ、知らず知らずのうちに罪と腐敗の奈落へ沈んでいくとすれば……」

Pの話がようやく熱を帯びてきたところで、マイクの調子がおかしくなった。音が断続して拡大されるようになり、やがて耳に痛い金属音が混入しはじめた。

「アーアー、只今マイクのテスト中、マイクのテスト中、神ノ裁キノ日ハ近ヅケリ、天国ハ近ヅケリ。どうも具合がよくありませんな」

Pがそう言うとそばにいた人々はその言い方がおかしかったのかげらげら笑った。係の職員が出てきて音声拡大装置を点検しはじめ、Pはその間にも声を張りあげてスピーチの続きをしゃべったが、会場はざわめいてもう誰も聞いているものはいなかった。また紙片が回ってきた。修理ニ大分時間ガカカリソウナノデ、オ話ノ残リト謝辞ハオ開キノ時ニオ願イシマス。

これではスピーチの続行はひとまず諦めざるを得なかった。会場は一段と賑やかになって、再び献酬の列がPや市長の前にできたが、都会人の署長はいつのまにか姿を隠してしまった。生きたエビの次には体長一メートルに近い魚の活造りが出された。会場にどよめきが起こったのもこの料理のせいである。これも先程のエビの料理に劣らぬ残酷な趣向を凝らしたもので、巨大な頭に心臓などの内臓を残して、あとは綺麗に肉をとられ、骨と鰭《ひれ》と尻尾だけになった魚のその体の上に、芸術的に薄切りにされた魚の肉が生のままで見事に並べられている。これが直径数メートルもある大皿に飾られていた。この途方もない皿が使われている理由はやがてわかった。この魚はもともと淡紅色をした深海魚の一種であるが、頭が生きている間は口をかっと開けて虚空《こくう》を嚙み、時々全身を踊らせて、薄切りにして載せられた自らの肉を跳ね飛ばしながら一暴れする。そして絶命するまでに、その色は最初の淡紅色から暗紫色、蒼白《そうはく》から朱を注いだような色にまでめまぐるしく変わる。この痙攣と変色を繰り返す断末魔を観賞しながら、肉片を取って特製のソースをつけて食べるのである。

この料理が各テーブルに出された頃から人々は自分の席を立って立食パーティの様相を呈し、署長もいつのまにか姿を現して活造りをつついている。

「P先生、とおっしゃいましたね」

そう言ってPの隣に来て恐る恐る話しかけたのはこの市の小学校長だという実直そうな人物だった。

「先程P先生は宗教のお話をしかけましたが、先生の宗教は本当に人間の病気を直す力があるものでしょうか。それを是非おうかがいしたいと思っていたんです」と小学校長は真剣な顔で言った。

「大変立派な悩みだと思います。ただ私は先生と呼ばれるほどの人間ではないので、精々パードレとでも呼んでおいて下さい」

「パードレさん、ですか」

「いいえ、パードレは司祭の地位にある者につける称号ですから、パードレP、あるいは単にパードレ、でいいのです」

「なるほど、『先生』みたいなもんですな。わが国では目上の人や尊敬すべき地位にある人には、なんでも『先生』をつける習慣になっています」

「で、あなたの御病気はどういうものですか」

「実はかなり悪性のリューマチなんです」

「リューマチですか。とてもそんな風には見えませんが。それにリューマチは大体が女の病気でしょう」

「その通りです。ですが、私の場合は特別の劇薬を常用してようやく痛みを抑えているのでして、その副作用で御覧のように顔は満月のように膨脹《ぼうちょう》している有様です。医者はムーンヘースと呼んで、かなり危険な徴候だと警告しますが、しかし何しろ猛烈な痛みでいても立ってもいられないもんですから、薬は続けるほかありません。そんなわけで毎日が、いや時々刻々が地獄の苦しみです。先生のモノガミ教にはこの苦しみから解放してくれる力はないでしょうか」

「モノガミ、と濁らないで、モノカミ教です。モノは一つということで、唯一無二のカミを信じるのが私たちの宗教です。そのリューマチの苦しみですが、これは直ります。モノカミを信じればその痛みからも解放されます。ただし、ここのところを理解していただきたいのですが、病苦から解放されるという報酬目当てに、あるいはそれを条件として信仰しよう、モノカミと契約を結ぼう、と考えてもそれは駄目ですよ。モノカミ教は信仰と引替えに御利益《ごりやく》を約束する宗教ではありません。この国にはその種の邪教が数多くあると聞いていますが、あなたもまさかそういう人を惑わして金儲けを企む宗教に関係してらっしゃるのでは……」

「実は三つ四つそんなのにはいっているんですが」

「それは危険ですよ。あなたはからだの病に加えて心の病まで背負いこむことになります。それで現に病気は直りましたか」

「直りません」と校長は怯《おび》えた顔で言った。「かえってますます悪くなる一方のようです」

「そうでしょう、よくある話です」

「でも教祖様は、それはお前の信仰が足りないからだ、と言いますよ」

「そして偶然直ったら、それは教祖様のお蔭だ、もっとお賽銭《さいせん》を寄越しなさい、と言うに決まっています」

「まあそうでしょう。で、先生のモノカミ教だと直るんですか」

「直ります。それはあなたの信仰の結果として、おのずから直るのです。信ぜよ、さらば救われん、とモノカミは言っておられます」

「ほかの神様も教祖様も大概似たようなことはおっしゃいますがね」

「モノカミは信じる人間の中身を、心を変えるのです。その結果、病める魂は浄化され、病苦は太陽の出現とともに融《と》ける雪のように融けていくのです」

「そんなに効き目があるなら、寄附金もかなり高いでしょうね」

「モノカミ教団は営利団体ではないから、寄附金とか入信料とか、信徒を苦しめるようなものは頂戴しません。勿論、敬虔な信徒が自発的に喜捨して下さるのを拒む理由はありませんので、そういうものは有難く頂戴いたします」

「じゃあモノカミ教と言ってもこの国にあるのとそれほど違った宗教でもないんだな」

校長は半ば安心し、半ば失望したように言った。

「それは根本的に違いますよ」とPは断乎として言った。「第一、モノカミはそのあなたのお世話になっている宗教の、お賽銭箱の中にいる神様とは違って、あなたや私、全人類を始めとして、あらゆる生命あるものを創造し、天地を、全宇宙を創造したのです」

「神様にはそれぞれ特徴があるようだし、得意な仕事も決まっているようです。そのくせ、お互いに仲が悪くてほかの神様のことを、あれは偽物だなどと、中傷しあったり悪口を言い合ったりしている。モノカミ教もそういうところはよく似てますね」

話を聞いているうちにPはこの一見愚鈍そうな人物がなかなか一筋縄では行かない相手であることに気づいた。ひょっとするとこれは小学校長という表向きの地位に隠れたある宗派の専門家なのかもしれない。そんなことを考えているうちに、Pはアマノン国の葬儀職を独占する僧の中には、哲学的素養もあり頭脳も明晰で宗教論議ではきわめて手ごわい相手となるものが少なくない、という警告を思い出した。

「お話をうかがっていると、あなたは案外したたかな懐疑論者かもしれませんね」とPは調子を変えて言った。「でも、論より証拠という諺《ことわざ》があるでしょう。私がモノカミの力を借りてあなたの病気を直して差上げましょう。本来は聖書すなわち『神聖契約書』に左手を置き、右手をあなたの額に当ててお祈りをします。するとモノカミの霊力が徐々にあなたの体に移転されるのです。残念なことに、私はここへ来る時に遭難して船も荷物も失い、『神聖契約書』も一冊残らず海のもくずとなりました。これもモノカミの思召《おぼしめし》でしょうが、それでも私の体の中には信仰によって蓄えられた霊力があります。これをあなたに注入して病気を直しましょう。ただし、この力があなたの体の中にあって効果を顕《あら》わすのは、あなたがモノカミへの信仰に目覚めた時です」

「そうですか。それではこの際そのモノカミに縋《すが》ってみることにしましょう。駄目でもともとということがありますから、とにかくなんでもやってみなくちゃ」

「まず試みることです。しかし商人がくれる試供品を使ってみるような具合みたいにカミの力を試すのは許されませんよ」

「それはもう」と校長は如才なく言った。「それほど図々しい人間じゃないつもりです。それではのちほどそのおまじないをやっていただくことにしましょう」

今や晩餐会はPが理解する限りでは「無礼講」以外の何物でもない喧騒と混乱に陥っていた。一番目立つ働きをしているのはボイに扮した下っ端の警官たちで、この連中は盛大に飲み食いしながら大声を発し、上役に抱きついたり、頭から酒をかけたりしていた。どうやらこういうことになるのは宴会の定石で、上役たちは部下たちが羽目を外して乱暴狼籍を働くのをある程度黙認し、我慢しなければならないというのが不文律になっているらしい。この奇習は招かれた客にも及ぶものと見えて、やがてPもどさくさに紛れて酒の洗礼を受け、これにはお返しが必要だと判断したPは、自分も負けずに出席者の頭から酒をかけて回った。すると相手は一様にきょとんとして、何が起こったか理解しかねるという顔になった。

「あんた、外人にしてはなかなかやるじゃない」とボイ姿の警官が興奮して叫んだ。そして仲間と一緒になって、発泡性の酒を大瓶からPの顔目掛けて噴出させたので、Pもこれには堪《たま》らず、顔を覆ってそこいらを転げ回ったが、警官たちはそれをPのとっておきの隠し芸とでも思ったらしく、拍手喝采しながらなおも攻撃を続ける。

ようやくこの集中攻撃から脱出して窓の方に這っていくと、そこのテーブルの陰に座りこんでカガノンが一人で料理を食べていた。

「これはこれは、カガノンさんじゃありませんか。そんなところで何してらっしゃるんです」

「Pさんこそ、ひどい有様ですね」

「酒の洗礼を受けたので、私もお返しをしたら、集中的にやり返されて御覧の通りの有様です。アマノン国の宴会というのは大体こんな調子ですかね」

「まあ今夜あたりのがごく標準的な宴会です」とカガノンは落ち着いた、というよりも瞑想を中断してしゃべりだしたような、沈んだままの声でいった。「もうそろそろ引き上げの潮時だと思いますよ。これ以上付き合っていると、上品とは言いかねる光景を見なければいけなくなります」

そう言われてPは、乱酔の果てにあちこちで酒と胃液と食物の混合物を口から噴出する光景を想像した。さしあたりそれ以外のことは頭に浮かばなかったので、Pはやがて始まりそうだというこうした宴会の帰結ともいうべき奇怪な光景を目撃する機会を逸することになった。

「閉会の時に謝辞を述べることになっているんですが」とPが気にすると、カガノンは首を振って言った。

「ここまで来るともう閉会の挨拶どころではありません」

「それではこの辺で退散することにしましょう」

「署の宿舎までお送りします」

Pはお礼を言うと、ずぶ濡れで重たくなった夜会服のまま、瞬《またた》きをしない星がボタンのように光る夜空の下を歩いていった。カガノンの態度も取調べの頃とは打って変わって丁重になっていたが、これは中央から、それも政府の高官から直接の指示があって、Pの立場が単なる不正入国者からある種の重要人物に昇格したことによるのだろう、とPは単純に考えていたけれども、そのうちにカガノンのPに対する態度の変化の裏にはもっと複雑な事情が伏在しているような気がしてきた。例えば、この老練な刑事は実はPの身辺の護衛、あるいはPの監視を命ぜられているのではないだろうか。Ｐがそのことで探りを入れようとした時、相手の方から機先を制するように「実は」と言われたのである。

「実は、適当な折がなくてまだ申し上げていなかったのですが、今回私はＰさんに随行してトキオに行くことを命ぜられたのです」

「やっぱりそうでしたか」

　Ｐは嬉しいとも失望したともとられないように慎重な口調を選んだ。

「御迷惑でしょうか」

「とんでもない、この国に来て一番気心の知れたカガノンさんにトキオに連れていっていただければ、こんな心強いことはありません」

「私がお連れするのではなくて、侍従としてお供をするんです。そしてトキオでもずっと侍従役を続けることになると思います」

　Ｐの鼻にあの独特の臭いが甦った。これからはこの臭いに終始つきまとわれるのかと思うとかなり憂鬱になったが、しかしＰは根が楽天的にできているので、それでも臭いにはやがて慣れるだろうと高を括《くく》って、ここからは急遽この新たな事態を喜ぶことに態度を決めた。

「それは私にとっては願ってもないことです」とＰは言った。「ただ、私の方は大変有難いのですが、カガノンさんにはかえって御迷惑ではないかと心配になります。というのは御家族、つまり奥さんやお子さんを残したまま長期の赴任ということになるだろうし、第一、侍従と言えば私の家来か何かのようじゃありませんか。私は一介のパードレ、宣教師にすぎません。モノカミ教の方ではパードレに従う弟子というものはありますが、下僕《げぼく》、召使いを抱えるという習慣はありませんね。いずれにしても、これは困ったことです」

「最初の点についてはどうやら誤解してらっしゃるようですが、私はラオタンですから妻子というものはいないのです」

「それでは独身の方をラオタンと言うわけですね」

「そうじゃなくて、ラオタンは原則として独身なんです。中には養子をもらっているのもいますが、ラオタンが妻をもつなんてことはありえない。それはそうですよ、そんなことは不可能ですから」

「何か性的な理由のために、ですか」

「ええ。当たり前の話ですが」

「すると何ですか、ラオタンは同性愛嗜好の男か何かで……」

「同性愛って、なんのことですか」

「つまり男同士の性的関係のことです」

「それはきわめて特殊な関係ですね。論理的に考えられるだけで、実際の例は見たことも聞いたこともありませんね」

「アマノン国ではそうですか。実は、恥を申せば、わがモノカミ教の世界では、教団の内部でも外部でも、理由はそれぞれ違いますが、この同性愛が多いのです。私自身は断乎としてそんな異常な趣味に近づく気のない人間ですが」

「そうですか」とカガノンは余り関心のなさそうな調子で言った。「とにかく、今度Pさんの侍従を命ずるという辞令が下りたのも、私がラオタンである点が十分考慮されてのことであると思います。何しろPさんは男ですからね」

「確かに男ですがね」とPは釈然としないまま言った。「男の私に女の侍従とか女秘書とかをつけるのは何かと差支《さしつか》えがある。そういうことですね」

「と私は解釈しました。とにかく、こういう役目にラオタンが向いていることは昔からよく知られている通りで、きっと満足していただけるものと信じていますし、私自身もしがない治安刑事の仕事よりも外国の要人の護衛兼執事のようなこの仕事ははるかにやり甲斐があります」

「要するにこれはお互いに利益になる、ということですね」

「私にとっては降って湧いたような幸運です」

その夜、Pは自分の侍従になるカガノンのためにモノカミ教入信の儀式を行ない、カガノンの髪の毛をひとつまみ切り取った。本来この儀式では男女とも恥部の毛を剃るのが正式であるが、今日では髪の毛を切るという略式の形が普通になっている。そこでPもその略式に従ったのであるが、もしもこの時煩《はん》を厭《いと》わず正式の入信式を施していたとすれば、その副産物としてカガノンの身体的特徴に関するきわめて興味深くまた衝撃的な事実を発見して、アマノン国に対する認識を新たにしていたに違いないが、その機会を逸してしまったわけである。カガノンはカガノンで、Pの侍従に就任するからには主人の指定する宗教に入るのは当然のことと考えているらしく、Pにはそこのところがはなはだ遺憾ではあった。しかしともかくそういう次第でPはアマノン国においてこのラオタンの（その意味は依然としてまだ明らかではなかったが）カガノンをモノカミ教信徒第一号として獲得したのだった。

第四章　首都への旅

首都のトキオまでは飛行機で約一時間の距離だと教えられていたが、この国の飛行機の速さを知らないPにとってはそれがどの位の距離であるかは想像の限りではなかった。カガノンの説明によると、これは、飛行機に次いで速い交通機関である快速浮上列車に途中乗り換えたとして合計四時間、普通の鉄道の特急列車で十二時間、運転手付きの小型の車で十八時間、自転車で三十六時間、徒歩なら二十八日はかかるということだった。

晩餐会の翌日、Pは署長の招待で昼食をともにしたが、その際きわめて率直に、トキオに行って官房長官のところに出頭する期限はいつ頃と考えればよいかを尋ねてみた。すると、「ああ、それはできれば早い方がいいだろうけど、今日明日というわけではなし、どの交通機関を選ぶかにもよるから、まあ数日中に着いていればいいんじゃないの」と、ややいい加減に聞こえる返事が返ってきた。

「では今すぐに飛行機で飛んで行かなくてもいいんですね」とPは嬉しそうに言った。

「いいけど、あんまり道草を食ったり、そのあげくに行方不明になったりしては困るよ」

「承知しております。実は、若干の余裕が認められるならば、汽車で行くことにして、その途中でキオトに寄って、古都見物を兼ねて伝統宗教の実態についても調査をしていきたいと思いまして」

「いいでしょう、その旨《むね》中央とキオト市長に連絡しておきましょう」

署長は口ではそう言ってくれたけれども、前日までに比べるとやや投げやりで熱意に欠けるふしがあり、それは二日酔いのせいかもしれなかったが、自分の手を離れると決まったものはできるだけ早く手を離れてくれることを望むという官僚独特の気質を表しているようでもあった。何しろ、手を離れてしまえば、そこから先起こることについては自分の責任外となる。そんな態度がかなり露骨に見られたのである。それから話は署長がトキオに呼び返されて本省の出世の階段を駆け上がっていく日の来ることをめぐって、愚痴と願望とを交互に繰り返すという、Pとしてはいかんともしがたい話題に釘付けになった。そのうちにこういうことには疎いPもようやく気がついたのであるが、この署長は、今後政府の高官と接触する機会の多いPに、その辺のとりなしを期待しているらしかった。そこでPが適当にお愛想を言っておくと、署長は掌を返したように陽気になった。つまり出発を控えた最後の昼食にふさわしい気分が戻ってきた、というわけである。

「そうそう、忘れるところだった」と言いながら署長は綺麗に包装してリボンまでかけた包みをPに差し出した。「これ、あげるよ。短い旅行には重宝するよ」

「それは有難うございます。一寸《ちよつと》拝見してもようございますか」と言ってPが包みを開けてみると、それは立派な革のケースに旅行用のドライヤー、櫛《くし》、髭剃り、石鹸、歯磨き、歯ブラシ、化粧水にクリーム、毛抜き、マニキュアの道具など、旅行に必要な、考えられる限りの小物をことごとく取り揃えて収めたもので、一見しただけで高級な品物だということがわかった。アマノン国のこの種の製品は、入念な職人の手になる細工なのか、それともある程度大量に生産される工業製品なのか、判断に苦しむところがある。いずれにしてもその技術の水準は大したもので、モノカミの世界ではお目にかかったこともない贅沢品に属することは間違いない。

Pは深く感謝の意を表しながら、こんな時自分の方がしかるべきお返しをすることができないのを何よりも残念に思った。今のところ、Pはアマノン国においては無一物の乞食に等しい立場である。トキオへの旅行の費用を始め、すべてアマノン国持ちであって、こういうことはPの好みではなかった。Pとしては、本国から潤沢な旅費、交際費、調査費、工作費などを支給され、また各方面への贈物の品を山のように用意して、できれば相当数のモノカミ人の随員を引き連れて、正式の外交使節の資格でアマノン国に入国し、元首に拝謁《はいえつ》する、という形をとりたかったのである。しかしそんなことが夢であることは今やPにもよくわかっていた。

ところがトキオへの出発を翌日に控えたこの日の午後、一寸した事件が発生した。署長が興奮した顔から湯気をたてながらやってきて、Pに至急海岸まで同行願いたいと言う。

「一体何があったんですか」

「またまた不法侵入物が現れたのよ」

「私の仲間が来たんですか」

「いや、生き物は乗っていないらしい。貨物船のようなものかもね」

行ってみると、Pが打ち上げられていた海岸からそれほど遠くない地点に、貨物専用遠距離航行船が漁師の女房たちの手で引き上げられている。黒く塗装した船体を砂の上に横たえている姿は、満腹して動けなくなった鯨のようだった。大勢の警官がその周囲を取り囲んで厳重に警戒している。

「これは君の国からやって来た船なの」

「ええ、間違いありません。多分、宣教師団のために送られてきた必要資材でしょう」

「資材ね。まさか武器とか麻薬とか、おかしな品物ではないだろうね」

「そんなものではありません」と言いながらPは思いがけない事態の展開に有頂天になっていた。この中にはアマノン国の政府高官や関係各方面に贈呈するのに恰好の珍品の数々と、滞在中の費用に充てるべき黄金とが満載されているはずだった。

「私が開けてみましょう」

そう言ってPはこの鯨ほどもある巨大な貨物専用船に近づくと、かねてより覚えてあった暗号を唱えた。と言っても、それは『神聖契約書』の冒頭の部分三行を唱えるだけでよいのである。するとこの暗号の音声を感知したのか、船体を輪切りにするような線が現れ、その線が深く食いこみ、やがて茹で卵を糸で輪切りにするような具合に船体が真っ二つに切れて、まさに茹で卵の断面にそっくりの切り口が現れた。目撃していた漁師の女房たちはこれを見てほとんど驚倒するところだった。Ｐが魔法使いよろしく呪文を唱えて船体を切断したかのように受け取ったからである。船の内部はなぜか堅く茹でた卵に似て、芯の部分、黄身に当たる部分には数十トンもありそうな黄金が詰まっていた。そして白身に当たる部分は、数え切れないほどの仕切りのついた収納庫になっていて、その中にはモノカミ世界の最高級の装身具や美術品、衣服、ガラス製品、楽器、書籍、祭祀《さいし》用の道具などが梱包されて入っているのがわかった。これらの品は黄金とともに一旦警察署に運ばれて、Ｐの立会いの下にすべて梱包を解いて検査されたが、それは武器や爆弾、毒物、麻薬のような危険物もしくは猛獣、毒蛇などの恐ろしい生き物が積みこまれていないかどうか確認するためのものだということだった。

ところで、広い部屋一杯になるほどの財宝珍品にもかかわらず、人々の目は終始品物よりも金塊や金の延べ棒、金細工、金銀の食器などの方に向いていたのは、署長からあとで聞いた話によると、このアマノン国では黄金がきわめて稀少《きしょう》であり、したがって黄金の価値は極度に高く、検査に当たっている係官も、涎《よだれ》を垂らし、目もうつろで、ほとんど気がふれたのではないかと思われるような反応を示していたのである。

「モノカミ国にはそんなに金があり余っているの？」と署長が溜息まじりに訊いた。

「それほどでもありませんよ。私たちのところでも金はやはり貴重です。しかし国土が広いので、金の埋蔵量も相当なものでしてね。今も金との兌換《だかん》を認める貨幣制度を採っておりますが、この金は食器、装身具などにも使います。しかし金を求めて狂奔したり、金を蓄積するのに夢中になったりすることはありません。アマノン国ではどうもそうではなさそうだとお見受けしましたが、金がよほど珍しいようですね」

「それはもう、この国では一生金というものに触ったこともない人間が大多数を占めるほどだもんね。金の指輪でもしていようものなら君、みんなが跪《ひざまず》いて拝みかねないよ。人間の最高の幸福は、全身に金粉を塗られ、皮膚呼吸を止められて死んでいくことだという人もある位よ。それだけに、この大量の金については慎重な取扱いを要するわけで、早速中央に報告して指示を仰いだところ、こういうことになった。金はとりあえず政府が保管することにする。Pさんにはその預り証として、財務省からわが国の通貨を渡す。そしてPさんに限って金との兌換を認める、という措置を取ることにしたい。そのお渡しするマネの量、あるいは金額だけど、これは私には皆目見当もつかない。事実上無制限、いくらでもマネを提供する、ということになるようね。だから君は一躍アマノン一の大金持になったわけなのよ」

「そのこと自体は大して嬉しいことでもありませんが」とPは言った。「まあこれまでのような乞食同然の立場で何から何まで貴国のお世話になることに比べたら、その違いは大きい。ただし気掛りな点がないでもありません。その金との兌換ができるマネを、一度にどれだけ引き出すことができるんですか。こういう笑い話があります。ある独裁国で百万ドラの富籤《とみくじ》が当たった人があった。すると政府はこの人に毎年一ドラずつ百万年間にわたって賞金を支払うということになった。しかし勿論、貴国はそんな独裁国ではありませんからね」

「なるほど、そういう手があるのね」と署長は感心した様子で言った。「君に対する年間のマネの発行額をうんと抑えればいいわけね」

「冗談じゃありませんよ。私はその引き出したマネを自分の贅沢のために使うわけでもない。大半は貧民救済その他の慈善事業と布教活動のために使い、あとは政府高官など関係各方面への儀礼的贈答や接待のために使います。実は早速マネのいることがある。政府が私に認めてくれる正式の通貨引出し権が行使できるようになるには時間がかかるかもしれないので、とりあえずここにある黄金の一部をマネに換えましょう。つまりこれを売っていただこうというわけですが」と言いながらPは金の延べ棒を一本署長に渡した。署長は怖《お》じ気《け》づいて延べ棒を押し返した。

「そう簡単に言ってもらっては困るのよ、君。大体金の取引はわが国では禁止されている。まあもっともそれは表向きのことで、裏では裏のことがあるようだけどね。しかし警察がその裏の取引ルートをお世話するわけにはいかないじゃないの」

「そこのところは逆で、警察だからこそできるではありませんか。下の方ではいろんな非合法ルートの連中との接触もあるでしょうし」

しかし中央から派遣されてこの地位を無難に勤め上げ、一日も早く中央に栄転することしか眼中にない署長をこれ以上押してみても無駄だとわかった。それでPは、お礼のしるしに、署長以下全員に、モノカミの文字を刻んだ小額金貨を一枚ずつ進呈することにして（これが汚職にならないことは慎重に確認された上でのことである）、カガノンには昨日のお返しの晩餐会をPの主催で開く件について相談した。その際、Pは例の生きたエビの脳味噌料理と断末魔の巨大な深海魚を賞味する料理は、前回以上に豪勢に供するよう、注意することを忘れなかった。

「それに酒はもっと濃厚芳醇《ほうじゅん》で強いのがいいね。この前はただの水も出ていたと見えて、市長も私も何度か水を飲まされましたよ」

そんなわけで、Pの出発は一日延ばされ、今度はPの説教に続いて盛大な「無礼講」となり、豪華な御馳走を投げ合ったり酒を掛け合ったりして大騒ぎを演じたあと、その次の日の正午の列車で、Pはカガノンを伴って出発した。この国の習慣らしいが、出発の際には署長以下警察の主だった連中に市長、副知事、その他前夜の宴会に出席していた連中が、二日酔いの腫れぼったい顔を並べてホームでPを見送ってくれた。列車が動き始めると、一斉に両手を上げて何やら叫び、数人は列車についてしばらく走りながら、手を振って別れの言葉を叫んだ。これにはPも感激して、

「アマノンの人たちは本当に人情が濃《こま》やかですね」と言ったが、カガノンは、

「田舎の人だからですよ」と言った。

「都会の人はもっと冷たいんですか」

「無駄なことをしないし、もっと事を省略するのが上手ですね」

まだ二日酔いの妖雲《よううん》が晴れない頭を快適な座席にもたせかけているうちに、当然の生理現象として、その妖雲の上に睡魔の影が広がり、Pはまもなく眠りこんでしまった。夢の中で列車は次第に水中に没していくように思われた。そしてなぜか水底を快速力で走っていくのである。水は列車の中を満たし、さらには頭の中を満たし、頭を通り抜けて色とりどりの魚が群れをなして泳いでいく。こんなことになっているのに、列車の方は何の抵抗もなく水中を走りつづける……

目が覚めた時、Pは一人で個室のソファに身を沈めていた。窓の外には水のように霧が流れている。午後の太陽は傾いて、霧の向こうで鈍く輝く黄球になっている。Pはどれほど時間が経ったのか一瞬わからなかった。カガノンを捜しに廊下に出ようとすると、隣の部屋に通じる扉が開け放しになっているのに気づいた。カガノンはこの狭い控えの間で机に向かって書類の整理をしているところだった。

「お目覚めでございますか」とカガノンは執事のように重厚な口調で言った。

「よく働くね。いいからこっちに来て午後の飲物でも飲もう」

「何になさいますか」

「アマノンではどういうものを飲むのかね」

「お茶か食間酒というところでしょう。お茶だと大きく分けて緑茶、醱酵茶《はっこうちゃ》、焙茶《ほうじちゃ》、粉末茶、団茶、花茶、果実茶、薬茶という系統がありまして、一番贅沢なのは緑茶ですが、緑茶にも等級がありますし、醸酵茶には醸酵の程度に応じて五、六種類あって色も檸檬色、黄金色、橙《だいだい》色《いろ》から真紅、赤紫まであり、という具合ですから、一口にお茶と言っても百種類ではきかないでしょう」

「随分細かいね」とPは感心して溜息をついた。「アマノン文化の高さと趣味の洗練度がうかがわれる。しかしこの列車内にそれだけの種類が用意してあるんですか」

「五十種類はあるでしょう。それに、注文すればそれぞれのお茶にあったお菓子も用意してあるはずですから、よろしかったらお茶と一緒にお取り致しましょうか」

「じゃあそうしてもらおう。ただしお茶もお菓子も私には見当がつかないから、あなたの好みで適当に決めていいよ」

カガノンが電話で何やらこまごまと注文していたが、まもなくボイが茶菓一式取り揃えて持ってきた。それは特上の緑茶に桃の実を形どった精巧な出来のお菓子を添えたもので、そのお茶の複雑微妙な味と香りとお菓子の淡い甘味の組合わせにPは感嘆した。

窓の外には淡彩で描かれた絵のような、不思議な風景が流れていた。Pは見知らぬ土地の風景には人一倍興味を持つ方で、トキオまで行くのに飛行機ではなくて速度の遅い列車を選んだのも、一つにはこの風景、地形、さらには風俗などを観察することを目的としていた。

「何とも不思議な風景だね。まるで絵のようだ。というより、絵をお手本にしてこの風景を造型したかのようだ」

「キオトの近くの仙山《せんざん》の風景はわが国でも屈指です。今度の首都行きに飛行機を止めて列車を選ばれたのはまさに正解ですね。この仙山は秋の紅葉の頃も見事ですが、私の好みから言えば、青葉、若葉の今の季節もそれに劣らずいいものです」

列車は、蛇行する渓谷を縫うようにして、複雑な山塊の奥深く進んでいく。このあたりの地形はPが美術史の本で大昔のアマノンの水墨画ということで見たことがある不思議な風景にそっくりそのままであった。山は奇抜な形に削られた石峰となって大小数百の筍《たけのこ》のように聳《そび》え、その下には松、杉《すぎ》、檜《ひのき》、梅、桜、それに竹林が微細な筆の動きで描き上げられたかのように広がっている。濃淡の墨の色を見せて次々に立ち現れる岩の峰の間を白い雲烟《うんえん》がめぐり、黒いつぶてを投げつけたように鳥の群れが飛び去る向こうに、くすんだ金色の夕日が夢幻の光の球となって浮かんでいる。窓を開けると仙境の山気を思わせるものが冷たく吹きこんできた。

列車が長いトンネルを抜けて、夕方の黄色い光の中に出たところがもうキオトだった。先程までの墨絵の世界が嘘のような、穏やかに明るい暖色の空気の中に、低い家並の町が広がっている。ところどころに寺院の塔らしいものが聳え立っているほかは、平屋と呼ばれる伝統的な建物ばかりで、高層の建物は見当たらない。それがまた町の印象を穏やかなものにしている。低い屋根の波が続く向こうに丸みを帯びた連山が緑の煙のように霞んで見える。そうしたなだらかな山々に四方を囲まれた地形からすると、この町は典型的な盆地の中にあることがわかった。

市長に会って挨拶だけは済ませておこうということで、二人は駅を出ると、気楽な旅行者の気分で大通りを歩いていった。町には観光客らしい若い女の姿が多く、Pはここでアマノン国に来て初めて女らしい女、つまり若い娘や学生や少女の姿を見たのである。それにしても女の姿ばかりが目につくので、そのことをカガノンに言うと、

「何しろ、古い都ですから観光客が多くて、それも学生を中心に若い連中ばかりです。若いうちはみんなあんな恰好をしてふらふらと遊んでいるもので、それがお目にとまったんでしょう。でも、あまりその『女』という言葉はお使いにならない方がよろしいですよ。いや、もっと適切な御忠告を申し上げるなら、原則として人前ではお使いになってはいけません。今では廃語となった古い言葉ですし、殊更《ことさら》それを使うと相手は侮辱語として受け取ります」

「それはいいことを教えてもらった」とPは言った。「しかし『女』の代わりにどんな言葉を使えばいいんです？　例えば『女性』とか」

「『女性』というのは公文書その他の性別の欄に記入する時にだけ使う言葉で、日常の話し言葉では使いません」

「女の子とか、女子とか、少女とか、娘とか、婦人とか、いろいろ言い方はあるだろうが、結局どれを使えばいいんですか」

「いずれにしてもそういう『女』という言葉に関連した言い方は、一切お使いにならない方がいいでしょう」

「ではその、要するに女のことをここでは何と言うんですか」

「特に言い方はありませんね。単に人とか人間とか言うだけです」

「なるほど、随分気を使って女を立てているんだね。あるいは徹底した男女平等が確立して、言葉の上でも性の区別を廃するに至ったのか……」

しかしカガノンはこの話題にはこれ以上積極的に乗ってくる気配を示さなかった。

「それにしても、この町には『人』ばかりで、われわれ以外に男の姿が見えないじゃありませんか」

「もともと少ないですからね」とカガノンは憂鬱そうに言った。

「ほう、男が少ないのか」

Pは大して考えもせずにそう言った。女の多い国の、特に若い女の多いこの町を、今男の自分が闊歩《かっぽ》していることが何とはなしにいい気分だった。しかしPの一際《ひときわ》目立つ長身と、異国人らしい彫りの深い風貌にもかかわらず、若い女たちは殊更Pを無視しているのか、珍しげに目を向けることもなく、むしろ視線がぶつかるのをそれとなく避けているようで、Pにはそれがはなはだ物足りなかった。そこでよからぬ考えが頭に浮かんだ。つまり、コレジオで訓練を受けた街頭での布教（古いアマノン語では「辻説法《つじせっぽう》」ということまでPは覚えていた）を試みて、否応《いやおう》なしに若い女たちの注目を集めることを考えてみたのであるが、それに必要な楽器を持っていないこともあって、この場では控えておくことにした。

「残念だな」とPは言った。

「何がですか」

「何がってあなた、こんなに若い女、いや『人間』が町に溢《あふ》れているのに、みなさん大層慎み深いと見えて、誰《だれ》もわれわれに注目してくれない」

「私が一緒だからでしょう」

「それは確かにあなたの方はもうお年ではある。しかし私の方はまだ若いし、自慢ではないがあちらでは街を歩いていて若い娘の流し目を浴びる経験も皆無ではない。ところが流し目も何も、誰もが目を外らしてわれわれを見まいとしている。まるで不浄のものを避けて視線を汚《けが》すまいとしているかのようだ」

「その観察は案外当たっているかもしれませんよ」と珍しくカガノンは皮肉をこめて言った。

「まったくけしからんことだ」とPは憤慨して見せたが、それはあくまでもアマノンの未婚の女が極端に慎み深くて男を避けようとする傾向に向けられた軽い憤懣《ふんまん》にすぎなかった。そして女が表面ではこんな風に男に冷たいことは、Pにとっては逆に魅力的で、一層気を引かれる要素となる。けれどもPのそんな気持を察したのか、カガノンは、当分自重して大胆な行動には走らない方がよいと忠告するのだった。

「詳しいことはいずれ申し上げますが、ともかくここでは見知らぬ人間に馴々《なれなれ》しく話しかけたり、目と目を合わせたりしないで下さい。うっかり目が合うと、侮辱罪で訴えられることもありますから」

「それはまたひどい女上位の風潮だね。ウィンクしてもいけないのかね」

「間違いなく侮辱罪に問われて罰金を食らいますね」

「それじゃ女漁り《おんなあさ》などもってのほかというわけだな」

「女漁り？　そんな言葉は間違っても口に出さないようにして下さい」とカガノンは哀願するように言った。「とにかく先程申し上げた通り、『女』のつく言葉は妄《みだ》りに使わないこと、これを守っていただかないと、上流の人たちとの交際や接触もできなくなります。ラオタン以下に見られます」

「極力言葉は慎むとしよう。それにしても不自由な世の中になっているね。昔はこんなではなかっただろうに」

「いいえ、昔からそうですよ。歴史始まって以来、ちっとも変わっていませんよ」

「そうかね」とPは皮肉をこめていった。「だとすると、いつのまにか女は進化して人間になった、そして男は男でしかなくなって、おまけに数も少なく、影も薄くなって、うっかり女をくどくこともできない哀れな存在になってしまった、というわけだ」

「まさにその通りですよ。パードレの洞察は正しい。アマノン国の歴史の核心を見事に摑んでいらっしゃる」

「妙な褒め方をしないでもらいたいね」

そんなことを言っているうちに二人は市の庁舎に着いた。Pのことはすでに話が通じているらしく、市長室では市長、助役以下、キオト市の幹部のほかに、市会議長を始めとする有力市会議員、警察署長、消防署長、大学の学長、代表的な大寺院の院長等々が勢揃いしてPを待ち受けていた。そして紹介と挨拶が終わると、閑静な庭に面した別室で「テーセレモニー」と称する、伝統的な、しかし簡素で仰々しさのない形式による歓迎会が開かれた。これについてPはその概略だけはコレジオで習って知っていたが、実際に今日アマノン国で行なわれているのははるかに格式張らないもので、最初の、大きな茶碗で粉末茶を泡立てたものを全員で順番に飲む儀式を除けば、その雰囲気は、Pの知る限りでは、女たちが集まってお茶にお菓子で気のおけないおしゃべりを交換する午後の会合に一番よく似た感じのものだった。それに、集まったキオトの名士たちはいずれもこの古都の空気にふさわしい優雅さと上品さを身につけていて、その話しぶりも挙措もどことなく女性的でさえあった。したがって、あの最初の町での宴会などとはおよそ違ったこの歓談の席では喧騒も馬鹿騒ぎもなく、何種類もの上等のお茶とお菓子の間で気の利いた会話が飛びかい、そのもてなしぶりには客人を数十枚の柔らかい女の掌で愛撫するのにも似た手際のよさがあった。ところがその反面、あとで考えるとこれはごくあっさりした歓迎会であって、時間もそれほどかかっていなかった。Pはここで、カガノンが言っていた、事を上手に省略する都会流のやり方というのがこれなのかと思い当たったのである。

それからPたちは、市の職員の運転する車で、市の東部にあるなだらかな山の上のキオト賓館という宿舎に案内された。これは眺望と言い、設備、格式と言い、この古都随一のホテルで、一般民間人では宿泊の予約を取ることがむずかしいとされているらしい。前方には色とりどりの灯火で飾られたキオトの街全体を見下ろすことができる。この眺めだけでも大したものであったが、背後には昼間通ってきた奇松、怪石、雲海、渓流からなる仙山の不思議な風景の一部が水墨画のように広がっている。

「これは一年でも滞在したいところだね」とPはカガノンに向かって言ったが、結局この日から一週間キオトのこのホテルに逗留《とうりゅう》することになった。市長を通じて中央に連絡してもらったところ、それで一向に差支えないとのことだったのである。その間にPは仙山探勝の小旅行を試みるつもりだったが、それには最低五日を要するということだったので今回は諦めざるを得なかった。ホテルの支配人の話では、この仙山一帯は奇勝を保存するため、車馬の立ち入りを一切認めず、ホテル、飲食店なども許可せず、旅行者は通常修行者の装束に身を固めて徒歩で険峻《けんしゅん》な小道を辿り、数箇所の山寺に宿泊させてもらうしかないという。この話はPを一層魅惑するものであったが、カガノンは今はその時ではないとしきりに思いとどまらせようとした。

それでPはキオト滞在の間は毎日街に出て、昔からの市場や由緒ある寺院の建物、庭園、宗教彫刻や宗教画などを見てまわる一方、有力な寺院の僧侶たちとも接触を図った。この希望に快く応じてくれたのはPの歓迎会に姿を見せていたムインという高僧で、Pはその僧の属する宗派の寺院に招待されて、僧たちの修行を見学し、教理についても説明を聞いた。

この宗派は広く言えばブッダ教に属する自力救済主義の宗派で、不自然な姿勢で座って瞑想する行《ぎょう》と、日常の作業と、不可解な問答とを主な方法としてサトリと呼ばれる精神状態に到達することを目指している。というような概略の知識はあらかじめカガノンから仕入れておいたが、カガノン自身は、モノカミ教に入信したということに加えて、日頃から宗派を問わず、俗化した寺院や僧侶に対してはきわめて辛辣な見方をしていたので、Pにブッダ教各派の説明をしながら、これらを宗教と考えてはいけない、むしろ葬式業と見るべきだ、という点をいつになく断乎たる調子で強調してやまなかった。

「率直に伺いますが、この寺院の収入源は葬式の請負いですか」とPはムイン師に訊いてみた。これはそばにいたカガノンが思わず顔色を変えたほど不躾な質問だったが、ムイン師は無感動の極にある顔に、絶えることのない微笑を浮かべたまま、いささかも不快の色を示さずに言った。

「主なものはやはり葬式でしょうな。葬式およびそれに関連した行事、例えば死者個人について死亡の一周年記念日、三周年記念日のような祭礼がありまして、契約信徒の家にはその日が来ると自動的にこちらからサービスに出かけるわけです。希望に応じて、この寺院に設置してある祭壇を使って祭礼を行なうこともあります。この場合は出張サービスの場合より幾らか割安になります。こうした祭礼サービスのほかに、契約信徒には規定の年間料金を払いこんでいただく。以上が主たる収入ですな」

「なかなか合理的、いや商業的にうまくできているんですね。で、この寺院の契約信徒数はどれ位ですか」

「それは営業上の秘密ですから、申し上げられませんが」とムイン師は微笑の煙幕を張った。「まあかなりの収入になります。そのほかに、幼稚園、学校、精神コンサルタント、駐車場、各種の稽古事教室、スポーツ・クラブ、墓地などを副業で経営している寺院もあるようで、その場合はそこいらの企業顔負けの売上げがあります」

「なんとも見事な企業家精神ですね」とPは呆れて言った。

「有難うございます。いろいろ多角的に考えませんとね。何しろ死者はこのところ減る一方だし、税金対策にも頭が痛い。いずこも同じでしょうが」

「私のところのモノカミ教団はそんな俗化した宗教とはまったく性格が違います。葬式は例外なくモノカミ教会で執り行なわれますが、それは無料です。勿論、任意の寄附は頂戴します。ただしこれはあくまでも任意のもので、また教会の収入にもなりません」

「不思議なやり方ですな」とムイン師は怪訝そうに言った。「それではあなたの教団の財政的基盤はどうやって支えられるんですか」

「モノカミストの政府が徴収した税金が教団の経営を支えることになります」

「すると何ですか、政府と教団とは一体不離の関係にあるわけですな」とムイン師は穏やかな微笑にいくらか皮肉の翳を加えて言った。「それはまたうらやましい。あなたのお国ではそのモノカミ教がモノポリーで、しかも国の直営宗教というわけですな。財政基盤はこの上なく安定するし、教団としては何の苦労もいらない」

「多少誤解があるかと思いますが」とPは訂正の必要を感じて言った。「モノカミ教が唯一の宗教であるのは競争だの独占だのということとは無関係で、真のカミと信仰は当然ただ一つしかないわけですし、また政府が多くの宗教の中からモノカミ教だけを庇護して独占の特権を付与しているのでもなくて、モノカミ教団そのものが国家であり、政府を持っている、という風に理解された方がいいのです。モノカミ教と教団を離れて国家も政府もないわけです。だから私たちの世界には、本当は国家という概念がありません。みなさんは便宜上『モノカミ国』という風におっしゃっても差支えありませんが、ではモノカミ国でない他の国家、他の宗教と結びついた国家があるのかと言えば、そんなものはどこにもないのです。太古においてはあったかもしれません。しかしそんな邪教は当然のことながら一つ残らず滅びて、私たちの世界はすなわちモノカミ教の世界であり、地上の楽園なのです」

「なるほど、あなたのお国は恐ろしいほど見事にモノカミ一色になっているようですな。それに引き換えわれわれの方はもう支離滅裂でしてな、何々教と名のつく宗教にしても一体いくつあるか、誰にもわからない。政府の文化省もその数はつかんでいないが、一説によると万は下らないともいう。その中には信徒三十人の新興教団もありますからね。まあともかくわが国では宗教は他の商売と同じで、麻薬、毒薬、殺人の道具さえ売らなければどんな商売も自由であるのと同じく、殺人や自殺を目的とするものでさえなければ、どんな宗教を発明して布教しようが自由、というわけです。で、この自由の結果として、商売も宗教もまことに競争が激しい。幸い、私どもの宗派は葬式に関しては市場のシェアがきわめて高い。その代わり、結婚式、起工式、入学式、それに議会や競技会、祝賀会等々の開会式のようなめでたい儀式となると、いまだにシェアはゼロに近い。この種のものは伝統的にシントイズムの方が強いですな」

「そのシントイズムとはどういう宗教ですか」

「シントー教とも言いますが、まあ早く言えば先祖の集合的な霊というものを神と称して崇拝し、これを祭って、事ある時にはこの神を呼び出して守護を頼むための祭事をするのが特徴です。このシントイズムもなかなか人気がありましてね。今のところ分野調整をして共存共栄を図っている状態です」

「どうもお話を伺っていると、宗教の話だか商売の話だかわからなくなりますね」

「商売も宗教も結局は同じなんですよ」

「それがあなたのサトリですか」

「ブッダ教についてもお詳しいようですな。そのサトリとは、世界と時間と精神についての、言葉では表現できない究極の認識、それに到達することによって自分というものが無に帰するような解放の状態を指しますが、俗に言う、『世の中とは所詮こういうものだ』程度の認識も低い意味ではサトリと呼ばれます」

「それでは、この寺院で大勢の僧侶が自己鍛練に励んでいるのも、その最高のサトリ、あるいは自己救済を、いわゆる『自力』によって達成するためなんですね」

「表向きはおっしゃる通りです」とムイン師は笑いながら言った。「ですが、あなたも同業者だから打ち明けた話をしますが、これもまた商売の一つでしてな」

「あの苛酷な修行がですか」

「別に苛酷でもなんでもありません。実は、修行中の僧の中にはプロのコーチとも言うべき私どもの弟子の僧と、修行費を納めて参加している素人のにわか僧とが一緒になっているんですよ。後者はそれなりに奇特な心掛けをもって前者の指導の下に修行に励んでいるわけですが、勿論、サトリに到達することなんかできるわけはない。しかしいくらかでもサトリに近づいたという満足感をもって修行課程を終えてもらうよう、私どもでは誠心誠意サービスに努める。何しろ、この分野は従来葬式に偏していた私どもの宗派にとって大いに有望な新分野ですから。パードレも時間の余裕があれば一度やって御覧になってはいかがかな。少なくとも、精神状態は安定しますし、健康にもいい。血圧やコレステロール値も目に見えて下がるという結果が出ております」

「有難うございます」とPはいささか困惑して言った。「でも何分旅行中ですから、またの機会にいたしましょう」

「それは残念なことですな。ところで、これは取引ということではありませんが、あなたの方のモノカミ教は結局のところ何を売物にしているんですかね。お互いの利益になることでしたら、私どもも喜んで御協力しますよ」

「それが、何かを売るということではないんです。『神聖契約書』は無論のこと、文書やパンフレット類の販売ということも一切やっておりません」

「はあ。すると、想像するに、保険型の宗教ですな」

「どういうことでしょう」

「いや、譬《たと》えて言えば生命保険のようなもので、これと契約しておけば万一の場合に保険金なり『安心』なりがもらえる。あるいは死後に地獄ではなくて天国か楽園か、ともかく快適な場所に行ける。契約した相手のカミを信じて祈りを捧げていれば、災厄や苦悩から解放されるという効果もある。私どもはこれを保険型の宗教と呼んでおりますが、アマノンでも最近はこの型の新興宗教が多いようで、一寸《ちよつと》した流行ですな。しかしそう言っては何だが、保険契約型の宗教はあれこれとうるさくて鬱陶しい面があるものだから、よほど心身の健康状態のよくない人か縛られることに特別の満足を覚えるような人がひとわたり契約に加入すれば、あとは余り信徒も増えないのではないかと私なんかは見ております。大体、保険というものは全体として加入者や契約額がどこまでも増えていくという性質のものではない。頭打ちになるのは早いんですよ」

Pは少々気になる見通しを言われて軽い衝撃を受けたが、すぐに体勢を立て直してこう反撃した。

「問題は何が真の宗教であり何が真のカミかということですね。アマノンの人々はいまだに本物を見たことも聞いたこともないために、山とある偽物を前にしてあれこれと迷っているだけのことではないでしょうか。本物に接した瞬間からすべては変わります。モノカミの教えは人々の心を捕え、あなたのおっしゃるシェアとやらを独占するに至ることは確実です」

「大層な自信をお持ちのようで結構なことですが」とムイン師は気を悪くした様子もなく言った。「私どもはモノカミ教が新規加入契約者を大勢獲得して成功なさるのを邪魔するつもりはありません。ただし、モノカミ教徒になっても従来通り葬式は私どものところでやってくれるということであればね。人々の精神の方はどの宗教がどう支配しようと、それは一向に構わない。私どもはもともと精神まで縛って自分たちだけの顧客にしようという気持はありませんからな」

「そこのところは重大な問題を含んでいるようですね」とPは慎重な言い方をした。「もともとモノカミ教は心身が分離できるという考えを採っていません。世俗のことと精神の世界のこととを分けて、どちらか一方だけを支配して満足するという立場ではないのです。すべてはこの世界と人間を創造したモノカミの意志の下におかれなければなりません。そこからはみ出して、他の邪宗の手に委ねていいようなものは、虫けら一匹残らないのです。例えば、葬式については私たちの教団の主宰する儀式があります。誕生式、結婚式等々すべてしかりです」

「それはまた随分欲張っていますな。どうもあなた方のカミは嫉妬深くて他の神様の仕事を全然認めようとしないらしい。それでは摩擦を起こしますよ。どう考えても利口なやり方ではありません。アマノンに進出なさるつもりなら、既成の宗派とも協定を結んでナワバリを調整する必要がありますな。それについては及ばずながら私もお力になりますよ」

「有難うございます。あるいはおっしゃるようなやり方が賢明かもしれない。最初は爪の先ほどのシェアでも結構です。そこから先は自由で公正な競争さえ認めていただければ、真なるモノカミ教はかならずシェアを百パーセントにしてモノポリーに到達します。そうなった時にはアマノンの国家もモノカミ教と一体化するのです。この帰結自体は認めないわけにはいかないでしょう」

「恐れ入った自信ですな」とムイン師は肩を竦《すく》めた。「まあ、新規参入者はそれ位の気概を持たなければ駄目だが、協定という場合、ただ一つの宗教が他を食いつくしてモノポリーに到達する道は最初から塞《ふさ》いでおく、という暗黙の了解がある。それを否定されては協定は成り立たないし、モノカミ教の参入も不可能となる。つまりモノカミ教だけが他のすべての宗派から排除されて日干しになる。しかし私の予想では、残念ながらモノカミ教には、公平に見て、他を駆逐して一人覇《は》を唱えるほどの魅力はない。まして、いわゆる殴りこみをかけるという乱暴な形で進出を図れば、それだけでますます成功は覚束《おぼつか》なくなる。私は別に脅迫しているわけではないんですよ。おわかりかな。あなたがその粗野なモノカミ流で無謀な攻撃を仕掛けてくれれば、私どもとしては対応が楽になるだけの話ですからな」

Ｐはこの老人が一筋縄では行かない相手であることを悟った。

「いろいろと宗教界の実態を教えていただいて、大変有益でした」とＰはとりあえず感謝の意を表した。相手は相変わらず微笑を絶やすことなく淡紅色の茶を啜《すす》っている。その様子を見ているうちに、Ｐは不意に頭の中を稲妻が走ったような衝撃を感じた。このかなりの年輩の高僧が、実は男ではなく、綺麗に頭を剃り上げた尼僧ではないか、という直感に打たれたのである。そう思って見れば、この老人はやや太り気味の、肌に張りのある老女以外の何者でもないような気がしてくる。髭はきわめて薄い。喉仏《のどぼとけ》も余り目立たない。しかし面と向かって、「失礼ですがあなたは女性でしょうか」などと尋ねるわけにはいかない。あるいは、この国では、「もしやあなたは男ではないのでは？」とでも訊いた方が非礼の程度がいくらか軽いのだろうか。

この寺院を辞去する際に、ムイン師は山門という大きな門のところまでＰを送ってくれたが、その途中でＰに囁いたことは、考えれば考えるほど驚くべき内容を含んでいた。この高僧が言うには、Ｐが持ってきたモノカミ教は教義もよく整えられて筋が通っているようだし、すべてをモノカミから説明する考え方も単純明快で新鮮である、よろしかったら自分はモノカミ教に入信してもいいとさえ思っている。そういう内容の告白を聞かされて、Ｐは勝ち誇るどころか、ほとんど驚倒せんばかりだった。最初は悪意に満ちたからかいかと思ったが、相手はあくまでも真面目に物を言っている。それはむしろ、明らかに好意から発したもので、ただしそれをどう解釈したものか、Pには見当がつきかねた。

「その件はどうか十分慎重に御検討下さい」とPも慎重な言い方になった。「あなたの公的なお立場からすると、なんとも矛盾した行動のように思われますし、実際何かと厄介な問題に巻き込まれることにもなるのではありませんか」

「それなら私がモノカミ教徒になったことは秘密にしておけばいいんですよ」とムイン師は事もなげに言った。「私がブッダ教の自力救済派の僧正という要職にあることと、個人の趣味としてモノカミ教徒になることとは本来関係ないわけですからな」

Pは唖然として返事に窮したが、相手はそんなことは気にする様子もなく、再会を祈って別れを惜しんだ。

その夜、Pは部屋にカガノンを招き、規則正しく縦横に灯火で飾られたキオトの夜景を眺めて冷たい露のような極上の酒を飲みながら、いくつかの疑問をカガノンに向けてみた。

「帰りがけにムイン師が言ったことをどう思う?」

「モノカミ教に入信する話ですか」とカガノンは普通の態度で答えた。「ありうる話だと思いますよ。あの方は個人の資格で新型の保険にでも入るつもりであぁ言ったんでしょう」

「理解できないな。まるで、何か別の動物でも相手にしているような気がする。それにあの人はそもそも女ではないか」

「いつものように言い方がやや不穏当ですが、確かにそうです」

「尼僧なんだね」

「高い地位にある僧侶なら大概そうに決まってますよ」

「ここでも女の進出が著しいというわけか。しかしそれならそれでもっと女らしくしていたらどうだろう。一見して尼僧とわかるようにしていたらよさそうなものだ」

「人は誰でも若いうちは子供っぽくしているもので、パードレが女らしくとおっしゃるのはその子供っぽい状態をさすんでしょう。しかし大人になって、年を取るにつれてああいう風になってくるものです。これは仕方がないことですよ」

その夜はキオトでの最後の夜になるので、Pはカガノンを相手にして、深夜までこの地の酒を飲んだ。カガノンの酒量にはPも改めて驚かされたが、酔うといくらか口が軽くなり、何かにつけ、普段は聞けないような率直かつ辛辣な評言が的確に出てくるところからすると、このカガノンはかなり事のわかった人物でありながら、日頃は努めてその持っているものを人前で軽率には披露しないようにしているものと見受けられた。その夜カガノンが洩らしたことの中で少なからず気になったのは、この国では所詮男では駄目だ、パードレも男でなかったら成功の可能性も大きかったのだが、という言い方であった。しかしPはまだその意味を正しく理解するに至らなかった。

第五章　美少女ヒメコ

トキオまでは快速浮上走行列車だと一時間足らずだったが、Pはキオトまでと同じく普通の列車を利用し、約三時間の車窓の眺めを楽しむことにした。キオトを発車してまもなく、車掌と短いスカートをはいた制服の少女とが現れて、特別個室の乗客のための食堂車の予約を取りに来たと言う。少女の方は食堂車の「ボイ」だと言って、この日の特別料理の説明をした。アマノンの伝統料理のコースと現代料理のコースとがあるとのことだったが、カガノンに聞いてみると、前者は野菜と魚介類中心の軽い料理、後者は肉類が主役の料理で、使うソース、調味料、香辛料も別系統になるらしい。これだけではよくわからないので、Pは一人で両方を注文して食べ比べてみることにした。カガノンは食堂車には行かないで弁当を取り寄せると言う。

「こういう時ラオタンは遠慮しておくのが決まりですから」

「そんな規則でもあるのかね」

「規則以上の、言ってみれば常識です。私が同席するというような非常識はパードレのためにもなりません」

「けしからん差別だな。私のところでは、レストランによっては犬を連れて入ることもできる位だ」

「それはこちらでも同じですが、でも犬はよくてもラオタンは駄目なんです」

Pは仕方なく一人で食堂車に出かけた。窓際の席に座って食前酒を飲みはじめた時、前日の老尼僧が見習い僧らしい美少女を連れて食堂車にはいってくるのを見つけた。

「これはまた、早ばやと思いがけないところでお目にかかれましたね」とPが言うと、相手は、

「急に宗教省まで行く用事ができまして」と言った。「よろしかったら相席させていただきましょうかな」

「勿論結構ですとも。こちらは侍従のカガノンが食堂車には来られないというので、話相手もなしにわびしい食事をするところだったんですよ」

「ああ、あのラオタンね」とムイン師は事もなげに言った。「当然でしょう。こういうカワイコちゃんなら連れてきて一緒に食事をするのも結構なものですが、あれはラオタンですからな」

「この際、伺っておいた方がよさそうですが、そもそもラオタンとは何者ですか」

「ほう、それを御存じない。まあよそからいらっしゃった方には無理もないことかもしれませんが、ラオタンとはわが国の忌《い》むべき、また恥ずべき特産物で、俗に言う去勢人間のことですよ。正確に言えば去勢された男ですな。どうも食事の前にはふさわしくない話題ではありますが」

Pは愕然とすると同時に、これですべての曖昧だったものが一挙に消滅するのを覚えた。

「確かに、食前にも食後にも口にしたくない話題ではありますね」とPも言った。「古い言葉に『腐刑』というのがありますが、あの男、いやあのラオタンも何か犯罪を犯してその刑を受けたんですか」

「いや、自発的に去勢してラオタンになったに決まっている。わが国にはそういう奇怪な刑罰はありませんからな」

「では自らの意志で、その、切除手術を受けた、というわけですか」

「それ以外のケースはありえません。でもパードレはなぜラオタンを秘書代わりに使ってらっしゃるんですか。前からそれが腑に落ちなかった」

「カガノンとはアマノンに来て以来妙な縁がありましてね。最初に警察で事情聴取を受けた時の担当官があのカガノンだったんです。その後、事情が変わって私も不正入国者扱いはされなくて済むようになりましたが、中央からの直接の指示もあったらしくて、あのカガノンが私の侍従に任命されたわけです」

「その話はどうも額面通りには受け取れませんな」とムイン師は皮肉な微笑を浮かべて言った。「あのラオタンはきっとパードレを監視することを命ぜられた秘密警察のメンバーですよ」

「私もその可能性は考えてみました」

「でも御心配はいりません。こうなったら、あのラオタンを手なずけて逆にパードレのスパイにしてしまうことですな。聞くところによるとパードレは気が遠くなるような黄金をお持ちのようだから」

「なかなかの早耳でいらっしゃいますね」とPは半ば感心し、半ば警戒の姿勢をとって言った。「いわゆる買収という手を使うわけですね。必要な黄金なりマネなりには事欠きませんが、しかしラオタンは金銭の誘惑には弱いものですか」

「そこのところは微妙ですな。一般にラオタンはその異常な境遇からしても金銭に対する執着は異常に強いものです。かと言ってマネ次第で何でもするという無節操なところはなくて、一面忠誠心が強い。それも目に見えない大義や国家といった大きなものに対する忠誠心ではなくて、丁度犬がその飼主に示すような性質の忠誠心ですな。ラオタンの立場はつねに不安定で、誰からも好かれたり信用されたりしないだけに、自分を鎖で縛って飼ってくれる主人を見つけると、それはもう有能な盲導犬のように主人を助けて働くものです」

「なるほど」とPは言った。「いまのところカガノンは私の侍従という鎖にしっかりと繋れたがっているようですね。私に従う以上はモノカミ教徒になるのは当然の義務だと言って、すでに入信式も受けたほどですから」

「それはいい傾向ですな。ただ、あのラオタンがほかのもっと強力な主人と数倍も太い鎖で繋っていないかどうか、これはもう少し慎重に観察して確かめた方がいいでしょうな」

「先程秘密警察とかおっしゃいましたが、例えばそういう機関がカガノンの背後で鎖を操っている、ということですか」

「秘密警察と俗に言っているのは内閣直属の特別調査部、略称『特調』という諜報機関のことで、ここにはラオタンの調査員が大勢いると言われている。調査部長である官房副長官の一人は代々ラオタンだという噂もある」

「どうも恐ろしい機関のようですね。食事の楽しみに影を落とさなければいいんですが」とPはそれなりに気を遣った。というのも注文した料理が、伝統料理の方から運ばれはじめたからである。ムイン師とその弟子も同じ料理を注文していた。どの皿も目を楽しませることにかけては信じがたいほどの贅を凝らし、技術の限りを尽くした一品であるように思われたが、よく見るとそれぞれ皿の中に山水や花鳥や祭の様子などを表現する盛り付けが工夫してあり、その配色も絶妙であった。そしてそのほとんどが野菜や穀類を使った繊細な味わいのものばかりだったので、次にもう一つ現代料理のコースを注文してあるPにとってはこれが適度の前菜にもなった。

「アマノンの料理の水準には驚きますね」とPが感嘆して言うと、ムイン師は意外そうな顔をして、

「そうですかな。なんの変哲もないお恥ずかしいような料理ですよ。列車食堂の料理ですからまあ止むを得ないと諦めてはいますが」

「とんでもない、列車食堂でこの水準だとすれば、一流のレストランや料亭の料理となると想

像を絶しますね」

「外人の方にそうまでおっしゃっていただくと光栄ですが」と言いながら、ムイン師はPに酒を勧め、自分は隣の女弟子が注いだ盃を飲みほした。

「料理も繊細なら、外の風景も同様に実に繊細ですね」とPは言った。「まるで丹念に描き上げた絵か精巧を極めた舞台装置でも見るようです。自然のままという感じがどこにも見えませんね。これが同じモノカミの創造になる作品とは思えないほどの優雅さです」

「そんなものですか」と相手はこれまた意外そうに言った。「実に平凡極まる田園風景といったところですがね。仙山《せんざん》あたりだと外国の方にお見せする価値があるかもしれませんが。それでもトキオの先の方に行けば仙山に匹敵する奇勝もありますよ」

「時にこのお連れのお弟子さんは、お幾つ位ですか」

「十四歳です」と少女が直接答えた。

「頭を丸めてお坊さんになるには勿体ないような美少女ですね」

「それほどでもありません。まあ十人並ですよ」とムイン師が言った。

「それで十人並なら、私の目から見るとアマノンは驚くべき美人国だということになりますね」

「子供のうちは誰だってそこそこに可愛いものでしてね」とムイン師はやや感慨に耽《ふけ》るような言い方をした。「人間、小さい頃、若い頃がいいですな。こうやって髪を長くして子供の恰好をしていられる間が一番ですよ。成人式を迎えて髪を切るあたりから人生の苦労が始まる。ズボンをはいて世間に出ると努力と競争の毎日で、本当の楽しみはなくなる。私どものように出家して世俗の煩《わずら》わしさには縁がない生活をしている人間にもそれなりの苦労は絶えません。仮にその苦労が少ないとしても、年を取るとともに体は老化していく一方で、思うこともできなくなり、やがて廃人となって死を迎えることだけが救いとなる時が訪れる。まことに、人生はだんだん燃えつきて暗くなっていく蠟燭《ろうそく》のようなものですな」

「それはまた驚くべきペシミズムですね」とPは思わず身を乗り出すようにして言わずにいられなかった。「死だけが救いになるような生とは、なんとも憂鬱な哲学です。それでは人生の生とは無に等しいことになりませんか」

「おっしゃる通り、無ですな。人間は偶然生まれる。そのことに何の意味もない。しかし生まれたものは確実に死ぬ。死ぬためのプログラムをもった生体システムがプログラムに従って成長し、それから崩壊していく。生体の老化が進む。この着実さ、確実さだけは見事なものです。そして遅かれ早かれ生体システムはその秩序を失って死体となる。もっとも確実にして安定した状態はこの無秩序です。私どもはこれをエントロペ最大の状態と呼んでいる。人生がその状態への過程にすぎない以上、これに逆らってあくせくするのは愚かである。それ故、精神の状態を波の立たぬ平静な水面のように保ち、すべてを知りながらすべてを知らぬ無知の境に近づくことが私どもの修行の目的となっている」

「あなたがたの宗派の教理を大変率直に説明していただきまして、有難く拝聴しました。それについて、私の方からも率直に申し上げることを許していただくなら、その無の思想はモノカミを知らない人間がかならず陥る病的な虚無主義にほかならないように思われます」

「とおっしゃると?」

「人間はモノカミによって創造されたのです。一人一人の人間はその親から生まれますが、それを遡っていくと、最初の人間に行き当たります。その最初の人間はいかにして生まれたか。その親はいないとすれば、いかにして生まれたか。師がお使いになった言葉を借用させていただくなら、その最初の人間のプログラムをつくり、それに従って人間とその子孫を創造したのは誰か。それがモノカミです。すべてのものにはそれを創造した主がいるはずです。ひとりでに、偶然存在するようになったものなど何一つありません。人間とその人間が住む家に当たる世界、すべてはモノカミの創造によるものです。私たちの生も死もモノカミの意志によるのです。そこには偶然はありません。偶然とは私たちの無知の表現であるにすぎません」

「それは面白い考え方ではありますな。実を言うと、私どもも修行の途中でそういう考え方がありうることを示された上で、それについて検討を加えるのです。上級コースにある修行僧には今のような考え方、仮にモノカミズムと呼ぶことにすれば、そのモノカミズムも、パンカミズムや無カミズムとともに瞑想を通じて解決すべき課題として与えられる。私どもの結論はどこをどう通って思索を進めても、結局無カミズムに落ち着くほかありませんが、モノカミズムやパンカミズムを論駁《ろんぱく》する場合の初歩の定石はこういう子供でもよく知っています」

そう言ってムイン師は横で聞いている少女の顔を覗きこんだ。

「お前から説明して差し上げなさい。人間を含めて万物を創造したカミが存在するという命題の難点を言って御覧」

「はい」と少女は賢そうな顔を緊張させて脳細胞のスイッチを入れた様子だったが、「その考え方ですと、それならばそのカミをつくったのは誰か、という問に答えられなくなります」と言った。Pは少女の目の輝きや額の髪を掻き上げる手の動きに気を取られそうになったが、慌てて気を取りなおすとこう反論した。

「カミはその定義からして創造する主体であり、被造物とはならないのです。ですからカミをつくったのは誰かという問は意味をなさないのです」

「するとモノカミ教ではカミをそう定義するわけですね」

「そうです」

「定義することは御自由ですけれど、それはオジンたちが勝手にそう定義したというだけのことで、私たちとしては、『あ、そう。そいで？』と言うだけのことじゃありません？　カミとは唯一の創造者にして被造物にあらずと定義したからと言って、その定義したものが存在するということにはならないじゃありませんか」

Pは思いがけない少女の舌鋒《ぜっぽう》にたじたじとなった。相手は「である」を「がある」にすり換えるカミの存在証明は駄目だと言っているのである。

「なるほど、鋭い反論ですが、それより今出てきた『オジン』とは私のことですか」

するとと少女は急に顔をあからめた。

「言葉を慎まないといけないね」とムイン師がたしなめたところを見ると、やはりそれはPが直感した通り、どちらかと言えば侮辱的でぞんざいな言い方だったらしい。「どうも失礼を致しました。何と言ってもまだ子供ですな。その『オジン』というのは男の大人をややばかにしたような言い方で、この年頃の子が仲間同士でよく使うのです。昔は『オジサン』と言っていたんですがね」

「その『オジサン』ならよく知っています。それを簡略化したんですね」

「ごめんなさい」と少女は言ったが、悪びれる様子もなく、むしろ昂然《こうぜん》としているところがPにはかえって魅力的だった。

「いいんですよ、私のことをどう呼ぼうと」とPは笑いながら言った。「それより、お名前を聞かして下さい」

「ヒメコ。あの、これは幼名の方です。成人したらヒメコスになります」

「可愛い名前ですね。外国人の耳にも実に優雅に響く名前だ」

「そうですか。ごくありふれた名前だと思いますけど」

「そのヒメコにつける敬称はどうなりますか。『ちゃん』とか『さん』とか、男なら『君』とか、いろいろあると習いましたが」

「子供は何もつけません。大人になれば、語尾変化してヒメコスで、そうなれば敬称を含んだ形ですから、さらに『さん』などをつける必要はないんです。その『さん』というのは、今では外国人に使うだけです」

「ついでに年寄りが余計なことを言えば、『ちゃん』というのは恋人同士が戯《たわむ》れる時に使う閨《けい》房《ぼう》語ですから御注意のほどを」

「いろいろと勉強になります」とPは真面目な顔で言った。「で、先程の勉強の続きですが、ヒメコはその論法からしてモノカミという究極の創造者の存在を信じていないわけですか」

「考えても仕方がないと教わっています。でもその『信じる』ってどういうことですか」

「アマノンでは何かを信じるということがないんですか」

「ないわけではありません」とヒメコに代わってムイン師が言った。「一般の人々はそれこそ鰯《いわし》の頭でも教祖の片言隻語《へんげんせきご》でも、喜んで信じる性向があります。しかし私どもの宗派では、精神のそういう働きを低いもの、病的なものとして排することにしております。信じるとは根拠もなく思いこむことで、詐欺師の話を真に受けるとか、幽霊を見たと思いこむとか、そういう類の精神の働きを言うわけですから、天地万物の創造者の存在を信じるというようなことは考えられない。それは信じるというよりも認識する、悟るという次元に属すべきことで、そうだとすれば瞑想によってさらにいろいろな考え方とともに検討を加えなければならない。まあそういう次第で、私どもはモノカミズムだけを頭から信じこむというところにとどまるわけにはいかないのです」

「なかなか慎重な態度で、それはそれで敬服に値します」とPは言ったが、一応そう言って敬意を表するついでに、次々と運ばれてくる現代料理のコースの幾皿かをムイン師とヒメコに進呈した。利口そうな目をした美少女がその顔に似合わぬ食欲を見せて肉料理を平らげるのはPにとっては実に楽しい見物であった。そしてその気持が昂じた時、突然頭に奇抜な考えが浮かんで、Pは抑えがたい興奮に襲われたが、それはこの可愛い動物、いや美少女を、いつも手元においてその一挙手一投足を観察したい、という動物行動学者にも似た好奇心から生じたものだった。勿論、それと同時にこの利発な少女を公式の席に出る時にそばにおく秘書にでもすることができれば、それがあのラオタンのカガノンを胡散臭《うさんくさ》い古鞄《ふるかばん》のように連れて歩くのに比べてPの印象を数段改善することは確実であった。

「ところで、プライバシーに立ち入るようで恐縮ですが」とPは今頭に浮かんだことをともかく口に出してみずにはいられないという気持になって、ヒメコにともムイン師にともなく尋ねたのである。「ヒメコはこのまま修行をして将来ムイン師のような高僧になるつもりですか」

「そのつもりだと、私は思っていますが」

ムイン師がそう言うとヒメコは横でうなずいている。

「その決心が動かしがたいものだとすると、こんなことを申し上げても意味をなさないことは重々承知していますが、ヒメコをしばらく私の秘書としてお借りするわけにはいかないだろうか、というようなことを先程から考えているのです。ラオタンの正体がわかった以上、あれを公式の場に連れていくことは私としても差し控えざるを得ません。と言って、解雇して放り出すようなことは絶対にしませんし、あれはあれで使い道はあると思っています。しかしそういうわけで、私はちゃんとした秘書、それもこのヒメコのような美少女の聡明な秘書が欲しいのです。これは身の程知らずの贅沢な希望かもしれませんが、今後政府の高官とも会見する機会が多くなりそうです。そんな時に通訳兼秘書のような形でヒメコにそばにいてもらえれば、大変助かります。またヒメコ自身も各方面の要人、有名人と接触する機会が増えれば、何かと有益な経験をすることも多いでしょう。勿論、肝腎の報酬の方は御希望のままにお支払いします。

マネより黄金の方がお望みなら、そのように致します。私が正体不明の異国の男だということで御心配があるかもしれませんが、私はいやしくも正規の宣教師の資格をもつモノカミ教のパードレです。御覧の通り、謹厳実直を絵に描いたような男で、絶対に間違いなどは起こしません。もっともその点ではラオタンの方がもっと心配がないわけで、私も一目置かざるを得ませんがね」

「なるほど、伺ってみるとヒメコにとっても満更悪い話ではありませんな」とムイン師は言った。「あとはヒメコの考え次第です。私としてはこの子が成人するまで、外でいろんなチャンスを与えることにやぶさかではありません。ただ、その場合、一つだけ条件があります」

「どんなことでも御希望に添うつもりです。おっしゃってみて下さい」

「もしも将来、僧侶になることを止めてほかの道を目指すとすれば、この子にはブッダ教の教育とは違った、つまりは世間一般の人間が受けている教育が是非とも必要になってきます。すでにこの子は正規の学校のコースを外れていますから、特別のコース、早く申せば個人教授による教育を受けさせるしかない。それには莫大な費用がかかります。秘書としての報酬の形であれ何であれ、十分な教育が受けられるような御配慮だけはくれぐれもお願いしておかなくてはならない。なお、この国ではヒメコに限らず、普通の人間が男の秘書になるということはありえません。パードレが外国の方で、しかも国賓待遇の重要な人物であるからこそ、そういうことも可能になるので、この点は御承知おきいただいた方がいいでしょう」

Pは厚くお礼を述べた。そして黙って聞いているヒメコに性急に返答を迫るようなことは避けて、ムイン師の説得も経た上で、少々時間はかかっても、受諾という返事さえ聞くことができれば、と考えていた。

「一つだけお尋ねしておきたいことがありますけど」とヒメコが堅い表情のまま切り出した。「仮に私がパードレの秘書になるとすれば、その時は私もモノカミ教に入信しなければならないんですか」

「滅相もない」とPはいやに古めかしい言い方で否定した。「そんなことは関係ありません。ヒメコは自分のお好きな宗教を奉じていればいい。無論、いかなる宗教も奉じないということでもいい。カガノンは侍従になるや当然の如くに入信しましたが、これは別に私が強制したわけでもなんでもないんです。私はそんな条件など一切付けません」

ヒメコはそれを聞いても軽くうなずいただけで、ほとんど表情を変えなかった。その条件ならPの申し出を受けよう、という風でもなく、Pにはその心中は測りかねた。

「この子は身寄りのない子でしてね」とムイン師が言った。「もとはと言えば野合の子なんです」

「『野合』ですか」

Pは老尼僧がいきなり強烈な言葉を使ったことに仰天した。

「ええ。御存じないかな。この国ではまともな国民は正式の手続を踏み、国の許可を得て子供をつくるのですが、それによらないで生まれた子を『不義の子』と呼んでいます。その中でも下層の人間やアウトローなど、まともでない連中が男女関係を結んで勝手に子供をつくったような場合は、これを『野合の子』というわけです。ヒメコについてもそういう事情は含んでおいていただきたい。ただ、この子は小さい時から私どものところで普通の子供以上に手を尽くして大事に育ててきたので、生まれがどうであれ、問題は一切ないと保証できます。いわゆる『血統書』にはキズがあるが、能力にかけてはこの子は飛切り優秀です。事情があって私はこの子の両親を知っていますから、その点からも、そう申し上げるのです。お断りしておきますが、野合の子と言っても、ヒメコの両親は下層の人間ではないし、いかがわしい人間でもありません。これだけは私を信用して下さい」

「何か同情に耐えぬ事情があるんですね」とPは言った。

「まあ、この世の中にはいろいろとトラブルがありますからな」

話がここまで来た時、列車は速度を落としてトキオ駅に近づいていた。Pはムイン師と今後の予定を打ち合わせ、ヒメコの件についてはできるだけ早く結論を出すことを互いに期して、ひとまず別れることにした。

Pが急いで自分の個室に引っ返した時、見るべからざる光景を見せられる羽目になったのは、まったく予想外のことだった。そこではカガノンがさめざめと泣いていた。母親にはぐれた子供が身も世もなく泣きじゃくるように、この初老に近い去勢人間も顔を皺くちゃにして、皺という皺の間に涙を溜め、いわば顔中で泣いて、そのために小さめのしなびた顔が水分を失って一層小さくちぢんでしまったように見えた。

「一体何があったんですか」とPは半ば叱責する調子で言った。「まもなくトキオだ。荷物も纏《まと》めなきゃ」

カガノンが泣きじゃくりながら、切れ切れに話したことを綴《つづ》り合わせてみると、驚くべきことにこのラオタンは、Pがこのまま帰ってこないのではないかという不安に襲われ、次いでそれは、Pが自分を棄ててまんまと行方をくらましたにちがいないという確信に変わり、あらゆる鎖を断ち切られて天涯孤独の身となった野良犬の如き絶望に打ちのめされて、泣かずにはいられなかったというのだった。Ｐはこんな風に人間の原型を失うほどの絶望というものを見せられて自分も頭がおかしくなりそうだったので、わざとそ知らぬ顔をしたまま荷物を纏め、自分で持って先に列車から降りようとして、

「みっともないから早く顔を直せ」とだけ言い残しておいた。

意外にもホームにはＰの到着を出迎えに来たらしい一団が待ち受けていた。申し合わせたように灰色がかった服を着て、気のせいか人相が妙に険悪で陰気臭いように思われたので、とっさにＰは、これはムイン師が言っていた秘密警察、あるいは「特調部」の連中ではないかと睨んだのである。

第六章　トキオ到着

トキオは巨大な都市である。その巨大さにはPの観念を超える異様な性格があって、早く言えばそれは、天に聳え、地の果てまで広がる途方もないハチの巣かシロアリの巣でも見た時に感じる類のもので、Pはトキオ到着早々にまずこの都市全体の異様に高層化した構造に仰天したのだった。

ホームでPを出迎えた政府関係者らしい（とPは当然のことながら考えたが）一団は、Pを認めるとにわかに相好《そうごう》を崩し、物慣れた愛想笑いを浮かべて長旅の労をねぎらう言葉を述べながら、一人ずつ名刺を渡そうとした。もしや「特調部」の方ではないかという質問には、とんでもないというそぶりで否定したが、やがてわかったところによると、ここに来ているのは実は政府関係者ではなく、出迎え、見送りその他のサービスを提供する会社の人間であった。この会社は政府と契約を結んでおり、求めに応じて出迎えなら出迎えに人を派遣して寄越す。それも今の場合なら政府関係者らしい風貌と服装をした者を選んで寄越すというわけである。こうした業務遂行中のサービス会社員はその身分上臨時公務員ないしは準公務員ということになるそうで、Pはここまで話を聞いてようやくこの一団が政府関係者を装って自分を拉致しようと企むいかがわしい一味ではないことを認めた。

「ともかく宿舎の方に御案内致しましょう」

そう言って、他の者に目で合図して荷物をもたせ、Pを案内しようとしているのが「キャップ」と呼ばれる人物で、この眼鏡をかけて頭髪をきちんと整えた長身の男は、いかにも政府高官の秘書で通用しそうな感じであった。エスカレーターを下りて乗客の行きかう地下の通路を進み、「貴賓待合室」と書かれたところに入り、駅長らしい人物の挨拶をそこで受けたのち、車が呼ばれた。といってもこの車はアルマジロを透明にしたような形のカプセル状の乗物で、それがひとりでに動いて這い寄ってきたのである。

「これに乗るんですか」とPは一人乗りの車を見て言った。「私でも運転できますか」

「運転はなさらなくていいんです」とキャップが説明した。「人工頭脳で自動的に目的地まで運んでくれるようになっています」

「つまり一人乗りのタクシなんですよ」とカガノンも言った。

「便利なものがありますね」とPは感心したように透明な背中の部分を撫でた。すると背中は割れて半球の左半分の部分から乗り下りできる状態になった。

「その座席にお座り下さい。そこのボタンを押すとカバが下りてきて車は発車します。昔は運転手つきの送迎車が使われていましたが、今は閣僚級の人物の送り迎えもこれです。ただし一人乗りではなくて最大四人乗りまでありますが、やはり運転手なしの自動運転車です」

「万事簡素を旨としているんですね」

「政府が率先して人間の無駄使いを排するように努めているわけです。それでかつては政府がしていたことでも、今では大概は私ども民間の会社がお引き受けしてやるようになっています」とキャップが言った。

「そうですか。私のところにはそういう会社はないですね。それに大体こんな気の利いた乗物もありません。一寸した『長』の付く人物ならこの十倍もありそうな車に運転手、従僕付きで乗ります。その種の仕事しかできない下の方の連中が掃いて捨てるほどいますからね」

「アマノンではだんだん人間が足りなくなってきているんです」とカガノンが説明した。

「そう言えば、トキオに来ると、途端に女が少なくなるね」とこれはカガノンにだけわかるように言おうとしたが、その時カガノンは手を伸ばして座席の前のボタンを押した。すると二枚貝が閉じるような具合に蓋が下りてPは透明なカプセルの中に密閉され、車が動きだすと同時に若い女の声が聞こえてきて、この車が「迎賓ホテル」に向かうこと、所要時間が約十分であることなどを告げた。車は目に見えない運転手でもいるかのように危なげなく発進、加速、減速、停止を繰り返し、曲がるべきところで曲がって地下道か建物の中の通路に似た道を走っていく。両側には見るからに高級そうな商品を飾った店が並び、歩道を流れるように歩いていくのは黒っぽい服装の、どれも同じ印象を与える男たちである。

「どういう仕事をしている連中かな」と思わず独言を言うと、しばらくして、

「あそこを歩いている人たちですか」という声が聞こえてきた。

「どなた？　どこにいるんですか」とPは車の中を見回したが、狭いカプセル型の車の中には無論誰もいない。

「こちらは『安全タクシ・サービス』の中央管制室でございます。お客様からのお問合わせにお答えしております」

「ではこの車の周囲の様子が私と同じように見えるんですね」

「はい。モニター・テレビで見ております」

「これは驚いた。で、この辺を歩いているのはどういう職業の人たちですか」

「多分、官庁の人やビジマンだと思います」

「そのビジマンって何ですか。実は私はアマノンの人間ではないもので、まだ時々わからない言葉があるんですよ」

「アマノンの方でない？……それ、どういうことだかよくわかんないけど、ビジマンっていろんな会社に勤めてる人のことでしょ」

　Pはその時相手がまだ十代の少女ではないかと思った。そしてあのムイン師が連れていた美少女のことを思い浮かべた。

「よろしゅうございますか」と少女の声はまた改まった調子に戻った。

「ああ、有難う」

「まもなく迎賓ホテルに到着致します」

おかしな名前のホテルだとPは思った。Pが学んだところでは、迎賓という言葉は賓客を迎えるということで、ホテルと言えば客を迎えて宿泊させるところに決まっている。迎賓館とか迎賓閣といった言葉ならPも知っていたが、ホテルと呼ばれているところからすると、これは政府のもっている施設ではなさそうである。そんなことを考えているところへカガノンとキャップが走り寄ってきて、Pを車から出そうとした。長身のPにとっては、この小型の乗物は乗り下りに窮屈な思いをするのが難である。

入口にはボイらしい制服を着た少女が立っている。列車食堂にいたのと似たような感じだったので、

「アマノンではボーイは女の子だね」と言うと、カガノンは、

「正確には『ボイ』と言うんです」とPの発音を訂正した。

「随分立派なホテルですが、これは普通のホテルですか」

するとキャップが、

「ここは国賓その他の外国人のお客様専用に政府が契約している特別のホテルですが、今のところ外国から人が来るわけでもないので、公務員の宿泊に使うほか、政府高官専用のクラブにもなっています。いたって地味で重厚なホテルですね。一般のお客様は許可がなければ泊まれません。もっとも、強いて泊まろうという人もいないいんじゃないですか。娯楽施設も何もない

ところですから」

そう言いながら、結局このキャップだけはPに割当てられた部屋までついてきた。

「政府と私どもとの間で作成した日程表をお渡ししておきたいと思います」ということだった。

「これはつまり、私の行動予定を決めたものですか」

「勿論、あくまでも予定ですから、各種会合への出席など、気の進まないものは取り止めていただいて結構です」

見ると、この精細な日程表は短期、中期、長期、超長期と分かれていて、短期のところには向こう一か月の予定、中期のところにはさらに六か月先までの予定、長期は一年先まで、そして超長期となると一年以上先のことになるらしく、ここは今のところまだほとんど空白のままである。何か書いてあっても、それには「?」がついている。

「アマノンの諺《ことわざ》に、来年のことを言うと鬼が怒るというのがありましたが」とPは興味を覚えて言った。「確かに一年先のことは遠い将来に属するので考えても仕方がないという習慣のようですね」

「まあそのようでして、余り先のことは考えないでおくのが賢明だということになっています」

「それに済んでしまったこと、過去のこともなるべく考えないのがこの国の習慣なのです」とカガノンも言ったが、この言い方には微量ながら自嘲の調子が混っているように思われた。

「ともかく、これによると来週にも首相にお目にかかれることになりますね」

「総理および主要閣僚との晩餐会が予定されているはずです」

「その前にある『モノカミ教関係臨時調査委員会』というのは私に関係があるんでしょうが、どういう委員会でしょう」

するとキャップは明らかに動揺を示して、詳しいことは聞かされていない、と口を濁した。

「私もその目的、性格、委員の構成などについてはよく知りませんが、Pさんに関する調査をするための、首相直属の委員会だろうと思います」

「私もそこへ出頭して、いろいろと取り調べを受けるわけですね。まさか私が委員の一人に任命されるはずはないし」

「それはそうですね」とキャップは作り笑いをした。「ところで、これはわが社の商売の話になりますが、先程も申し上げましたように、わが社は政府と契約しているサービス会社ですから、今後Pさんが必要とする各種サバントをわが社の方から派遣させていただけると有難いのですが。料金の方は政府の方から頂戴することになります。あるいはPさんとわが社の間で直接契約を結ぶ形でも結構ですが、この場合は契約時にサービス料を一括してお支払いいただくことになります」

「その『サバント』とかいうのは何のことですか」

「つまりその、身のまわりのお世話を始めとして、秘書、執事、マネジャーなどのサービスを提供する専属の人間のことですが、そのサービスの種類に応じて、若いのから年輩のまで、専門の訓練を受けた優秀なサバントを取り揃えております」

「なるほど、要するに召使いというわけですね」

「古語ではそんな風に言うのかもしれません」

「そのサバントは必要だと思います。ただ、すでにここにいるカガノンを秘書か執事ということで使っていますから、あと欲しいのは若い秘書位ですね」

「ああ、このラオタンの方ですね」とキャップはカガノンを一瞥して慇懃無礼な調子で言った。

「大変有能な方のようにお見受けしますので結構だと思いますが、でもその場合もPさんが直接雇用するという形よりも、カガノンさんの身分をわが社の正規の社員とした上で、わが社から出向するという形にした方が、お互いに得になると思いますよ。カガノンさんの身分は安定しますし、わが社独自の雇用保障制度その他いくつかの恩典もありますし、カガノンさんへの報酬も、わが社の規定に従って支給させていただくことになります。自慢ではありませんが、わが社の給与の水準はどこにも負けないものです」

「君はどう思うかね」とPがカガノンに訊くと、カガノンはキャップが提案している形でもいい、と答えた。確かに、元は警察官で公務員だったのが、今の身分がどういうことになっているかについては判然とせず、カガノン自身も少なからず不安に感じている節もあったので、この際、サービス会社の社員となるのは悪くないという気はPにもしていた。

「ほかに御入用のサバントはございませんか」

夜伽《よとぎ》をしてくれる若い女のサバントはいないだろうか、とPは思ったけれども、それを露骨に口にするのは憚《はばか》られるような気がして、

「さっきも言った通り、あとは秘書だな。ただ、これも心当たりはあるんだが、肝腎の相手とはまだ直接交渉をしてないんですよ」

「それならわが社の方で交渉をお引受けして、カガノンさんの場合と同様、わが社の出向社員としてこちらに差し向ける形にすることもできます。一般論として言えば、お客さまが直接交渉なさるよりは、われわれのような専門家に任せていただいた方がうまく運ぶものです」

Pはそれも一案だと思い、あのヒメコとの交渉をこの際サービス会社に一任することにした。

「報酬については向こうの希望に添うようにしたいので、貴社の規定を上回る分については私が負担することにして、その件は追って相談しましょう」

そう言ってキャップを帰すと、Pはカガノンを振り返って訊いた。

「ああいうことでよかったのかね。この国の事情はまだよくは飲みこめないが、万事合理的にできているようだ」

「万事抜け目なくできてはいますね」とカガノンは言った。「あの会社は『アマノン総合保障サービス』という業界一の会社だし、政府関係のサービス受注額も膨大なもので、警察の業務の一部も引受けている位ですから、信用はできます」

「警察もですか」とPは驚いて言った。「するとこれまでの君の身分は……」

「私の場合は地方公務員だったのです。今度アマノン総合保障サービスの社員になれば、勿論、格はずっと上がります」

「地方公務員よりいいわけだね。それはよかった」

「何しろ、ここの正社員になるには、普通なら最高の学歴がいりますからね。ラオタンが正社員に採用されることも原則としてはないようです。そういうわけで、まあ悪くない話ですよ」

「それはよかった」とPはもう一度言ってから、一つだけ気になっていたことをこの際訊いておこうと思った。「ところで、君の身分や職務はこれまでどうもはっきりしなかった。そこで訊くが、君は本当はスパイ、つまり私に張りついて監視することを命ぜられた課報機関とか秘密警察とかの人間ではないか、ということだ」

「残念ながら、この国にはそういう機関も任務もありません。何しろ外国との関係がないんですから。しかしこれからその課報関係の仕事が必要になれば、政府が総合保障サービスにその仕事を注文し、会社は私なら私に別枠の報酬でそれを命じてくるでしょうね」

「なんとも不思議なやり方だ。で、その場合は君はスパイの方も引き受けるわけですか」

「普通ならそうせざるを得ないでしょうね」とカガノンは言った。「でも、断ることもできないわけではありません」

「その別枠のスパイの報酬以上のものは私が出すことにしよう。そういう条件で、断ってもらった方がよさそうだ」

「そうしましょう」とカガノンは言ったが、こうも付け加えた。「でもこの国では政府がそんな活動に関心をもつということは考えられませんね。大体そのスパイという古い言葉はほとんど廃語になっていて、私も最初聞いた時とっさにはわからなかったほどです」

「割に呑気なんだね」とPは感じたところを素直に言った。「大体、この私がスパイかもしれないということは考えないのかな」

「全然考えないわけではないでしょうが」と言ってから、カガノンはPのこれからの運命について鋭い指摘をした。「ただ、アマノンに来て機密を探ったところで、それをどうやってお国に知らせますか。それに、遠慮なく言わせていただくなら、パードレが御自分でアマノンを脱出して帰国する方法も皆無ではありませんか」

「今のところはね」と言ったものの、Pとしては、永久にそうなのかもしれないという覚悟を固めるには至っていなかったので、今この問題にふれられるのは余り愉快なことではなかった。

「しかし私の与えられた使命はモノカミ教の布教にある。布教に必要な限りで情報を得なければならないが、アマノン政府が隠そうとしていることを汚い手を使ってまで嗅ぎ出したり盗み出したりするようなことは不必要だと考えている。と同時に、こちらとしても、モノカミ教の真理を高く掲げて堂々と布教を進めていくだけのことだから、密かに毒物をばらまく犯罪者のように見られて四六時中監視されるのは歓迎できない」

そんなことを言いながら、Pはこれから暮らすことになる部屋の様子を調べるために、窓際の机の上に置いてあった見取図を取り上げた。それによると、この階（百十七階らしかった）のうち、約四分の一を占めるかなりの広さの部分が赤く塗ってあって、それがPの専用の住居となる模様だった。部屋数は十指に余るので、カガノンのほかにやがてヒメコにも専用の部屋を与えたとして、なお十分過ぎるほどである。一番広いホールのようなところは祭壇を設けて礼拝堂に使うことにした。そのための資材は金塊とともに届いているはずだから、カガノンに命じて電話で調べさせてみると、結局それは政府の方で点検したのち、保管サービスの会社に保管を委託してあることがわかった。標準的な家具は揃っているが、なお必要なものがあれば、ホテルを通して貸し家具の会社から借りることができるという。

それからPはテラスに出て、珍しい草木とあの「仙山」の岩石を縮めたような石でできている庭を眺めた。

「なかなか見事な庭があるね」

「このホテル御自慢の空中庭園です」

「空中庭園と言うと？」

「多分下の階の屋根の一部を利用した造園だろうと思います」

「土を運びあげて植物を植えてあるわけですか。大変な労力だな」

「そうでしょうが、一度作ればあとは手は掛りません。植物はすべて人造ですから。石も勿論人造石です」

「これは驚いた。随分精巧な出来だね。まるで本物以上だ」

「遊歩道があって、ほかの階やほかの建物の庭にも通じているようです。歩いていくと、山道か林の中を散歩するような気分で大概のところへ行くことができます」

「一体街や建物はどういう構造になっているのか、作りかけの積木細工の中に迷いこんだような気分だな。空中迷路とでも言うべきか……」

それからPはそろそろ空腹を覚えたのでカガノンに尋ねた。

「時に食事はどうなりますか。ホテルの食堂があってそこへ行けばいいのかな」

「レストランは勿論ありますが」とカガノンは言った。「このホテルのレストランでもほかのもっと一流の店でも、注文すればここまで運んできますよ。場合によっては、コックが材料持参で出張してきてここの調理場で作るという方法もあるんです。もっともこれは恐ろしく高くはつきますが。私の判断では、パードレのあの金塊があれば、連日その程度の贅沢をしたところで、金塊を爪で引っ掻くほどの影響もないでしょう。ただし私としてはその種の贅沢はお勧めしません」

「私だって贅沢をするつもりはない」とPは言った。「しかしあの君のいた町で食べたエビの脳味噌と生きた深海魚の料理は時々食べたいね」

「そんなにお気に入りなら、適当な店をそのうち探しておきます」

その日はとりあえずホテルの中にいくつかあるレストランの中で最高級のもの（高級なものほど上の階にあるのでホテルの案内のパンフレットを見ただけで見当がつくのである）を予約することにしたが、気がつくと、カガノンはＰ一人ということで予約を申しこんでいる。

「どうして私だけにするんですか。遠慮することはないよ」とＰが言うと、カガノンはその皺の多い干し首のような顔に複雑な表情を浮かべて答えた。

「私がラオタンだということをお忘れなく。高級な店はほとんど例外なくラオタンお断りなのです。これは不文律ですから」

「けしからん差別だ」とＰは言ったが、考えてみればもっともな話だという気もしないわけではなかった。「仕方がない。今夜はそのレストランから注文を取ってここで食事をしよう」

「有難いことですが」とカガノンは涙声になって言った。「これからは余り私にお気を遣わないで下さい。ラオタンを必要以上に大事にしていると見られるのはパードレのためになりません」

「まあそれはそうかもしれない。しかし食事は一人でしてもつまらないからね」

「ヒメコとやらが来ればその問題は解決しますよ」

しばらくして、大きな自動運転車に料理を積みこんで料理人とボイがやってきた。二人は十数種類の料理を手押し車に積みかえてＰの部屋の食堂に運びこみ、瞬間加熱機で温めると、色とりどりのソースをかけて供した。

「なるほど、なかなか行き届いたサービスだね」とPは言った。「味も結構なものだ。ところで、食事が終わって一服したら、街に出てみよう。人出の多いところで街頭説教、アマノンの古い言葉で言うところの辻説法《つじせっぽう》をやってみよう」

「本当におやりになるんですか」

「効果のほどはやってみなければわからないが、宣教師としては日に一度は街頭に立つのが義務でもあるからね」

「届けを出して許可を得ておかないと、騒音発生のかどで軽犯罪法違反に問われることがありますが」

「君はもと警察官だから心配するのはもっともだが、別に強力なマイクを使って怒鳴るわけでもないし、大群衆の前で演説するわけでもない。ほんの数人の聞き手を相手にささやくように話すだけだ。多分大丈夫だろう」

Pはそう言うと、鞄の中から街頭説教用のマントに似たパードレ服を取りだした。

「予備がもう一着あるから、君もこれを着た方がいい」

カガノンは疑わしげな顔のまま、だぶだぶのパードレ服なるものを着た。小さな顔が一層小さく見えて、子供が作った不細工な人形のようだった。

第七章　インタ化調査委員会

　Ｐが街頭説教を実行したことは、「モノカミ教関係臨時調査委員会」に出席するにあたって、どうやらある種の好ましからぬ効果を生んだらしいことがやがて明らかになった。何しろ、冒頭の委員長挨拶が終わった途端に一委員が発言して詰問のような調子で問題にしたのがこの街頭説教の件だったのである。

　そもそもトキオに到着したその日に、Ｐはカガノンを伴って街に出た（と言ってもＰが迎賓ホテルから出ていったところが屋外の街なのか、複雑に連結してどこまでも続く建物の中を上下左右に曲折して走っている屋内の通路なのか、ついにわからないままだった）時から、この国では見かけない異様な風体をしていたにもかかわらず、道を歩く人々はこのＰとカガノンの二人組を徹頭徹尾無視したのである。噴水のある広場のようなところを見つけてＰは最初の説教をしたが、立ち止まって耳を傾けるような人は皆無に近く、一瞥して通り過ぎればいい方で、ほとんどの人は異国人の大男が何やら大声でしゃべっているのにも気づかぬ風で、振り向きもしないで通り過ぎていく。とうとうたまりかねてＰは音声拡大装置を使うことにした。するとさすがに数人の「ビジマン」らしい人がＰのまわりに足を止めて無表情でＰを眺めた。その中の一人が近づいて、何を売っているのかと訊いた。

「モノカミの言葉をみなさんに差し上げます」

「何か印刷したものがあるの?」

「ここにあります。これはモノカミ教の『神聖契約書』からの抜粋です。今日はこれをみなさんにお配りしたいと思います。勿論お代はいただきません。お持ち帰りいただいて、毎日繰り返してお読みいただきたいと思います」

Pがそう言って用意したパンフレットを配布しようとすると、立ち止まって様子を見ていた人々は汚らわしいものを避けるような態度で離れていった。その中の一人は、強いてパンフレットを渡そうとするPに、

「ただのものはいらない。欲しければマネを払って買う」と言った。

「それももっともです」とPは慌てて弁解した。「しかしこれはモノカミの恵みなのです。この恵みはいわれなき贈物のようにあなたに負担をおかけすることはありません。ただ、どうしてもマネで買った形にしたいとおっしゃるなら、そのマネはモノカミ教団への献金、アマノン国で言うところのお布施として受け取らせていただきます。一部いかがですか」

「マネを出して買うとなれば、そんなものはいらないから買わないね」

「でしたらそのままお持ち帰り下さい」

「ただで物を貰うつもりはないね」

「ではやっぱりお買い上げ下さい」

「買うか買わないかはこっちの自由じゃん。そんなもの、いらないから買わないよ」とそのビジマンらしい紳士は言って、Pにパンフレットを突っ返した。

Pは内心穏やかならぬものを感じてそれが顔に出るところだったが、辛うじて抑えると、今度は用意してきた音声拡大装置の音量を上げて、これまでとは違った凄みのある調子で、人間の迷妄《めいもう》と不信仰に対してモノカミの審判が下る日の近いことを警告する『神聖契約書』の一節を引用しながら説教を始めた。そして十分後にはめでたく逮捕されたのである。駆けつけてきたのは若い警官数人で、その中にカガノンより多少若いと思われるラオタンが一人混っているのをPは目敏《めざと》く見つけたが、ここではおとなしく連行されることにした。連れていかれたところは派出所と言うより銀行のような広い綺麗な場所で、驚いたことにPを連行した警官風の制服の連中はいずれも警備会社の者だった。一人だけいたラオタンが正規の警察官だということがわかったので、カガノンは早速このラオタンの刑事と交渉し、Pが国賓級の重要外国人であることを確認させるために、内閣官房の担当官に電話で連絡をとった。すると向こうでは官房副長官が電話に出てくれたという。Pはカガノンに代わって電話に出て挨拶をした。女のような高い声が聞こえてきた。

「官房副長官のミヤコスです。何かトラブルがあったんだって？　騒音禁止法違反だってね。ぼくから警備会社に言って処理しておくから、とりあえず罰金だけ払っておいてよ。いずれ晩餐会で会えるね。楽しみにしてるから。じゃあね」

Pは仰天してほとんど何も言えないまま、切れた電話の前で呆然としていた。

「カガノン、この電話は悪戯ではなかっただろうね」

「なぜですか」とカガノンは怪訝そうにいった。「あれは確かに官房副長官ですよ。前にパードレの予備調査をしていた時にも何度か連絡をとったことがあるのでよく知っていますよ」

「若い娘か変声期前の男の子みたいな調子でしゃべるじゃないか」

「偉い人はみんなあの調子で話すものですが」

「あれが上流の人間のしゃべり方ですか」とPは呆れて言った。「なんともぞんざいで下品なしゃべり方だ」

「別に下品だとは思いませんけどね。私なんかには真似のできないピップ特有のしゃべり方です」

「何ですか、そのピップというのは」

「重要人物のことです。これからはパードレもピップに準ずる扱いを受けることになりますから、しゃべり方もだんだんそのように変えていった方がよさそうですね」

「するとつまりは、もっと崩れた、格調低いしゃべり方を勉強しなければならないということになるね」とPは失望した調子で言った。「大体、私がコレジオで勉強した古典アマノン語は格調高いもので、男女、身分の上下、年齢などで話し方に違いがあったし、敬語もきちんとしていた。しかし今やそんなアマノン語は上流の人とは縁がないようだ。そう言えば、前から気にはなっていたが、いつかの警察署長のしゃべり方も重要な地位にある人にしては随分おかしかった。いや、そう思ったのがこちらの間違いで、実はそのピップとかいう、地位の高い人ほどああいうしゃべり方になるんだね」

「私なんかにはなかなか真似のできない洒落たしゃべり方だと思いますが」

「そう思うかね。しかし皮肉なことに、古典アマノン語は一般庶民というか、下の方の人々や学問のない人々の間に比較的よく残っているようだね」

「そうかもしれません」とカガノンもこの説には同意した。「概してそういう人間は上の方の人に敬語を使って話す機会が多いですからね」

「正直なところを言えば」とPはカガノンが気を悪くする恐れを感じながらも率直に言った。「私は君と話すのが一番楽だ。君はなかなか正確でわかりやすい古典語風のアマノン語を話す。ラオタンたちはみなそうだろうか」

「そうでしょうね。私たちは言ってみればほかのどんな種類の人間にも気を遣って生きているわけですから、絶えず『よそ行き』のしゃべり方をする癖がついているのです。その点ピップのしゃべり方は誰にも遠慮する必要のない幼児の傍若無人《ぼうじゃくぶじん》なしゃべり方のように聞こえるかもしれませんね」

「そう思うね」とPはうなずいた。「どうも私はああいうしゃべり方を真似る気にはなれない」

そんなやりとりがあって数日後、Ｐはカガノンを連れて「モノカミ教関係臨時調査委員会」に出席した。あるいは、もっと適当な表現では「出頭した」と言うべきかもしれない。前日までに何回かあった内閣官房の担当官（この人物は臨時調査委員会の事務局長と名乗っていた）からの電話で打合わせをした時の様子では、Ｐが口実を設けて欠席することなどありえない、許されない、という空気が確実に伝わってきたのである。そこで当日Ｐは迎賓ホテルから自動運転車で会場のトキオ会館に出掛けた。この前と同じで、トキオではどこへ行っても戸外の道を走るということがない。車は建物の中の通路か地下道のようなところを自動運転で走って、間違いなくトキオ会館に着いた。

この建物も迎賓ホテルと似てどちらかと言えば現代風でない様式の建築に属している。内部はいかにも古色蒼然《こしょくそうぜん》として重厚な印象を与える。委員会の開かれる部屋の入口には机をおいて受付の係りが頑張っていて、立派な帳面にＰの名前を書かせ、それからＰの胸に名札を付けると指定の席まで案内してくれた。コの字形におかれた長い机の、委員長の席の斜め前あたりである。机の上には各委員の氏名を書いた名札立てと兼用の音声拡大機が立っている。委員長の席を見ると、ホーカノンという名前が書いてあった。やがて縁の太い眼鏡をかけたホーカノン委員長を始め、各委員がほぼ全員揃って席に着いたところで、若い女のボイが各人の前に扁《へん》平《ぺい》な木の箱を配り、次いで飲物を運んできた。Ｐがまわりの様子を窺っていると、委員長以下その箱の蓋を取り、木製の二本の棒を器用に操って中に入っているものを食べはじめた。そこでPも蓋を取ってみたが、それはトキオまでの列車食堂で食べたような伝統料理の材料を、小さく縮めて数十の仕切りの中に収めた、精巧な蠟細工《ろうざいく》のような弁当だった。二、三人がひそひそと私的な話を交しているほかはみな押し黙って弁当の上に顔を伏せるようにして食べることに熱中しているので、Pもそれに倣って黙々と食べた。全員が食べ終わった頃、事務局長と名乗る役人風の男が開会を宣し、最初にユミコス総理の挨拶があると告げた。するとPの横の扉が開いて恰幅のいい四十過ぎの紳士が入ってきて、音声拡大装置の前に立って短い挨拶をした。その調子はあの署長や官房副長官のしゃべり方と似ていたが、それよりはいくらか改まった口調である。しかしPがその内容を聞きとるのに苦労したのは、首相が連発する新アマノン語、つまりもとは外来語だったのが訛《なま》ってアマノン語化した言葉のせいであるように思われた。

　その挨拶の要旨は大体こういうことだったらしい。首相はまず、Pの突然の、予期せざるアマノン国訪問を心から歓迎すると述べ、このことが来《きた》るべきインタ化（この言葉はPがあとから確認したところによれば国際化というような意味であった）の前触れであるとして、Pの来アマノンを機に、各界の有識者を集めてこのインタ化の問題について調査研究し、近い将来これを本格的に推進するための機運を醸成したい、ついてはPにはゲスト・スピーカーとしてこの委員会に参加していただきたい、というようなことであった。そして最後に、委員会の正式名称を「インタ化調査委員会」として発足したいと提案して、これは拍手をもって迎えられ、首相の挨拶は終わった。ユミコス首相は多忙のためこれで退席したが、出ていく時にPのところに近づいてきて、握手を求めた。Pは立ち上がって握手をしながら、肩を抱かれ、親愛の情をこめて肩甲骨のあたりを軽く叩かれるのを感じた。首相はPよりは背が低いけれども、アマノン人としてはかなり大柄な方で、紡錘形に肥満した体軀《たいく》の割には颯爽として、恰幅よく見える。その肉の厚い掌は柔らかくて女の手のようだったし、短い抱擁の間の全体的な感触も中年の豊満な上流夫人を思わせるものがあった。上等の香水を使っていたこともこの印象に関係していたのかもしれない。Pの判断では、それがまた女性好みの花の香りの香水のようだった。首相はほかの委員にも愛嬌を振りまきながら忙しそうに出ていった。

人々の注意は自然に委員長のホーカノンに集まることになったが、こちらは首相ほど恰幅のよくない、顔立ちも端正とは言えない学者風の人物で、Pがカガノンから聞いて知っていたところでは、この種の政府関係の委員会、審議会、調査会、研究会などの多くに委員長や委員長代行、幹事などの資格で名前の出てくる元アマノン大学学長であった。年齢は首相よりはるかに上で、なぜか六十前後の老女を思わせる風貌の持主である。半分白くなった長髪のせいかもしれない。ホーカノン委員長はこの調査会の正式名称が先程の首相の発言で「インタ化調査委員会」と変更されるにいたった経緯をくどくどと説明したのち、各委員に配布されている議事内容や日程を読みあげて事務的な説明をした。Pの印象では、委員長の個性が無気力な役人風であることも関係して、開会早々沈滞して退屈な雰囲気が支配しているような気がしてならなかった。

ホーカノン委員長の話が終わって、

「まず最初にフリトキで行きましょうか」ということになった。Pにはこのフリトキがわからなかったが、恐らくは自由な議論か発言ということではないかと思っているところへ、いきなり例の質問あるいは詰問が飛び出したのである。発言者は顔の萎《しな》びたラオタン風の老学者という感じの委員で、その皺だらけの、異常に口を曲げた表情からしてもPに好意的な人物でないことはわかったが、この老人は古臭い、格調の高いアマノン語で言った。

「委員長、最初にこの委員会の目的、性格と委員会の構成について質問したい」

そう言ってからこの委員はPの方を一度も見ないまま、委員長に質すふりをして意地の悪い質問を並べた。

「委員長にお伺いしたいが、この委員会は先程の総理のお話によれば、インタ化すなわち国際化を推進することを目的とした調査研究委員会とのことでありますが、当初の名称である『モノカミ教関係臨時調査委員会』を改めて『インタ化』という言葉を特に採用したことにはどういう特別の意図があるのかどうか、またこの委員会のメンバーには外国籍のPさんが加わっておりますが、これは総理の指名によって正式に任命され、発令されたものなのかどうか、もしそうでなければ外国籍の人をこの委員会のメンバーないしはゲスト・スピーカー等々の資格で参加させることの可否については本来当委員会において審議すべきではないかどうか、そしてその場合には、私が知りえた情報の一つにこの外国人が実は不正入国した上、不法な宗教活動を行なっているということがあるので、この点はただちに究明してこの外国人の委員としての資格を審査すべきではないかどうかということ、以上の点について委員長の御見解を伺いたい」

Pはこの委員のもってまわった物の言い方がかなり気になったが、それよりもさらに気に障ったのが一連の「……かどうか」という言い方であった。Pの習った古典アマノン語にはそういうおかしな言い回しはなかった。特に「どういう特別の意図があるのかどうか」というような言い方は絶対になかったはずである。

「その点ですが」と委員長は表情を変えることもなく説明をした。「先日みなさんに御案内申し上げた段階では『モノカミ教関係臨時調査委員会（仮称）』とありましたように、まだ正式の名称は確定しておらなかったのであります。その後総理と相談の上、本日総理から御説明がありましたように、『インタ化調査委員会』という正式名称が決まった次第でございます。Pさんの委員会参加の問題につきましては、総理の御意向もありまして、とりあえずゲスト・スピーカーとして参加していただき、正式メンバーに加えるかどうかは追って適当な機会に当委員会で御審議いただく、ということでいかがでしょうか。なお、Pさんの不法入国の件は、内閣官房と法務省とで協議の結果、わが国が鎖国政策をとり、バリヤによって入国阻止の措置を講じている以上、入国者はすべて形式上不法入国者となるのは避けがたいことであると同時に、バリヤが今回いとも簡単に破られたことはそれが重大な欠陥を有しておったという別の厄介な問題を生じるので、今回に限り、Pさんを不正入国とは認定しないという超法規的措置をとり、爾後《じご》の対策についてはしかるべき調査委員会を設けて検討する、ということに決定しております。ただ、最後に指摘された点、Pさんが不法な活動をしたのではないかという点につきましては、私自身もまだ正式の報告は受けてない。その点の説明も含めて、ここで一つPさんに簡単なスピーチをお願いすることにしてはいかがかと存じますが」

それに対しては異論は出なかったので、Pは委員長に促されるままに目の前の音声拡大装置のスイッチを入れて、こんな挨拶をした。

「まず早速スピーチの機会を与えて下さいましたことを、委員長のホーカノン先生を始めとする委員の皆様に心から感謝申し上げます。私はこのたびモノカミ教国からモノカミ教布教の目的をもって貴国にやって参りましたパードレのPでございます。実はこの『パードレ』がモノカミ教宣教師としての私の正式の肩書であり、アマノンの言葉で『先生』というのに似た呼称としても広く使われているものでもあります。今のところ、貴国にその不正入国とやらをしましたパードレはいない模様でありますから、パードレと呼ばれれば私が『はい』と答えることになります。承っておりますと、先程から問題になっている私の入国につきましては、実を申せば私自身もいまだに判然としないものが残っておりまして、不正入国であると言われればその通りでもあるような、しかし本来不正入国など起こりえないはずの防衛機構をくぐり抜けて現にここに到着しているという不可思議な事件が起こっているところからすれば、これはバリヤとかいうアマノン防衛機構の不備、欠陥によるものではなく、やはりモノカミの奇跡と申すべきであろうかと存じます。一外国人として勝手な希望を言わせていただきますならば、この件についてアマノンの関係者の誰かが侵入の責任を問われたりすることのないよう、切望してやまない、ということであります。先程委員長もおっしゃいましたが、この件をめぐっては超法規的措置がとられたということで、これはまことに妥当な措置であると思うのであります。と申しますのは、今後アマノンとモノカミの友好を維持し、インタ化を推進する上で、この措置は将来に禍根を残すどころか、むしろよき根を残すことになる絶妙の手であったと評価すべきではないか、そのように愚考している次第であります……」

委員長はPの挨拶にほぼ満足の様子だったが、Pに対して感謝の意を表したあと、これからは古典アマノン語に固執せず、もっとくだけた日常語で話していただいて結構だと言った。

「議事録を作成する段階では多少手を加えて文章語らしいスタイルにはしますがね」

「御忠告有難うございます」とPも言った。「たまたま私がコレジオで学んだアマノン語がかなり古い時代のものでして、こちらに来てまだ日が浅いものですから、上流の方々の日常語を使いこなすには至っておりません。特に自信がないのは、外来語とそれが訛ってアマノン語化したもので、今は急遽外来語辞典で勉強しているところです」

このあと、委員長が、

「第一回の本日はPさんからモノカミ国のことなどをお訊きする形でフリトキにしてはどうか

と思いますが」と言いだしたので、各委員からさまざまの質問が出た。

「モノカミ国のことを少しお話しして下さらない？　何しろ私たちの方も古い文献でモノカミ国のことを知っているだけで、新しい情報はほとんどもってないんだから」と早速言ったのは比較的若いビジマン風の人物だった。「何でもいいんだけど、例えばモノカミ国の政治経済情勢は現在どんな具合になっているか、とか」

「その前に、私たちの世界は厳密に申しますと、世俗の国家とはいささか性質の違うものなのです」とPは根本のところから説明しようとした。「モノカミ教団の外に国家もなければ政府もありません。普通の意味での政治もなくて、ただ単純にモノカミ教団がすべてを統治しているのです」

「すると完全なテオクラシの体制になっているというわけですな」とホーカノン委員長が言った。

「テオクラシと申しますと？」

「神権政治と言うか、つまり神、あるいは神の子孫と称する者が政治的にも支配者であるようなシステムですよ」

「それとは違いますね。モノカミは政治的支配者ではありません。これは言うまでもありませんが、モノカミは肉体的存在として私たちの前に姿を現すものではないのです。モノカミは直接人間の精神を支配する力ですから、私たちがいわば頭蓋骨を開くようにして精神の覆いを取って、このモノカミの力を感知しさえすれば、私たちの精神はモノカミの意思のままに動くことになり、このような人間が集まってできた世界はそれ自体が一つの大きな教団でありますから、そこでは世俗的な権力をもって人間が人間に強制を加えるための、政治という仕掛けはその必要を失うのです。従ってわがモノカミ世界にはモノカミの意思を代行する書記長を頂点とするモノカミ教団組織が世界の隅々まで広がっているだけで、これとは別の統治機構が存在するわけではありません」

すると多くの委員がやはりそうかという風にうなずいた。

「そういう体制を神官支配制というのよ」と誰かが言った。

「まあそれも神官という名の一種の官僚による支配機構と言うべきでしょうな。宗教的組織と政治ないしは行政の機構とが一体化しているわけですね」とホーカノンも言った。

「で、その最高支配者の書記長とやらはどうやって選ぶの」という質問が出る。

「二十人の書記長補が互選によって書記長を選出するのです」

「その書記長補になるには？」

「それは長年の教団活動の経歴と実績によって自然にそれにふさわしい人がその地位にまで昇進していく、というしかありませんね」

「それでは随分熾烈な出世競争や派閥間の抗争、足の引張り合いといったこともあるんでしょうな」と委員長が言った。

「残念ながら私は教団組織の上の方で起こっていることについては余り詳しい事情は知りません」

「どこにでもあることだから、別に気にすることはないのよ。でも最高指導者のことを書記長と呼ぶなんて変わってるね。普通なら王とか教皇とか、もう少し立派そうな呼び方をするものなのにね」とビジマン風の委員が言った。

「モノカミ教団では神の言葉を聞いて書きとめるのが最高級の聖職者の仕事であるということから、伝統的に書記長という言葉を使うのです」

「いや、そういうことなら気にしないで下さい。こちらでは書記とか書記長とか言えば最下級の事務官僚の職名を指すもんですからね。ところで、現在のモノカミ国の規模はどれ位ですか」

「人口は約百億です」

この答を聞いて委員たちは驚愕の余り痴呆状態に落ちこんだような顔をした。それからあるものは顔に冷笑の膜を張り、あるものはPの答を虚言と見たのか憤然として目に角を立てた。

「この数字には多少誇張がありまして」とPは慌てて言った。「実際は九十九億何千万かですが、何しろ膨大な人口を抱えているものですから、どうしても正確な数字は得られないのです」

「驚くべき大国ですな」とホーカノンがやや皮肉を込めて言った。「その人口を一体どうやって養うのか、考えただけでも発狂しそうになるが、そんなにまで人口が増えたのがまた私たちには理解できない。バスコンということはやっていないんですか」

「出生数をコントロールすることよ」と誰かが説明してくれた。

「そんなことはやりません」

「個人も国家もやらないの」

「勿論です」とPは断乎《だんこ》として言った。「モノカミ教は人間の生死を人工的に左右するようなことを許していません。ですから堕胎などはもっとも悪質な罪と見なされます」

「ああ、アボションね。こちらでもバスコンの方法としてはそんな馬鹿なことはしないね。ただし不法な妊娠に対しては国が強制的にアボションの措置をとることはあるけどね」

「不法な妊娠と言いますと？」

「国が認めた正規の妊娠以外のものよ」

「するとアマノン国では正規の妊娠かどうかを政府が決めるのですか」

「それについてはちゃんと法律があるのよ」

「まあ人口問題はそれ位にして」とホーカノンが言った。「モノカミ国の気候、風土についてもお聞きしておきたいですな」

「気候と言いましても、何しろ私たちの世界は広大で、雪と氷ばかりの極寒地帯の気候から熱帯雨林の気候までさまざまですから、特徴は一口では言えません。ただ、このアマノンのように温和で快適な地域はごく少ないとは言えましょう。灼熱の砂漠も多いし、凍土の荒野も多い。モノカミの民は概して苛酷な風土の中で質素で禁欲的な生活を送っていることになります」

「それじゃ生活水準は低いのね」

「質素ではありますが、貧困ではありません。ただ、こちらのような贅沢で洗練された生活からは遠いと言えますね」

「それにしては科学技術の水準は高いようね」

そう言ったのは、机の上の名札によるとアマノン大学工学部教授のマイコノス博士であった。

「その点についてはまだなんとも申し上げられませんが」とPは慎重な言い方をした。「科学技術というものは、国によって発展する分野を異にするもので、単純な比較はむずかしいということを前提として言うならば、モノカミ世界では巨大な神殿を建築するとか、運河を掘り、高速道路をつくり、また巨艦、巨大ロケットを開発するといった分野を比較的得意としております。つまり一口に申せば大きなものを作る技術に優れているわけです。何分規模の大きな世界ですから、そういう性質の技術が中心になります。その反面、生活を快適にするこまごましたものを作るのは余り得意ではありません」

「なるほど、それを聞いてわかったけど、こんなに遠く離れたアマノン国まで人間や物資を送ってくる遠距離航行技術なんか大したものね。私の研究室ではPさんの乗ってきた一人乗り遠距離航行船の残骸を調査してみたけど、動力機構を始め、肝腎のところはよくわからない。これについてはいずれ詳しい説明を聞きたいね」

「残念ながら私が工学部時代に専攻したのは建築学の方で、機械工学方面のことはよくはわかりませんが」とPはこの問題に深入りするのを避けようとした。

「それでも私たちより決定的に知ってることがあるでしょう。大体、ここだけの話だけど、私たちにはモノカミ科学がどうやって空間と時間を克服したか、その原理がわからないのよ。ホーカノン先生、これを明らかにすることはこの調査委員会の裏の任務の一つでもあるんでしょう」

「それについては今のところノーコメと言わざるをえないが」と委員長も慎重に確言を避けた。

「その問題もさることながら、私たちとしてはPさんがいかなる目的をもってこの国にやってきたのか、またそれと関連してモノカミ教の教義、世界観、戒律、他の宗教に対する態度、事実上政治機構と一体化したその教団組織がいかなる性質のものであるかといった問題について、いずれ詳しく勉強しなければならない。Pさんからは当委員会にモノカミ教の聖典である『神聖契約書』や教団規則などの資料がすでに提出されております。次回からはこれらにもとづいて、Pさんのお話を伺うヒアリングを何回か行ないたいと考えておる次第であります。これと並行して、モノカミ国の科学技術に関する調査のための専門小委員会をつくり、これにはトップクラスの科学者、技術者に参加をお願いして調査を進めたい。かように考えております」

こんな挨拶があって、この日の調査委員会はお開きになった。そして引き続き隣のホールに会場を移して「インタ化調査委員会」発足の祝賀会と懇親会を兼ねたパーティが催されることになっているというので、Pはサービス会社から出向してきたらしい若い女の「ホステス」と呼ばれるサービス係に案内されて、天井の高い大広間に行った。そこにはすでに大勢の人が集まっていて、ざっと見たところ百人は下らない。概して堂々たる体軀の人が多く、長身でなければそれを補うかのように肥満体を誇示しているという傾向が見られた。各人の胸のポケットには名札が止めてあり、肩書も大きな字で書いてあるので、Pはそれを見ながらピップすなわち重要人物と思われる人には握手を求め、挨拶をして回った。

Pがピップと判断した筆頭の人物は外交長官のメイコスで、これは短軀肥満のタイプだった。近づいて挨拶しようと思った時、先程のホステスがPの袖を引くようにして、

「あちらに教育長官のマサコスがいるわよ。マサコスを先にした方がいいみたいよ」と耳もとで囁いた。

「ああ、そうなの?」とPは不審そうに言ったが、ホステスは自信ありげに、

「そうよ。私がうまくリードしてあげるから任せといて」と言う。

「失礼だけど、あなたは随分若いようね」とPはようやくピップらしい口調で話しかけた。

「ええ、十五歳。バイトでホステスをしてる子は大体十七歳どまりね。でも私はこのバイトを十二の時からやってるベテランなの。今日はあなたの専任のホステスとしてサービスすることになってるの。あなた、こういう場所に連れてくるセクレがいないんでしょ。だから二時間ば

かりの間、私がそのセクレ代わりを務めるってわけ」

「そのセクレって何なの。秘書みたいなもの？」

「秘書？　古典的な言い方ね。まあそんなところかな。現代アマノン語でいうセクレとは、秘書兼愛人のことなの」

「愛人ですか」とPは衝撃を受けて思わず口籠《くちごも》った。

「ピップともなればこういう場所に愛人同伴で来ないと様にならないじゃん。で、今日もほとんどのピップが愛人を連れてきてるし、都合が悪くて連れてこられない人は私のようなホステスを雇うわけ」

「本当の愛人、いやセクレと雇ったホステスとは一見して違いがわかるものなの？」

「私たちプロのホステスが見れば同業のホステスはなんとなくわかるものなのよ。でもピップの目からするとまずわからないでしょう」

「そう、それなら安心だ」

「安心していいわ、私なら絶対にぼろは出さないから」と言って相手は笑った。「でもあなたの方もうまくやらなきゃ駄目よ」

「どんな風にするの」

「時々愛人にするように髪を撫でてくれることね」

「それだけでいいの」

「人前ではそこ止まりでしょ」

Ｐはこのアマノンの上流社会の流儀にすっかり感心して、この臨時の愛人あるいはセクレを改めて眺めると、あのヒメコには及ばないながらも、なかなか魅力のある気の利いた少女だった。ヒメコを秘書にすることが無理な場合はこの少女を当分の間専属のホステスとして雇う手もある、と考えて、Ｐは名前を訊いてみた。

「クーミンと言うの」

「本名なの？」

「勿論、会社がつけてくれた業務用ネームね」

「本名を教えてくれる？」

「それは駄目。本当のセクレにならないと教えられない」

「セクレにしてもいいよ」

「わかってないわね」とクーミンは笑った。「私を愛してるの？　そんなはずないでしょ」

「なぜ断定できるの？」

「さあ、冗談はよして仕事にかかりましょう。さっきのことだけど、ピップのランクからすると、外交長官は大臣の中でも最低クラスなの。外交省のランクがそもそも低いのね。何しろ日頃まともな仕事のない省でしょ。それに対して教育省ははるかに上。だから挨拶する場合の順序はあちらが先なの。今日出席している政府関係のピップでは教育長官がトップね」

「すると今日発足した『インタ化調査委員会』の所管は外交省ではないのかな」

「違うようよ。外交省も含めていくつかの省が争ったあげく、内閣官房直属となったそうよ。そいで、このパーテーには、あとから官房副長官が出席することになってるの。ただ、特別にできる専門小委員会だけはなぜか教育省の所管になるんだって」

「なかなか事情に通じてるのね」とPが感心すると、

「ベテランだもんね」とクーミンも嬉しそうに言った。

「セクレにしたい気分になってきたね」

そう言ってPはクーミンの長い髪の毛を優しく撫でた。

「わりと上手ね。そう、その調子」とクーミンが囁いた。

それからPは教育長官に近づいて、挨拶をした。これは長身瘦軀《そうく》のタイプである。そのうちに新たな出席者が続々と姿を見せたが、なるほどそう言えばクーミンが指摘したようにほぼ例外なく若いセクレを伴っている。中にはまだ子供の部類に属するセクレもいる。クーミンによれば、なぜか財界人には長身瘦軀型が多く、このタイプはまたなぜか少女のセクレを好むようであり、政治家には短軀肥満型が多くてその好みはほとんど例外なしに大柄で肉付きのいい、成熟した娘らしいタイプのセクレに集中しているという。やがて官房副長官のミヤコスも現れた。長身で眼鏡を掛けた、ビジマン風の青年である。そばにいたセクレが何やら囁くと、官房副長官は大股でPに近づいてきて、手を差しのべながら、

「先日は電話で失礼。実はこの調査委員会が総理直属ということに決まって、官房が事務局を引き受けることになったもんだから、ぼくも急遽こうして出てきたわけでね。ま、予定より早くお目にかかれてよかった。ユミコス内閣が取り組もうとしているインタ化については君の協力が是非とも必要なもので、何分よろしくお願いね」と親しげに言った。

「こちらこそよろしく。お役に立つことができれば望外の幸せです」

「まあ君、そんなむずかしい挨拶は抜きにして、今日は大いにリラックスして頂戴よ。ぼくから財界の人にも紹介しよう」

ホールはごったがえしていて、次第にテーブルの間を通り抜けるのにも難渋するようになったが、Pはミヤコスの先導で主だった財界のピップに紹介され、挨拶を交わして、次々に立派な名刺を貰った。これはセクレが受け取って、片膝を一寸折るようにして軽く押しいただいたのち鞄にしまいこむのがしきたりらしいが、クーミンのしぐさはなかなか優雅で愛らしくもあり、他のピップたちのセクレに比べても少しも見劣りがしない。Pはクーミンが本物のセクレに見えるように、時々髪を撫でることも忘れなかった。

ひとしきり紹介が終わると、ミヤコスはそのセクレが取ってくれたグラスを片手に持ち、Pに乾杯してからしなやかな喉を反らせて飲みほした。Pも飲んでみると、発泡性の果実酒らしい。これはアマノン国に来て初めて飲むもので、シャンパンと言って、ピップのパーティで愛飲される高級な酒の一種だとのことであった。アルコールはごく弱いようである。

「君も一杯どう」と勧めると、クーミンは首を振って、

「駄目。セクレは人前ではアルコールを飲まないし、セクレには飲ませないということになってるの」と小声で注意してくれた。

Pはグラスを片手に持ったまま立っていたが、クーミンがテーブルの大皿から小皿に適当に見繕って取った料理を、二本の木の棒ではさんで上手にPの口に入れてくれる。これもセクレの重要な仕事らしく、まわりでもピップたちが同じようなサービスを受けながら、食べ、飲み、そして歓談していた。確かに、こういう場合に自分のセクレを連れてこなかった者は大変な不自由を味わうわけである。

「君がいてくれて助かったね」

「私、箸で食べさせてあげるのは得意なの」

「セクレはこの場では食べないの？」

「食べるわよ。でもね、その時にはあなたの方が小鳥に餌をやるみたいにして私に食べさせてくれなきゃいけないの」

「それはまた楽しいね」とPは嬉しくなって言った。「恋人同士の甘い関係そのものだな」

「コイビト？　それ、なんのこと？　『愛人』の古語かしら」

「まあそんなものね」

「人前でそれをするのはそのピップとセクレが愛人同士だという証拠なの。私の場合、そこま

で偽装サービスするようにとは言われていないけど、まあいいわ。そいじゃ、今度はあなたが食べさせて」

Pは張り切ってクーミンに料理を食べさせようとしたが、箸というものの扱いはなかなかむずかしい。それに、長い睫を伏せ、顎を差し出すようにして待っているクーミンの口には、焼いた牛肉を押しこむよりも自分の唇を押しつけたいような衝動に駆られるのだった。しかし勿論その種の大胆不敵な行為に及んでいる光景は周囲に見られない。

その時Pがクーミンに食べさせているのを見て、通りがかりに、

「おや、今日はサービス満点ね」と言った人物がいて、見ると先程真先に挨拶しかけて止めた外交長官のメイコスだった。Pが慌てて挨拶すると、相手は曖昧にうなずいてそのまま立ち去ったが、クーミンはこのメイコスの態度にひどく腹を立てた様子だった。

「あの人、私のことを知ってるのよ。サービス会社のアルバイトのホステスだと知っていて、あんな嫌味を言ったのよ」

「私が君にサービスしているのを冷かしたんじゃないの」

「そうじゃないわ。私、前にあの人に雇われて臨時にセクレ役をやったことがあるの。その時には私がこんな愛人らしいことをさせなかったもんだから……」

そう言ってクーミンは悔しそうに涙ぐんでいる。Pはかわいそうになって髪を撫でながら慰めた。

「いやな奴だな。健気に務めを果たしている君に意地悪を言うなんて男の風上にも置けない奴だ。時に、今思いついたけど、セクレは一人でなくてはいけないの」

「何人でもいいわよ。ピップの中には五、六人のセクレをもっていて、時と場合に応じて使いわける人もあるわ」

「そう。それなら君をセクレの一人にしたい。仕事が忙しくなればほかにも雇うことになりそうだが、今のところはまず君と契約したいね。それで私の正規のセクレとなればとやかく後指を指されることもないわけだ」

「有難う。そいじゃ、契約の条件は会社と交渉してみて」

「破格の条件を出すよ」とPは調子よく言ったが、この意味はクーミンにはわからない様子だった。

突然、拍手が起こった。見ると、正面の金色の衝立《ついたて》の前で、肥満体の政治家風の男が挨拶を始めたところで、言っていることは、最初に「インタ化調査委員会」の発足とその政治的な意味といったようなことにふれたのを除いて、ほぼ自己宣伝に終始しているようだったので、Pは注意して聞くのを止めてしまった。まわりの人々も飲食と談笑の方に熱中している。ただ挨拶の終わりと次の人の挨拶の始まりにだけはよく注意していて、几帳面に拍手を送る。Pもそれに倣ったが、やがて一人の少女のボイが官房副長官からの伝言だという紙片をもってきた。

「千年ぶりにアマノンを訪問した外国人としてインタ化の意義にふれながら短いスピーチをお

願いします。ミヤコス」という内容である。

Pは人の間を掻き分けるようにして金色の衝立の前に出ていくと、携帯用の音声拡大機を受け取って、しゃべりはじめた。他の人の時よりは注目を集めたようで、こちらを注目している人も何人かいたが、広い会場は潮騒のようなざわめきに満たされており、Pの話は弱い波紋を広げるだけで、たちまちそのざわめきの中に吸収されてしまう。Pはまず、自分の訪問がアマノン国にとっては千年ぶりの外国人渡来であるという驚くべき事実にふれ、このことは、来たるべきインタ化とモノカミ教の福音との奇跡的な、しかし実は測り難いモノカミの神慮によって予定された、見事な結合を意味するものである、という点を強調した。それからアマノン国の素晴らしい印象について語りはじめたところで、また紙片が回ってきて、今度は誰からともわからないが、「エイオス会長がお見えになりましたので、スピーチは早めに終わらせて下さい」と書いてある。こういうことはすでに経験済みだったので、Pも心得て話をはしょり、歓待に対する感謝の意を表して挨拶を締め括った。すると盛大な拍手が起こり、それがそのまま一層高まって次の話し手の登場を迎える拍手に続いた。その拍手に片手を上げて応えながら一人の巨漢がPの方に近づいてきた。背丈はほとんどPと同じ位あるから、アマノン人としては例外的な長身であると同時に、Pも圧倒されるほどの重量をもつ巨漢である。顔が脂を塗ったように光っているのは大変な汗のせいであるらしい。目は肉に鋭く切れこんだ傷跡のように細く、瞳も小さく、薄気味悪い光を放つ白眼が目立つ。この目は爬虫類を思わせる冷酷無残な表情を湛えているのに、口元は緩み、顔中で笑いかけている。髪の毛を極端に短く刈りこんでいるのも他のピップたちとは違う点である。

「やあ、エイオスです」とこの人物は押しの強いだみ声で言って、Pの手を強力に握りしめた。Pも負けずに力を込めて握り返すと、相手もさらに力を入れながら、その刺すような目でPを見つめ、相変わらず口では笑いながら、片手を回してPの肩甲骨のあたりを思い切り叩いた。その勢でPは前のめりになって、エイオスと抱き合う形になった。拍手が一段と高まった。

「モノカミ国の方は私も初めてだが、男性的で堂々とした立派な方だ。英雄的ですらある。私の名前も実は英雄的男子という意味なんだが、ま、今日はお目にかかれて大変嬉しい。そのうち是非一度遊びにいらっしゃい」

　エイオスは早口でそう言うと、拍手に応えて挨拶を始めた。最初は低い声で自分の近況を話したが、今までとは打って変わって場内は私語一つなく静まり返っている。そのうちに話は演説の調子になり、声は次第に高くなって、Pにはよく聞きとれない言葉が猛烈な速度で唾と一緒に口から打ち出され、何やら威嚇されたり罵詈雑言を浴びせられたりしているような感じだった。エイオスは胸を張ってあたりを睥睨《へいげい》したかと思うと、急にまた声の調子を落とし、猫背になり、猫撫で声でおだてるようなしゃべり方になったりする。

「何を言っているのかよく聞きとれないけど」とPはクーミンに言った。

「私にもわからないけど、偉い人だからおとなしく聞いてた方がいいわよ」

「偉い人って、エイオス氏は正式にはどんな地位にある人なの」

「ピップ中のピップで、会長なの。政治同友会の会長というところじゃないかしら。とにかく今、会長と言えばあの人のことを指すのよ」

「その政治同友会というのは政党のこと？」

「エイオスがつくった政治家の私的な親睦団体みたいだけど、ほとんどの政治家がここに入っているから、エイオス会長は大変な力をもっているわけ」

「遊びに来いって言ってたよ」

「それじゃ絶対に行かなくちゃ。命令みたいなもんだから、絶対に行かなくちゃ」

「政界に絶大な力をもった人物らしいね。握手をした時の力も人間離れのした強さだった」

「今のユミコス首相だって会長に遊びに来いと言われたらすぐに行くわよ。でもあなたの場合は向こうから日時を指定してくると思うわ。会長は大勢の人と会わなくちゃいけないから、順番が回ってくるのはまだ先のことになるでしょうけど」

エイオス会長の演説は一時間以上続いた。耳を聾《ろう》するような拍手を浴びて手を振りながらエイオスが帰っていくと、やがて人々は潮が引くように会場から姿を消してしまった。Pはクーミンが契約時間を超過したことを証明する書類に署名したのち、かなりの額のチップを渡した。クーミンは几帳面に領収書を書いて受け取った。

「どう、まだ早いからぼくの家に寄って行かない？」

「寄って何をするの？」

「それは成行き次第でいろいろだ。君よりもう少し成熟した女性の場合だと男と女の遊びを楽しむということもある」

「なんだかよくわからないけど、ひょっとすると、それセックスのこと？」

「セックス？　また外来語だな。あるいはそのことかもしれないけど、どういう意味なのか、君の考えているセックスの意味を説明してもらわないと答えられない」

「特別の劇場やクラブでピップたちがよく見てるそうだけど、私は勿論見たこともない。なんでも専門の俳優がいて、セックスというのを演じて見せるんじゃない？」

「どうもぼくの考えているのとは違うようだ。まあそれはそれとして、どうですか、寄っていかない？」

「誘ってくれるのは嬉しいし、何を望んでいるかもわからないわけじゃないけど」とクーミンは真面目な顔をして言った。「あなたはまだアマノン流の愛の作法を知らないみたいね。こういうことは余り露骨に急いで話を進めては駄目なの。誰かに教わった方がいいわ。今度機会があったら私も教えてあげる」

クーミンは耳のところで愛らしく手を振って帰っていった。

第八章　首相との会見

ユミコス首相から昼食会への招待状が届いたのはそれから数日後のことで、以前サービス会社のキャップが置いていった日程表に予定されていたのよりずっと早い日が指定されていた。招待状はこういう身分の人にふさわしい最上の紙に印刷された立派なものではなくて、粗末な紙の、おまけに秘書官か誰かが書いたらしい、どちらかと言えば拙《つたな》い手書きの書状である。ただ、封筒だけは仰々しく凝ったもので、金色の紋章のようなものが印刷してあった。

「封筒は別として、これでは私的な書簡という感じだね。普通、首相の招待状なら印刷してあるものだろう」

「そうですが、今回はパードレお一人を招待したということじゃありませんか。印刷してないのは、招待客が一人しかいないからか、さもなければ急遽決まったことでサービス会社に招待状の発送を頼む余裕がなかったからでしょう」

カガノンはPの疑問に答えてそう言った。

「主要閣僚を交えての昼食会に、と書いてある。とすると、まったくの私的な招待というわけでもなさそうだ。こういう場合、私のお供はどうすればいいだろう。この前の調査委員会やパーティの時と同じで、やはり君を連れていくわけにはいくまい」

「そういう場合はピップにふさわしい若い秘書を連れていくべきですね。サービス会社に言って秘書役のホステスを雇えばいいでしょう」とカガノンは言った。

「それならセクレになってくれそうな、割に感じのいい女の子がいる。早速サービス会社に連絡してもらおう」と言ってクーミンの話をすると、カガノンが電話をかけて話をまとめた。クーミンとは一年間の専属契約を結ぶことにした。

「これで当分は安心だ。それにしても君がこの方面の慣行やピップたちの流儀に詳しいので助かる」

「いえ、これでも暇を見ては勉強しているんですよ」とカガノンは言った。「ラオタン仲間の人脈というものはなかなか役に立つもので、何しろラオタンは、例えば内勤の秘書などの形でピップ社会の奥深くまで入りこんでいますから、ほかでは得られない細かい情報を集めることができるわけです」

「そのようだね。とにかく君を連れてきて本当によかったよ。かけがえのない執事というところだね。そうだ、これからは君を正式に執事にしよう」

「ヒツジですか」

「ヒツジじゃなくてシツジだよ。知らないのかね。まあ、秘書の高級なものだと思ってくれればいい」

「秘書とは違うんですか」

「秘書のような仕事もするが、主として家の中にいて、主人の家政管理を補助したり、代行したりする男のことだ。大概は君位の年配の男で、その地位と年齢にふさわしい立派な服装をして、貫禄《かんろく》もある。そうだ、執事の服も注文して早速作らせることにしよう。クーミンが外勤中心の秘書としてここに来れば、家の中の仕事については君がクーミンを監督することになる」

昼食会の日は土曜日だった。クーミンはその朝早くやってきて、契約書の作成や簡単な打合わせのあと、Pの居間の鏡台を使って念入りに化粧を始めた。Pが後に立って興味深そうに眺めてもいやな顔をせずに、大掛りな化粧道具や化粧品を出して並べ、鏡に向かって顔塗りの作業に熱中しているところは、一心不乱に絵を描いている絵描きのようである。

「何？　そんなに珍しいの？」とクーミンは唇を突き出しておかしな顔をしたまま言った。

「随分手のこんだお化粧をするんだね。それにこの贅沢な化粧品ときたら、ぼくの国ではどこを探しても見当たらないほどのものだ」

「あら、そう？　こんなの、安物の方よ」

「子供にしては贅沢だと思うね。君は確か十五歳だったね。ぼくの国ならその年ではまだ本格的な化粧はさせてもらえない。二十歳を過ぎて大人になれば別だけどね」

「変な習慣ね。こちらでは子供のうちは念入りに化粧するの。大人になると化粧はしないのが普通ね。その代わり、うんと高級なスキン・コンディショナーを使うんだけど、働いていないピップの子供たちは私位の年頃でももう親の真似をして、化粧はしないで、花の香りのするクリームなどをつけるだけなの。私たちはホステスとして働いてるでしょ、だから子供らしく可愛らしく化粧することが必要だけど、最近の傾向としては、化粧していることが目立たないような化粧法が流行なんだって。これもピップの子の真似なのね」

「なるほどね」とPは感心して言った。「話が逆みたいだけどね。ぼくの国では子供は素顔のままでいいんだ。容色が衰えた大人ほど厚化粧をするものだ」

「それこそ話が逆じゃない？」とクーミンは慣れた手つきで口紅を引きながら言った。「子供は素顔のままじゃとても醜い中途半端な動物でしょ」

「そうかな。子供は、モノカミ教の俗信によれば、子供のまま死んだ時は翼が生えてモノカミの使いになって天を飛び回っている、と言われる位で、汚れなき存在ということになっている」

「子供に翼が生えて？　そんなの、なんだか不気味が悪いじゃん」

Pはこの「不気味が悪い」という言い方を怪訝に思ったが、考えているうちにそれでもよかったのかという気になった。

「さあ、できたわ」と言ってクーミンは鏡の前を離れた。唇がやや濃く見えるほかは、化粧をしたとは見えないほど入念に技巧を凝らした化粧の仕方である。

「君はお洒落をしているが、ぼくはどんなものを着て行けばいいんだろう」とPは訊いてみた。

「こんな場合の礼服のようなものが決まってるのかしら」

「礼服なんて必要ないでしょ。特別の恰好をすることはないと思う。どうせ今日の昼食会のホストは首相だし」

「なんだか大したピップじゃないみたいな言い方だね」

「事実、最高のピップというわけじゃないんだもん」

「じゃあ最高のピップは誰なの」

「それはよくわかんない」とクーミンは首をかしげた。「一応、首相がナンバーワンということにはなるけど、エイオス会長の力も強いし、財界のナンバーワンもマスコミのナンバーワンもそれぞれ強力だし、ひょっとすると今あげた中では首相が一番弱いかもね」

「不思議な国だね」とPも首をかしげた。「三すくみということがあるが、要するに単一の頂点をもつピラミッド型権力構造というものがないわけだ。これは多分アマノンの多神教的世界を反映してるんだろう」

「そういうむずかしいことはわかんないけど、そろそろ出かけなければ」

カガノンが二人乗りの自動運転車を呼んだ。どこまで行っても外に出ることのない建物の中の通路のような道を車は勝手に進み、途中で何回か昇降装置を使って車ごと昇り下りして、十五分ほどで目的地に着いた。と言ってもそこは何の変哲もないホテルの入口のようなところで、Pは自動運転車が間違ってあらぬ場所に連れてきたのではないかと思ったが、ガラスの自動扉を通り抜けて広いロビーに入り、壁の案内板をよく見ると、数十の会社名、団体名に混って「総理大臣官邸」、「内閣官房」、「内閣特別調査部」などの名前があった。五十階まである建物の三十四階にこうした政府関係のものが入っている。最上階は「マクシム・ド・トキオ」となっていて、これはクーミンによるとトキオ一の高級レストランであるという。首相官邸の一つ下の三十三階には「＊＊プロダクション」とか「ブティク＊＊」といったPには見当もつかない会社が入っている。

「実にいろんな会社や店が雑居しているんだね」とPは呆れて言った。「首相官邸と言えば、丘の上か静かな公園のようなところに堂々とした城のような建物が聳えているのを想像していたが、まるで違う。こんなホテルみたいなビルの中に政府の中枢部が雑居していていいものだろうか」

「仕方ないでしょ、政府もマネがないんだから」とクーミンは事もなげに言った。「どうせここだって借りてるんでしょうけど、そのうちにマネができたらもう少し階も家賃も高いところに引越せばいいわ」

「なんともいい加減な話だね」

三十四階でエレベーターを下りると、すぐ前に受付があって、若い女が一人座っている。その横には警備サービス会社の人間らしい男が二人、腰に棍棒《こんぼう》をぶらさげて立っているだけで大した警備体制も見られない。クーミンが招待状と名刺を出すと、受付の女はにっこり笑って奥へ進むようにと手で示した。いくつかのガラスの自動扉を抜け、矢印を頼りに廊下を進んでいくと、両側は内閣官房の事務室で、大勢の職員が忙しそうに働いているところがガラス越しに見える。やがて「首相官邸」と書かれた金属製の扉のところに来たので、そばのボタンを押すと、中から若い女の声で「どうぞお入り下さい」という応答があって、扉が開いた。そこからは赤い絨毯を敷きつめた廊下が続いている。若いボイが出てきて、Pたちを案内してくれた。各部屋の扉に「首相寝室」、「首相浴室」、「首相食事室」、「首相読書室」、「首相執務室」などといちいち表示があるのを除けば、高級なホテルのような印象である。廊下をいくつか曲がった先に「首相懇談室」という部屋があって、Pたちはそこに案内された。

天井の高い広い部屋で、Pの住いになっている部屋と同じように窓からは空中庭園が見える。その窓に近いところに色とりどりの花で飾られた食卓が用意されていて、すでに五、六人の閣僚らしい人物が座っていた。その中からユミコス首相が立ち上がって愛想よく握手を求め、Pの肩を抱くようにしながら集まっている閣僚たちに紹介した。財務長官のノブコス、産業長官のミチコス、官房長官のサイオン、そしてすでにPがこの前の会合で会って知っている教育長官のマサコスと官房副長官のミヤコス、それに、これは閣僚ではないがインタ化調査委員会の委員長であるホーカノンもこの日の昼食会に呼ばれていた。

「本日はビジーなところをようこそいらっしゃいました。これで全員お揃いになったわけだから、早速食事にしましょう」と首相は言った。「実はね、午前中に閣議があったし、本来なら全閣僚にお引合わせすればよかったけど、いろいろと事情があってね。今日のところは御案内したように主要閣僚だけにしたの。はっきり言って、これがぼくの派閥の気のおけない閣僚でね、あとは宗教長官のマリオスもそうだけど、これは所用があって今日は出られない。ああ、それからホーカノンも御承知の通りぼくのブレーンの筆頭だし、そういうことで、この顔ぶれならなんでもフランクに話ができる。どうぞリラックスして面白いお話を聞かせて頂戴。勿論、今日は一切オフレコだから」

Pの席はユミコス首相の正面になっていた。テーブルをはさんで首相の顔を初めて正面からつくづくと見ると、四十過ぎで予想外に若いのに加えて、なかなかの美人、いや美男子であることにPは気づいた。何よりも大きくて輪郭の綺麗な目と整った鼻、形のいい口、豊かな頬の線などからして、この前にふと感じた「中年の豊満な上流夫人」という印象は依然として正しいと思われた。ただ、まっすぐな髪を撫でつけて黒々とした鍋をかぶったように見える髪型は余り似つかわしくないような気がする。あの顔の上には少しちぢれた髪が豊かにあった方がいいとPは思った。

他の閣僚たちはユミコス首相ほど若くはなく、また容貌も見劣りがした。しかしその中では官房長官のサイオンは異色で、その独特の貧相な顔付きや水分を失った魚のような姿がカガノンとも共通していることから、Pはためらうことなくこのサイオンがラオタンであると確信した。その官房長官がこれまたラオタン独特の嗄《しわが》れた声で、

「アマノンの食べものについてはどんな印象をおもちですかな」と尋ねた。

「大変気に入っています。いや、大いに満足して、連日一流の店を回っては美食を楽しんでいると申し上げた方がいいでしょう」

そう言ってPは最初の歓迎晩餐会で食べた生きたエビと大魚の料理のことを話題にした。

「ああ、あれね」と官房副長官のミヤコスがうなずいたが、官房長官は皮肉な笑いを浮かべて、

「典型的な漁師の田舎料理ですが、異国から来たPさんにあれを賞味していただいたとすれば、わが国の地方料理、地方文化のためにもまことに慶賀すべきことです」と言った。

「『生き食い』とかいうやつね。あれを食べたの？　実はぼくはまだ食べたことがないのよ」と首相が言った。

「ユミコスのお口に合うかどうかしらね」と財務長官が言った。これは典型的な短軀《たんく》肥満型の人物である。

「どちらかと言えばぼくは伝統料理の中の生ものには弱くてね。でも今日はこの上にあるトキオ一のマクシム・ド・トキオから伝統料理と現代料理をミックスしたインタ料理のフル・コースを取り寄せたの。生きて動くほどの魚は入ってないかもしれないけど、今のところこのインタ料理がアマノンでは料理の最高峰ということになってるからね。ま、御期待は裏切らないと信じてる。そろそろ出てきたみたいね」

料理は手押しの車に載せて若い女のボイが運んできた。豪華な皿や鉢の中に、Pには材料も

調理法も見当がつかないような洗練された料理がごく少量ずつ盛られている。

「今日はセクレ抜きで行くの？」と教育長官が誰にともなく言った。

Pもその言葉で気がついてクーミンの居場所を目で探した。

「どうだろうね、セクレはセクレ同士、別室で食事をさせといたら」と首相が言った。「遠来のお客様もいることだし、その方が落ち着いて話ができるんじゃない？」

「私もセクレを連れてきていますが、いろいろお心遣いをいただいて有難うございます」

「いいえ、そういうわけじゃないの」と首相がその肉感的な掌を突き出すようにして言った。「ぼくたちはこういう形式張らない食事の時には普通、可愛がってるセクレをそばにおいて、好きな料理が出てくれば箸で食べさせてやったりするものなの。君はまだアマノンの習慣をよく知らないから一度実地に説明した方がいいかもね。まあこんな具合よ」

首相はボイに言って自分のセクレを呼んでこさせた。さすがに目の覚めるような美少女で、クーミンとは格段の差があると言わざるをえない。これに匹敵する美少女ということなら、やはりあのヒメコを措《お》いてないとPは思った。長い髪を垂らしたセクレは首相のそばに来て膝をつくと、主人の顔を見上げる犬のような具合に首相を見上げている。首相はセクレの好物を心得ていると見えて、迷わずに魚と貝のすり身を蒸したものを箸ではさんでセクレの口に入れてやった。赤い果物のような口が優雅にそれを受け取って食べると、首相は髪を撫でてやり、それから別室に下がらせた。

「まあこんな具合ね」

「可愛いものですね」とPは感心して言った。

「ユミコスお気に入りのセクレだけあって、いつ見ても可愛いね」と財務長官が羨ましそうに言った。

「言っておくけど、あれは当分譲らないよ」と首相がいやに力を込めて断言した。それからPに向かって、「セクレたちを侍《はべ》らせた時にはお互いのセクレを比較しあって火花が飛ぶものなの。時には譲ってくれただの交換しようだのといった話にもなる。そうなるとおちおち料理なんか味わっていられなくなる。今日はPさんもいることだし、そんなことは自粛しようというわけなのよ」

「正直なところ、私もその方が有難いですな」と官房長官が言った。「ラオタンには秘書はいてもセクレはいない。それに私は食い意地が張っているから、秘書にも犬にも食わせたくない」

「相変わらずこの人はシニカルで、ひがんだ老犬みたいね。まるでエロを解さない。あるいは解そうとしない」と首相が言った。

「そのエロというのはどういうことですか」とPは訊いてみた。

「神話によると、エロスという名の神がいたというんですな」とホーカノンが説明を買って出た。「これが愛を司《つかさど》る神で、そこからエロス、のちにエロが愛を表すようになった。さらに愛の中でも純愛を表すようになった」

「純愛というのは肉体的な交わりを含まない愛のことですか」

「まあそういうことになっていますな、表向きは」と官房長官が言った。「裏ではいろいろとあるんですよ。髪を撫でたりするだけではなさそうだ。もっともホーカノンや私はラオタンだから立ち入ったことを言う資格はありませんがね」

Ｐは元アマノン大学学長のホーカノンもラオタンすなわち去勢された男の一人であることを官房長官があっさり口に出したことに少なからず驚いた。確かにラオタン風の人物ではあったが、そう見えるのは老齢のせいだろうと思いこんでいたのである。

「この子供に対する純愛、俗にロリコンとも言うんですが、ロリコンという言葉の説明をしていると日が暮れてしまう。実は学者の間にもこの言葉の語源をめぐる論争がいまだに続いていて、ロリについてもコンについてもそれぞれ十種類以上の解釈があるという。二つを組み合わせると百以上の解釈が出てくる。しかし学者の議論はともかくとして、現にこのロリコンはピップにとっては『必要な悪徳』というべきものになっていますな」

「悪徳とは厳しいことを言うね」と首相は頭を掻いた。「原点に帰って言えばやはりこれはエロなのよ。どうかしらね、モノカミ国では」

「モノカミ教でも愛ということは言います」とＰは説明した。「大きく分けるとそれには三つの種類があって、モノカミの、わが子である人間に対する愛、それから人間同士の友愛、あるいは人間愛、それに男女の性愛です。この最後のものの病的で逸脱した形として同性愛というのもあります。つまり女同士、男同士の性的な関係ですね」

この説明はアマノンの人間にとってどこか具合の悪いところでもあるのか、気まずい沈黙があったのち、首相が慌てて話の接ぎ穂を提供しながら話題をそらした。

「やはりぼくたちのところとは大分違いがあるようね。でも最初の愛については追い追い説明を聞くとして、さしあたりインタ化との関係で注目すべきものは二番目の人間愛というやつじゃないかしら。どうもぼくたちのところは人間が閉鎖的で、アマノン以外にも同じ人間の世界が存在するという発想がないのね。長い間鎖国を続けているうちに、人間と言えば自分たちだけだと思いこむようになった。これではいけない。ぼくは、ここだけの話だけど、腹の中では開国論者なのよ」

「ユミコス、その問題は今しばらく封印しておいた方がいいと思いますな。いずれしかるべき機会を設けて、Pさんも交えて忌憚《きたん》のない意見を交換しなければいけない。Pさんにもそれまでは何も聞かなかったことにしていただいた方がよろしいようで」と官房長官が言うと、

「それはそうね」と首相も同意した。「それともう一つ、これも含んでおいてほしいけど、実を言うとインタ化については各派閥、各団体の思惑がいろいろとあって、今のところ意見の一致ができているとは言いがたい状態なのね。インタ化反対の動きさえあるんだもんね。この問題は陰にこもった権力抗争の様相を呈し、だからぼくの政治生命ともからんでいるわけなの

よ」

他の閣僚たちも一様にうなずいていたので、Ｐにも事の重要性だけは十分察せられた。

「詳しいことはまたいずれ伺いますが」とＰは慎重な表現でいった。「モノカミ教の宣教師である私の立場からすると、貴国がインタ化政策を採ってわがモノカミ世界との交流を推進することに原則的に賛成であることは申し上げるまでもありません。その意味ではユミコス首相のお立場を私としても支持したいと思います」

「まあ堅いことは抜きにして」と隣に座っていた財務長官が言いながらＰのグラスに発泡性の酒を注いだ。「さあ、どんどんやりましょう。インタ化の出発点は献酬にある」

「献酬ですか。随分古い言葉を御存じですね」とＰが言うと、財務長官は、

「お褒めにあずかったようだけど、ぼくだってアマノン人なんだからね、少しは古い言葉も知ってるのよ」

「それではノブコスさんの御健康を祈願して」と言いながらＰはグラスを上げて一気に飲みほした。かすかに果実の香りのする上等の発泡酒である。

「そうそう、今日出られなかった宗教長官のマリオスから頼まれていたけど」と産業長官のミチコスがＰに尋ねた。「モノカミ国では自殺の問題はどうなってるのかしら。実は先程の閣議でも最近急増している自殺の問題が話題になったのよ」

「そんなに多いんですか」

「昨年は百五十人、今年は上半期ですでに百二十人」と教育長官が言った。

「どれ位の人口に対してですか」

「約三千万の人口に対して」

「それはまた驚くべき数ですね」

「多いでしょう」

「いや、少なすぎて驚いているんです」とPは言った。「モノカミ世界では自殺は文字通り自己殺害であって、モノカミを恐れぬ重大な悪行とされています。モノカミの『神聖契約書』では自殺は禁止されている。にもかかわらず、自殺は貴国の何倍か発生します。正確な数字は覚えていませんが、例えば人口一万人当たり二、三人といったところでしょうから、アマノンの人口三千万に対しては六千人とか九千人とか、とにかく桁違い《けたちが》いの数になります。ところが私の判断では、その程度でもまあ正常なのではないか、と思うのです。アマノンの百五十人は逆に異常に少ないと言わざるをえません」

「なるほど、モノカミ国ではそんなに多いですか」とホーカノンが感心したように言った。

「文化の違い、死生観の違い、あるいは宗教の違いというべきか」

「これはモノカミ教の正統の教理というよりも私自身の意見ですが」とPは言った。「人間にはいろんな欠陥があるもので、その程度のひどいものが一万人に数人から数十人程度混っているのは止むをえないこととして覚悟しておいた方がいいのではないか、ということですね。その数人の中には自殺するものもいるし他人を殺すものもいる。精神に異常を来たすものもいれば生まれつき体のどこかが故障しているものもいる、といった具合で、こういう予想される欠陥を含めて人間全体に対処していくのがモノカミ教の任務であるはずです。モノカミ教は自殺を肯定するものではありませんが、自殺を絶滅することができるという態度はとりません」

「それにしてもアマノンで今問題になっているのは子供と老人の自殺が増えてきたという点なのよね」と首相が言った。「老人はまだいい、どうせ遠からず死ぬ身だから。しかし子供が大した理由もないのに簡単に自殺してしまうのは困ったことね」

「それは確かに憂慮すべき現象ですね」とPも言った。

「でしょう？　おまけに、このところ何件か釈然としない自殺がある。イモタル人間の自殺ね」

「何ですか、そのイモタル人間って」とPは思わず無遠慮に訊き返した。

「つまり不死人間ですよ」

Pは頭が混乱して一瞬絶句した。

「死なない人間がいるんですか。で、その不死人間が自殺して死ぬ……なんとも不可解なことですね」

「ごもっともね」と首相が身を乗り出すようにして説明を始めた。「まずアマノンにはいつ頃からか、恐らくは数千年前かららしいけど、不死のイモタル人間という特別の人間がいるの。

今度そのうち実物に会ってもらう予定だからその時いやでもわかることだけど、このイモタル人間は、放っておけば病気では絶対に死なないのよ。老衰して今にもあちらへ行ってしまいそうに見えながら、そのままの状態でいつまでも生きつづけてるわけで、こんなイモタル人間が現在アマノンには数百人いる。醜悪な連中で、御覧になるとびっくりするだろうね。ところがこのイモタル人間が、イモタル人間の分際で、自殺をやってみるようになったのね」

「ですが、死ぬことのできない人間がどうやって自殺するんです？」

「自分で自分の体を破壊するということは可能なのよ」と首相が言った。「例えば首を吊る、刃物で自分を刺す、空中庭園から飛び下りる、毒物を飲む、焼身自殺をする等々、要するに体を破壊してしまえばイモタル人間もおだぶつになるというわけよね」

「つまり人一倍生への執着がない限りイモタル人間として生きることはできないということですな」とホーカノンが言った。

「その、生への執着を失った不死人間なるものはそもそも言葉の矛盾のように聞こえますね」とPも言った。

「そうそう。君はモノカミ国を代表するインテリート、つまり知的エリートだけあって、さすがに言うことが鋭いのね」

首相はPに対して格別の敬意を払うことを示すようなしぐさをした。

「私の考えを言わせてもらうと、あのイモタル人間自体が反自然的な存在で、要するに出来損いなんですな」と官房長官が強い口調で断を下した。「連中の細胞は普通の人間と違って老化ということを知らない。つまり連中の体は何回でも果てしなく分裂するという癌細胞型の異常細胞でできてるんですな。で、首吊りとか極端な不摂生とか、特別な自殺的行為をしない限り、連中は永遠に生きつづけるわけですよ」

「いつまでも死なない人間が出てきた時、最初は医療技術の進歩のおかげで寿命が延びたという程度に考えていたけど、どうやらそんなことではないらしいという空気が支配的になると、今度はこのイモタル人間はたちまち厄介者扱いをされるようになったのね。しかしイモタル人間の自殺は別に困った問題というほどではない。むしろ、どんどん自殺したっていっこうに構わない。反対にイモタル人間がむやみに増えた場合のことを想像すると、これはかえって厄介よ。その場合にはイモタル人間をある割合で処分しなければならなくなる。で、問題は子供の自殺ね。何が子供を誘惑して自殺したいという気持にさせるのか。これが問題ね。モノカミ国では子供は自殺するの？」

「余りしませんね」とPは答えた。

「なぜだろうね」

「モノカミ世界では子供は沢山生まれては簡単に死んでいくはかない存在なのです。大人はそれほど子供を大事にしませんし、特別の目でも見ない。要するに子供は小さくて未完成な大人、早く成長して大人の仲間入りをすべき中途半端な存在にすぎません。だから子供同士も互いに競争して生き残ることに必死で、自殺なんか考えている余裕はないのです。自殺したいと思うほど劣悪な境遇に身をおいているような子供は、自殺する前に病気か栄養失調で死んでしまうでしょう。アマノンでも、自殺が多いのは、働いている階級の子供ではなくて、むしろ大事に育てられているピップの子供ではありませんか」

「その通りね」と首相は感に耐えぬという風にうなずいた。「そこが深刻な問題なの。まるで死の観念がウィルスみたいに取りついて、生きようとする意志のエンジンを切ってしまうみたいね。で、ある日突然ピップの子供が首を吊る。それも遊び半分みたいにね」

「一部では首吊りごっこという遊びまであるそうだ」と官房長官が言った。

「それはどういう遊びなの」と教育長官が訊くと、

「グループで誰か一人を脅したりけしかけたりして首吊りをしてみようという気を起こさせる。もしその気になって首吊りの真似事でもしようものなら、他の子供が次々に首吊りの足にぶら下がって、本当に首吊り死体にしてしまう、といった調子の遊びだそうです」とホーカノンが言った。

「残酷なことをするんですね」とPも呆れて言った。「しかし流行《はや》っていると言ってもその子供の自殺ごっことやらも含めて、年間たかだか百数十人の自殺でしょう。憂慮すべき病的な現象というほどではないじゃありませんか」

「なかなかドライな考え方をするのね。それに楽観的でもあるのね」

首相は羨ましそうに溜息をついた。

「私もPさんの態度に賛成ですな。この自殺問題はマスメデが騒いで作り出した問題だ。政府は例によってあれこれと非難されるが、これは政府が対策を講じてどうなるという問題ではない」と官房長官がラオタン特有の辛辣な言い方をした。「大体、政府が自殺をしそうな危険な人間に見当をつけて四六時中見張っているわけにはいきませんからな。第一、そんなことをしようものならマスメデはプライバシーの侵害だと騒ぐに決まっています。自殺のウィルスに感染したのか、それとも生まれつき自殺の遺伝子をもっていたのか、いずれにしても自殺すべき人間はどんどん自殺して、自殺ウィルスなり自殺遺伝子なりを自ら抹殺してくれた方がいい。私が今度政府見解として言ってやりますよ」

「冗談じゃない、そんなことを言って御覧、ぼくはマスメデに殺される。あんただって只じゃ済まない」

「勿論、マスメデ相手にはこういう内容のことをうまく棘《とげ》を抜いてしゃべりますよ」

「この自殺問題にはもう一つ背景があるの」と言いだしたのは産業長官のミチコスだった。

「これは閣議の席では言わなかったけど、自殺の激増を問題にして騒いでいる勢力の一つは宗教団体なのね。つまりこの精神の危機を救うものは宗教を措いてはない、それもわが宗派を措いてはない。そう言って政府から特別の補助金を吸い出そうという魂胆ね。これはもう見え見えよ。この際ぼくらは断固として無視してやればいい」

「結論が出たところで、そろそろお開きにする?」と首相が言った。

「そうしよう。今日は土曜日だからね。これから一寸《ちょっと》選挙区に帰ってこなきゃいけない」というようなことを何人かが口々に言いながら、立ち上がって帰り支度を始めた。Pもそれに倣うことにしたが、首相が素早く近づいてきて目くばせした。

「もう少し残っていて。二人だけでゆっくり相談したいことがあるの」

Pは何やら女友だちから意味深長な誘いを受けたような気分だった。しかしその気配を察したのはPだけではなかったと見えて、官房長官がなかなか立ち去ろうとせずに二人の間でうろうろしている。首相が強引に肩を抱いて送り出すようにして、やっと官房長官は帰っていった。

「有能なラオタンだけど、煙たくてね」と言いながら首相が安堵の笑顔でPを奥の部屋に招じ入れた。扉が開いたままなのでいくつか先の首相執務室の様子まで見える。その扉を閉めると、三方がガラス張りのこの部屋は温室のような具合になった。これは空中庭園に突き出した部屋で、ガラスの天井の上には熱帯性の植物が奇妙な形の葉を広げている。

「密林の緑に包まれたような気分になりますね」

「いい気分でしょう。ぼくは暇を見つけてはここに来て、あの緑の中に視線を浸すようにして座るの。こんな風にね」と言いながら首相はゆったりした椅子の上に足を折り曲げて座ってみせた。「こうして精神をリラックスさせるのよ」

「力を抜いて弛緩《しかん》させるわけですね」

「そうそう。それから軽い体操をする。逆立ちをすることもある。またここに座って厄介な問題を解きほぐしてみたりする。いずれにしろ、植物の緑は頭をリフレッシュしてくれる。何しろ忙しいもんで、週末に別荘に出かけて静養する余裕もめったにないのよね」

「激務なんですね」

「ああ、とにかくめちゃめちゃにビジーね」

そこへ先程の美少女のセクレが飲物を持ってきた。鮮かな橙色《だいだいいろ》の果汁と、強い芳香を放つ赤みがかった酒が並んでいる。

「君はいける口でしょ。これはね、今日特別栓を開けた百年物の古酒だけど、お気に召したら、同じのがもう一本用意してあるから進呈するよ」

「素晴らしい酒ですね」とPは一口飲んでその芳醇《ほうじゅん》さに思わず叫んだ。「これはもう、何種類もの宝石が溶けて液体になったような舌ざわりです」

「そう、そんなにうまいの？」と首相も気を引かれたらしく、身を乗り出してくると手を伸ばしてPのグラスから自分も飲んでみた。「うん、これは予想以上だね。ぼくも今日は禁を破って大いに飲もう。マリコ、ぼくにも古酒を持ってきて。マリコにはこのジュースをあげる。ここで一緒に飲みましょう」

「私のセクレは」と言いかけたが、Pはこの場にクーミンを呼ぶのは適当でないような気がして、「先に帰しておこうと思いますが」と言った。

「ではそのように言ってまいります」

マリコは軽く膝を曲げ、首を傾ける優雅なしぐさでそう言った。そして別室に下がって、今度出てきた時には首相のために赤い古酒をもう一杯と、古酒がはいっているらしい長い首の瓶も持ってきた。

「うまい。これは間違ってもあのサイオンなんかに飲ませたくない酒ね。勿体なくて。あれはラオタンの癖に酒だけは強くて底無しなの。でもね、ぼくもその気になれば本当はサイオンに負けない位飲めるのよ。もっとも君には負けそう。体格の差もあるし、それにアマノン人は大体が余り酒には強くないみたいね」

「先生、私もほんの少しいただいていいかしら」とマリコが言った。

「いいとも。ただしこの古酒はかなり強いよ。水割りにした方がいいかもね」

「これでも私、子供にしては強い方なのよ。ストレートで少しなめてみる」

マリコは笑みを含んだような大きな目をした、聡明で明るい、花のような顔の美少女で、鷹揚で社交的な首相と共通した印象がある。セクレが愛人でもあるということを知らずに二人を見れば、親子のようにも見える。Pがお世辞ではなしにその感想を率直に洩らすと、首相は上機嫌でうなずいて、

「そう、それなら嬉しいけど」と言った。「理想的なエロの関係は、ロリコン的でしかも親子の愛情のように見えるものだそうだから、君の印象が正しいとすればぼくとマリコは理想の関

係だということになるね」

「それにこのマリコさんは私がアマノンで見た屈指の美人ですね」とPは言ったが、意識して女、少女という表現は避けた。「屈指と申しましたが、正確には指を二本折りたいところですね。タイプは違いますが、マリコさんに劣らない美人としては、もう一人だけ、キオトのムイン師のお弟子さんがそうでした。まあこの二人が別格です」

「君はそのムインとかいう坊さんを知っているようだから、それならその子をセクレに貰い受ければいいじゃない」と首相が事もなげに言った。

「そのつもりで交渉をしてもらっていますが、どうもはかばかしくないようです」

「ぼくが口をきいてあげるよ。セクレは綺麗で賢い子がいい。いい年したピップが冴えないセクレとエロしてるなんてのは、本人が真面目であればあるほど滑稽なものなのよ」

そう言ってから首相は二杯目の古酒を飲み干し、三杯目を差し出したマリコを膝に抱きあげて自分のグラスから飲ませてやった。それから改まった顔になって、

「実はね、P」と元気のいい声で言った。「ぼくに協力してもらえないかしら。これは君にとっても興味のある話だと思うけど、例のインタ化のことなのよ」

「国際化の件ですね。私も基本的にはその方針に賛成ですが、具体的な中身としては要するにわがモノカミ世界との外交、通商、人の交流などを復活しようという話になりますね」

「その通りよ。君がアマノン国にやってきたという情報がはいった時にこのアイデアがぼくの

頭に閃《ひらめ》いたわけ。最初はあちらにはモノカミを始めとしていろいろな国があると考えていたけど、その後の話ではどうやらあちらの世界はモノカミ教の支配する単一国家に統合されているらしいとわかった。だからインタ化の相手は当然モノカミ国ということになるのね」

「そうなります」

「そこで君には両国の国交回復のために協力していただきたいと思うのよ」

「喜んで御協力いたしますが、さしあたり具体的にはどういうことを私に期待してらっしゃるんですか」

「話が飛躍するようだけどね」と言いながら首相はセクレを膝から下ろして一段と真剣な顔になった。「ぼくはこの際、政府がスポンサーになってモノカミ教の導入、布教を推進してもいいと思ってるの。勿論アマノンにはいろんな宗教があるし、モノカミ教一色に染め換える気はないけど、インタ化の呼び水になるかもしれないという意味で、モノカミ教を導入してみるのは悪くないアイデアじゃない？　それで、君が持ちこんだ黄金のマネを基金にしてアマノン・モノカミ宗教財団を設立し、政府が後援する形で、アマノン主要都市に教会を建てる。この構想は今君に話すのが初めてで、サイオンにもまだ話してない」

「願ってもないお話のようですが」とPは慎重な姿勢を崩さずに言った。「私のところには『うますぎる話には毒がある』という諺《ことわざ》があります。本当の交換条件はどういうことでしょう」

「交換条件というべきものになるかどうか、とにかくぼくのひそかな希望を言うと、君に国交回復のお膳立てをするヒクサーになってもらいたいということね。適当な時期にモノカミ国に帰って、政府か教会か知らないけど、そのトップに話を通じてぼくのモノカミ国訪問が任期中になんとか実現するように骨を折ってもらいたい、というわけ。これはかなり大胆かつ革新的なアイデアでね、今のところここまではごく一部の人間にしか話してない」

「確かに革新的な考え方だと思います。ただ、もう一つその先をお訊きしたいんですが、そうやって国交を回復する本当の目的は何でしょう。あるいは、それがアマノンにとってどういう利益になるとお考えですか。というのは、これまで約千年もの間アマノンは鎖国を続けてそれなりに安定した生活を送ってきた。その間に熟成した文化の質も驚くほど高い。これはお世辞でもなんでもなく私の正直な感想です。それがここでにわかに、是非とも開国してモノカミ世界と国交を結ばなければならないという真の理由は何だろうか、と私なら考えるわけです」

「どうやら君は単細胞人間ではないようね」と首相は楽しそうに笑みを浮かべて言った。「ではもう少しお話しするけど、インタ化を機に、アマノン人がどんどん外に出て、モノカミ国に移住する可能性も出てくることを期待しているのよ。というよりそれがぼくの頭の中にある、まだ他の人には話してないインタ化ということの本当の意味なのよ。つまり、逆に、インタ化によってモノカミ国から人や物や情報、文化、それに一番肝腎のモノカミ教がどっと入ってきてアマノンがモノカミ化する、といったことは考えてもいないし、望んでもいないわけ。もっともモノカミ人がこの狭いアマノンに移ってきて、そっくり国土を交換してくれるというなら話は別ね」

「要するにインタ化の最終的な狙いはモノカミ世界への移住、移民ということにあるわけですね。しかしそれは公平な第三者としては、かなり疑問が残ると申し上げざるをえませんね」

「なぜなの？」

「譬《たと》えて言えば、それは暖かくて旨い食べものがあって快適な部屋から、寒風の吹きすさぶ荒野にわざわざ出ていくようなものですよ」

「それはまたひどいことを言うのね。モノカミ国ってそんなにひどいところなの？」

「快適に暮らせるかどうかということなら、アマノンとは比較になりませんね。モノカミ世界では人はパンやサーカスによって生きているのではなく、もっぱらモノカミへの信仰によって生きているのです」

「アマノンとは正反対ね。アマノンにはパンとサーカスはふんだんにあるけど、信仰なんてない。宗教は沢山あっても、結局は精神的なパンとサーカスを提供しようというもので、モノカミ教のようにパンもサーカスも禁じてモノカミだけに集中することを要求するような厳しいものではないのね。でもそういうことでいいのかしら。アマノンの生き方は、病院に閉じこめられているのにそれを快適だと思っている病人の生き方ではないか、というようなことを警告する学者もいるの。ここではその説を詳しく紹介している暇はないけど、ぼくの隠れたブレーン、というより先生のある学者から聞いたところでは、アマノンは異常な状態にある国で、もとをたどれば何千年か前に異常な形で出発したところからこの異常が始まっている、ということになる。インタ化はこの異常状態から脱出するためのものでもあるわけなの」

「まだその異常ということの意味はよくわかりませんが、具体的にはどんな点が異常なんですか」

「象徴的な言い方をすると、アマノンは切断され、裏側の世界に封じこめられた国らしいのよ」

「その話は今おっしゃった偉い学者から直接説明していただくことにしましょう」

「それがいいね。一度是非会ってみて。そうすればインタ化というぼくのアイデアのルーツもよくわかると思う。実は向こうでも君に会いたがっているの。モノカミ国のことを詳しく知りたいと言ってね」

その学者はトライオンと言って、トキオから離れた山中の小屋に隠棲《いんせい》しているという。

「ぼくが言えばトキオに出てきてくれるけど、どうする？」と首相が訊くので、Pはとっさに、

「私の方から訪ねてみます」と答えた。

「そうしてくれると有難い。じゃあその時のぼくからのお土産として、百年物の古酒をもう一本君に預けとこう」

そう言って首相は首の長い瓶をもう一本持ってこさせた。別れぎわに首相は上機嫌でPの手を握り、もう一方の手で肩を抱くようにして親愛の情を表したが、Pはこの時もまた花の香り

と柔らかい肉の厚みから、豊満な中年の婦人を感じた。

第九章　ヒメコとの契約

　Ｐが首相官邸から帰ってみると、カガノンが朗報をもって待っていた。例のサービス会社から連絡があって、ヒメコをムイン師からＰの秘書として譲り受ける話がやっとまとまったということだった。

「ヒメコが契約に同意したそうです」

「それはよかった。まさに朗報だ」とＰは言った。「私の秘書にはやはりヒメコがふさわしいね。今日、ユミコス首相のセクレのマリコを紹介されたが、これはさすがに首相のセクレだけあって、間に合わせに雇ったホステスなどとは等級が違う。特級と二級の差があったね」

「首相のセクレはそんなに上等ですか」

「できれば譲ってもらいたいね。ほかの大臣たちもそう考えているらしくて、とにかく垂涎《すいぜん》の的だ」

「一説によりますと、首相はそのマリコをある財界の大物から譲ってもらったそうですが。ということは、パードレも条件次第では譲ってもらえる可能性なきにしもあらずでしょう」

「条件というのはマネかね」

「相手も、普通はまずマネのことを考えますね」

「マネならいくらでも出そう。今のところ私の方が首相よりマネ持ちのようだからね。とは言うものの、ヒメコならあの首相のマリコに勝るとも劣らないよ」

「そうかもしれませんが、それにしてもヒメコと契約するのには大変なマネが必要でしたよ」

そう言ってカガノンが説明したところによると、まずヒメコの後見人のムイン師に多額の移籍料を支払わなければならなかったが、これはヒメコの養育費に相当する分も含まれているということで、カガノンなどには気の遠くなりそうな額である。もっともその代わりに、この契約には、以後ムイン師はヒメコに関する一切の権利を放棄するという一項が入っている。従って今後のヒメコの再譲渡に際してはPが自由に移籍料を設定することができる立場にあるわけで、仲介したサービス会社に言わせれば、この契約は実質的にはPにかなり有利なものであるということになる。しかしPはその説明を聞いているうちに、自分が人身売買の商売にでも手を出しているかのような、割り切れない気分になってきた。サービス会社もこの契約交渉の仲介をするにあたって、これまた多額の正規の斡旋手数料を取った上に、成功報酬と称して契約料の二十パーセントを請求している。それから最後にヒメコ自身が受け取る契約料と初年度分のサバント報酬前払いがある。

「このうちサービス会社の成功報酬については、極力交渉して相手の言い値を三十パーセントほど値切りましたが」とカガノンは報告した。「あとは私の判断ではむしろ値切ったりしない方がいいと思いましたので……特にヒメコの契約料については相手の希望通りにしておきました」

「それは御苦労だったね。君にはその値切ってくれた分に見合うボーナスを出すことにしよう。何しろ君は有能で信頼できる執事だ。これで、あとは準パードレの資格をもつ宣教師助手が一人でもいてくれたら申し分ないんだが、これだけはいかに有能な執事でも辣腕のサービス会社でもどうすることもできないだろうね」

「雇うことはできますよ。このアマノンでは、しかるべきマネさえ払えば、欲するもので提供されないものはないと言われていますから」

「そうは言ってもモノカミ世界にしかいないパードレとか宣教師とかがこちらで見つかるはずもないだろう。モノカミ教の信仰とコレジオでの正規の修学なしにはモノカミ聖職者はありえないからね」

「タテマエはそうでしょうが」とカガノンは真面目な顔をしていつになく熱心に主張するのだった。「サービス会社に頼んで、若い、適性のある人間を紹介してもらって、その専門聖職者の役を演じることができるように教育してはいかがですか。信仰をもつことが必要だとおっしゃいましたが、肝腎なのはもっているように見えることではないかと思います。そのふりをすることなら、場合によっては私にだってできないわけじゃありません」

「それは『かの如く』こそ肝要だという哲学だね」とPは慎重な調子で言った。「昔、モノカミ教にもその説を唱えた派があった。『かの如く派』と呼ばれてね。ところがモノカミ教団最高会議で異端と宣告され、審問裁判の結果主だった神学者や指導者のパードレは焚刑《ふんけい》に処された」

「そのフンケイというのはどういう刑ですか」

「火炙《ひあぶ》りの刑、つまり生きたまま大量の薪の上で焼き殺すという刑だ。その時の判決文によると、信仰をもたずに、あるいはもつかもたざるかを明らかにすることを拒否して、もてる者の如く振舞う罪は、もたざることを公然と明らかにする罪よりもはるかに重いということになっている」

「恐ろしい考え方ですね。でも幸いここはモノカミ国ではありません。その『かの如く派』として罪を問われる恐れは皆無ではありませんか。よろしかったら、パードレの助手が務まりそうな人間位見つけてきますよ。それだけでなくて、モノカミ教の信徒であるかの如く振舞う人間も、比較的わずかなマネで雇うことができます。パードレの仕事はその連中を訓練してそれらしく見えるようにすることだけです。どんな風に見えればいいかがわかれば、私がその訓練を担当してもよろしいのです。こんな調子で信徒らしい人間を増やしていけば、やがてこの『かの如く信徒』のまわりに本物の信徒もくっついて、教団の勢力を広げることができます。前から私は、アマノンでの宣教に成功するにはこの方法しかないと見ていました。そしていつか率直にそのことを申し上げたいと思っていたのです」

「君は実に悪魔的な発想の持主だね。それはラオタンならではの虚無主義の一種だろうか」とPは言ったが、内心ではこのカガノンの提案がある否定しがたい合理性をもつと同時に、人を動かして組織していく宗教というものの核心を突いていることを認めざるをえなかった。

「虚無主義というのはよくわかりませんが、別にラオタンだけの変わった考え方ではないと思います。アマノン人の常識を多少露骨に言うと、大体そんなことになるようですから」

「まあ、その件についてはいずれゆっくり相談しよう」

そう言いながら、Pはカガノンの案に今すぐ飛びついたという印象を与えない形をとって、実はこの「かの如く路線」を採用する決心を固めかけていた。

「私の方も別の件で御相談しておきたいことがありますが」とカガノンもいった。「話は元に戻って、ヒメコとの契約の件です。こういう契約成立の際には、正式調印のための手続を兼ねて、関係者が集まって小宴を張るのが慣例となっております」

「それは気がつかなかった。考えてみれば当然やるべきことだね。これは私の主催ということでいいだろう。とすれば、招待するのはヒメコとムイン師、それにサービス会社の担当者ないしは重役、そんなところかな」

「それにパードレの専任弁護士」とカガノンは言った。「これは今後、各種の契約を結ぶことが増えてくるにつれて是非とも必要になりますから、私の判断で適当な人をすでに確保してあります。弁護士と言えばラオタンが多いのが相場になっておりまして、この弁護士もそうですが、私の知人の紹介で見つけたものです」

「じゃあその弁護士も招《よ》ぼう。それに今度は君にも出てもらう。場所は首相官邸のある建物の最上階にあるマクシム・ド・トキオあたりがいいね」

「申し分ないと存じます」とカガノンが執事らしい口調で言った。

それから数日後に、Pの招待で、契約成立を祝する午餐《ごさん》の会がマクシム・ド・トキオで催された。ブッダ教の高僧らしいきらびやかな礼服を着たムイン師に連れられて、これまた絹の礼服に身を包んだヒメコが姿を現すと、Pは改めてヒメコの美少女ぶりに驚嘆する思いだった。あの首相のセクレの華やかな美貌も稀《まれ》に見るものではあったが、ヒメコのは多面体に磨きあげられた宝石のような冷たくて妖しい美貌である。

「しばらく見ないうちに一段と綺麗になったね」とPは挨拶の時にヒメコに言ったが、これに対する反応としては宝石の輝きが微妙にゆらめいたほどの変化があっただけで、Pの言葉は完全に無視された。

「ヒメコもそろそろ大人になりかけていましてね」とムイン師がとりなすように言った。

「それにしてもこの間会った首相のセクレにも勝る美しさです」とPが言うと、

「お気に召したようで何よりですな」とムイン師も如才なく応じた。

サービス会社からは営業担当の重役と、トキオに到着した日に出迎えにきたキャップが出席した。カガノンが見つけてきた専任弁護士のダイゲノンは、ラオタンにしては珍しくでっぷり太った人物で、ひどく忙しそうな態度をとり、絶えず汗を掻いていた。

食事の前に、別室で契約書に署名し、契約成立を祝し手打ち式をすることになり、全員で立ち上がり、弁護士が奇妙な声を発するのを合図に、手を打ち鳴らし、喚声を上げた。騒々しくてどこか滑稽なやり方だとPは思ったが、これがアマノンの流儀らしいのでPも一緒になって手を叩いたものの、その独特のリズムに合わせることはなかなかむずかしかった。

「モノカミ国ではどんな風に手打ち式をやるんですか」と弁護士が訊いた。

「アマノンの手打ち式は賑やかですが、私どもの方では手打ち式というよりも、契約そのものをきわめて厳粛に行ないます。正式にはモノカミの『神聖契約書』に両当事者が手を置いて誓約したのち、契約書に署名するのです」

「なかなか勿体ぶった儀式ですな」と弁護士が感想を洩らしたが、その間にも顔中に汗が噴き出して、その肥満している割には皺の多い顔は、涙に濡れた中年婦人の泣き顔のように見えた。

「それではみなさん、食事の用意もできたようですからあちらの方へ」とカガノンが案内した。

「本日はマクシム・ド・トキオの特別コースを注文してありますので、どうぞごゆっくりお楽しみ下さい」

早速若い女のボイが前菜から運んできた。同時に料理長も姿を見せて、この日の料理について重々しく説明を加える。このレストランには過去の特別料理の献立の記録が千数百年にわたって保存されており、この日の献立は、約千年前のモノカミ国の使節を接待した際の献立を取り入れながら現代風に趣向を凝らしたものだという。材料についても料理法についても詳しい説明があったが、Ｐにはよくわからないものが多かった。どうやら、アマノン国の珍味中の珍味と言うべき珍しい動物が、甲殻類、魚類から爬虫類、鳥類、哺乳類に至るまで使われているとのことだった。しかもブッダ教の戒律にもとづいて動物性の食べものを忌避すべきムイン師のためには、他の人に出すのと外見上まったく区別のつかない色、形の料理を、植物性の材料で特別に作らせて供するという。

「これはまた行き届いたことで」とムイン師は嬉しそうに言った。「今日は最高のおもてなしに与《あず》かるわけですな。ところで、ヒメコの方はこの度正式にブッダ教徒の籍を抜きましたから、肉食その他飲食に関する戒律一切から自由になっております。で、みなさんと同じものを堂々と口にすることができる。もともとこの子は美食を好む方で、これからはＰさんの下で美味求真の道を究めることも自由だというわけです」

「それは私としても歓迎したいことですね」とＰも言った。「何しろ私も美食を求めることにかけては人後に落ちない方でして、これからはヒメコ同伴でその道を追求することができるのは楽しみです。時に、ヒメコはどんなものがお好きかな」

「何でもおいしいものが好きです」

「もっともな返事だ。これ以上の答はありませんな」

「ヒメコ、真面目に答えなさい」とムイン師が注意したが、ヒメコは昂然《こうぜん》と顔を上げたままムイン師の忠告を無視した。

「強いて言えば、おいしいものの中でも、歯と顎が丈夫になるような堅いものを食べたいわ。美食家が推奨する料理には、肉や魚介類をすりつぶして蒸して舌ざわりのいいソースをかけて、まるで赤ちゃんか歯のない年寄り向きの、胃の中で半ば消化しかけたような料理が多いでしょう。ああいうのも結構ですけど、私としては健康な牙のある肉食獣向きの味と歯応えのある肉とか、土の匂いのする新鮮な野菜とか、生きた魚とか、そういうものも時には食べたい、ということです」

「生きた魚、結構ですね」とPは思わず言った。そしてまたもや、あの警察署長招待の晩餐会で出された大魚の活造りと生きたエビの脳味噌料理のことを持ちだしそうになったが、慌てて思いとどまった。

「パードレ、なぜかこの子はパードレにだけはいやに物をはっきり言うようで、失礼にあたらないかと聞いていてはらはらするのですが、とにかく頭がよくて、勘が鋭くて、批判精神の旺盛な子ですから、多少不穏当な物の言い方があっても大目に見てやって下さい。どうもパードレのところに移籍することになったのがショックで、時々手の中で暴れたり噛みついたりする気配が見える。しかしこの子はこれでなかなか可愛いところがありますよ。どちらかと言えば、尻尾を振ってすり寄ってくる犬ではなくて気儘《きまま》な猫に似ていますな。それで要は、卵を、潰さず落とさず、しっかりと柔らかく握る要領で扱うこと、そうすればあとはパードレの調教次第です」

Pはなるほどと納得しながらムイン師の話を聞いていたが、話の調子に、飼犬か馬でも譲る時の持主のような口吻《こうふん》が感じられるので、ヒメコの癖や特徴について詳しく説明されればされるほど、Pは家畜商人の口上でも聞かされるような、憮然たる気分に陥るのだった。

「今ムイン師がおっしゃったようなことは、契約書の付属文書に逐一記載してあります」と弁護士のダイゲノンが言った。「先程から問題になっている食べものの好みはもとより、衣装の好み、身体的特徴、健康状態、病歴、心理テストの結果、性癖、学歴、職歴、特技、取得資格等々、必要なデータはすべて記載してありますし、雇主のPさんにはその種の情報を小さな磁気カードに記憶させたものをお渡しします。Pさん方ではこれを読取り装置に入れれば、ヒメコに関する全情報をいつでも取り出すことができるわけです」

弁護士がこんなことを言ったので、Pはヒメコが気を悪くするのではないかと恐れたが、ヒメコの方は不機嫌になるでもなく反抗的な態度をとるでもなく、他人事のように平静な顔をして御馳走を賞味している。その熱中している時の顔は、ムイン師が言ったように確かに可愛いもので、見ているだけで飽きない。Pがしげしげと眺めていると、ヒメコはそれに気がついて鋭い目でPを一瞥したが、そのあとはまた平然とPを無視して猫族の優雅な食事に没頭する。

ムイン師は、上機嫌で次から次へと雑多な話題の上を飛びまわりながら見掛けによらない健《けん》啖《たん》ぶりを発揮していたが、やがて思い出したように言った。

「そうそう、肝腎のことを御報告するのを忘れるところだった。実はパードレから頂戴した移籍料のことですが、これを投じてうちの舎利殿の内部に金箔を張りめぐらそうと考えているところです。青い空の下に黄金に輝く舎利殿の姿、これは信者から見るとこの世の極楽に違いない。やがてそれは、キオトと言わず、アマノン全国にその名を知られた観光の名物となる。とまあ、私としては将来の夢を描いている次第でして」

「ヒメコの移籍料をどうお使いになろうとそれは御自由ですが」とＰは多少の皮肉をこめて言った。「その種の事業に入用でしたら、私のマネを安い利子で融資して差し上げてもいいですよ」

「それは有難いことですな」とムイン師も皮肉ととれる調子で応じた。「何しろパードレはわがアマノン国の中央銀行よりマネ持ちかもしれないお方だから」

「それについて私はＰさんのために危惧《きぐ》することがあるんですが」とダイゲノンが言った。「例の天文学的額のマネの管理と運用について、Ｐさんと政府との間でまだ正規の契約が行なわれていないようだし、そもそも契約条件についての交渉も碌《ろく》に行なわれていないのではありませんか。これは非常に気になることですよ。というのは、政府は恐らく、Ｐさんが預けたマネを各種の収益を伴う事業に使うことに関しては厳しい規制を設けるつもりではないかと見られております。こういう規制の網はいろんな口実でいくらでも強化していけるものだから、いずれＰさんに対しても、自分の生活のための支出以外の用途ではマネの引出しを認めないという扱いになって、例えば、モノカミ教の布教活動なども収益事業の一種と見なされると、それに投資する目的のマネの引出しも認められない、等々で、Pさんのマネは事実上凍結の憂きめに合いかねない。まさに宝の山の持ち腐れですな。しかし政府としてはこの措置が一番簡単かつ無難であるわけで、私はそこを恐れているわけです」

「なるほど、厄介な問題があるもんですな」とPは言った。「私もその件は気になってはおります。しかし内心ではさほど気にしているわけでもないのです。大体、あの金塊にしても、モノカミ世界ではいわば腐るほどあるもので、それがこちらでは命よりも信仰よりも貴重だという倒錯した現象が見られるのはまことに不思議なことですね。要するに、アマノンでは金は乏しいがさまざまの贅沢な品物が豊富にある。モノカミ世界では金という役にも立たないものだけは沢山あるが、贅沢なものは言うに及ばず、必要なものも欠乏している。ユミコス首相が熱心に推進しようとしているインタ化の本当の狙いも、両国が有無相通じる形で交易をすることにあるのかもしれない。そうだとするとこれは卓見ですね」

「残念ながらそういう戦略的発想は一般大衆の理解するところとはならないものでして」と弁護士が言った。今やこの肥満漢は国家の問題や国際問題を論じるよりも食事に関心を抱いているようで、鼻息も荒く食べることに集中していた。

数えきれない種類の料理が運ばれて、食事が終わった時は日暮れ近くになっていた。肥満漢の弁護士が大食なのは当たり前のこととして、一見華奢《きやしや》なヒメコが、出された料理を一つ残らず平らげて平然としているのにはPも少なからず驚いた（と言ってもヒメコの分はどの皿も大人の分よりも幾分少なめにしてあったようであるが）。互いに挨拶をしてお開きとなってから、Pとヒメコとカガノンは別室で休憩して、消化剤入りの食後の飲物を飲んだ。

「君は見かけによらず健啖家だね」とPが言うと、ヒメコは満腹してけだるそうな目で、

「ケンタンって何？」と訊き返した。

「つまり、旨そうに沢山食べるということです」

「その方がいいんでしょ？　それでいて私は太らない質《たち》なの。それから、契約書の付属文書にも書いてあると思うけど、食べないとなれば二、三日は食べなくても平気なの。肉食獣的なのね」

「可愛い肉食獣だ」

「あなたは」と言いかけてヒメコは急に神妙な顔になった。「そうそう、あなたのことはこれから何とお呼びすればいいんですか」

「パードレでいい」

「じゃあパードレさん」

「『さん』はいらないね」

「じゃあパードレ、さっきから何度も『可愛い』という言葉が出てくるけど、私は本来それほど可愛い人間じゃないと思うの。その点、余り期待されると困ります。パードレが可愛い子を

お望みなら、極力可愛くなるように努力はしてみますけど」

「無理をすることはないんだよ」とPはヒメコの口から思いがけなく殊勝な言葉が出たことで感激して言った。「君はそのままの君でいてくれればいい。我儘な猫に似ていればいるで、なかなか可愛いものだ」

「猫的な子がお好きなんですか」

「男には猫型を好むのと犬型を好むのといるようだが、私はどちらでもいいんだ。君が猫型だから猫型も好き、ということになるね」

「本当は犬がお好きだというなら、犬になります」

「だから、そんな無理をしなくてもいいんだよ」とPはほとんど感極まって言った。

「時にパードレ」とヒメコは急に調子を変えて言った。「ムインのことだけど、あの人はいつもは平気で肉食をするの。今日は特別注文の肉料理そっくりの菜食料理を食べたということになってたわね。勿論あれは真赤な嘘で、そういう話にしておいてちゃんと本物の肉料理を食べていたんでしょ」

「本当ならけしからん話だ」

「いいえ、面白い話じゃありませんか」

ヒメコはそう言うと、小さな携帯用の鏡を出して、上機嫌で自分の顔を点検し、口紅を引き直した。Pはそれを見ながら、クーミンの化粧ぶりを思い出し、ヒメコには飛び切り上等の化粧道具を贈ろうと密かに決めた。カガノンが今後のこと、特に住居や仕事のことを説明しはじめると、ヒメコは化粧を止め、カガノンの方を向いて膝に両手を揃え、行儀よく、真剣に話を聞いた。これがクーミンだと、鏡に顔を突き出して化粧を続けながら、鼻先で合槌を打ったりするだけだったにちがいない。ヒメコにはその種の、育ちの悪さや図々しさはなかった。

「そういうわけで、これからはずっと私のところで暮らすことになるが、なるべく住み心地がよくなるように、希望には極力添うつもりだから、何でも遠慮なく言ってもらいたい。幸い、われわれが住む迎賓ホテルの百十七階は、先日フロア全部を借りる契約をしたから、部屋数も一挙に四倍の五十室以上に増えた。まあこれなら、この間の首相官邸にもひけをとらないだろう。ヒメコには首相のセクレ以上の生活をしてもらうことができるわけだね」

「私もパードレのセクレになるんですか」と、ヒメコは高いはっきりした声で訊き返した。

「いずれはね」とPは言葉を選びながら言った。「それは君の意思次第だが、私としてはそれを望んでいる。このことは頭に入れておいてほしい」

「契約ではどういうことになっているのかしら」

「その点は」とカガノンが契約書に目を通しながら言った。「通常決まり文句で書かれた条項が含まれているもので、ここにもありますが、つまり『互いに相手の好意をみだりに拒絶しないものとする』と書かれているわけです」

「わかったわ。それじゃ、私、セクレになります」

「そんなに急いで結論を出さなくてもいい」と、今度はPが慌てて言った。「考えたり迷ったりすることなんて別にないんだもの」

Pはそれから三人乗りの贅沢な大型自動運転車を呼んで家に帰った。家の中では、サービス会社から派遣された通いのサバントたちが掃除をしている最中だった。ヒメコは広い家の中をくまなく見てまわった。変わった戸棚や押入れがあると、戸を開けて中を覗きこんでみたりするのは好奇心の強い猫の行動によく似ている。

「どう、気に入ったかね」とPが訊くと、ヒメコはうなずいて、

「いいお住いですね」と言った。「今までお寺に住んでいたものだから、ここの贅沢なことには驚いたわ。でも、モノカミ教の修行はどこでやるんですか。礼拝堂のようなところも必要でしょ」

「近く改造工事をして礼拝と祭式に使えるホールを作らせることになっています」とカガノンが答えた。

「契約ではどうなっていたか確かめてないけれども」とPが言った。「ヒメコにはモノカミ教団関係の仕事はお願いしないでおこうと考えている。前にも質問が出たね。その時の答を繰り返しておくと、私の秘書なりセクレなりになるのにモノカミ教に改宗する必要はない、ということだ。信仰も、なければないで止むを得ない。必要に応じて、あるふりさえしてくれればいい。これは案外むずかしいかもしれないが、しかしヒメコならその要領はすぐに呑みこんで

くれるだろう。それにしても教団のアマノン支部と大規模な教会については、今後別の場所に新規に建設した方がよさそうだね」

「でもどうせなら本当にモノカミ教の信徒になってしまった方が楽でいいでしょ」

「それはどんなものかな」とPは慎重に疑問の色を浮かべて言った。「ここだけの話だが、君にはそう簡単にモノカミ教徒になってもらわない方がいい。本当の信徒になるという意味は、真面目にそのふりをするということなのか、骨の髄まで別の人間に化けてしまうということなのか、あとの方なら正直なところ、そんなお化けはかなり気味が悪い。最初の方なら、仕事としてそうしてくれれば有難い」

「ムインのところでは真面目に弟子を務めていたの」

「私としても真面目に秘書、あるいはセクレをやってくれればいい。それ以上のことは何も望んでいない」

「パードレは大変控えめな方なのね」とヒメコは皮肉ともとれる笑みを浮かべて言った。「それとも、モノカミ教って意外と寛容な宗教なのかもね」

「本来そうではないんだがね」とPは真面目に説明した。「実はこの国に来ていろんなことを見聞きしているうちに、多少モノカミ教の正統的教義に修正を加える気になったんだ。無論、私の一存でね。モノカミ教団と連絡をとる方法は今のところないのだから、この修正が正式に教義委員会で認められるかどうかはわからない。しかしここはモノカミ世界ではないし、まるで違うアマノン国に来れば、こちらの事情に合った最適の宣教の仕方があると思う。私は今後自由に、かつ柔軟に、弾力的にやろうと考えている」

「つまり早く言えば、勝手に、いい加減に、でたらめに、というわけでしょう」

「君は随分思いきったことを涼しい顔をして言うんだね」

「御免なさい、生意気なこと言って」とヒメコは殊勝らしく肩をすくめてみせたが、相変わらず顔には不敵とも見える笑みを浮かべたままである。

「まあ、どのみち、君もモノカミ教のことは全然と言っていい位知らないわけだから、私がどんなやり方をしようが、それが正統に属するものか、でたらめに形を変えたものか、判断するのはまず不可能だということになる」

「要するにパードレはここでは何でもできて、パードレがモノカミ教だと言って提供するものがモノカミ教だということなのね」

Pはその晩、空中庭園の黒々とした夜の植物を眺めながら、一人になって今後のこと、ヒメコのことなどをいろいろと考えた。その際、昼間首相から教わった座り方で椅子の上に座り、瞑想の真似事めいたこともしてみた。黒い観葉植物の葉の間から見える夜空には薄明るい不思議な光が漂っていて、星は全然見えない。これはアマノンに来た当初から気がついていたことであるが、天球は、強い光に満たされている昼間はともかくとして、夜になると妙に人工的な照明を受けているような薄明りに満たされて、星も月もまだ一度も見たことがないのである。

アマノンの気候が温和であることはコレジオで得た予備知識の通りだったけれども、実際に来て経験したところによると、この気候の温和さは環境の人工的な性質の一つにすぎないように思われた。つまり、海も空も太陽も吹く風も、それに列車の窓から見た仙山の風景にしても、どこか人工の匂いを感じさせる優しさと技巧と人間的な秩序が行き渡っており、モノカミ世界にあるような荒々しい自然を感じたことはついぞないといってよかった。世界が神の手によって創造されたというのなら、モノカミ世界とアマノン世界とでは創造者の気質や趣味がまるで違っていると言わざるをえない。あるいは創造者は別人であるかもしれない。Pの思考はそこまで進んで、それが不自然な異端の説のようには思えなくなった。モノカミ世界を創造した神が男なら、アマノン世界の手のこんだ細工を残した神は女であると言うしかない。その神の下にいる人間も、ここでは父なる神に対する息子ではなくて、母なる神に対する娘か幼児の如き存在に近く、概して温和である。それにビジマンも政治家も、働いている大人は功利主義的で計算に長けていて、超越的なものにはほとんど関心を示さない。ムイン師のような専門の宗教家でもそのようである。

そんなことを考えていると、カガノンがヒメコの部屋が決まったことを報告しに来た。

「空中庭園に面した端の部屋で」とカガノンは指差しながら言った。「ほら、今明りがついたあの部屋ですよ。ここから庭園を抜けていくこともできますし、外からはいれるドアもついています。鍵はここにありますが」

「どういう意味かね」とPは厳しい顔で訊いたものの、頰がひとりでに緩んでくるのを覚えた。

「いいえ、別に。でも、セクレということになれば、大体主人がその部屋に忍んでいくのが常識のようですから」

「忍んでいってどうするんだ」

「一緒に夜を過ごすのです」

「そういうことをしていいのかね」

「いいか悪いかは私にはわかりませんが、皆さんおやりになるようですから、一応そのつもりで段取りはしておきました。あとはお気に召すままに、というわけで」

「カガノン、君を有能な執事と見込んで相談があるのだが」とPは表情を和らげて言った。

「私にわかることでしたら何でも申し上げますが」

「ラオタンという特別な条件があることだから経験はないだろうが、逆にそのお得意の情報収集力で普通の人の知らないことまでよく知っているかもしれない。要するに訊きたいのは、セクレが一種の愛人の身分を意味するとして、ではその愛人関係とは具体的にはどういうことまでをする仲なのか、ということだ。例えば肉体関係までを含むのか……」

「勿論、タテマエとしてはピップとセクレとの関係はあくまでも精神的なものにとどまる、あるいはとどまるべきだ、ということにはなっていますが、実際はほとんどの場合肉体関係まで含むようです。首相とそのセクレ……なんと言いましたっけ」

「マリコ」

「そのマリコとの関係だってそうでしょう」

「マリコもヒメコもまだ子供のようだがね」

「子供？　どういうことでしょう」

「つまりまだ成熟した女ではない。それはわかるだろう？　ヒメコの場合は、もっと具体的に言えば、まだ初潮がない少女ではないか、ということだ」

「パードレはそれが気になるタイプですか」

「気にはなるね。少なくとも、余りに未成熟な女の子では性的関係を結ぶ可能性さえないことになる。フィジカルな意味でね」

「ヒジカルな意味で、ですね」とカガノンは几帳面《きちょうめん》に訂正してから言った。「しかしそのおっしゃる意味はよくわかりませんね。先程初潮の有無を気にする人もいると申し上げたのは、ヒジカルにどうこうということではなくて、純然たる好みの問題として、それ以前の子が好きなピップと、それにこだわらないピップと、二種類があるという意味だったんです。どちらかと言えば、インテリートほど好みがうるさくて、初潮前の子をセクレにしたがるようで、アマノンではこの趣味をロリコンと言うのです」

「ああ、それは首相招待の昼食会の時にも聞いた。確か、ロリについてもコンについても各説あって語源はよくわからない言葉のようだね」

「でも意味ははっきりしていまして、要するに初潮前の子を対象とする愛、ということです」

「なるほど、そういう具体的に限定された意味なんだね」と言ってPはうなずいた。「それなら、私の場合、そのロリコンとは無縁だと思うな。つまり、早く言えば、私は少なくとも初潮を迎えて生殖可能な、一人前の女になった少女の方がいいね。いや、本音を言えば、もっと成熟した女性の方が私の好みなのだ」

「何のお話だか……」とカガノンはわざととぼけたような言い方をした。「パードレはどうやら危険な領域に迷いこみつつあるようだ。今のようなお話は人前では決してなさってはいけません。パードレのは正常なピップとセクレの関係とかロリコンとか言える範囲を超えています。はっきり言って、それはポルノの世界に属します。大変にアブで、危険なことです」

「そのポルノとは何ですか。どうもよくわからない現代アマノン語が多すぎる。ポルノしかり、アブしかりだ」

「アブとは変態のこと、ポルノというのは、ピップがひそかに見ている秘密映画やアングラ・ショーのことですよ。その種のものはほとんど例外なくピップのひそかな庇護を受けて結構いい地下商売になっています。で、例えばその種のショーでは男女のアブなセックスがお客の前で演じられるわけです。ポルノ映画やポルノ・ビデオも同様ですね。一度実際に御覧になるとよくわかりますが」

「それは是非一度見てみたいものだね。わがモノカミ世界にもその種のものはあると聞いているけれども、大してひどいものではないらしい。何しろ、モノカミ教団はその種のものを厳重に取り締まっているし、万一摘発されると死刑を宣告されることもある」

「それはまた厳しいお国柄ですね」とカガノンも驚いたように言った。「もし御希望とあれば、適当な機会にポルノ映画に御案内するか、さもなければポルノ・ビデオの現物を手に入れてまいりましょう」

「是非そう願いたいものだ」とPは率直に言った。「君に訊きにくいことをあれこれ訊くよりもその方が早いようだからね。今後ヒメコその他に近づくための予備知識として、アマノン流の愛の作法位は心得ておくべきだろう。いきなりモノカミ流でやって、アブだと決めつけられてはかなわない」

「失礼ながらその恐れが多分にありますね」とカガノンは慎重な言い方で懸念を表明した。

「とりあえずこれからヒメコの部屋を覗いてこよう」

「それではどうぞごゆっくり」という挨拶を残してカガノンは引き下がった。

カガノンのヒントに従って、Pは空中庭園の遊歩道伝いにヒメコの部屋に行ってみた。明りが煌々《こうこう》と輝く下でヒメコはゆったりした部屋着に着替えて本を読んでいた。Pは暗い庭園の方から明るい室内を覗きこんだ時、もっと刺激的な光景が展開されていることを期待していたのである。しかしその勝手な期待は外れた。ヒメコはくつろいだ姿勢で大きな椅子に体を埋め、足を長々と伸ばしてはいたが、目は真剣に本の活字を追っている。相手が読書に没頭しているところなら、外から忍んできた形のPもかえって堂々と入りやすい気がして、カガノンから受け取った鍵は使わずに、Pは勢よくノックした。ヒメコは本に目を釘付けにしたまま何やら言ったらしく、口が動くのが見えたが、声は聞こえない。Pがもう一度ノックすると、ヒメコは驚いたように顔を上げ、立って戸を開けにきた。

「鍵をお持ちではなかったの？」

ヒメコは不思議そうに首をかしげてPを見上げた。

「持っているが、余り熱心に本を読んでいるものだから、合鍵で忍びこんで驚かすのも気がひけてね」

するとヒメコは感心したように鼻を鳴らして、

「優しいのね」と言ったが、本当に感じ入っているのか皮肉をこめてそう言っているのか、Pには測りかねるところがあった。

「セクレというのは、ぼくならぼくが合鍵で自由に入ってくるのを覚悟して、いつも待っている立場なの？」

「なんだか大袈裟な言い方ね。でも、大体はそんなものでしょ」

「セクレの経験があってそう言ってるの？」

「勿論、経験はあるわよ」

「相手は誰だ？」

「それはムインに決まってるでしょ」

「あのムイン師とね。これは驚いた」

「どうして驚くの？　私はムインのセクレだったし、その契約を解消して今度はパードレと契約を結んだわけだから」

「それはまあその通りだが」と言ってPは自分の思いこみが外れていたことを正直に話した。

「どうやらぼくは君がムイン師の弟子だということを額面通りに受け取っていたようだ。若干セクレ関係の要素はあるとしても、何しろ君はムイン師の下でブッダ教の修行中ではあるし……」

「私が悪いことをしていてがっかりなさったような言い方ね」

「鋭い観察だ。少なからずショックを受けたね」

Pは努めて冗談の口調でそう言った。

「でも、移籍して契約の相手をAからBに替えるということは、AのセクレからBのセクレになるということでしょ。仕方ないわ。私たちがもっと早く出会わなかったことがお互いの不運なのね」とヒメコは年齢に似合わぬ老成した言い方をしてPを慰めようとするかのようだった。

「しかし物は考えようだ。とにかく君とぼくとが出会ってこうして契約を結ぶことができたのはやはり幸運だ。少なくともぼくにとってはね」

「私にとっても、と言いたいところだけど、それはまだわからないから、今は言わないでおきます。本当に幸運だったと思った時にはそう言うわ」

「有難う」とPは力をこめて言った。「正直で明快なのは何よりだ。それに君はぼくがアマノンに来て知った人間の中では一番賢そうだ。美少女ぶりも無論一番だ。こういうのを古い言葉では確か才色兼備と言う」

「才色兼備ね。その言葉、昔の本で読んで知ってる」

「本が好きなようだね。早速読書のお時間というわけか」

「本と言ってもね、これはただのロマンスなの」

「ロマンスというのは小説、つまりロマンの一種かな」

「厳密には、ちゃんとした小説をロマンと言うの。ちゃんとしてないもの、子供や大衆向きのエロ小説のことをロマンスと言うのね」

「ではそのちゃんとしていない方のを読んでいたわけだね」

「ばかばかしいけど、意外と面白いの。一冊読み終えるとすぐ次が読みたくなるようにできていて、こんなのだったら私のスピードで二時間もかからないで読めちゃうわ」

「よほど強烈な魔力を備えたものらしいね」

「それが反対なの」とヒメコは真面目な顔で説明した。「強烈な刺激とか崇高な感動とかエクスタシスとかカタルシスとか、そんなものとはおよそ関係ないの。なかば退屈しながらいい加減に読んで、ちょうど食べても食べてもおなかが一杯にならないのでいくらでも食べられるお菓子みたいなものなのね」

ヒメコは見たところ大きな目の輝きが強すぎる無口な少女のようだったが、案外よくしゃべる子である。それも物事を正確、詳細に説明しておかなくては気が済まないという調子の多弁であって、いわゆる饒舌の部類ではない。

「この種のロマンスは大体どういうお話かと言えば」とヒメコは説明を続けた。「ちゃんとパタンが決まっていて、まず、かならずカッコいピップが出てくるの。主人公は私のような年頃の子で、十二、三歳からせいぜい十六、七歳まで、美人で頭がよくて、でも血統にはそれほど恵まれてないとか親がいないとかのハンデがあって、それが頑張ってそのピップに愛されるセクレになって成功する、というお話で、どれを読んでも大同小異なの」

「随分単調な筋立てだね」

「だから最初は退屈するの。ところが似たような話なのに読みはじめるともう止められない。インテリートの子供ほど熱心に読んでいるみたい」

「なんとも不可解な現象だね。インテリートの子供と言えば、自分の親はまずピップと考えていいだろう。恵まれない子供の純愛と出世の物語とは余り縁がないようだけれどね」

「そうなのね。ただエロの方は誰でも関心の的でしょ」

「君もかね」

「私の場合はそれよりもカッコいいピップに関心があるの」とヒメコは目を輝かせて言った。

「というのも、お察しいただけると思うけど、ムインはどう見てもカッコいい人じゃないでしょう？　年寄すぎるし、坊主でしょ。正式には尼坊主と言うんだけど、とにかく宗教の専門家だからピップとしては下のクラスだし、私もムインのような尼坊主になる気はなかったの」

「すると今度の移籍は、君としては現状の改善になるという意味で、まあよかったわけだね」

「勿論です」とヒメコは強い調子で言った。「契約金は高いし、報酬も断然いいし、パードレはこの国の国賓クラスのピップだし、今の私には幸運過ぎるほどだと思っているの。ただ一つの気になる点を除いては」

「気になる点……それは何だろう。ぼくが外国人だということかね」

「それも多少気にはなるけど、それじゃない。パードレがオジンだということ」

「前にもぼくのことをオジンと言ったことがあるね」

Pは車中で食事をした時のことを思い出した。

「そうなの。はっきり言ってパードレはオジンだから、普通の子だったらオジンのセクレにはならないと思うの。でも、私はそんなに気にしてないわ。パードレがいろんな意味で普通の人でないことがかえって面白いの。第一、パードレが男だという点をどんなに割引いてみても、パードレの方がムインよりチャーミンよ」

「チャーミンって？」

「魅力的ってこと」

「気に入ってもらえたようで嬉しいが、話を聞いてみると、ぼくのような外国人のオジンのセクレになってもいいという君は、アマノンの標準からすればかなり変わった子だということになりそうだ。それは君が孤児だとかいうことと関係があるのかな」

「孤児というのは正確じゃないの」とヒメコはまた訂正しにかかった。「私は血統書はもっているの。母は、死んでしまったけど、アマノン大学教授だった人で、そのまた母親は財界のピップで財務長官も務めた人なの。でも父親の方に問題があるわけ」

Pは興味津々で身を乗り出した。

「つまり、父親はアングラの人らしくて、だから私は野合の子なの」

「野合の子ね……」と思わずPは言葉を吞んだが、ヒメコの方は自分の身の不幸を呪う風でもなく、平静な顔をしてその言葉を使っていた。

「そのことはムイン師からも聞いたけどね」

「もう一度念のために説明しとくと、アマノンでは正式の手続を経た公認の妊娠、出産によって生まれた子と、そうでない子とあるの。この非公認の子は俗に野合の子と呼ばれているけど、これも正確に言うと、野合というのはもともと正式の手続を経ない結婚のことだったのが男女の勝手なセックスを野合というようになって、さらに正規の精子バンクを利用しないで直接セックスの行為によって妊娠することを野合というようになった。大体そんな経緯があるの」

「ちょっと待って」とPは慌てて遮った。「君は今、実に重大なことをいくつも言った。まずアマノンでは子供を生むのにしかるべき手続や許可がいるわけだね」

「そう。でも自由勝手に子供を生んでも法律上罰せられるわけじゃないの。ただ、いろんな面で不利な扱いは受けるけど」

「なるほど。で、君の出生もそのケースに当たる、というわけだね」

「ええ。だから野合の子なの」

「つまり、君のお母さんは勝手な直接セックスの結果妊娠して君を生んだということだね」

「そうなの。私の母なら、正規の手続で、精子バンクから超特級の精子を交付してもらうことができたでしょうけど、とても変わった人で、アングラの男と野合して、自分でおなかを痛めて私を生んだの」

「女が男とセックスをして、妊娠して、自分のおなかを痛めて子供を生むのはモノカミ世界では当たり前のことだ。人間はみなそうやって生まれる。それ以外に、その、精子バンクとやらで精子を交付してもらって子供を生むなんて、そんな異常なやり方は想像もできないね」

「パードレは話に聞く旧人類なのね」とヒメコは嬉しそうに言った。「千年以上前にはアマノン人もそうやって子供をつくってたんだって。でもすでに大昔にそのやり方は廃れて、今では主として下層の人々の間で稀に見られる変則的な方法になっているわけ」

「するとここでは精子バンクからお好みの精子をもらって、それで人工的に妊娠するというやり方が普通になっている……」

「そう。でもね、お好みのをもらってくるというけど、簡単なことではないのよ。誰もが希望する優秀な精子は限られていて、大変な競争なの。学歴や職業、専門的な資格、社会的地位、それらのない人は特別の能力を証明するための試験など、いろんな形で評価されてその人の重要度指数というものが決まるから、みんなこれを少しでも上げるために子供の時から頑張るわけ。ピップというのはこの重要度指数が最高ランクにたっしている人のことで、ピップになると大体自分のお好みの最優秀な精子が交付してもらえるの」

「それで、その精子でどうやって子供をつくるの？」

「大多数の人は、自分の卵子に人工受精させ、あとは人工子宮を利用する。自分の子宮はまず使わない。ただ、ピップの中にはやはり自然妊娠、自然分娩がいいという人もいて、そういう人は莫大なマネを出してレンタル子宮を使う。これは大変な贅沢だから、誰にでもできることではないわ。例えば、大物会長のエイオスなんかは、自分の子供はすべてレンタル子宮を使った自然分娩だというのが御自慢の種らしいけど、その点なら、実は私も同じなのね」

そう言うとヒメコは鼻の上に皺を寄せて皮肉な笑い方をした。

「それはそうだ。だから君は自然で、まともだ」

「変な褒め方ね。本当はそんな褒め方ってないのよ。それに、自然妊娠、自然分娩の方が危険は大きいし、遺伝的欠陥や異常分娩による障害だって多いし、概して言うと私みたいに変わった子が生まれる確率が高いの」

「ぼくに言わせると、その変わったところがなんともチャーミンだ」

「そう、その調子。ピップ・スタイルの褒め方が大分板に付いてきたわ」

「そんなことより、肝腎のことがまだ残っている」とPは照れ隠しに真面目な顔をつくって言った。「君のお父さんのことだ。お父さんとお母さんは、ぼくに言わせれば正常なセックスによって君をつくった。お二人ともアマノン人としては実に勇気のある人だ。さっき君はお父さんのことをアングラの人とか言ったね。それはどういうこと?」

「非合法な人間、だから地下の人間、ということよ」

「まさかアマノン国籍を剝奪された人間、ということではないだろうね」

「それが、そのまさかのことかもね」とヒメコは平気な顔をして言った。「私もよくわからないの。何しろアングラの人だというし、そんな人とは会ったこともない。母の顔もよく覚えてない位だから、父については誰からも詳しく聞いたことがないわ。血統書には父親の欄は単に『不詳』となっているの。野合の場合はこれが決まりのようね」

「しかし何か情報は残っているんじゃないかな。たとい犯罪者でも記録は残っているものだ。このアマノン国に生を受けた人間で、名前も素性も経歴も一切残っていないということはないだろう」

「まったくあてにならない情報によると、私の父になる人はただのアングラの人だというだけではなくて、犯罪者のような存在で、過激派の男ではなかったかという話があるの。これは大きくなってムインから聞いたことだけど、ムインもそれを、仲介人から、仲介人はまた誰かを介して母から聞いたというだけで、もうそれ以上はわからない」

「この国には過激派という宗派があるの？」

「過激派と言っても宗教ではないの。革命を目的として、騒乱状態をつくりだそうと地下で動いているグループなの」

「それはまた物騒な連中がいるんだね」とPは呆れて言った。「モノカミ世界では考えられないことだ。たちまち秘密警察が弾圧する。捕まったら反逆罪で処刑される。君のお父さんになる人だって、いつまでもそんな過激派で革命運動なんかやっていては、早晩捕まってひどいことになる」

「でも、アマノンではそんなことにはならないと思うわ。政府も警察も寛容だし、また本気で過激派を取り締まる気もないようだし、過激派やその他の反体制派だって本当に恐ろしいことをやってのける気はないみたいだし」

「不思議な国だね。モノカミ教の厳しい世界から見ると、まるで幼稚園のように気楽なところだ」

「でもこちらがいいじゃない？」

「それはそうだ」と言ってPは笑った。「この国の人間は概して出来がよくて賢い。それに美人も多い。子供は、君もそうだが、なかなか可愛い。住み心地は実に快適で、ほとんど申し分ない。しかしそれにしても、君の父親になる男がアングラの人で、どんな人だか、どこに生存しているのかわからないというのは悲劇だ。何か手掛りになりそうなものはないのかな」

「一度だけ、アングラの人らしいオジンにあったことがあるの。お寺の縁の下にいた浮浪者風の男だけど、その人はアングラの過激派がトライオンの思想に注目していて、そこに隠されているメッセージを解読するとアマノン革命の構造が浮かび上がってくる、というような話をしてくれたのを覚えている」

「その男はある種の危険思想を君に吹きこもうとしたわけだね。君を知っていて意識的にやったことかしら」

「違うみたい。その男が父か、父と関係のある人か、という可能性は全然ないと思うわ。あれは偶然出会ったアングラの人で、それもどんなラオタンよりもひどい、最低のジジイだったもの」

「しかし面白い話を聞いた。トライオン博士とは近く会うことになっている。この人が革命思想の教祖のような存在とは思えないが、とにかく変わった学者ではあるらしい」

「十年ほど前まで、当時の首相のブレーンだった人よ。この人はラオタンではない正規の男性なの。私、何冊かトライオンの本は読んでいる」

「あとで君の解説を聞いておこう。それに、トライオン博士に会いに行く時は勿論君を連れていく。ひょっとすると、アングラの連中の動静とか、過激派に関する情報とか、君のお父さんの手掛りになることが得られるかもしれないね」

ヒメコはかすかな笑みを浮かべて首を振った。

「そんなことはもういいの。それより、お話ばかりしていて御免なさい。もうお休みになる？」

「ああ、もうこんな時刻か」とPは立ち上がりながら言った。「そろそろ君も寝なければね。それじゃ、話の続きはまた明日ということにして……」

するとヒメコは怪訝そうな顔をして、

「パードレはここでお休みにならないの？」と訊いた。「特別誂《あつら》えの大きなベッドも用意されてるのよ」

「カガノンが適当に手配したんだろう。寂しくさえなければ、君は当分の間一人で寝た方がいい。ぼくがそばでいびきでもかくと邪魔だろう」

「それは一人の方が気楽でいいけど」とヒメコは複雑な顔をしてPを見上げた。Pはそれが泣きだす直前の顔のような気がして狼狽した。

「どうかしたの？」

「なんでもない」とヒメコは言って、Pの胸に顔を埋めるようにした。「ただ、パードレは本当は私が気に入っていないんじゃないかと思って。そう思うと悲しくなって……」

「ばかだな、そんなはずはないじゃないか」と言いながらPはヒメコの肩に両腕を回して引き寄せた。「少々君の自尊心を傷つけたかもしれないが、これには君が心配するような理由があ

るわけじゃない。いずれ君とは一緒に寝ることになる。ただし君がもう少し大人になってから
ね」

「それはよくわからないことだけど、私はそれでいいわ」

そう言ってヒメコはPの腕の中で顔を上げて、涙を湛えたような、尋常でない輝きのある目でPを見つめた。

「お休み」とPが言うと、ヒメコは甘えたしぐさでPの胸に頭をすりつけながら、

「お願いがあるの。ベッドまで抱いていって」

「お安い御用だ」

「ああ、いい気持。ちょっと眩暈がして……パードレは大きくて力も強そうだから、これがしてもらえると思って、楽しみだったの」と言いながらヒメコはPの首に両手をかけて嬉しそうに笑った。

Pはほっそりして軽い植物のようなヒメコの体をベッドに横たえると、モノカミ世界の習慣に従って、額にお休みのキスをした。帰る時に振り返ってみると、ヒメコは上気した顔をして目を閉じていた。

第十章　トライオン博士訪問

ユミコス首相から示唆されたトライオン博士訪問を実行に移すために、カガノンに命じて博士に連絡を取らせたところ、近来健康が勝れず、トキオまで出てくるのは無理であり、Pの方から訪問してもらうにしても、今は躁鬱病の鬱の時期にあたるので十分なお相手はできない、ということであった。

「精神病の傾向がある人なのかね」とPが訊くと、カガノンは首を振って、

「病気と言えば病気の一種でしょうが」と言った。「しかしアマノンでは、インテリートは時々鬱症状に襲われたと称して家に閉じこもるのが他の階層の人には真似のできない芸当になっていて、いわばカッコい病気だし、人に会うのが煩わしい時の恰好の口実ともなるわけです」

「すると、いずれにしてもトライオン博士訪問の時期は延期してもう少し様子を見た方がいい、ということだね」

「はい。で、その時期については向こうから知らせてくれるそうです」

「几帳面な人だね。それならこちらはそれまでの間に相手のことをできるだけ研究しておこう。

役に立ちそうな情報を集めておいてくれ」

「かしこまりました」とカガノンは執事らしい調子で答えた。「私の方は政界との関係などを中心にして、情報を集めてみましょう。トライオンの思想と学問的業績についてはヒメコに勉強させて、その成果を報告させるのがよろしいかと存じます」

「君の方はそれでいいとして、ヒメコの方はどうだろう。確かに頭のいい子ではあるが、十四や十五の子供にそこまで期待してはかわいそうではないかな」

「ヒメコは頭が抜群にいい上にその頭もなかなかよく鍛えられているようですよ。それにトライオンには前から興味をもっていて、著作集もかなり読んでいるようですから」

「頭のいいことなら知っている。だから是非ともセクレに欲しかったのだ」

「ごもっともなことで」とうなずいてからカガノンは慎重な言い方をした。「ただ、差し出がましいようですが、老婆心から一つだけ申し上げておきたいことがございます」

「執事風の口ぶりもすっかり板に付いたようじゃないか」

「有難うございます。すでにお感じのことかもしれませんが、あの子は頭が鋭い分、尋常でない点があるようで」

「尋常でないと言えば言えるかもしれない。しかし君は具体的には何を指してそう言うのかね」

「具体的に例を挙げて説明するのはまことにむずかしいのですが、普通の子供とは違って自分の考え方というものをもっていること、人を人とも思っていないふしがあること、とにかく、常識では考えられないようなことを平然とやってのけそうな子ですね。まあこれは半ば以上遺伝的なものでしょうが」

「母親がかなり変わった人だったらしいね」

「ええ、父親は勿論ですが、母親の方も尋常な人物ではありません。何しろピップの身で男とセックスをして、その結果自分の子宮で妊娠、分娩したというんですから」

「モノカミの道徳から行けば、それで別に神の教えに悖《もと》るというわけではないけどね。むしろヒメコの母親は自然があらゆる動物に教えたことをしたにすぎない。もっともそれがアマノンでは野合で、社会の慣習に反するという点をとらえて尋常でないと言うなら確かに尋常ではないということになる。そういう性格は当然娘も受け継いでいるんだろう」

「多分に受け継いでおりますでしょう。大体、こう言ってはなんですが、普通の子なら、異国人の、それも男のセクレになるという話に乗ってくるようなことはちょっと考えられません。そこが母親の血を引いているところで、ひょっとするとあの子は母親と同じことをして野合の子を生むようなことをやりかねない……」

「聞き捨てならないことを言うね」と言いながらP自身も思わず体が熱くなった。「君はまさか……」

「そのまさかが実現する可能性は案外大きいのではないかと思いますね。つまり」とカガノンは執事らしい律義さで念を押した。「勿論、私が申し上げているのはヒメコがパードレの子を生むという可能性です」

「冗談じゃない」

Pは肩をすくめて言下にそう吐き捨てたものの、急所を突かれた動揺の色と、満更でもない話を聞かされたという嬉しさとが葛藤して、奇妙な薄笑いが顔の表面で凝固するのが自分でもわかった。その笑いをようやく融かして顔に吸収すると、

「いやしくもモノカミ教の宣教師たるものには考えられないことだ、と言いたいところだが、君の前で今更そんな原則論を振りかざしてみても仕方がないだろう」とPは言った。「主人は執事には隠し事をしないというのがもう一つの原則でもあるからね。で、君が指摘した通り、ヒメコと私がそういうことになる可能性はあると私も思う。ただし遠い将来のことではあるが」

「それほど遠い将来のことではないでしょう。少なくともそうなるための肉体的条件がヒメコの側で整うのは比較的近いはずです」

「君はいろんなことに詳しいんだね」

「ヒメコの詳細な身体的データも契約の付属書類としてこちらに来ているんです。よろしかったら目を通していただくとわかりますが」

「その必要はないだろう。そんなことは君に任せる」とPは鷹揚に言った。「それより、肝腎

のトライオンの件だが、こちらはできるだけ急いでもらいたい」

「そうでした。ではとりあえず今の段階でわかっていることを御報告しておきます」

そう言ってカガノンが説明したところによると、トライオンはさる有名な歴史学者を父親とし、これまた有名な作家兼行政官を母親として生まれ、ほとんど独学でシュキオロジー、ブッダイズム、タオロジー、シントイズムなどを研究し、アマノン語の通時的および共時的研究やアマノン政治史、文学史などにも画期的な業績を残し、またこの間二十年にわたって首相の私的顧問として政策立案や改革、紛争処理などに重要な影響力を行使してきたが、前首相の登場とともに意見の対立が表面化してやがて一切の公的任務から遠ざけられ、あるいは自ら遠ざかり、現在はタイザンという山の奥深く隠栖しているという。しかし現首相のユミコスはトライオンの思想と人物にひそかに共感を寄せていたらしく、就任と同時に政府に対する特別アドバイザーという資格で協力を要請したが、トライオンは老衰を理由にこれを辞退し、タイザンに籠ったままトキオには一度も出てこない。この点、ユミコスは自分が声を掛ければいつでもトキオに出てくるように言っていたが、話が違うわけである。カガノンによれば逆に首相の方が必要とあればひそかにトライオンを訪問しているという。恐らく、ユミコスの言い方は見栄から来たものらしくて、実際はカガノンの報告の方が正しいのだろうとPは判断した。

「ところで、さっきの話に出てきたシュキオロジーとかタオロジーとかいうのは学問の名前だろうね。ブッダイズムは例のムイン師の宗教のことだろうが、シントイズムはアマノンの土着宗教の一つかな」

「そうです。シュキオロジーはシュキという人を創始者とするアマノンの代表的な哲学で、数百年前にはアマノン国唯一の公認学説だったんですが、今ではほとんど研究する学者もいないようです。タオロジーというのは古代の神秘思想と魔術、呪術、超能力開発術、不老不死の超医学などを混合した民間信仰、それにシントイズムはおっしゃる通りアマノン古来の信仰を理論化したもので、その中心は祖先をカミとして祭り、また尋常ならざる働きをして死んだ人間もカミとして祭ることにあります。その他アマノンには零細な宗教を含めて八百以上の宗教が乱立して競争状態にあると言われていますが、トライオンは若い頃からその主なものを研究して、一種の総合的な宗教哲学の構築を目指していたらしいのです。この辺の詳しい話はヒメコからお聞きになった方がいいでしょう」

「八百以上とは大変な宗教繁盛だね。しかしよく見るとそれはモノカミ教のような真の一神を知らないことから来る混乱ないしは無政府状態にすぎないようだ。強《し》いて言えばその中ではどれが有力かね」

「宗教省の調査でもはっきりしないようですね。何しろ一人でいくつもの宗教に重複して入っている人が多いし、各宗派の方でも信者数を水増しして報告する。それに、大体の傾向としては葬式はブッダイズム、入学、就職、誕生、起工式、落成式その他のおめでたい性質の儀式はシントイズムが請負うという担当分野の調整が行なわれていて、どれか一つの宗教が他を圧して膨張するということもないわけです。競争し、かつ共存するという形ですな」

「なかなか面白いじゃないか」とPは真面目に興味を示して言った。「そういう状態なら、わがモノカミ教が競争に加わった時、一挙にアマノンの宗教界を席巻する見込みがあるというものだ」

「パードレは驚くべき楽観主義者でいらっしゃる」と言いながらカガノンは首を振って疑念を表明した。「私は心配性だからその反対の最悪の場合を考えます。モノカミ教もアマノンの宗教競争の中に入っていくのは簡単ですが、いつまでも群小の宗派の一つにとどまるのではないかという懸念があります。アマノン人の場合、宗教的寛容ということは要するに無関心に通じるわけです。とにかくトライオンの場合は、数多くの宗教を比較検討した結果、軽蔑を裏に含んだ寛容の心境に達したようでして……」

「無関心なら無関心でよろしい。軽蔑でも結構。いずれ相談するが、私にはちょっとした妙案があるんだよ」

ところがこういうことがあった翌日、予想外に早く連絡があって、Pは急遽トライオンを訪ねることになった。執事のカガノンに留守を頼み、サービス会社から派遣してもらった旅行の随行専門のサバントを二人、それにヒメコを連れたPは、トキオからタイザンに向かって地上を走る普通列車に乗りこんだ。というのも、はるかに早く目的地に着く地下列車の方は腸管風の地底のトンネルを弾丸のように突進していくだけだと聞いて、時間はかかっても地上の風景の見える列車がよいと思ったからである。

タイザンの一帯はキオトの近くで見た仙山とは対照的に丸みを帯びた山塊が無数の芋を積み上げたように集積した地形で、列車はその芋の間を縫うようにして次第に山塊の奥深く登っていく。するとやがて山々に囲まれた巨大な擂鉢《すりばち》状の穴の縁に着いた。この旧火口らしい穴の底には異常に鮮かな青緑の水を湛えた湖があった。水というより見るからに粘性の高そうな液体の溜まった人造の貯水池の感じである。その湖を取り囲むゆるやかな斜面には背の低い木が疎《まば》らに生えている。トライオンの家はこの不思議な風景を見下ろすことのできる一際高い瘤状《こぶじょう》の山の頂上にあった。山間の寂しい駅で下りてからその山までは人気のない涸れ谷のような石ころの道を登らなければならない。あたりに人影はないのに、遠くから人の談笑するのに似た声が聞こえ、時々疎林《そりん》のあちこちでけたたましく笑うような鳥の声が響きわたる。

「古い言葉で言えば、空山という感じだね。人影はない。ただし人語だけは聞こえる」とPはヒメコの手を引いて登りながら言った。「あの気が狂ったような鳴き方をするのは何という鳥だろう」

「ケラケラ鳥でしょう。人間が近づくと狂ったように鳴く習性があるの」とヒメコは少し息を弾ませて言った。「でも頂上の方から聞こえてくる賑やかな声はピクニックの一隊か何かのようだわ」

「こんなところへピクニックにやってくる物好きがいるのかな」

「映画のロケかもしれないわ」

Pの一行がようやく山頂に着くと、湖とは反対の側に斜面を削って平坦な広場ができており、そこに大型の垂直離着陸機が止まっていた。

「テレビ会社のヘリコプラだわ」とヒメコが言った。

「ヘリコプターと言うんじゃないの?」

「それは古い発音で、今はヘリコプラなの」とヒメコは言った。「それより、いやに賑やかだと思ったら、テレビ会社が取材に来てたのね」

「トライオン博士はテレビのインタビューや対談の番組によく出てるんですよ」とサバントの一人が説明を加えた。

「ほう、すると博士は典型的な隠者の生活を送っているというわけでもないんだね」

「隠居とか隠者とか言われるとよくわからないけど、トライオンがいろんな活動から引退した人でないことだけは確かだわ。まだ現役のインテリートでしょ」

そのうちに石でできた要砦のような家から大勢の男女が出てきて、口々に騒々しくしゃべりあいながら資材をヘリコプラの腹の部分に格納すると、自分たちも乗りこんで、大風を起こしてたちまち空高く飛び上がった。

ヒメコが玄関で来意を告げた。Pは観察していて、こんな時のヒメコの挙措《きょそ》がホステスのクーミンなどとはまるで違って気品に溢れていることに満足した。まもなく中からこの家のサバントが二人出てきてPたちを案内した。長い廊下を何度も曲がって上り下りして通されたのは、空中に浮かんだような感じの見晴らしのいい部屋で、遠く下の方には例の異様に青い湖が妖しい瞳のように輝いていた。しばらくするとまたサバントが出てきて、トライオンは少し疲れて休息が必要になったので、その間に温泉にでも入ってくつろいでもらいたいということであった。

「よろしかったらセクレ様も御一緒に」

そう言ってサバントは入浴用の道具一式と着替えの衣類をそこに置いていった。

「温泉というのは初めてだが、ヒメコはぼくと一緒に入ってみるかい」

「私はどちらでもいいわ」とヒメコは曖昧な言い方をしてから、付け加えた。「入っても入らなくても、御一緒でも御一緒でなくても」

「じゃあ一緒においで」とPは命令する口調で言った。

やはり湖の見える眺望のいい大浴場に案内されると、若いボイ風のサバントがPの衣類を恭《うやうや》しく脱がせ、自分も裸同然の恰好になって浴室内に入ってきたのは、体を洗う手伝いかマッサージか、特別のサービスをするのが目的であるらしい。Pはヒメコと二人きりの方がいいと思ったので、特別のサービスは無用だからと断ってこのサバントを引き取らせた。ヒメコの体の発育状態を観察し、かつ観賞する絶好の機会だとPは大いに期待していたが、濛々たる湯気の中を進んでいくうちに、突然足を滑らせて、床より低くなっている浴槽にころげ落ちた。

動顚《どうてん》してそのまま硫黄の匂いのする湯の中でじっとしていると、ようやく目が慣れて、湯気の向こうに動く人影を見つけた。どうやらヒメコではないらしい。男で、しかもかなりの年配の老人のようだった。その老人は首だけを湯の上に浮かべて滑るようにPに近づいてきて、

「大分派手に飛び込まれたようだが、大丈夫ですかな」と言った。

「有難うございます、大丈夫のようです」とPは恐縮して答えた。「飛び込んだというより不様に転落したというのが真相でして、とんだ粗相を致しました」

「いやいや、どうかお気になさらずに。それよりどなたかお探しですか」

「連れのセクレですが、一緒に入ったはずだったのにこの湯気で姿を見失ったものですから」

「その女の子なら隣にある婦人専用の浴室に入っていったようですな」

「そうですか、それなら安心しました」とPが言うと、相手は笑って、

「むしろ残念だったと言うべきか」と軽い皮肉で応じた。

「本当はその通りです。炯眼《けいがん》、恐れ入りました」

「正直なお方だ。実は私も楽しみにしていたんですがね。察するに、この風呂にパードレと二人きりで入ろうとしたら、いやなジジイの先客がいるので驚いてあちらへ逃げたのでしょう」

「あの子がそれほど潔癖だとも純情だとも思えませんが」とPは慌てて言った。「それより私のことをパードレとお呼びでしたね。そういうことまで御存じだとすると、もしやトライオン博士では……」

「実はそうなんで」と相手も破顔一笑してうなずいた。「お互いにこうして裸で対面するのも悪くないもので、だから入浴をお勧めしてみたわけです」

「アマノンの常套的な言い方で『裸の付合い』というのがありましたね」

「それも男同士のね。残念ながら今ではまず使われることのない古い慣用句です」

Pはその時トライオンの口から出た「男同士の」という限定の仕方に特別の意味があるのかといぶかったが、湯の上に浮かんでいるトライオンの首を見ているうちに、この人物が間違いなく男、それも堂々として彫りの深い王者の顔をもった男であることに言いようのない衝撃を覚えた。大袈裟に言えば、アマノン国に来てこれまでに会った男はみな偽者であって、正真正銘の男はこのトライオンが最初だと言ってもよい位だった。

「率直に言わせていただくなら」とPは現に感じているところを口にした。「アマノン国に来て初めて男らしい男に出会ったようで、まことに奇妙な気持です。というのは、それなら今までに会った人たちは一体何だったのか、なんともおかしなことになって困っているわけで」

「じゃ、女だということにしておけばいいじゃありませんか」

トライオンは事もなげにそう言うと両手で湯を掬《すく》って顔を洗った。

「それはそうだ」と言ってPもトライオンに倣った。「男でなければ女、ですね。ラオタンのように不自然に男性を否定した人間は別として、あとの大多数は男のふりをした女ですか」

Pは半ば冗談のつもりでそんな言い方をしたのである。トライオンが言ったことの真意を測りかねたままPはとりあえず冗談を返したつもりだった。

「昔の哲人が昼間から提燈をもって人間はいないかと探した話があるが、アマノンではそうやって探しても男はなかなか見つからないでしょうな。私が初めての男だとしても驚くには足りない」

「その話は私も聞いたことがあります。真の人間、本物の男というものは私どものモノカミ世界でも真昼の星のように寥々たるものです」

「お断りしておきますが、私の話はそういう譬え話でもなければ慨嘆でもないんですよ」とトライオンは苦笑しながら言った。「大体私は、『花の美しさなどというものはない、美しい花がある』、あるいはその逆、といった言葉の綾取りみたいなことをして遊ぶ趣味はないのでして、私の言うことはそのまま単純明快に受け取っていただいて結構です。さて、あとはゆっくり酒盛りをしながら続けましょう」

　トライオンは浅い湯船の中で立ち上がった。その時Pは痩せた老人の、どちらかと言えば貧相な体軀に不釣合いな堂々たる一物を目の前に見て一種の感動を覚えた。なるほど、これは正真正銘の男の持物だと納得するとともに、自分もそれを上回る、体軀にふさわしい偉大な持物をぶらさげてあとを追った。

　着替えをして先程の部屋に戻ると、湯上がりの化粧もあでやかなヒメコが一足先に席に就いたトライオンの前に行儀よく座っていた。Pは広い窓を右手にした席に案内されてヒメコを左側に侍《はべ》らせることになった。

「まずは乾杯しましょう」とトライオンは小さな陶器の盃を上げて、Pに会釈し、ヒメコにも軽く盃を上げた。

「博士の御健勝と長寿を祈って」とPが言うと、トライオンも同じ挨拶を返し、ヒメコには片目をつぶって、「この若い美女には眼福を謝して」というようなことを言ってから冷たい宝石のような酒を一口で飲みほした。Pも飲んでみると、これはアマノンに来て初めて口にする美酒である。

「アマノンの伝統的な酒、それも古酒です」とトライオンは言った。「ああ、古酒と言えば先程頂戴したユミコスからのお土産の百年物の古酒というやつ、あれも上等の部類ですが、所詮は果実酒で、年数が経てば経つほど濃厚な泥水に近くなる。こちらはそれほど長くはおけない代わりに、三年もすれば清水に近くなる。まるで酒精が水に化けたような具合だから、一晩飲んでいても飽きない」

「わかりますね、その清水に近いという感じ……」

「よかったらセクレにも一杯」とトライオンがヒメコの盃を満たすと、ヒメコは形のいい首をわずかに反らして、水でも飲むようにその酒を飲んだ。

「気持よく飲みましたな」

「本当に水に近い美酒ですね。私、これは初めてです」

「あとは御主人に注いでいただいてお好きなだけ飲んで下さい」とトライオンが言った。

「こういう席にセクレを侍らせておくのは差支えないんですか」とPが訊くと、トライオンは笑って、

「原則としていいことになっています。セクレは秘書兼愛人ですから、どこへ連れていってどんな話を聞いてもいいのです。一面録語機であり、一面愛玩動物でもありますから。ただし相手がそのセクレを忌避すれば話は別ですが」

「ヒメコはお気に入って下さいましたか」

「パードレはお目が高い。これは俗に言う掘り出しもので、磨けば宝石だとわかる。もう半ば以上宝石になっている。本物の男の目はやはり違いますな」

「私のことですか」

「あなた以外に誰がいますか」

「本物というのはただ文字通りの意味ですね」

「そうです。立派な一物をぶらさげているという意味ですな」

「先程偶然拝見して、博士が男の中の男だということはよくわかりました」

「お恥ずかしい。実は私もそれとなく拝見して同じ結論に達したわけで」と言いながらトライオンは口元に笑みを浮かべた。「しかしこの国ではその折角の雄大な持物も活用する機会がないでしょうな」

「正直なところその機会にはまだ恵まれていません。表向きはモノカミの宣教師として当然の禁欲生活を守っているということになりますが」

「モノカミ教では職業的な聖職者は禁欲を義務づけられるんですか」

「そうです。ただし、聖職に就く前にすでに結婚している場合は、家庭内で自分の妻とセックスをして子供をつくることは認められています。だが妻以外の女とはいかなる性的交渉も許されません。そんなことで、結局、聖職者は大概事前に結婚だけはしておくことになって、ほとんどの聖職者が早婚です」

「パードレは異国の地でもそのモノカミの戒律を遵守してらっしゃるというわけですな」

「結果的にはそうなっています」とPは正直に言った。「しかし宣教活動にあっては、この問題は柔軟に処理することが許されています。私の場合、根が女好き、セックス好き――いや、これは品位に欠ける表現になったかもしれません、適当な言い方を知らないものでお許しいただきたいのですが、まあそういう質ですから、機会に恵まれれば人並のことはやってみるつもりでおります」

「それなら今のうちに申し上げておいた方がいいが、パードレが人並とお考えのことがわがアマノンでは人並ではなくて異常な行動として危険視されるし、また事実上それは実行不可能でもある。まわりに女ばかり沢山いても、いやそれだからこそなおさら不可能なんですよ」

「それはまた妙な話ですね」

「女どもはもや女であることを止めて久しいし、子供の間はともかく、大人になれば男になったつもりで男のやることを何でもやっている。連中をセックスの対象にするなんて論外ですよ。精神的に閉宮した女に迫ってセックスをすることなんて不可能だというのはおわかりでしょう。全然その気のない動物をつかまえて獣姦《じゅうかん》するようなものです。わがアマノンの女はもはやヒトではない異種の動物になってしまったと言うべきかもしれない」

「それはまたひどい話ですね」とPはよく呑みこめないまま言った。「しかしそうでない正常な女もいくらかはいるでしょう」

「真昼に提燈をつけて探せば、ですな。三千万人中二、三百人位いるかもしれない」

「十万分の一ですか。それではいないと言うに等しいわけですね」

「しかもその二、三百人は、まともな女ではなくてアウトローと見なされている」

「このヒメコの母親も実はそういう例外的な女で、ヒメコはいわゆる『野合の子』だそうです」

「やはりそうでしたか」とトライオンは真面目な顔でうなずいた。「だったらおわかりでしょう。パードレのお相手をするような女はアウトローしかいない。そして子供ができればこの子と同じ運命になる」

「ちょっとお待ち下さい。これはきわめて重大な話です。順番に確認しながらお話を伺いましょう」

Pはこの際曖昧な点をことごとく明確にしていこうと決心して、トライオンに一問一答の形で話を進めることで了解を求めた。

「アマノンでは、私どもが自然な形だと思っているセックス、妊娠、分娩によって子供をつくる女はごくわずかしかいない。そういうことですね」

「その通りです」

「では大多数の女はどうやって子供をつくるんですか」

「精子バンクに申請して、審査の上許可されれば精子の提供を受けて、それを自分の卵子と人工的に受精させて、人工子宮で約十か月妊娠状態におく。それから取り出して人工哺育装置で育てる。これが普通のやり方ですな」

「ヒメコから聞いた説明もそんなところでした。で、その子供にとって父親は血統書の上でしか存在しない。母親は現に生きている。子供はしかるべき時期が来ると母親に引き取られるんですか」

「そうです。ですが、母親はほとんどの場合、その子供を育児のサービス会社に任せます。集団育児にするか、サバントを招いて自分の家で育てるかの違いはありますが」

「では前者の場合、その母親は事実上独身女と同じ生活を続けることになるわけですね」

「そう、大多数の女がそうでしょう。子供のところには月に一、二度会いに行けばいい方です。学校に通う年齢になると、母親が引き取って同居するケースが多くなる。しかしそれも時代とともに減る傾向にありますな。ホテルと学校を一緒にした教育サービスを提供する会社が増えてきたからでしょう」

「母親はそうやって育児や教育をサービス会社任せにして、自分は何をしているんです？」

「仕事ですよ。総理大臣や社長からビジマン、公務員、医師、弁護士、教師、その他もろもろです」

「女性の進出が目覚ましいわけですね」

するとトライオンは笑いだして、

「とぼけた冗談がお上手だ」と言った。「実に皮肉な婉曲法ですな。まあそうも言える。何しろ、すべては女の手中にある。女が普通の人間で、男は、必要十分な精子さえ確保してあれば、理論上いなくてもいいということになる。で、現在生存を許された遺伝子的に優秀な男は国立精子バンクの管理下におかれ、精子の供給者となっている。これ以外に生存している男は、例の野合で生まれたもので、その多くはアングラ人となっている。少数の、日の当たるところに出て仕事を得ようとする男に残された唯一の道は、自ら去勢してラオタンになることです。ラオタンのことはすでに御存じでしょう」

「知っています。私はラオタンの一人を執事として使っていますから」

「そのラオタンは恐らく特調、つまり内閣直属の特別調査部の人間でしょうな。早く言えば、諜報活動の専門家、スパイである可能性が大きい」

「以前、ブッダ教の僧侶のムインという方からも同じような警告を受けました。ありうることかもしれません。ただ、私としてはもしそうであったとしても大して気にしません。私の動静が細大洩らさず当局の知るところとなったとしても、実際的な不都合はほとんどない。それより、執事が執事らしく役に立ってくれれば有難い」

「私もそのパードレの度胸を是としますが、このことだけは気に止めておかれた方がいい。というのは、パードレはクモの糸のような諜報の網に捕えられて、事実上自由を失っていらっしゃるのではないか。ここへお見えになったのも、御自分の意思によるように見えて、実はある大きな力に引き回されてのことではないか。もっと露骨に言うと、このトライオン訪問も、政府、特調部の狙っている裏の意味からすれば、トライオンによる尋問と調査ということになる」

「なるほど、そうも考えられますね」と言いながら、Pは次第に腹が据わって、何を聞いても驚かない心境になった。「にもかかわらず、反対にこちらが根掘り葉掘り質問して申訳ないと思っています。ともかく、ラオタンのことはわかりました。このラオタンにはすでに何人か会いましたが、しかしそれ以外の男は社会の表面に出てくることがないとすれば、当然の帰結として、博士がおっしゃった通り、私が出会ったアマノンの要人たちはみな女だということになる。ユミコス首相も女、ラオタンの官房長官を除き、私が会った各大臣いずれも女、それにあの警察署長もムイン師も女。なぜ気がつかなかったのか……最初から私はアマノン人は柔和で、顔つき、体つきもいくらか女性的なんだろうと思っていたようです。そう言えば、ユミコス首相と抱擁した時に感じたあの肉の柔らかさは男のものではなかった。まったく迂闊な話です」

「まあそう悲観なさらずに一杯」とトライオンが古酒を注いだ。「アマノンは女の国ですよ。そもそもアマというのは古代語で女という意味です。オンは古代語で雄のこと、実際には女っぽい男、女役の男色家のことを指して使われていた方言だったらしい。それがいつのまにか、女が男に取って代わって男の仕事をすること、女が男性化すること、そんな女が覇を唱える状態をアマノンと言うようになり、そして現在の国名になった。ですからアマノン国とは『女権国』という意味でもあるんです」

「博士のお話を伺って目の前の霧がすっかり晴れたような気分です」と言ってPはトライオンの盃に古酒を注ぎ、ヒメコの盃にも注いだ。「あといくつか質問させていただきます。神話時代の伝説上の国に女ばかりの国アマゾンとかいうのがありますが、これとは関係があるんですか」

「関係がありそうだと唱えている俗説があるのは事実ですが、まったくの謬説《びゅうせつ》ですな。言語学的にも歴史的にもなんの関係もありません」

「そのアマゾンの場合は、女だけの戦士が他国と戦争をして、他国の男の子を生んで、それが男の子であれば殺して女だけの国を維持していたそうですが、アマノンではどうやって男の子を処分しているんですか」

「それは簡単なことなの」とヒメコが説明を買って出た。「アマノンの医学技術では受精卵の段階で性別を判定することができます。それが男だったら、特別の場合を除いて、その段階で処分されるわけ」

「なるほど、至って簡単かつ合理的な方法だ。では男でありながらそのまま誕生が許されるのはどういう場合ですか」

「精子供給者にふさわしいと認定された、ごく少数の特別の血統の者ですよ」とトライオンが言った。「この男たち、俗に言う『種付け用の男』は国立精子バンクの管理下におかれて成長し、一生世間一般の目にふれることはありません。その管理の実態がどんな風になっているかは最高の国家機密に属します」

「ではトライオン博士自身は、男でありながらどういう事情で公然と存在できるんですか」

「それがお笑いでして」と言いながらトライオンは皮肉な笑いを噛み殺すような顔をした。「偶然のミスですよ。私は正規の手続で生まれたんですが、性別判定係官のミスで女とされたおかげでそのまま誕生してしまった。政府の方でも生まれたものは仕方がないというので、超法規的措置とやらで特例として私の生存を認めたわけです。ただし、なぜか私は精子提供者から除外されたため、国立精子バンクに閉じこめられずに済んでいる。とにかく、私のような立場の男の存在はアマノンでは稀有と言うべきですな」

「当代一流の学者で代々の首相の私的顧問を務めるような方が、ラオタンではなくて正真正銘の男のままでいらっしゃるというのは、ほかに例がないんです」とヒメコが注釈を加えた。

「アマノンのごく少数の男は、法的に認められた精子提供用の存在か、さもなければ野合の子でアングラの男になっている存在か、このどちらかですから」

「博士はほとんど英雄的存在と言ってもいい位だ」とPも興奮気味の声で言った。

「いや、それだけに危険な存在なんですな」と言ってトライオンはその猛禽的な顔に皮肉な笑みを浮かべた。「何しろ私は国籍のない超法規的存在ですから、子供をつくることが認められていない。敢えてつくればその子は血統書のないアングラの存在になる。私自身もその時からアングラ人になる。アングラの連中の中には革命を目指す過激派もいるというが、政治に影響を与える力は皆無と言っていい。私としては、さっきヒメコが挙げた二つのカテゴリーのどちらでもない男でありつづけて、政府ともマスメデともつかず離れず、微妙な立場を守ろうというわけです。首相以下の女どもは、私が男であることを無視して有能な政策顧問として活用するふりはしているものの、心中私を恐れてもいる。無意識のうちに劣等感も抱いているようだ。それは自分を孕ませる力をもった男というものに対して女が抱く本能的な恐れかもしれない。と言って、私が公然と男の武器を振りたてて攻撃的な行動をとれば、連中は私の存在を認めた超法規的措置を取り消そうとするにちがいない。ここ数十年来、そんな緊張した関係を政府との間で続けてきたわけでしてね」

「もう一つ、次元の低い疑問に答えて下さい」とPは尋ねた。「博士が正規の手続によって子孫を残すことが認められていないことはわかりましたが、セックス自体についてはいかがでしょう？　それも禁じられているんですか」

「禁じられてはいないが、認められてもいないですな」

「するとセックスはどんな風に処理してらっしゃったのか、よろしかったらお聞かせいただけませんか」

「セクレの前でもよろしいかな」と言って、トライオンは別に気分を害した風もなく、盃を口に運んだ。「答は至って簡単なことだが、その前に一般的な説明をしておきましょう。この国では男女のセックスは例外的な行為で、タテマエとしては存在しないことになっている。まず、正規の手続で子供をつくるのにセックスはありえない。生きた男の相手は存在せず、登場するのは冷凍保存されている精子だけですからな。セックスが行なわれるとすれば、二つの場合しかない。一つは少数の『まともでない』女がアングラの男を相手にして行なうセックス。これはきわめて例外的なもので、犯罪ではないけれども普通では考えられないような非行と見なされる。もう一つは、ショーとして行なわれるセックス。昔はこれは宗教的な儀式で、シントイズムの神殿で演ぜられていたという。それが演劇の中に吸収され、今では高級クラブでピップの客に見せるために行なわれている。しかし余り人気はなくなっている。これを専門に演ずる男女の俳優は勿論避妊の手術を受けています。ついでに言うなら、今日人気の高い秘密のショーはやはり女同士のエロ・ショーでしょうな。これはきわめて露骨なことまでやってみせるショーで、一方の役は堂々たるピップ風の女、他方の役は若くて可憐なそのセクレ、というのがお決まりで、ピップはこのエロ・ショーを見るのが殊の外お好きなようだ。ただし自分たちでそのショーでやっているような露骨なことまでやるかどうかは別問題だ。それはともかく、そういう次第だから男女のセックスはアングラの男を相手とする例外的な行為としてしか存在しないはずです。しかし存在しないはずのものが存在することは古今東西を問わないし、貴国でも恐らくそうでしょう。例えば古代においては売春というものがあった。多くの国でそれは禁止されていたが、実際には至るところに存在した。マネを払って求める人間があればどんなものでも供給される。この真理は今も変わらない。私もマネを払ってセックスのサービスを買うことができる。ただ、アマノンにはこんなサービスを求める男は今のところ私しかいない。で、古代的な売春サービスを提供してくれる特別のサバントを見つけて派遣してもらうには、サービス会社に相当な無理をお願いしなければならない。訓練を受けてこのサービスができるサバントは目下五人とはいないようです」

「たった五人ですか」とPは失望の色を現しながら言った。「要するに、アマノンには女があんなに溢れているのに、物の役に立つ女はたったそれだけ。まるで大海を漂流している時に、まわりは水ばかりなのに飲める水は一滴もない、というのに似ていますね」

「うまいことをおっしゃる。確かに、アマノンの女は女にして女にあらず、働き蜂、働き蟻のような存在だ。数百年来、セックスとは縁のない存在になって、古代には男がやっていた仕事を今では自分たちでせっせとやっているわけです。大多数のアマノン人、つまりアマノンの女は、もはや強姦の対象にすらならず、強姦を実行できる男も、アングラの連中を除けばここにいる二人しかいない。もしもアングラの男が強姦を働いたりすれば、強制的に去勢されてしまう。ラオタンの中にはそうやって去勢人間にされたものも、ごく少数ながらいるはずです」

「お話を伺ってみると、大多数のアマノンの女にはもはやセックスへの欲望もないんですね」

「ありません。男がいないのだから、欲望が出てこないのは当然のことです」

「しかしなんらかの方法でその欲望を呼び起こすことは可能でしょう」とPは言った。

「なんらかの方法でね。それがまさに問題ですな。その方法を発見し、かつ実行に移したら革命が起こせますな」

「そうでしょうね。革命的な変化が起こります。どうやら、アマノン国に来て初めて曙光《しょこう》が見えてきたようだ。宣教活動の成否もここにかかっている……」

こう言いかけてPは、このあとのことは胸に収めて話題を変えた。

「時に、歴史家でもいらっしゃる博士に是非とも伺いたいのですが、アマノンはどんな風にしてこういう女中心の、蜂か蟻の社会に似た社会になったのでしょうか。何か途方もない大異変がきっかけでそうなったのか、それとも何か内在的な力が働いて、社会的進化の結果、こんな風になったのか……」

「それは両方でしょう。私はそれについて仮説をもっていますが、詳しく御説明するには少々夜が更けすぎましたな。そこのお嬢さんの目にも薔薇色の靄《もや》がかかりはじめたようだし」

「私はちっとも眠くありません」とヒメコが大きな目を輝かせて言った。

「少し疲れて興奮しているようですね」とPが取りなすように言った。「この話の続きはまた明日にでも伺うことにして、今夜はそろそろ引き取らせていただきましょう」

Pが気を利かしてそう言うと、トライオンは目で笑って、それならば、と無理には引き止めようとはしないで、ただこう付け加えた。

「それでは特別に用意したサバントをそちらにお回ししましょう。さっきお話した古代的な売春サービスを提供する専属サバントを用意してありますから、よろしかったら今夜御利用下さい。訓練はよく行き届いている方で、反応もなかなか良好です。お使いになってパードレのお好みに合わせてさらにいろいろと訓練を施していただけると有難い。しかし今夜はやはりそのセクレと御一緒に過ごされますか。そうだとすると例のサバントも美少女のセクレには遠く及ばないでしょうな」

「いいえ、このヒメコとはまだそういう段階には至っていないのでして」とPは慌てて弁解した。「私としては一応の成熟を待って本当の愛人にしようと楽しみにはしておりますが」

「ロリコン趣味はおもちでない、というわけですな。実を申せば私もその趣味とは縁がない方ですがね」

「本来なら博士にこのヒメコをお貸しすべきですが」

「とんでもない」とトライオンは首を振って、ヒメコに片目をつぶって見せたが、Pとしては正直なところ意外に好色らしいトライオンの様子に気が気でなかった。

中年のサバントがPたちを寝室に案内してくれた。

「君はどうするつもりだ？　一人で寝た方がいいのか」とPが訊くと、ヒメコは真面目な顔で、

「そうね。私は一人でも二人でも三人でもいいけど、パードレの方は私とではなくてそのサバントとお二人がいいんでしょ？　私は一人でも淋しくないわ」

そんなやりとりをしたのち、ヒメコは廊下を挟《はさ》んで向かい合った自分の寝室に入り、Pは自分の部屋に入った。頭にはヒメコのことばかりがあって、先程トライオンが言ったサバントのことはもう念頭になかった。ようやく気を鎮《しず》めて、寝る前にもう一度部屋付きの風呂に入ろうとしているところへ、衣擦《きぬず》れの音も高く、古代風の長い布を体に巻きつけたような衣装の、大層肥満した女が姿を現した。

「君ですか、博士が夜伽《よとぎ》に寄越したのは」

「ヨトギなんて聞いてないけど、要するにあのオジンとするのと同じことをすればいいのね」

と相手は事務的な調子で言って、早速着ているものを脱ぎ始めた。

「一寸待ってくれ、ぼくはこれから風呂に入るところだけどね」

「だから一緒に入ろうとして裸になってるところじゃん」

「なるほど、アマノン流に二人で風呂に入って楽しもうというわけね」

「そうそう。あの先生も石鹸の泡を立てて遊ぶのが大好きなのよ。私、御覧の通り体の表面積が人一倍広いでしょ、泡はよく立つし、肉は柔らかいし、先生によると何やら伝説に出てくる白豚と遊んでるような気分になるんだって」

「君は見事にピップ調でしゃべるね」

「そうなの。ピップ風の娼婦《しょうふ》として訓練を受けてるの」

「ピップ風の娼婦」というちぐはぐな言い方がPにはおかしかったが、とにかく相手の流儀に合わせて一緒に風呂に入ってみることにした。浴槽はそれほど大きくないので、大男のPと肥満体のこの女とが同時に入ることは物理的に不可能だった。Pの方が先に浴槽に入って中から観察してみると、裸になった女は衣服の束縛から解放された分、想像していたよりもはるかに過剰な肉がついていて、至るところに肉のひだがあり、胸の袋のような乳房は太鼓腹の上に垂れかかっている。四つん這いになれば腹は床につき、肉は一斉に垂れて鍾乳洞のような景観を呈するであろう。それは予想されたことであるが、Pが浴槽から出たあと、実際に生じたのはさらに悪い事態で、女が四つん這いになったその腹の下にはなぜかPが組み敷かれていたというわけである。これが本物の格闘技なら拳を使ってでも反撃に出て、のしかかっている肉塊をはねのけるところだと切歯扼腕《せつしやくわん》しながら、結局Pは相手のなすがままに任せて無抵抗状態にあった。この間に相手が熱中していたのは、自らの重みで垂れ下がる無数の肉の鍾乳石をPの体に擦りつけて、快い、というよりくすぐったい刺激を与え続けることと、夥しい泡を発生させることであった。何しろＰにとっては慣れないことで、石鹸の泡は目に入るし、時々相手の体重をまっこうから受けて呼吸困難に陥るし、このまま泡だらけで奇妙な愛撫を受けていては危険だと判断したＰは、思いきってこの四つ足付き肉塊の下から滑り出て脱出に成功すると、今度は素早く後に回って攻勢に転じた。相手の後に回るのが裸で格闘する場合の定石であることはＰもよく心得ていて、それを忠実に実行に移したことが予想以上に好結果をもたらしたのである。相手は一瞬目標を見失ったところを思いもよらず後方から攻撃されて闘志を失ったのか、Ｐの強力な肉の槍によって貫かれ、その圧倒的な質量とは不釣合いのかぼそい声を上げながらＰのなすがままになっていた。ひとしきり攻撃を加えたのちＰはこの肉の塊を仰向けにした。ちょうど亀をひっくり返したような具合で、相手は行動の自由を失っている。それからまたひとしきり、今度はＰの方が上からのしかかり、思う存分圧迫を加えながら攻撃を続行した。

この壮絶な格闘の間中、Ｐの武器はその攻撃的な性格を失うことなく勇壮に躍動しつづけたので、Ｐとしては大いに自信を養うことができた。相手は肥満体のせいか思ったより持久力に欠け、まもなく息も絶え絶えの状態になった。Ｐは余裕を残して攻撃を止め、裏返された亀のように仰天している女の腹に湯を掛けてやった。

「あんた、なかなかやるじゃない」と女は息をはずませながらようやく言った。「いつもとは逆に攻められっぱなしで、すっかり勝手が違ってしまったわ。もうわけがわかんなくなっちゃった」

「君もなかなかやるね」とPもお世辞のつもりで言った。「こんなに全力を出して奮闘したのは久しぶりだ。お互いに健闘を称えて冷たい発泡酒でも飲もう」

女は裸のまま食堂にやってきて喉を潤しながら、名前はヒロコンだと言った。

「商売柄可愛い名前にしてあるの。でも、これはほんとに珍しい商売で、長いことやっててお客さんはあの先生だけなのね。あんたがやっと二人目ってわけ。何度も言うようだけど、あんたは先生とは違って、私をサバントとして扱うんじゃなくて、反対にいろいろサービスしてくれたみたい。先生の時はね、何しろあの年でしょ、私の方が猛烈にサービスしなきゃいけないの。プロの技術と熱意のほどを見せてやるわけね。残念なことに、あんたにはそれを十分見せてあげる暇がなかったようね。なんだか私の方が先にまいっちゃったもんで」

そう言うとヒロコンは大きな欠伸をして寝室に入っていった。どうやらPと一夜を過ごすつもりらしい。それを知った時、Pは豊満な肉の堆積を自由にすることができる期待と、ひどく重量のある動物に闖入《ちんにゅう》されたような鬱陶しい気分とが相半ばした。しかし幸か不幸か、Pが着替えをして寝室に入ってみると、寝台の上の堆積物はすでに轟々と鼾をかいていたのである。それも喉や口腔というより、肉をつくっている細胞の一つ一つが、一斉に顫動《せんどう》して音を発しているという感じであった。

Pはヒロコンが先に眠ってしまったのを幸い自分もこのまま眠ろうとしたが、まもなくそれは不可能であることを思い知らされる羽目になった。鼾が予想以上のものだったのである。P

は眠るのを諦めて起き上がり、一度眠りを中断してやれば鼾も消えるのではないかという淡い期待をもって眠りこけている肉塊に手をかけた。しかし簡単に目を覚す気配はなかった。そこでPは作戦を変更して、眠りにひたされて一段と柔らかくなっているヒロコンの体にもう一度突撃することにした。そのために片足を肩に担ぎ上げるようにして相手の体を寝台と直角をなすように移動させた。

その時、扉が開いて誰かが入ってきた気配がした。

「何をしてるの？」という声はヒメコのものだった。

「何をしてるかって、御覧の通り悪戦苦闘している最中だ」

「手伝いましょうか」

「できればね」と言ってPはヒメコの手を借りてヒロコンの体の位置を調整しにかかった。

「この人、どういう人なの？　なぜここで寝てるの？」

「もっともな疑問だ。サービスが終わったあと、こんな風に盛大に鼾をかいてここで寝てしまうとは思わなかったよ」

「これがトライオンの言ってた古代的な売春サービスをする人なの？」

「古代的な娼婦としての訓練を受けているらしい」

「それでこんなに太ってるのかしら」

「それは関係なさそうだ。大体、この商売でも極端な肥満は障害になると思うね。ぼくは体が大きいし、腕力も強いからよかったが、下手をすると事の最中に圧殺されそうだ」

「でも、パードレは裸でこれから何をするつもりなの？」

「セックスだよ。アマノンではショーでしか見られないという男女のセックスだ。なんだったらそこで見ていてもいいよ」


　Pがそう言うと、ヒメコは当然のように見学するつもりらしく、ゆったりした袋状の寝間着の中に手をひっこめたまま、好奇心に輝く顔を突き出して立っていた。Pはまずヒロコンの体を見せて各部分に刺激を加えながら、医学部の解剖学の授業のような調子で必要な説明を行ない、それから自分の体の一部についても実物を見せて同様の説明を試みた。そして実際に触ってみるようにと言うと、ヒメコは大儀そうに手を出して華奢《きやしや》な掌に余る棒を握ってその形状を調べている様子だったが、それからこのものがどんな使われ方をするかを聞かされると、俄然興味が倍増したらしく、そんな途方もない大きさのものがいかにして人体のしかるべき場所に収まるのかという子供らしい好奇心から、真剣にPのすることを見つめた。Pの方もこうした生徒を前にして臨床の講義のスタイルで事を行なうのは初めてのことであり、注意が発散して肝腎のものが役に立たない状態に陥るのではないかと懸念したが、その心配はなかった。これはヒメコという生徒ないしは見学者の存在がかえって興奮を掻きたてるからではないかと思いながら、強力な鑿岩機《さくがんき》を水平に構えて攻撃を加えるような気分と死体を解剖する気分とが混合した状態で、Pは実地に一連の行為をやって見せた。予想外だったのはヒメコが途中で笑いだしたことである。Pの動作が一定のリズムをとるようになったのがヒメコには滑稽に思われたらしい。Pもつい釣られて笑いながらその動作を続けたが、こういうことを笑いのうちに行なうのは普通では考えられないことで、それでも支障なく鑿岩機が使用できたことがPに新たな自信を与えた。どうやらPは見学者ないしはもっと多数の公衆の前でも、ある種の義務感から来る集中力を発揮するならば、性的な興奮を持続し、しかもまわりの人間に対しては必要に応じて講義や説教や、場合によっては冗談さえ言えそうだという自信が湧いてきたのである。

そのうちに睡魔に支配されていた相手もさすがに自分の体に行なわれていることに気がついたらしく、鼾とは別の種類の声を発し始め、全身の細胞の顫動がやがて大きな振動に変わり、波打つ動きになって寝台の上で暴れまわり、Pがそれを押えこむために汗を流して頑張るので、事はまたもや格闘の様相を呈してきた。

ようやく格闘が終わった時、ヒメコはもう笑ってはいなかったが、長時間に及ぶ観戦にいささか疲れた様子で、小さな欠伸を掌で抑えると、「お休みなさい」と言って自分の部屋に帰っていった。

第十一章　アマノン史の謎

　翌朝目が覚めた時、Ｐの隣の寝台には朝日を浴びながらうず高く盛り上がった肉塊がまだ残存していたので、前夜の悪夢にも似た悪戦苦闘を思い出すにつけても、Ｐはこの肉塊をとにかく制圧して半失神状態に追いこんだことをもって自らの善戦健闘ぶりを多とするほかないような気がした。ヒロコンはその重量感のある体にふさわしい鼾《いびき》を掻きながら眠りこけている。それを見ただけでＰは意気沮喪《そそう》し、サバントにでも言って一刻も早くこの物体を取り片付けさせなければ、と思ったが、そこへヒメコが入ってきた。

「朝の食事の用意ができたそうです」

「わかった。すぐ着替える。それにしても、これはどうすればいいのかな。ぼくには動かせそうにないね」

「そのままにしておけば、気がついて、もといた場所へ自分で移動していくでしょう」

「こちらが移動してしまってもいいわけだ」

　そんなことを言いながら、Ｐは手早く身なりを整えてヒメコと一緒に食堂の方に向かった。

「やあ、御機嫌麗しいお目覚めのようですな」と言ったトライオンの口ぶりには昨夜《ゆうべ》のことを知っていてからかうような調子があった。

「御機嫌麗しいというより、激戦で疲労困憊《こんぱい》したあとの一夜が明けて、といったところですが」とPは答えた。

「いや、実を申しますとちょっとした手違いがありましてな」とトライオンは依然として笑みを含んだ顔で愉快そうに言った。「昨夜パードレのところへ差し向けた女がどういうわけか私が推奨したつもりの女ではなくて、最悪の方のに入れ替わっていたようで、まことに申訳ないことでした。あのヒロコンというやつは、私には到底使用致しかねる代物《しろもの》ですな。クレーンで吊るしておいてお相手をするしかない。それにしてもパードレの熱意と体力には兜《かぶと》を脱ぎましたよ。壮絶な格闘の末、しかも最後は眠っているところを急襲して一気に制圧するという戦術はお見事と言うほかない」

「お褒めにあずかりまして光栄ですが」と言ったものの、Pとしては昨夜のヒロコンとの一部始終をなぜかトライオンが知っているらしいことが気になった。「どこかで私の悪戦苦闘ぶりを御覧になっていらっしゃったのですか」

するとトライオンは顔色も変えずにうなずいた。

「お断りするのを失念しましたが、各部屋には遠隔監視装置という感じのよろしくないものがついていて、私の部屋から一部始終を拝見させていただくことができる。まあ、この点については食事をしながらゆっくり御説明しましょう」

Pは相手の腹の中を計りかねて、まずはしばらくの間様子を窺うことにした。丁度、そこへ食事が運ばれてきたのを見ると、朝から数十品に上る贅沢なもので、前夜の奮闘で空腹を覚えていたPは早速食べることに専念した。丸い食卓の一部が回転する仕掛けになっていて、その上に小皿に入った各種のパン、肉入りの饅頭、野菜入りの粥、木の実の入った焼き菓子、各種の乳製品、果物を使ったデザートなどが所狭しと並べられている。めいめい食卓を回転させながら好みのものを小皿ごと取っては食べる仕組みである。トライオンの話では、これは超古代のチャイナ式という食事を現代風に換骨奪胎したものだという。アマノン流に、数十種類の茶が用意されているので、その中から選んで好みの茶を飲みながら食べるのである。

「いつものことながらアマノンの食文化の水準の高さには感心します」とPは感想を述べた。「多様で洗練されていて、客の意に添うように気が配られている点、まさに高度な文明を感じさせる食事のスタイルだと思います。わがモノカミ世界では食事、料理という生活の基本の部分が軽視され、時には蔑視されていると言われても仕方がない状態にありまして、食事と言えば、粗末なものをただ一通りだけ大量に出せば事足りるとする傾向が見られます。こちらのに比べると、野蛮人の食事と言うほかありませんね」

「なるほどね」とトライオンは言った。「モノカミ教の精神からすると、カミに酔い、カミへの信仰で満腹するのが正しい道であって、口腹の楽しみを追求するということは論外なんでしょうな」

「おっしゃる通りです。私はもともと生え抜きの聖職者ではないということもあって、その点に関してはモノカミ教の思想にそれほど忠実にはなれませんね。いわゆる禁欲主義は私の性に合いませんし、生活の充実、楽しみを蔑視すべきではないと思っています。アマノンに来て以来、その考え方はますます固くなってきたようです」

「つまりアマノンで美味料理と快適な生活を知って堕落なさったというわけですな」

「堕落のモノカミ流定義によれば、ですね」

「実を申せば」とトライオンは急に改まった口調になってPの顔を見つめた。「今回ここにお招きしたのも、パードレを尋問し、モノカミ教世界のアマノンに対する真の意図を探り出して、それが有害で危険なものかどうかを首相に報告するのが目的だったのですが、ここで私が『否』のサインを送れば、パードレの存在は抹消されることになる。その意味で私はパードレの生殺与奪の権を握っていることになりますな。モノカミ教については、古い文献にあたって私なりにいろいろと調べてみたが、十分とは言えない。今回、パードレを尋問して疑問の点を直接確かめた上で判断するつもりでいましたが、その前に、パードレ御自身については危険視する必要のない人物であることがほぼわかった。その理由が、どうやらパードレが筋金入りのモノカミ宣教師ではなさそうだということで、これはまことに失礼な評価だとは思いますが、正直に申し上げてまあそういうところです。いずれにしろ、パードレはこの国に好きなだけ滞在していただいて差支えなかろう、ということになりますな」

「昨夜来の私の行動を観察した結果、そういうことになったとおっしゃるわけですね」

「それも勿論あります」とトライオンは意味深長な笑いを浮かべて言った。「何しろ、あの肉塊を相手にあそこまで奮闘するという芸当は誰にもできませんからね。完全に兜を脱ぐと同時に、場合によっては私と手を組んでいただく可能性もあるのではないか、ということまで考え始めた次第でしてな」

「今度は博士と私が味方同士の関係になるわけですね」

「早く言えばそういうことです。しかしこの話は一遍にお話しても御理解がいただけるとも思えない。まあ、追い追いにお話しますが」

「少なくとも、博士と私とはこの国では例外中の例外と言うべき男性ですから」とPは言った。「例えばアマノンを男性支配の国に作り変える革命でも起こすとすれば、博士と私がその中心にならなければいけない、といったことも考えられる」

「大胆な御意見ですな」と言いながらトライオンは鋭い表情になった。「パードレには私の潜在的な願望がお見通しなのかもしれない。しかしそれはそれとして、革命の可能性というようなものはおよそありませんな。だから私は絶望しているのでさえない。この話は架空の計画に関する思考実験としてはまことに面白い。で、パードレはアマノンの男性革命についてどんな戦略を描いてみようとおっしゃるのかな」

「荒唐無稽《こうとうむけい》な計画ならありますが、今はお話するだけでも恥ずかしいので、またいつか酒席の肴《さかな》にでもしていただきましょう」とPは慎重に構えて言った。「ただ、これだけははっきりしていますが、アマノンに来て以来いろいろと見聞を広げた結果、また昨夜のお話で女性支配の実態を承知してみると、博士や政府が御心配のように、モノカミ教の布教を通じてアマノン人の多数を改宗させ、親モノカミ政権を樹立し、その上でモノカミ世界の支配下に置こうといった構想は、もっとも荒唐無稽だということがわかりました。モノカミ教によるアマノン人の精神的革命というようなことを女相手に考えてもほとんど意味がなさそうです。それが私の得た結論でして、私としてはこれからアマノンで何をすべきかを新しい発想で考え直さなければならない状態です。勿論、表向きはモノカミ教宣教師としての任務を果たしているかに見える行動は続けたいと思いますが」

「話が核心に入ってきましたな」

そう言いながらトライオンは目を細めて半醗酵茶《はっこうちゃ》の一種を啜《すす》っている。

「私はパードレと露骨な取引きをしようとは思わない。しかし今のお話は、これなら取引きに応じてもいいと考えていた範囲内のこととほぼ一致している。つまり私としては、パードレの今後の行動がそのようなものだとすれば、政府には、パードレがモノカミの布教活動と称するものを自由に行なえるように、黙認、放置しておけばいい、という風に報告しておきたい。それにしても、パードレがそこまで柔軟な姿勢で臨んでこられる理由がよくわかりませんな。モノカミ教は本来モノカミ教以外の宗教を絶対に認めず、モノカミへの帰依《きえ》を要求しながら、全世界の人間をモノカミの支配下に置くべく、宣教師を先頭に立てて侵略してくるにちがいないと予想を立てていた。なぜかと言えば、モノカミ教は自らの正しさを絶対と信じて、この正しいものを他に及ぼそうとするし、これを受け入れない人間は、敵あるいは人間と呼ぶに値しない存在として抹殺も辞さず、という態度をとる。これはわれわれから見れば紛れもない侵略の一種ということになる」

「博士はさすがにモノカミ教の論理構造を正確につかんでいらっしゃる」とPは率直に言った。「あれこれと言葉を飾っても仕方がないので、本音のところを言えば、モノカミ教はおっしゃる通りの宗教的世界制覇運動の性格をもっています。私に期待されていた使命が、長い目で見れば、結局アマノンの精神的征服の尖兵《せんぺい》であったということは否定できないでしょう。しかし、この点は信じていただけるかどうかわかりませんが、私自身の目指すところはかならずしもモノカミ教団最高指導部の目指すところとは一致していなかったようで、私はこのアマノン国派遣を、遠い異国に行って見聞を広め、珍しい経験を積むための便法と考えていました。不埒《ふらち》な考え方でしょうが、正直なところはそう申し上げざるをえない」

「今のところ、パードレの言葉は額面通りに受け取っておくことにしましょう」とトライオンが言った。「しかし、パードレの突然のアマノン国来訪をめぐっては、政府にも解明できてない、というよりそもそも気がついてない疑問点がいくつかある。この際私から質問させていただいてよろしいかな」

「結構ですとも。わかっている範囲のことなら何でもお答えします」

「まず、これは一番単純に見えて、実は一番厄介な点です。そもそもパードレはどうやってアマノン国に到着することができたんですかね。あの完璧を期したバリヤから考えると、そう簡単に侵入できるはずがない。この点を最初から追及すべきであったのに、結局、今までのところ誰もこれを問題にしていない」

「それが私の泣きどころでして」とPはやや困惑して言った。「私は一人乗りの遠距離航行船に乗ってからすぐに、前夜の疲労もあって前後不覚に眠ってしまい、気がつくとアマノン国の薄赤い表面に突入して内部に入りこみ、次に気がついた時には海岸に打ち上げられていた、という次第で、詳しいことは何もわからないのです」

「パードレの乗った船だけではなくて、小隕石《しょういんせき》のように、無数の、というのが大袈裟なら、少なくとも数百隻からなる船団がこちらに近づいていたのが観測されている。ところがそのいずれもがアマノンのバリヤに阻まれて、こちらに到着する前に消滅した。パードレの船と貨物船だけがどうやってバリヤを突破したのか、私としても不思議でならない」

「それは丁度、真先に卵子に到達した精子だけが中に突入することを許されて、それが入ったあとは卵細胞の表面にバリヤが形成されて後続のものは締め出しを食う、あれと同じ原理が働いていたからではありませんか。今思えば、まったくの僥倖《ぎょうこう》によって私が真先に到着して迎え入れられ、あとから来た派遣宣教師は船もろともバリヤに阻まれて消滅してしまったんでしょう」

「バリヤにはそんな器用な真似はできないと思いますがね」とトライオンは懐疑的な調子で言った。「とにかく、パードレ一人だけでもバリヤを突破することができたという事実は、バリヤがその用をなさなかったことを意味するわけです。ということは、いずれ後続の宣教師団が大挙してやってきた時、これを完全に防御できるという保障はない、ということです。それが宣教師団であるならまだいい。アマノン侵攻部隊だったらどうするか……」

「なるほど、おっしゃるような可能性もないとは言えません」

「政府の関係者もこの問題には呑気すぎる。率直にお尋ねしたいが、モノカミ教団の最高指導部ではアマノン侵攻の件についてどう考えているのか、パードレにわかっていることがあれば是非お教え願いたい」

「残念ながら私はそういうことがわかるほどの地位にはいないのでして、もしも私がそんな大物なら、そもそもアマノンまで派遣されてくることもなかったでしょう。しかし諸般の事情を総合して推測するのに、アマノン侵攻という話はまずないんじゃないかと思いますね。モノカミ教団で言われていたことは停滞している布教活動の活性化というような話、ともかく外国にまで積極的な布教を展開しようという話で、他意はないように、私としては思いますが」

「そうかもしれません。何しろ、わがアマノンは小国で、大した資源もないし、モノカミのような、ほぼ世界全体を占める大国が今更征服してどうなるという存在でもない。が、考えようによっては、弱小国だからこそ、鎧袖《がいしゅう》一触、いとも簡単に征服できると思っているかもしれない。するとそのこと自体がアマノン侵攻の立派な理由になる。そこまで心配なら、侵攻に備えて軍備を増強するなど、対抗策はいろいろとあるではないか、と言われるかもしれない。ところがそれが駄目なんですな。アマノンは女の国ですが、御承知のように、女には理解できないことのうち最重要な二つは外交と防衛だと言われる。大体、アマノンには軍隊というものがない。強力な治安維持能力を備えた警察もない。犯罪者、逸脱者を治療すると称する病院その他の機関は多いが、いざ戦争となった時に敵を病院に収容して戦争狂を治療するというわけには参らない。それはともかく、この女の国は、女というものが概してそうであるように、目の前のことと国の中のことにしか関心を向けようとしない傾向がある。そこでこの際、もっと外にも目を開くべきではないかという話をしたら、首相は早速これに飛びついて、国際化を推進すると称して妙な委員会をつくった」

「『インタ化調査委員会』というのが正式の名前で、実は私もそのメンバーの一人になっているんですが、正直なところ、何をする委員会なのかいまだによくわからない有様です」

「誰にもわかっていないでしょう。もともとこれは、パードレの来訪、あるいは不法入国という事件が起こった背景、モノカミ教団の意図、モノカミ世界の実情など、アマノンの安全保障に関係のある問題をパードレからの事情聴取を通じて調査しようという目的と、わけのわからない国交回復論議、モノカミ教の導入による現代化などの願望とが一緒になったもので、これも御多分に洩れず、妥協の産物としてできあがった代物ですな」

「ユミコス首相の真意はどちらに傾いているんでしょう」

「国交回復、モノカミ国訪問、勿論自分が第一号として訪問したいわけですが、どうやらこちらの方に熱心なようでして、困ったものです」

「モノカミ訪問ですか」とPは考えこんだ。「結構なことですが、どうやってモノカミ世界に到達するのか、成算はあるんでしょうかね。そういうことになれば、私も一緒に、というより私が案内してモノカミ世界に帰ることになりますが、それを期待されても、今のところ私には何の妙案もありません。あちらからもう一隻大型の長距離航行船がバリヤを突破して連れにきてくれないことには、モノカミに帰る方法もないような気がします」

「それも重要な点ですな。パードレは見事バリヤを破ってアマノン侵入は果たしたが、逆向きに内からバリヤを破って故郷に帰る術はない、とおっしゃるわけだ。それはそうかもしれない。しかしモノカミ世界に帰りたくない理由でもおありかな」

「帰りたくないわけがありません。何しろあちらには妻子もいますから」

そうは言ったものの、この妻子のことは、今突然思い出して話題に持ち出しただけのことだった。

「奥さんやお子さんのことは別として、お話のふしぶしにモノカミ世界の粗野な文化や生活、いや失礼、まあその質実剛健と言うべきお国柄に対する御不満がうかがわれたもので、帰国ということについては複雑に揺れ動く御心境ではないかと、勝手に推察申し上げたような次第で」

「御推察はかなりの程度当たっていると申し上げておきましょう。ただ、私がアマノン国派遣宣教師団に応募した時には、なんらかの方法でいつか無事に帰国できるだろうか、というようなことはおよそ気にも留めませんでした。これは本当のことでして、今思うと冒険旅行家気取りで高揚した気分に浸っていたのでしょう」

トライオンは鮮紅色の茶を飲みながら聞いていたが、

「これは花茶の一種で少し酸味がありますが、食事のあとではいいものですよ」と言ってPとヒメコに薦めた。「ところで、パードレの帰国の問題はしばらく棚上げということにして、当面の問題は、後続の長距離航行船なり迎えの船なりが近い将来にやってくるかどうかということです。モノカミ教団としては、そういう船団の派遣を当然考えているでしょうな」

「それは考えている、と予想しておいた方がいいでしょう」とPは慎重ながら重々しい口調で肯定した。「ただし、アマノンのバリヤが有効に作動している限り、その船団は目的を達することなく海の藻屑《もくず》と消える運命にあるでしょうが」

「これまでのところは痛ましい犠牲を重ねる結果になっている。そして原因不明の偶然の悪戯《いたずら》でバリヤを突破した唯一の不法入国者が、あなたのように害意のない方であったことはまことに幸運と言うべきだ。だがこれからはそんな幸運が続くかどうか、私としてはその点を憂慮せざるをえない」

「御心配には及びませんよ」とPは持前の楽観的な調子で言った。しかしそれだけではいかにも軽薄な印象を与えるのではないかという懸念から、慌てて付け加えた。「現にバリヤは正常に働いているようですし、それに万一事故のためバリヤを突破してくるモノカミ人が現れたとしても、私が先着者の特別権限を行使して、連中を私の指揮下におき、決して勝手な真似はさせません」

「すると、パードレはあとから来るモノカミ人の指揮官になられるわけですか」

「あとから誰か来ればの話ですが」

「その、後続のモノカミ人たちは単なる宣教師団ですか。それとも強力な戦闘部隊ですかね」

「モノカミ世界には軍隊というものはないんです」

「軍隊がない？　それではわがアマノン国と同じではありませんか。どうしてそういうことになりますかな」

「簡単なことですが」とPは丁寧に説明した。「モノカミ世界には国家がない、というかモノカミ世界全体が一つの国家である、というか、いずれにしても、武力に訴えて事を解決したり抗争したりする国家という単位がもはや存在しないのです」

「いわゆる世界政府とか世界連邦といったものが成立しているわけですな」

「まあそういうことになります。ですから以前にはその世界政府に反抗する分子を抑圧するための治安維持軍というものがありましたが、今ではそれもなくなって、一種の強力な警察、正式の名称では公共安全保障機構というものが治安の維持、犯罪の捜査や防止に当たっているわけでして、その力は確かに強大です。しかしこれはモノカミ世界の外へ戦争の目的で派遣されるような軍隊とは性格が違います。私としては公共安全保障機構がアマノン侵攻に乗り出してくるなんて考えられないんですが」

「なるほど」とトライオンはゆっくりとうなずいた。「要するにモノカミ世界ではすべてをモノカミ教団が支配する神権全体主義が行き渡って、国家という世俗的権力は消滅したわけですな。国家の消滅という点ではアマノンも同様だ。アマノンは、一つの巣をなしている巨大な蜂か蟻の社会のようなもので、秩序もあるし行政機構もある。しかしこれは国家ではない。私の言う国家とは、かの伝説上の動物である虎やライオンのような、戦闘力をもつ一頭の雄、つまり動物の一個体のようなものでなければならない。アマノンは古代においてそういう国家であることを止め、社会性昆虫の集団の如きものになって今日に至っている」

「私の世界には今でも虎やライオンはいます。ただし動物園で繁殖している観察用の動物になりさがってはいますが」とPは言った。「しかし蜂や蟻の社会にも、軍隊蟻のような専門の戦闘要員、あるいは防衛隊というべきものがあるでしょう」

「アマノンにはいかなる意味でも専門の戦闘要員はいないのです」

「でも、それはアマノンが完全に鎖国されていて外からの侵略がありえないという恵まれた条件の賜《たまもの》であって、なかなか結構なことではありませんか」

「メスが中性化した働き蜂、働き蟻だけでできあがっている社会というのは結構なものではありませんな」

トライオンは珍しく鋭い語調でそう断言した。それから場所を移して、例の異常に青い水を湛《たた》えた湖を見下ろす書斎のような部屋にPとヒメコを案内すると、トライオンは、自分の背丈ほどになる革表紙の著作集を積み上げてみせ、Pに進呈しようと言った。Pは厚く感謝の意を表したのち、ざっと各巻の目次に目を通してみた。

「アマノンの歴史に関する御労作が五巻もありますね。まずはこのあたりから勉強させていただきます」

「モノカミの方ではどういうスタイルの歴史が主流か知りませんが、私のはいわゆる実証的な研究ではありませんから、そのおつもりで」とトライオンは皮肉な笑みを浮かべながら言った。

「最初に『アマノン通史』あたりを通読していただくとあとの見通しがよくなるかと思いますが、これなどは手元に年表以外の資料を一切置かずに頭に入っている記憶だけを頼りに書いたもので、アマノンの歴史というより私の頭から紡《つむ》ぎ出された物語といったところですな。その他の論文は、古代の文献を突き合わせて辻褄《つじつま》が合うような説明を捻《ひね》り出してみたという意味での仮説です」

「神話の解釈についても詳細な論考があるようですね」

「私が提唱した解釈は女社会のアマノンでは見事に黙殺の扱いですな。どう考えても具合が悪いでしょうからな。しかしどうもそれだけではなさそうだ。一般に女は歴史に興味をもたないものです。自分の出生、家系、先祖といった自分のルーツに関心を示すのは男の特徴だし、自分の国のルーツについても男なら興味を抱きます。女はそんなものに真剣に関心を抱いたりしない。何しろ女は自分が創造者であって、すべては自分に由来し、自分に始まるという立場にありますから、ルーツ探しに熱心になるということがないのかもしれない。いずれにしても、この国の女どもは現在のことと明日のことにしか興味がないと見えて、歴史と言えば、数千年前からこの地に人類が自然に住みついて、以後戦争も革命も内乱もなく、自然に文明が進歩して今日に至ったという子供騙しのような話が教科書に載っていて、余りに単調な話なので誰も歴史に興味をもたないのです。歴史の試験と言えば歴代皇帝と歴代首相の名前を覚えさせる位しかすることがない」

「なんとも貧寒とした歴史ですね。そんな不自然な話に疑いももたずに満足していられるのは不思議なことですね。モノカミ世界では逆に、モノカミによる世界創造の話から始まって、人類の堕落と苦難と最終的な救済に至るまでの紆余曲折を面白いドラマ仕立てにしたのが歴史というもので、歴史即モノカミ教史です。とりわけドラマティックに書かれているのがモノカミ教の全世界制覇の偉業に至るまでの『悪魔帝国』との苛酷な闘争、モノカミ教徒の英雄的な戦いのところですが、この最終世界戦争の結果、今からおよそ千年前に全地上にモノカミの永遠の楽園が実現した、ということになっています」

「それも壮大にして意図的な作り話ですな。しかしモノカミ教団の指導者といえどもその話を額面通りに信じているわけではないでしょう」

「それはどうですか、なんとも言えませんね」とPは慎重に答えた。「私自身は正直なところ信じてはいません。かと言って信じているかどうかを問いつめられるということもありませんし、その点は教団のお偉方も同様ですから、御質問に対する答は御本人にしかわからないわけです。世界の始まりとか生物の発生と進化とか、それに人類の登場とかについては世界論、進化論、人類学等々の、どちらかと言えばいかがわしいとされている学問があって、いろんな説を出しています。これはすべて仮説と呼ばれていて、文字通り仮の説、モノカミの真理に取って代わるものではないが暫定的に呈示することを許されている愚かな思いつき、という扱いを受けています。それによりますと、この宇宙は今から百五十ないし二百億年前に一大爆発によって開闢《かいびやく》した、ということになっていて、その後宇宙は膨脹を続けながら無数の星を生み、星の集団である銀河系、その銀河系の一つに属する太陽という星とそのまわりを回転する惑星からなる太陽系などができ、さらにその太陽系の惑星の一つである地球、すなわちこのモノカミ世界ができると、今から二、三十億年前に地球上に自己維持的で自己増殖的な物質のシステムが誕生した。これが生物ですが、この生命のシステムはその単位である細胞の中の核の中に、自らの設計図とも言うべきものをある物質の構造という形で書きこまれていて、それが外界の変化に応じて部分的に変更を蒙りながら数万、数十万という時間をかけて変化することで、次々に新しい生物の種が登場してくることになる。進化論というのはここのところを説明する仮説ですが、とにかくそんな気の遠くなるような過程を経て、今から百万年から三百万年の頃《ころ》に人間の祖先と言えるような動物がサルの仲間の中に出現して直立歩行を始めた。それが急激な脳の発達とともに言語を獲得し、数万年前に今日の人間とほぼ同じものがこの世界中に広がった。そこからあとは人間の歴史の話になって、その時間の経過はほんの一瞬のようなものではありますが、何しろ余りにも多くのことが記録に残されるようになったために、これを詳しくお話ししていては私の寿命が尽きてしまいます。私の考えでは、『神聖契約書』に語られている人間の歴史は人類の歴史のごく一部をモノカミ流に拡大して見せたもので、さらに言えば、モノカミ教団の世界制覇を反映させた物語になっていると思いますね」

トライオンはテーブルの向こうに、その短軀には不釣合いな堂々たる顔と上半身を銅像のように据えてPの話に聞き入っていた。Pとしては大学の教養課程で聴講した科学史その他の知識を少しばかり動員して素人向きのごく雑な話をしたにすぎなかったのであるが、相手はこれだけの話からもPの想像を絶するほどの啓示のようなものを得たらしかった。トライオンはしばらく腕組みをして沈思黙考していたが、その腕組みを解くと、例の「破顔一笑」という表情で座り直した。急に背が高くなったように見えたのは椅子の上に足を折って座ったからであるらしい。

「いや、大変面白いお話を聞かせていただいて、これまで体の中に無理やり入れていたバネがはじけて飛んだような具合ですな。あるいは謎が解けてみると余りにばかばかしいことで脳の配線が一斉に切れてしまったような、と言うべきか」

「私の話で何かヒントになることがありましたか」

「詳しい話はまたいずれ必要に応じて伺うことにして」とトライオンは温雅な微笑に包まれた顔に返って言った。「大筋はわかりました。で、私の考えていた仮説がほぼ正しかったこともこれでわかったということですな」

「その仮説というのを是非お聞かせ下さい。アマノンの歴史上の決定的な秘密の鍵穴に合う鍵が見つかったということですか」

「そういうことですな。先程も申し上げたように、アマノンには歴史らしい歴史というものはない。それは近い過去から次第に遠い過去へと正確な記録のページをめくっていくと、あるところではなはだ都合の悪い大事件にぶつからざるをえないから、そうならないように、その大事件以後、正確にして詳細な記録というものは公私ともに残さないでいこうという合意ができあがり、また肝腎のその事件については、なかったことにして忘れる、という努力が意識的に続けられてきた。その結果、歴史は雨晒《あまざら》しにされてぼろぼろになって土に帰した古新聞の束同然の、判読不可能なものになって、今ではもはや誰も関心を示さない。ところで、私はこれまでその朽ち果てた記録の中から辛うじて読めるものを探して読みとる努力を続けてきましたが、それを数十年にわたって執拗に続けるうちに、想像力の異常な発達があったと見えて、次第に一つのもっともらしい物語が浮かび上がってきた。その要点を列挙すると、大体こういうことになる」

そう言ってトライオンは箇条書き風に次のような説を示したのである。

一。アマノン人を含む人類一般の歴史について、アマノン人はほとんど何も考えていない。人間は無限の大昔から存在していた、ということで、人類の起源を説明する進化論のようなものが求められたこともなかった。人間の行列が無限の過去の霧の中から次第に姿を現して無限の未来の彼方に消えていく、というのがアマノン的な歴史観である。

二。アマノン人の歴史は、残された証拠からする限りではせいぜい千年程度しか遡ることができない。それ以前のアマノン人の歴史、アマノン人の人種的な起源、系譜等については何もわかっていない。というよりその種の問題についてはこれまで一切触れられなかった。そこでアマノンの歴史教科書では、この千年を過去の方へと引き延ばしてその始まりを曖昧模糊たるものにして、アマノン国は世界の開闢以来変わることなくこの地に存在してきたかのように記述されている。

三。約千年前に次のようなことが起こったものと推定される。

この頃、世界的な規模の大戦争が起こった。

アマノン国は戦争に負け、ないしは侵略を受けて（こちらの可能性の方が大きい）、某国の属国となった。その後百年ほどの間にアマノン人の約三分の二はその某国に連れ去られ、奴隷的な境遇の下で強制労働に従事し、やがて死に絶えるか混血を繰り返すかして、かの地で消滅した。

アマノン国に残った少数のアマノン人は、いまだに解明されていない大異変を機に、すでに某国の支配下に入っていた世界から、なんらかの方法によって集団で脱出し、別の世界に逃げこんで新しいアマノン国をつくった。この建国は今からおよそ千年前のことである。

四。この新アマノン国は、象徴的に言えば、旧世界から陥没した穴に続く巨大な地底の空洞の中につくられており、当時の科学技術の粋を集めて、快適な生活ができる人工的な環境に改造され、強力なバリヤ（今日ではその正体は不明）によって旧世界からの侵入を遮断し、完全な鎖国状態を保ってほとんど変化のない単調な繁栄を維持している。アマノン人の見ている太陽は贋《にせ》の、つまり人工の太陽であり、空に星はなく、自然の風景と見られるものもすべて人工的に設計され、造成された一種の庭園である。

五。建国初期の困難な事情のためか、あるいは集団脱出の際にすでにそうなっていたのか、アマノン国ではやがて男女の人口比率に大きな差が生じた。女の数が圧倒的に多くなり、男の数は、ついには精子の供給者として必要な最低限にまで減少した。人口、男女の出生比率などは国の厳重な管理下におかれ、受精は原則として人工受精・人工子宮を用いて行なわれることになった。

六。アマノンの女は妊娠・出産という女本来の役割を失い、男に代わって労働し、政治・経済・行政等々あらゆる分野でかつて男が担当していたことをことごとく担当することになった（この点についてはすでに前日トライオンからかなり詳しい説明があった）。

七。アマノンの国制は奇妙な君主制で、恐らくは旧世界時代の旧アマノン国から持ち越したらしい王室を建国以来保持して今日に至っている。代々の王はなぜか年齢不詳の老人で、あるいは不死人間に属するのではないかとも考えられているが、アマノン国民はこの王の存在をほとんど忘れており、年に一度、王の誕生日に首相以下閣僚が揃って表敬訪問する以外は、その姿を見るものもない。

八。かつて、今からおよそ三百年前、外の世界から侵入者ないしは公式の使節がアマノン渡来に成功し、王に謁見《えつけん》したという記録が残っている。しかしその真偽や詳細についてはほとんどわかっていない。

「お話を伺えば伺うほど、なんとも変わったお国だと思いますね」

Pは大きく息をつきながらそう言ったが、Pにもまして興奮しているのはヒメコのようだった。

「先生は、著作集には今のようなことを難解な学術論文の形で、しかも断片的にしかお書きになっていらっしゃいませんけど、只今のお話でいろんなところが嵌《は》め絵《え》のようにつながって、私にも初めて全体の姿が見えてきました」

「でもね、余り喜んではいけませんよ」とトライオンは少し勿体をつけるような調子で言ったが、ヒメコの傾倒ぶりは満更でもなさそうな様子だった。「何分確たる証拠はないのでして、すべては私の妄想にすぎないのかもしれない。今回パードレとお会いすることがなかったら、私の著作集は妄想と繰り言を集めた瓦礫《がれき》の山として片づけられる運命を辿ったにちがいありませんな。しかしパードレのお話には、幸いにも私の仮説と符合するところが多々ある。約千年前の世界的な規模の大戦争というのは、モノカミ教徒と『悪魔帝国』とやらの最終世界戦争と言われたものに当たるようだ。某国と先程呼んだのがモノカミ教国であったことは申すまでもない。ただし『悪魔帝国』がわがアマノン国であったとは考えにくい。多分それは、アマノンを含む非モノカミ教国連合の盟主であった某大国を指すのでしょう。アマノンはその同盟国としてともに世界戦争を戦って敗れたか、あるいは個別に侵略を受けて占領されてしまったのか、とにかくモノカミ教国に併合された。その後まもなくモノカミ教徒は全世界を手中に収めた。想像するに、あなたの御先祖たちは、モノカミ教を受け入れるか、戦車の蹂躙《じゆうりん》に甘んじるか、という二者択一を突きつけながら、軍事的にも宗教的にも世界征服を果たすわけです」

「私どもの『神聖契約書』の『聖戦記』には、その間のモノカミ教徒の戦いぶり、というよりすさまじい殺戮《さつりく》ぶりというべきものが、微に入り細を穿《うが》って書かれているのでして、多少の誇張はあるかもしれませんが、まあ大筋においてこれに近い事実があったものと考えなければならないでしょう。この聖戦の時のモノカミ教徒の指導者はヨッシャと呼ばれています。ヨッシャがモノカミから受けた命令は、アマノン語に訳しますと、『私はお前とともにいる。今後お前の言葉が私の言葉となる。誰であれ、お前の言葉に背き、お前の命令に従わぬ者はこれを殺せ』というような内容のもので、ヨッシャはこれを忠実に、しかも決然と実行に移していくのです。後世、この驚くべき実行力を『ヨッシャ・ヨッシャ』と言うようになったほどですが、とにかく、ヨッシャに率いられたモノカミ教徒の軍勢は、怒れる大蛇《だいじゃ》の如く世界大陸の奥深く進撃し、行く先々で抵抗する異邦人を殺し、火を放って町を焼き払い、あるいは死骸を石の下に埋める、といった具合で、要するに殺戮の限りを尽くします。こうして怒れる大蛇は世界大陸をその腹に収めたのちに、今度は八つの頭を生やして八方に火を噴いて進み、世界大陸の周辺の島に散在する敵をもことごとく撃ち滅した、というのです。この話を延々と書いてある『聖戦記』をよく読んでみると、皆殺しと言われているのは、実は男、特に成人の男はいかなる場合も全員殺された、ということらしい。女と子供は時に奴隷にした、という記述がありま す。それに、孕んでいる女は殺し、そうでない女はモノカミ教徒の男の持物とした、とも書かれている。私はここのところに重要なヒントがあるような気がするのです。つまり、アマノンの男のほとんどは、この『聖戦』の際に殺されてしまったのではないか、現在のアマノン国は、生き残っていたアマノンの女が、その後、おっしゃるようにモノカミ世界を脱出して、地底の奥深くに自分たちの国をつくったものではないか。これが今思いついた私の仮説です」

「なるほど」とトライオンは腕組みをしたままうなずいたが、それについては次のような説明もできるのではないかと言った。「つまり、これはアマノンの神話ともいうべき古い伝説の断片から推定できることですが、そこにしばしば出てくるエピソードに、アマノン人の祖先とおぼしき人間が神に捕えられて割礼を受けるという話がある」

「その割礼と申しますと？」とPが訊いた。

トライオンはそれについて説明してから、

「ということで、私が知る限りでは、古代人はこれをやっていたというし、未開民族の一部には今でもこの風習があるらしい。もっとも、現代アマノン人は勿論割礼とは無縁です」

「思い出しました。古代モノカミ教徒はその割礼をやっていて、『聖戦記』でも、ヨッシャに率いられたモノカミ人たちが互いに割礼を施すところが出てきます。しかしモノカミ教徒が異民族に割礼を施したという話は聞きません。それはひょっとすると」と言いかけてPは言葉に窮した。これは口に出すのを憚《はば》かるようなことだと思ったからである。

「私も実は同じことを考えていたのでして」とトライオンが言った。「割礼というのは言葉を取り違えてそう書かれているのであって、その意味するところは実は去勢、つまり男性性器の切除ということではなかったか、ということです。アマノン人は、ある時、神に捕えられて、家畜のように去勢された。それが間違って、皮を切開するだけの割礼にされてしまった」

「それなら辻褄が合います。『聖戦記』には、ヨッシャの軍勢が征服した町で、男子を皆殺しにする代わりに、しばしば去勢したということが出てきます」

「アマノン人の男は、モノカミ教徒の手で殺されるか、さもなければ去勢されたらしい。去勢手術を受けてラオタンになるという風習がいまだに残っているのも、このあたりから続いてきた伝統とも関係がありそうですな」

Pは昼過ぎにトライオン邸を辞去する予定になっていたので、トライオンはここで少女のサバントを呼ぶと、朝の食事の終わりが昼の食事の始まりに自然に連続するように手配することを命じてから、急にいずまいを正した。

「今日はもう余り時間がないので、いきなり核心に入らせていただきますが、これからパードレはアマノン国でどういうことをなさるおつもりかな」

「私も同じようなことをお尋ねしたいのですが、博士の思想の矢は結局何に向けられているのか、つまりはひそかに革命のようなものを構想していらっしゃるのではないか、ということです」

「革命ですか」とトライオンは無造作に言った。「私にとっては妄想と同義語ですが、妄想に耽《ふけ》ることは勿論ありますよ。私のこの妄想が御想像いただけますかな」

「例えば、これは私の方の妄想を申し上げることになりますが」とPは意味深長な笑みを浮かべて言った。「革命とはアマノンを、大昔のような普通の国、つまり男がいて、男が支配する国に戻すこと以外にないでしょう。大体、どんな革命もその本質は復古にあるものですから」

「お説の通りですな。それからもう一つ」

「もう一つは」とPは言いかけたが、こちらの方は自分の口から言うのは適当ではないように思われて、そのまま言葉を呑みこんで考えこむふりをした。

トライオンの方が話を続けた。

「この革命の目的は、国内では男女の大逆転、それにもう一つ、今はモノカミ教徒が支配する表の世界、本物の太陽が照っている世界にアマノン人が復帰することですな。早く言えば、われわれアマノン人が穴から這い出て、モノカミ教徒の覇権に抗して戦争になるのか交渉になるのかわからないが、ともかく地上の世界にアマノン人の場所を確保する、ということです」

「言ってみれば、アマノン革命には国内的局面と国際的局面とがあるわけですね。そして多分、国内的局面がまず先行し、その後に国際的局面が続く、という二段階型の革命になりそうですが、ユミコス首相が御執心の例のインタ化なるものは、この第二段階と何か関係でもあるのですか」

「ありません。首相は本当のことは何もわかっていない。第一段階の『オッス革命』なるものについてもです。ただ、首相は私の説の一部を聞き齧《かじ》って、何やら国際化を進めなければならない、外の世界との関係を復活させなければいけない、という思いこみでのぼせ上がっている、といったところですな。外の世界の存在を理解しているだけでも現首相は出色の人物ではある。しかしわかっているのはせいぜいその辺止まりだから、首相自身はインタ化なるものを他人にうまく説明することができない。私もこの革命、いや妄想のことを首相に詳しく説明したことはない。説明してどうにかなるというような話でないことは、パードレにはおわかりいただけるでしょう」

「わかります。ところで問題は」とPは話を具体的にしようと努めることにした。「その革命の第一段階だけでも端緒を見つけたい、ということでしょうが、これがまた、まことにむずかしい。博士はどんな戦術を考えていらっしゃるのか、お聞かせいただけると有難いのですが」

「残念ながらそんなものはありません。だから私のは妄想だと申し上げた次第でしてな」

「今私が考えているのは、モノカミ教の布教を通じて『男性化革命』、あるいはおっしゃるところの『オッス革命』の条件をつくることです。これはまだ私自身細かい点までは考えていないのですが、モノカミを男神に仕立てて私が地上の世界に派遣されたその息子という御膳立てで布教を始める。つまり私は強大な力をもった男そのものとしてアマノンの女に臨む。いや、今は働き蜂、働き蟻の如き存在となって本来の女の性を忘れてしまった女どもに、女であることを思い出させるのです。したがってこれは『男性化革命』であると同時に、半面では『女性化革命』でもある。両方を合わせて言えば、これは『有性化革命』、性を復活させる革命ということになります。ではいかにして女を女にするか。今のところ、私の基本方針は、アマノンの女に身をもってセックスを教え、その快楽を覚えこませる、ということで、何しろ、こうしてほとんど女ばかりの国に来てしまった以上、そうするのがきわめて自然なことのようにも思われるわけです」

「見上げたお方だ」と言ってトライオンは溜息をついた。「私もかつてそれと同じことを妄想したことはある。しかしそれはあくまでも妄想にとどまって、私自身はそんなことをいささかでも実行する気にはなれなかった。パードレのように、驚くべき精力と無謀にも近い突撃精神、さっき何とかおっしゃったやつ、そう、『ヨッシャ・ヨッシャ』の精神で頑張るというようなことは、私のような老骨には想像もできない」

「そうはおっしゃいますが、昨日お見受けしたところ、博士の男性的象徴はまことに雄大にして風格がありました。それに、お年を召していらっしゃることは私などに真似のできない威厳の源泉にもなります。正直なところを申し上げますと、モノカミの布教には本当は博士のような威厳と強さを兼ね備えた老聖者を先頭に立てるのが普通ですし、またそういう老聖者と逞《たくま》しい男の弟子と若い女の弟子、この組合わせで布教に臨んだ例が一番成功しています」

「パードレは見かけによらずしたたかなお人だ。この私を、利用できるものなら利用しようという熱意には脱帽ですな」

「お褒めに与《あずか》ったのか皮肉を頂戴したのかわかりませんが」とPは動揺も見せずに笑いながら言った。「私はそれほど熱心なわけではありません。例の『ヨッシャ・ヨッシャ』の精神などは私とはもっとも縁の薄いものでして、私は、万難を排して頑張るとか、命を捨ててでも目標に突進する、といった真剣さに欠けるところがあるようです。現にここへ来る前にも指導教父にそのことで厳しい注意を受けた位ですから、私はモノカミ宣教師の理想からはかなり遠い人間であるらしい。その代わり、と言ってはなんですが、これからの布教については、私が一番効果が上がると判断する方法で、むしろ自己流でやらせてもらうつもりです。教化の目的でならアマノンの女と交わることもありうる、という点は教団の承認も得てあります。で、要するに私は自分の好みに合った、自分の満足できるやり方で布教を進めたい。そこで、博士に直接の御協力を仰ぐことまではあてにしないとしても、私流の一見突飛に見える布教の仕方をしばらく我慢して大目に見ていただきたい、ということ、できれば博士を通して首相にも理解をいただけるよう、お口添えをお願いしたい、ということです」

「われわれ共通の目的の実現に役立つものである限りにおいて、最大限の理解を示すように努力しましょう」とトライオンは言った。「当面の目標は『オッス革命』ですな」

「そういうことになります」

「では美酒も来たようだからわれわれの妄想の前途を祝して乾杯と行きましょう」

「妄想がかならずしも妄想でなくなる日のくることを念じて、乾杯しましょう」

「ヒメコも乾杯してくれるかな」

「何しろ面白そうなことですから、私も加えていただくことにして、乾杯」

ヒメコも熱くなった魚のような目を輝かせて、黄金色の日溜まりのような酒を一息に飲みほした。

「ヒメコには重要な役を受け持ってもらうことになりそうですな」とトライオンが言うと、Pもうなずいて、

「その通りです。モノカミ教には『巫女《みこ》』というものはありませんが、先日、アマノンの古い宗教を調べている時にこの巫女の存在に気がつきまして、これを使うと案外面白いのではないかと思ったのです。モノカミ、あるいはその息子というふれこみの私から、肉の交わりを通して神の言葉を受け取り、脱我の状態に陥ってその言葉を第三者に伝達する。また、巫女の手や口を使ったある種のサービスによって、信徒、第三者を忘我の状態に導くのも信徒を獲得したりつなぎとめたりするのに有効な方法かもしれない」

「パードレの構想力には脱帽しますな」とトライオンは言った。

「いや、まだほんの思いつきの段階にすぎません」

「それにしても、肝腎の巫女はヒメコ一人では間に合わないでしょう。巫女なり高弟なり、パードレの手足となって動く別格の信徒団が必要です。これを獲得するのが最初の難事業だ」

「その点についてはは割に楽観的なんですが」

「何か秘策がおありのようですな」

「秘策というほどのことではなくて、もっと簡便、安直な手を考えています。つまり」とPは

当たり前のことを説明する口調で言った。「アマノンの面白いところはどんなサービスでもマネを出せば得られるということで、私としては必要とする人材はサービス会社に注文して調達することを考えているんです。幸い私はほとんど無制限に使えるマネをもっています。で、相当なマネを投じて集めたサバントに巫女、幹部信徒その他の役を演じてもらいます。さらにそのまわりの信徒の集団も、必要とあればサービス会社から調達すればいい」

「するとみんなサクラなんですね」とヒメコが嬉しそうな声を上げた。

「何ですか、そのサクラとは」

「トライオン先生の著作集に出てくる古代語ですけど、大道商人が物を売る時に客のふりをして真先に買ったりして客の買う気を掻きたてる仲間のことです。パードレの方針はマネを払って信徒のサクラをつくろうということでしょう」

「なるほど、サクラですか」

トライオンも半ば呆れ、半ば感心した様子でうなずいた。

「それが一番手っ取り早くて確実な方法ではないかとかねがね思っていたんですが」とPは真面目な顔で言った。「街に出て辻説法をするのも、教会にいてやってくる人をつかまえて信徒にするのも、気が遠くなるほど迂遠《うえん》なやり方で、そんなことでは短期間にアマノン全国の女に布教して所期の成果を上げることはできないでしょうから、郷に入っては郷に従えとかいう諺の通りに、アマノンではアマノンにもっともふさわしい布教方法を考えようというわけです」

「あり余るマネを投入すること、そしてサクラを動員しようということはわかりましたが、そこから先の具体的な戦術はどうですかな」とトライオンが訊いた。

「サービス会社とも十分相談はしますが、今のところテレビを大いに活用したいと思っております。例えば、各種の儀式はすべてテレビの番組を買い取って放映する、といった手が使えるのではないでしょうか。私の説教についてもテレビにふさわしいスタイルを工夫するつもりです。実はこういうことを思いついたのも、アマノンに着いて最初に連れていかれた漁師の家でテレビの前に座っている子供を見た時に、なぜか祭壇に向かって礼拝しているような気がしたことがきっかけになっています。あれがある種の祭壇なら、そこに私が姿を現してもいいではないか、そうすれば多数の人に同時に姿を見せることもできる、という次第でして」

「御成功を祈ります」

トライオンはそう言ったが、先程から次第に口が重くなり、顔に沈鬱な色が漂いはじめたのは、さすがのトライオンもいささか疲れが見えてきた証拠かと思われた。昨日から延々と続いた対話だけでも高齢のトライオンには相当な負担にちがいなかったし、おまけに相手は昨夜のPとヒロコンとの壮絶な肉弾戦を遠隔監視装置とやらで熱心に見ていたとすれば、その興奮と睡眠不足が疲労に拍車をかけることになる。Pはそろそろ辞去する頃合だと判断してトライオンに鄭重に挨拶し、特にアマノン史の秘密、アマノン国の女性支配の秘密について詳細な知識を提供してくれたことに感謝を表してから、今度は地下を走る特別高速列車で帰途に就くことにして、タイザン山荘をあとにした。トライオンは門のところまで送ってきたが、別れ際に、必要が生じた時はいつでもこの山荘まで来てくれるようにと言った。そしてPとヒメコが駅まで行く自動運転車に乗りこむ時に、挙手の礼に似た挨拶を送ってきたのでPも思わず同じような礼を返した。

特別高速列車が長い芋虫のような形をして近づいてきた。全体が不思議な光芒《こうぼう》を放っている。中は半透明のカプセル状の個室に分かれていて、Pとヒメコは特等の二人用の個室を取った。中に入ると、二つ並んだ座席は半ば仰臥《ぎようが》の状態で体を包むような具合で、濃密な空気がその体をさらに抑えこんで座席に固定する感じになる。

「なんだかお棺の中に入ったみたい」と言いながらヒメコは上半身をねじってPの胸に顔を寄せてきた。

「座席が分かれてなければ、ぼくの腕枕《うでまくら》で寝られるところだが」とPが言うと、ヒメコははね起きて、

「それならダブルの寝台付き個室があるはずよ」と言って、すぐさま車内電話で車掌と交渉した。まもなく車掌がやってきて案内してくれたのは、特殊な素材でできた、中の見えない個室で、大きな楕円形の二人用寝台がおいてあった。

「なるほどね。これなら二人で抱き合って眠れる」

「どうぞごゆっくり。トキオに着いたら電話でお知らせしますから」と言って車掌が出ていく

と、ヒメコは上着を脱いで寝台に上がった。Ｐもそれに倣った。そしてヒメコの頭の下に左腕を差し入れ、それから頭を引き寄せて、震えている長い睫やかすかに薔薇色を帯びた陶器のような頰を拡大して眺め、繊細な果肉に似た唇に挨拶代わりのキスをした。ヒメコは抵抗の気配も見せず、キスに対しては、これも心のこもった挨拶のように自分から唇を押しつけて応えた。

「どんな気分？」

「とてもいい気分。あなたは？」

「君の父親になったような気分だね。大きくなった娘と添い寝している感じだ」

ヒメコは口を尖らすようにして考えている。

「父親と言っても、君たちアマノンの人間は自分の父親を見たこともなければ、無論、一緒に暮らしたこともないわけだ」

「そうなの。そうなんだけど」とヒメコは考えながら言った。「父親と一緒にいるって、こんな感じになるものかしら」

「こんな感じって？」

「安心できるようで、でも何か怖いことをされそうで、どきどきして……」

「別に恐ろしいことをするわけじゃない。何もしない」

「何をされてもいいけれど……でも、よくわからない。モノカミの方では父親は娘にどんなことをするの」

「小さい時にはこうやって一緒に寝ることもある。しかし娘が大きくなるとそんなことはしない。いや、してはいけないことになっている」

「なぜなの」

「昔のアマノン語では近親相姦とか言ったらしいが、父と娘、母と息子、兄と妹、姉と弟というような近親の間ではセックスをしてはいけないというタブーがある。少なくともモノカミ世界には厳然としてそれがある」

「ああ、インセスト・タブーのことね。その言葉ならトライオンの本にも出てきたけど、前からその意味はよくわからないままでいたの。でも今のアマノンでは父親も兄も弟も実際にはいないわけだから、その近親相姦の心配はないわけね」

「第一、男女のセックスということが表向きはありえないんだからね」

「私、パードレに父親になっていただこうかしら」

「では、と言ってなれるものではないさ。モノカミ世界では法律上の親子関係、つまり養父と養女の関係を結ぶことはできるがね。勿論アマノンではそんな制度は意味がない」

「それなら父親と思ってみることにしよう。父親のことはなんと呼べばいいの」

「古いアマノン語では、『父上』、『お父さま』、『お父さん』、『とうちゃん』、『パパ』などいろいろあるが、君が使うとしたら、『パパ』あたりがいいんじゃないかな」

「『パパ』ね。いい感じだわ。『パードレ』よりも断然いいわ。これからはパパと呼ばせていただきます。そうすれば、秘密の符牒《ふちょう》みたいで、ほかの人にはなんのことだかわからないだろうし」

「確かに、ぼくの方も悪い気はしない」とPは言いながらヒメコの髪を撫でた。「ただし、そう呼ばれたからと言って君の父親になったわけじゃないからね。父親も娘の髪を撫でる位のことはするが、ぼくの場合はセクレとしてのヒメコにいろいろなことをするわけだ」

「わかってます。要するに愛人としての私に、ということでしょ」

「その愛人という言葉を君は平気で使うが、ぼくの方は聞く度にぎくっとするね。君は本当にどういうことだかわかって使ってるのかな」

「それはパパがわからせてくれなければ」とヒメコは意味ありげな笑いを浮かべて逃げた。

「時期が来れば教えてあげるよ」

「私、眠っていい？　トキオまで一時間少々だけど」

　そう言うとヒメコはPの腕の中で体を丸めて、まもなく小さな寝息を立て始めた。

第十二章　ミヤコスとの一夜

第二回の「インタ化調査委員会」が開かれた。委員長ホーカノンの名で二週間ほど前に案内状が来ていたので、Ｐも第一回に引き続き出席した。今度は外部から招聘された参考人の「インタ化の歴史的展望」と題する話を聴き、質疑応答と「フリトキ」があり、Ｐには一、二度発言する機会が回ってきただけで、委員会はすぐに終わった。ホーカノンから、次回も別のテーマでヒアリングを行なうという日程の説明があって散会したあと、出席していた官房副長官がＰを呼びとめて、折り入って相談したいことがある、と言う。

「いいですとも。よろしければどこかで一杯やりながら」とＰが応じると、官房副長官のミヤコスは、その「美貌」と形容してもよい顔に、明らかな喜色を浮かべた。

「有難う。それじゃ、お言葉に甘えることにしよう。ただし、このトキオ会館では人目について感心しないね。あなたさえ構わなければお宅にお邪魔した方がいいかもね」

「こちらはいっこうに構わないよ」とＰも口調を合わせた。

「相談と言ってもぼくの一身上のことでね」

ミヤコスにはいくらかはにかんだ様子が見えた。この時Ｐは改めて気がついたのであるが、ミヤコスは平均的なアマノン人、つまりアマノンの普通の女よりもかなり長身の方で、政府高官を始め会う人間のほとんどを男だと思いこんでいた以前の頃とは違って、それがことごとく女だという例の事実を知ってみると、この金縁の眼鏡をかけたミヤコスはなかなか知的な美貌に恵まれた魅力的な三十代の女だった。そしてPは一瞬、自分がアマノン国にいることを忘れて、相手を自分の家に連れていった時に期待できなくもない男と女の交歓を想像して気もそぞろになるという、久しくなかった経験をした。と言っても相手は政府高官であるし、他のインテリート同様、見事なほど中性化していて、そもそも女としての意識は皆無であると考えられる。Pは慌てて頭の妄想の雲を吹き払った。

ミヤコスに限らず、政府高官がPの家に来たのは勿論これが初めてである。Pは早速最上の酒を出させて歓待する用意をしたが、ミヤコスはその席に出てきたヒメコの方に気を奪われたようだった。

「この前、総理の昼食会に連れてきていたセクレとは違う子ね」

「よく覚えているね。実はあの時のはサービス会社から臨時に調達した子で、これが私の本当のセクレだよ。ヒメコという名でね」

「ヒメコね。総理御自慢のマリコに匹敵するね。いや、ぼくの好みからするとこっちが上だな」とミヤコスは羨望の調子を隠そうともしなかったが、Pは今や相手が女であるのを承知していることもあって、露骨に物欲しげな態度を取られたとしても余り気にはならなかった。

「あの時あなたはマリコをアマノンで見た屈指の美人だと言ったよね」

「屈指と言ったけど、正確には指を二本折りたいところだとも言ったよ。その二本のうちの一本がこのヒメコだというわけ」

「そういうわけね。ぼくも覚えている」と言ってからミヤコスはヒメコの顔をしげしげと眺めたが、気を取り直したように、いきなり本題に入った。「単刀直入に言うと、実はあなたのところで働かせてもらいたい、という話でね」

「しかしあなたは官房副長官という要職に就いているじゃないの。まさかそれを辞めて、という話じゃないでしょう」

「それがそういう話なの」とミヤコスは平静な顔で言った。「いずれにしてもぼくは近く辞めようと思ってるの。これはいろいろと計算したあげくのことで、衝動的に決めたんじゃない。ユミコスは総理の任期をあと一年残しているけど、今が二期目で本人は三期目を目指しているが、まあ言って見ればあの人はいつ沈むのか先が見えた船みたいなものじゃん。最後までお付合いして船と一緒に沈むのはかなわないってわけよ。ぼくはまだ若いし、将来地位とマネと両方手に入れるためには、この辺で一度ユミコスのところを離れた方がいいと思うのよね。特に、マネの方は今のうちに大いに稼いでおきたい。そこで物は相談だけど、あなたのところでマネジメでもやらせていただくのはどうかしらと思ったわけ」

「でも、そのマネジメって何ですか」とPはミヤコスの馴々しいしゃべり方にいささかうんざりしながら訊き返した。

「正式にはマネジメントだけど、要するに、あなたの事業を推進していくにあたっての全体的な戦略構想の立案から対外的な交渉、人事面を含めた対内的な統括まで、一切をあなたに代わって担当する仕事を指しているの。あなたは事業の出資者であり、株式会社モノカミ教団のオウナであり、また教祖と言うか神官と言うか、モノカミの代理人と言うか、そういう特別の役目もあるからね。マネジメにはやはり専門の人間を当てた方がいいと思うのよ。ぼくは官房副長官に任命されるまで広告宣伝会社の副社長をしていたの。それであなたの事業のマネジメをやらせてもらえば大変役に立つ人間だという自信があるのよ」

「なるほど、それは願ってもない話だね」とPは言った。「あなたのような有能な方にそのマネジメとやらをやっていただけると私も心強い。大筋においてあなたの売込みを素直に受け入れてもいいと思う。ただ、その前に二、三確かめておきたいことがあるし、こちらの条件もある」

「結構よ。何でも率直に答えるし、ぼくの方の条件も言わせてもらうから」

「それではお訊きしたいが、あなたは私の事業についてどんなことを誰から訊いて知っているの」

「事業の内容について、具体的なことは知らない。でもモノカミ教の布教活動であることは誰に訊くまでもなくわかっているし、ぼくの判断では、その仕事の性質は広告宣伝と基本的には同じだと思う。だからこそぼくの出番だと考えたわけ。ああ、それにあなたが布教事業に莫大なマネを投入して従来の宗教のスタイルとは違った現代的なスタイルでやろうとしていることは総理からも訊いてる。総理のところへはトライオンから報告があったらしいよ」

「で、総理はあなたが辞職して私のところに来ることを承知なの?」

「勿論よ。その件ではもう総理の内諾も得てあるから安心していいよ。実は総理自身も、近い将来総理の職を退いたあとは、名誉顧問か相談役のような地位に就いてあなたの事業を側面から支援する役を引き受けてもいいという意向をもってる位なの。首相引退後のビジネスとしては悪くないからね。それにあなたの方としても、前首相を顧問に据えることは悪い話じゃない。お互いに得になる。そういう話でなければぼくはここにもちこんだりしないよ」

Pは聴いているうちに、頭のいいことは認めてもいいけれども、いたって単純で無邪気な子供を相手にしているような気がしてきた。それは例のピップ特有の舌足らずのようなしゃべり方のせいかもしれなかったが、事実上女だけで成り立っている社会では成熟ということがないか、あるいは幼児段階のままでのある種の成熟しか起こらないのか、そのどちらかにちがいない。Pはそんな仮説を立ててみたが、相手はヒメコの注ぐ発泡酒を飲みながら、新しい雇い主になる人間を前にしてひたすら真剣な態度を崩さないでいる。Pはその態度を好ましく感じたので、手を差し出して握手を求めた。予想した通り、柔らかくて骨の細い女の手だった。

「有難う」と言いながら立ち上がったミヤコスをPはそのまま引き寄せて、ごく自然に抱擁していた。そして背中を軽く叩き、さらに両頬にキスしてみたが、相手は堅くなったり抵抗したりする気配は見せなかった。あくまでもモノカミ流の儀礼的な抱擁だと思っているらしい。

「有難う」とミヤコスはもう一度繰り返してから、腰を下ろした。「ところで、先程おっしゃった条件ってどういうことなの」

「マネジメの仕事のほかに、あなたの体を使って私の楽しみのお相手をしてもらいたいということだ」

「何かスポーツのようなことなの」

「まあそんなところだね」

「上手にできるかどうかわかんないけど、お相手ならしてもいいよ」とミヤコスは簡単に言った。「ただし契約書にはそのことも明記しておいてほしいね。あとでトラブルになるとまずいからね」

それからPはミヤコスの希望する条件を訊いてカガノンに書き取らせたが、常軌を逸した要求でもなさそうだったし、契約金や報酬など、大枠ではミヤコスの希望に合った線での契約が成立する見通しだった。正式の契約は他日を期することにしてその日はそれからミヤコスを晩餐の席に招いてよもやま話をしたけれども、Pは布教の構想についての具体的な話はしなかったし、ミヤコスも今のところそれには関心を示さなかった。話は政府の内情に関係したことや高官たちの噂、それについての論評などに終始した。

「どちらかと申せば口の軽い方のようでございますな」

ミヤコスが帰ったあと、カガノンはそんな感想を洩《も》らした。

「なかなかの話好きではあるね」

「あの方はユミコス首相の若い頃のセクレだったと言われていますが、どうやら首相を見限った、というのではないにしろ、その下を離れてパードレに乗り換えようという魂胆ですな」

「それはそれでいいさ」とPは言った。「いずれまた機会があればどこかへ乗り換えていくだろうし、こちらとしてはあの男、いや、あの女が有能で役に立ってくれればそれでいいわけだ。それとも、昔ユミコスのセクレだったというなら今度は私のセクレになってもらうわけにはいかないものかね。あの年でセクレというのは世間で例のないことだろうか」

「ないこともございませんが」とカガノンは奥歯に物のはさまったような言い方をした。

「ミヤコスはまだ三十代の前半だろう。若いじゃないか」

「しかしまともなピップのセクレとなると十代が中心、せいぜい二十代の前半までがいいところでして、それ以上の年齢のセクレをもっているというのは尋常ならざる好みの人間だと見られる。十代の時から引続きセクレとしている場合でもそうで、世間ではそれを美談とは見ないで好奇の目で見る傾向があるようです」

「パードレはミヤコスにどんなことのお相手をさせるおつもりですか」とヒメコが尋ねた。

「君は賢いから見当がつくだろう」

「トライオンの山荘で見せてくれたようなことですか。ばかみたい」

ヒメコは憤然とした気色を見せて言った。

「君にはまだ理解できないかもしれないが、モノカミ世界ではあれが男女の楽しみで、同時に子供をつくる行為でもあるんだがね」

「子供をつくるためなら仕方がないとしても、正直なところ、とても滑稽に見えるわ」

「まあ、第三者が見ればそうかもしれない。大体あれは見物するものではなくて自分でするものなのだ。それも人目を憚ってね」

「大体、楽しむのは相手の方で、パードレは汗を流して大変な苦労をするだけじゃありませんか」

「それは鋭い観察と言うべきだな」とPは感心したようにうなずいた。「私の主義としては、自分の楽しみもさることながら、あの場合、男には相手を楽しませる義務があると思っている。というより、むしろ相手が歓喜を極めることが私の楽しみになる、といった具合だね。男は体を酷使してでも頭で楽しむわけだ」

「何やら崇高な奉仕の行為のようですな」とカガノンも皮肉をこめた調子で言った。

「残念ながらお二人にはわかってもらえそうにない話だ」

「そうおっしゃるパードレにもアマノン人の気持は余りわかってないみたいね」

「それはヒメコの言う通りかもしれない。アマノンに来てまだ日も浅いし、ほんの表面のことしかわかってないと言われても仕方がないね」

「違うんです」とヒメコはじれったそうに言った。「そういうことではなくて、アマノン人が女だから、男のパードレにはどこまで行ってもわからない、ということなの」

「これもまた鋭い指摘と言うべきだな。そう言えば、ヒメコを始め、アマノンの人間はほとんどが女だったわけだ」

「とぼけても駄目」

「御機嫌斜めだね。君が可愛いセクレだということは忘れてないよ。いつでも膝に座りに来ていいよ」

ヒメコは鼻の上に皺を寄せてPを睨んでから出ていった。

「時にミヤコスのことだが、どう思う」とPはカガノンの意見を訊いた。

「表向きは申し分のない話だと思いますな」

「裏はどうなんだ」

「裏があるかどうかもわからないのでして」

「お前でもか」

「そんなに買い被って下さっては困ります。ミヤコスに関するデータは『ピップ録』から一応取ってありますが、官房副長官になるまでの経歴は本人の言っている通りでして、これは立派なものです。若い頃からきわめて有能なビジマンだったようです。学歴も超一流で、ピップ中の若手のインテリートとしては将来をもっとも嘱望されているものの一人だということになっています。恐らくその通りでしょう。ただ、そのミヤコスが、長い間公私にわたって世話になってきたユミコス首相の膝下《しっか》を離れてパードレのところでマネジメをする気になった本当の理由ですが、これが私には多少釈然としない。ミヤコスの立場からすれば、余りにも危険の大きい選択ですから」

「同感だね。ユミコスとの間で何か行違いでもあったのかな。それにしても、ミヤコスがこちらに来た方が得だと計算したのは、具体的にはどういう見通しを頭に描いてのことだろう」

「いずれ首相選挙に出馬するつもりではないでしょうか。そのための資金をこちらで稼ぐこと、それに、モノカミ教の布教活動を通じて、テレビその他のメディアで自分を売りこみ、また獲得した信徒をそのまま票にすること、考えてみればいろいろ利点はあるわけです」

「それだけにあの男、いやあの女は熱心に働くと思うがね」

「その点は期待できるでしょうな」

「もう一つの点についてはどう思う」

「残念ながらノーコメと申し上げるほかありません」

「反対なんだね」

「忌憚のないところを申し上げるとしたら、少し度を過ぎた要求ではないかという気がいたしますが」

「相手がそう思わないようにうまくやればいいだろう」とPは言った。「あれ以来、というのはトライオンのところから帰ってからのことだが、政府の高官その他、ピップの中で比較的若いのを見ると、本当はあれもこれも女だということが頭に来て、頭の具合がおかしくなる。まるで色情狂になったような気分だね。極端なことを言えば、誰彼構わず強姦《ごうかん》したくなるわけだ。あのミヤコスはそういう目で見ればなかなかいい女ではないか。政府高官の中では断然光っている。何かいい知恵はないかね」

「知恵も何も、そういうことについてはまるで経験がございませんから」

「お前が未経験なのはわかる。それにしても、アマノンでは女同士の同性愛関係があるわけだから、その場合の作法とか手練手管とかは一応参考になるだろう」

「いろいろ考えるよりも思いきって行動に出て御覧になった方が早いのではありますまいか」

Pはカガノンが口調と言い、判断と言い、いかにも執事らしい冷淡さを身につけてきたことにくすぐったい思いをしながら、この話はこれで打ち切ることにした。

それから二、三日後に、カガノンは今アマノンの少女や若い女の間でよく読まれている小説を一抱えほど取り揃えてPのところへもってきた。Pは早速そのうちの一冊を読み、ほかのも何冊か拾い読みしてみたが、まるで変わり映えがしないので呆れて投げ出してしまった。いずれも表紙には独特の繊細な少女趣味の絵が描いてある。申し合わせたように美貌で大柄で男性的な——とPには思えた——ピップの女と、その胸にすがるようにして寄り添う美少女の組合わせで、つまりはピップとそのセクレが描かれていて、小説の中身も、大筋では、それほど恵まれた生まれではない少女が、その容姿の可憐さと怜悧《れいり》さ、そして驚異的な努力によって得た最高の教育と教養のおかげで、素晴らしいピップの目にとまり、波乱と障害を乗り超えて、最後にはめでたくそのセクレになる、という類《たぐい》の話である。

ヒメコに訊いてみると、この種のものも比較的よく読んでいる様子で、Pのもっているものを点検してから、

「比較的ましなのを揃えてるのね」と言った。「でもパパはなんのためにこんな下らない児童小説を読むの」

「セクレとピップの関係が具体的にはどんなものか研究しようと思ったのだ。しかし概してこの種のものにはピップのセクレになりたいという願望をくすぐるようなことしか書いてないね。愛人としてのセクレがどういうことをするのか、されるのかについては余り詳しく書いてないようだ」

「そういうことなら、子供向きの漫画小説を読むといいんじゃない。こちらはラブシーンを、細かい絵でいやと言うほど詳しく描いてあるし、ラブのやり方についての懇切丁寧な解説にもなっているという具合だから」

「君自身はそのラブということには詳しいのかね」

「詳しいけど、経験はないわ。ムインとは勿論そういう関係はなかったから」

「宗教上の師弟関係だったから、というわけか」

「そうじゃなくて、ムインが年寄りで、そういうことにはもう全然関心がなくなっていたからでしょ」

それからヒメコがもってきた二、三冊の漫画小説なるものを見てPはそのあまりの露骨さに仰天した。

「なんとも猥褻《わいせつ》だね」

「猥褻って?」

「困ったね。考えてみれば男がいない国ではそもそも猥褻という観念がない、ということかもしれない。モノカミ世界では、男から見て、みだらな女、例えば娼婦などを材料にして、男の劣情を刺激するようなことを文章や絵で表現したものが猥褻文書と見なされるが、そのみだらな女や娼婦のすることはと言えば、性交、またはそれに関連した行為で、いずれも生殖とは無関係に快楽を追求するために行なわれるものだ。それをサービスとして金を取って男に提供する女が娼婦だし、みだらな女というのはある程度自分もその快楽を求めて誰にでも簡単に自分の体を提供する女のことだが、いずれにしてもこれはアマノンとは関係のない話になる。しかしこの漫画小説によると、モノカミ世界で男と女がやっていることの真似事をアマノンではピップとセクレがやっているというわけだ。それもはるかに技巧的に、快楽指向に徹してやっているようだね。おまけにそれを精密な絵で描いてある。こういうのはモノカミ世界にもって帰れば立派な猥褻文書と見なされて、所持者はその場で逮捕されることになる。何しろあちらでは男女の裸の絵や写真も御法度だからね。こんな風に性器が見えるものを描いたりしたら終身禁錮ものだ」

「こちらではこんなのは誰でも手に入れて見てるわ。別にどうってことないじゃない。絵が詳しくて正確なのはこの種の漫画がラブの技術の手引き書でもあるからなの。ばかな子ほどこんなのを熱心に読んで、上手にラブすれば素敵なピップに気に入られてそのセクレになれるかもしれないという空想に浸るわけ。でも、本当はそんなことは関係ない。ピップのセクレになれるかどうかはその子の容姿とか知能、教養とか、本人のメリトにかかっているわけで、メリトのないものがいくらラブの技巧を研究したって駄目に決まってる。それに、そもそもピップのセクレになることを通じて自分もピップになろうと考えるのは邪道でしょ。セクレになるかどうかには関係なく、自分の力でピップになろうと努力するのがまともな人間の考えることで、その途中でピップに認められ、セクレとなって引き立ててもらうという幸運に出会うこともあるって話。さらに言えば、理想的なピップとセクレの関係は、この漫画小説にあるようなラブに熱中する形じゃなくて、体に触り合ったりしない形の精神的な愛の形なの。その点、純小説と呼ばれる高級な小説になると、ピップとセクレが、愛し合いながら決してラブをせずに、精神的な愛の磁場の緊張を極度に高める、というような関係を描いたものが多くなるの」

「なんだか修道院の尼僧同士の禁じられた同性愛という感じだね」

「私もそんなのはインチキ臭くてばかばかしいと思うけど」

「その通りだ。そういう純小説は言ってみれば精神的ポルノだな。高級そうな観念的劣情に訴えようとしているわけだ」

「でも、小説って、どれもそんなものじゃない？　通俗小説や漫画小説でも、純小説でも、結局は人間の弱いところをくすぐって喜んでもらおうとするものでしょ。だから、私はもともと小説は好きじゃないの。小説を読むと、パパの言う劣情の方は満たされるかもしれないけど、頭の方は楽しくないんだもの。私なら、脳細胞全部にぽっと灯がともって一斉に働きはじめる感じとか、脳の回路を音楽みたいなものが駆けめぐる感じとか、繊細な触手みたいなものが脳の中に入ってきて直接撫でてくれる感じとか、そんなのが好き」

「注文のむずかしい子だね」

「どちらかと言えば、頭の方が先走って発達しすぎてるのね。体は遅れてるのに」とヒメコはいくらか恥ずかしそうに言って肩を竦めた。

「そこが君の得も言われぬ可愛いところなんだがね」と言いながらPはヒメコの後に回って両手で胸のふくらみを押えた。「でも体の方だって遅れているわけじゃなさそうだ」

「くすぐったいわ」

ヒメコは笑いを含んだ声を上げたけれども、Pの掌を逃れようとする気配は見せなかった。

官房副長官のミヤコスが二度目にPを訪ねてきたのはそれから二週間ほど経った土曜日の午後のことだった。前回、インタ化調査委員会のあと連れてきた時に比べて、一段と入念にお洒落をしている様子が歴然として見えた。純白に近い服の下に薄い煙の色のシャツ、それに赤い糸で縁取りした黒のネクタイを締めているのが政府高官には見られない垢抜けのした服装である。金縁の眼鏡のレンズはかすかに薔薇色を帯びていて、それが白い肌を一層綺麗に見せている。それに、以前は気がつかなかったが、この白皙《はくせき》の整った顔にはこれまた入念な化粧が施されているらしいことがわかった。

「前から綺麗な方だとは思っていたが、今日はまた目が覚めるほど綺麗ですね」

「変わった褒め方ね」とミヤコスは笑ったが、満更でもなさそうな様子が見えた。

「モノカミでは御婦人を褒める時は大体そういう調子になるものでね」

Pは「人」と言うべきところを不用意に「御婦人」と言ったことで思わず首を竦めたが、相手はそれほど意に介した風でもなかった。生来闊達で細事にこだわらない質なのか、いささか軽躁気味のところがあって人の話に注意が行き届いていないのか、それともほかのことで頭が一杯だったのか、ともかくミヤコスは上機嫌でうなずきながら宴席の設けられている観葉植物の庭園の方に案内された。Pは空中庭園の一部に手を加えて大理石のテーブルを置き、客と会食ができるようにしたが、そこを使うのはこれが初めてだった。

「素晴らしいお住まいと環境ね」とミヤコスは感に堪えぬように言った。

「いいえ、どうせ間に合わせだから」とPは謙遜のつもりで言った。「副長官ともなるといくらでも豪勢なお住まいが調達できるでしょう」

「それがそうでもないのよね。この国では一般大衆もインテリートも所得の面では大して差がない、というよりもインテリートの方がかえって質素でマネのかからない生活をしてるんじゃないかな。権力や権限をもっている者はその分富を制限されるべきだというのがこの国の常識ってわけ。それにインテリートは子供の教育には万難を排してもマネをかける傾向がある。だから政府高官や大学教授に代表されるインテリートのピップはわりにつましい生活をしているのよ。ぼくも今の地位に就いてから広告会社にいた頃に比べて所得は半減したね。で、もと住んでいた家は人に貸して、今は狭い高級公務員宿舎に入ってる」

「お子さんは？」

「人並に三人いるけどね」

「私はこちらに来てまだ一度もアマノン人の家庭に入ったことがない。到着直後に連れていかれた漁師の家は別としてね。あなたがどういう家でどんな家庭生活をしているのか、まるで想像できないだけになかなか興味がある」

「そんなら今度ぼくの家においでよ。お宅の十分の一もない小屋みたいなところだけどね。子供も見せてあげよう」

「きっとあなたに似て綺麗で優秀なお子さんだろう」

「まあ悪くはないよ。精子バンクから特A級のをもらったからね」

「そのためには政府高官の地位がものを言うんじゃないの」

「それは言える。民間の人間と比較して公務員が決定的に有利なのがまずその点なのよ。まあそういうこともあって精子バンクだけは民間会社にならない。警察も刑務所も裁判所も市役所以下の行政サービス機関もとっくに民営になってるけどね」

「子供にはこだわるわけだね」

その理由はアマノン人が女だということと関係があるのではないかとPは推測したが、それを口に出すことはとりあえず差し控えた。

「自分の遺伝子を残すこと、それもできるだけ優秀な精子の遺伝子と結合して、できるだけ沢山残すことがアマノン人にとっては人生の目的だからね」

「遺伝子の永続性がすべてに優先しているというわけですか」

「そうなのよ。自分で不死人間になってしまえば別だろうけどね」と言ってミヤコスは首をかしげて微笑した。今や相手の正体を知っているPの目からすれば、なかなか魅惑的な成熟した美女の微笑である。

「でも」とミヤコスはグラスを顔の前で回しながら続けた。「ぼくは不死人間なんかになりたくない。あれは醜悪だからね」

「そうかな。それにしても一度見たいものだね」

「案内してあげるよ。あの連中は大半が田舎に住んでいる。昔から不老長寿の賢者は村に住むというからね。もっとも連中はおよそ賢者なんかじゃないけど。二百歳を超えるような不死人間となるともうひたすら耄碌《もうろく》して人間とも思えない。何を聞いてもはかばかしい返事は得られない。性質も暗くて恨みがましくて、要するになんの取柄もないけど、死ねないから生きているわけ。それで不死だからと言って誰も尊敬しないし格別うらやましいとも思わないけど、向こうは早く死ねる一般の人間を羨ましがってひがみにひがんでるわけね。それでますます誰からも好かれない」

「自殺してもらえばいいね」

「ところが、連中ときたら自殺の勧告を聞くと恐慌を来たして大騒ぎするけど、おかしいんじゃない？　あんなに死にたがっているんだから、進んで自殺すればいいじゃん」

「最後の手は処刑だな」とPは明快に断定した。

「あなたも凄いことを言うね」とミヤコスは緊張の混った笑みを浮かべた。「実はこの間から閣議でその件を検討してるの。自殺が駄目なら他殺という手がある、と露骨に口にしたのは官房長官のサイオンでね。まったくラオタンらしい発想でいやになっちゃったけど、本人は大真面目ね。自殺でも他殺でも、とにかく外力によって体を破壊すればイモタル人間だって死ねるわけだから、そういうことならそれをやろうというので、最近内閣の法制局と党の政策委員会の連中が一緒になって過去の死刑の判決、執行の例や処刑の方法などを調べているはずだけど、勿論この話は当分秘密よ」

「死刑のやり方には、絞首刑、斬首、磔刑《たっけい》、銃殺、火あぶり、電気椅子、毒殺、ガス室等々、それこそ無数にあるけど、モノカミ世界での経験から言えば、首を斬り落とすのが一番単純明快で確実で優れているようだ。胴と首が切り離されてしまえば、いかなるイモタル人間もそれでおしまいになるということが誰の目にも明らかでしょう」

「御意見は次の閣議の際披露しておくよ。それより、目下のところ行き詰まっちゃったのはイモタル人間を死刑にする法律をどうやって議会を通すかということなのね。これはなかなかむずかしい問題だよね。そこで今のところは、連中から申出があれば自殺を助けて安楽死させる行為を認めるという形で立法化する方針で進もう、といった程度でお茶を濁すことになりそうなの」

ミヤコスはこの前よりも明らかにくつろいだ様子を見せ、酒もよく飲んだ。Pは相手が飲みすぎることを心配しながらも、このまま酔いつぶれることを期待する気持も働いた。

「ところで、この間トライオンから土産にもらった酒があるけど、ここで栓を抜いてあなたに試飲していただくべきだな」とPが言うと、ミヤコスは陽気な酩酊の徴候を見せながら、

「いただくとも。今日は酔っ払うかもしれないけど、いいよね。大いに飲んで飲み明かそう」

と言い、上着を脱ぎ捨て、ネクタイを緩めた。

「嬉しいね。万一酔いつぶれたらここに泊まっていけばいい」

「実はそれが狙いなんじゃないの？」とミヤコスは皮肉るように言ったが、Ｐにはその真意は測りかねた。

「警戒してないの？」

「警戒はしてないよ。ある種の覚悟はしてるつもりだけどね」

「どういう覚悟を？」

「一口には言えないけど、まあ、何が起こっても、またはかなりの苦痛を味わうことになっても、といったところかしら」

「別にあなたを取って食おうという魂胆じゃない」とＰは笑いながら言って、話題を転じた。

「時に、あなたの意見を伺っておきたいが、これからやろうとしている布教活動のスタイルはどういうものがいいだろう。私はさしあたりテレビを活用して、儀式のショーを提供する形をとりたいと考えている。勿論、細かい点はこれから相談するとして、それには歌と踊りと音楽は欠かせない。有能な演出家、音楽監督、シナリオ作家は言うに及ばず、アマノンの一流の芸術家を使って圧倒的な印象のショーをやりたい。趣向は毎回変えてもいいが、是非とも見せたいのが、私と巫女役の少女とで演ずる招神の儀式だ。招神というのはつまり神をこの場に呼び寄せることね。どうせ神は普通では目に見えないものだから、巫女が必要になる。神が巫女の体の中に入りこんだということにする。それで巫女は狂ったように痙攣したり叫んだり、時には失神したりして、歓喜の極、忘我の状態へと昇りつめる。それが神が乗り移ったことの証明にもなるわけだ」

「精神医学用語でエクスタシスと言うのね」

「アマノンでもそういうことは知られてるんだね」

「ぼくはそんな異常な経験はないけどね」

「モノカミの女はそのエクスタシスということを普通に経験してると思う」

するとミヤコスは興味を引かれた様子で身を乗り出してきた。

「神が体の中に入りこんでくるってわけ？」

「モノカミ教の神はそういうサービスはしない。私が招神と言った時の神はアマノンでいろんな宗教が想定している神のことだよ。実を言うと私もその神がどういうものかは知らない。しかし何かと御利益を恵んでくれたり、拝んで呼び出せばやってきて病気を治してくれたりするそうだから、万能のサービス会社みたいな働きをするものにちがいない。そういう神が、巫女に乗り移るという筋書きになる」

「ぼくの訊きたいのは、モノカミの女のことよ」とミヤコスはじれったそうに言った。

「モノカミの女って言ったね」

「女という下品な廃語はここだけで使うけど、まあ仕方がないよね。何しろあなたの国ではいまだに男と女の区別があって、それも信じがたいことに男が支配権を握ってるというから」

「とうとうその問題に踏みこんできたね」とPは幾分緊張してミヤコスの顔を見つめた。

「ぼくだってモノカミのことはそれなりに研究してみたし、あなたがモノカミの男だという事実に対してもいずれははっきりした対応が必要になる。殊にぼくはこれからあなたと一緒に仕事をしていこうというわけだから、この問題は早めにクリアしておかないとね」

「で、あなたを含めてアマノンの政府高官たちはぼくが男だということをどんな風に考えているのか知りたいもんだね」

「早く言えば、それは具合が悪いことだから、なるべく触れないできたというわけ。つまりあなたは外国人で、男であるということも外国人であるという属性の中に一体化しているかのように了解して、それでやってきたの。外国人だから、という差別意識の中に、暗黙のうちに、男、つまり正規の人間でない存在、という認識も入っている。ただそれは自明のこととして誰も口に出さないわけね。あなたがアマノンの男なら、今のような自由な行動をとることは到底考えられないけど、あなたはあくまでもモノカミの人間、外国人として別格の扱いを受けてるんだから止むをえない。まあそういう了解が政府関係では成立してるのよね」

「なるほど。とにかく、これからあなたの前では女とか少女とかの言葉を使ってもいいわけだね」とPは念を押した。「それで、モノカミの女のエクスタシスのことだが、女がその経験をするのは、男とセックスをする時で、一種の快感が極まってその状態に達することがあるらしい」

「ということはセックスの際にかならずエクスタシスに達するわけではないってことね」

「あなたには何事も正確に言っておきたい。モノカミの一般人、つまり教団の聖職者以外の男女はセックスをして子供をつくるのがごく当たり前のことになっていて、さかんにセックスをする。ただし、女は誰もがつねにエクスタシスに到達するわけではなくて、それは比較的珍しい、恵まれた体験に属するとされている。エクスタシスを知らない女もいれば、稀にしかエクスタシスに達しない女もいる。それは相手の男次第だということもあるし、その時の条件にもよる。その辺のことは男である私にはよくわからないが、なかなか微妙なものらしい」

「それじゃ、テレビで放映する招神の儀式とやらで巫女をエクスタシスに導くのに、どういう手を使うつもりなの?」とミヤコスは核心に触れる質問をした。

「これなら絶対という決め手はないね」とPは率直に答えた。「問題はいかにしてエクスタシスらしく見せるかということだ。それで、さっきも言ったように、演技をしてもらうわけね」

「それはわかったよ。ぼくが訊きたいのは、その招神の儀式とセックスとはどういう関係があるか、ということなのよ」

「実はその儀式というのがセックスそのものだよ。ぼくが巫女役の女とセックスをして見せるわけだ」

ミヤコスは首を傾げて考えこんだ。

「それじゃまずいの?」

「少々ね」とミヤコスも率直な調子で言った。「お話の様子だと、そのショーはピップ専用のクラブでやっているショーみたいなものになるものね。勿論、こちらはあなたのお国のセックスとは違って、女同士のショーだけど」

「そうかな」とPはカガノンから聞いたことを思い出して疑問を呈した。「アマノンではポルノというものがあるそうじゃないの？　つまりピップがひそかに見ている秘密映画とかアングラ・ショーのことで、そこでは男と女のアブなセックスが演じられると聞いたけどね。このアブというのは、私の理解ではピップあるいは成人の女と少女という組合わせではなくて、成人の男女の組合わせのことを指しているらしい」

「その話は一昔前のことね。今ではその種のアブはすっかり飽きられて流行《はや》らなくなってるのよ。大体、その大人の男と女がセックスをして見せるなんてグロじゃない？　一度見たらうんざりするし、何度も見れば滑稽になるだけだろうしね。だから今ではそのアブなポルノ・ショーは、禁止されたわけではないのに自然に消滅したってわけ。少なくともぼくは見たことがない。ピップ専用のクラブで見られるのは、とびきり上等の若いセクレ役の子と、ハンサムなピップ役とが演じるショーね」

Pはそれでもミヤコスの話をすべて信用したわけではなく、そうは言っても、ピップたちがひそかに見ている普通ではないショーのようなものがあるのではないかと思った。

「それはともかく、テレビでは大概のことがやれるけど、セックスのショーだけは暗黙の了解によってやらないことになってるみたいだからね。ましてアブのショーとなるとね」

「そこはうまくやれると思うよ。確かに、セックスをやって見せるんだけど、あくまでもそれはセックスのショーではなくて招神の儀式ということで見せるわけだから、受ける印象はまるで違ったものになると思うね。厳粛かつ神秘的な雰囲気でやるよ」

「なるほどね。聞いてるうちに興味が出てきたね。テレビの方はぼくから手を回してなんとか実現できるようにやってみよう。布教活動が成功するかどうかはテレビ戦略にかかっているし、テレビでは変わったことをやって見せるのがまず第一だからね」

「しかしテレビではどこまでやっていいことになっているのかな」とPは前から気になっていることを訊いてみた。「つまり、裸を見せるとか、秘密の部分を見せるとか、そういうことまでは許されてないだろうね」

「秘密の部分って、性器のこと?」とミヤコスは平然として訊き返した。

「まあ、早く言えばそうだね」

「ぼくたちのところでは別に秘密でもなんでもない。ただ、習慣的にいつも衣服の下に隠れてはいるけどね」

「そこを人に見せるのは恥ずかしいとか……」

「そんなこと、ないんじゃない? 大体、恥ずかしいってことがよくわからないけどね。とにかく、性器が見えたって、どうということはないよ。テレビでも見えることがある。でも殊更見せてどうというものでもないし、どちらかと言えば綺麗なものじゃないから、見せない方がいいということで、気は遣ってるかもしれないね。特に大人のはね。第一発毛してるじゃん。それに年をとるほど汚くなる。その点、発毛前のセクレの性器なら、いくら見えたところで誰も文句は言わない。でもモノカミの人はなぜ性器なんかにこだわるの?」

「さっきも言ったように、モノカミでは男女がセックスをする。セックスをするというのは男女が性器で結合するということなのね」

「それはまあ想像できるね」

「だから性器というものは重要な意味をもっている」

「だったら、それを隠したりすることはないじゃない? できるだけ相手に見えるようにしておくのが効果的じゃないの」

「一応はそう思われるかもしれない。しかし男女がセックスをしたいという気になるのはセックスによって結合することで相手と一体化できるかのような幻想を抱くからで、その幻想の核になるのが相手の性器だとすると、それは露出されるよりも隠されながら暗示される必要があるわけだ」

「変な理屈だけど、わからなくもないね。ぼくの場合、あれは単純に生殖器官にすぎないし、それも人工受精、人工子宮によって子供をつくるのが普通のやり方になってくると、もう性器は退行した残存器官みたいなものになっちゃうのね」

「しかしピップとセクレの間の関係が進むと、身体的な接触も当然出てくるだろう。その時性器は大事な役割を演じることになるんじゃないの」

そう言っているところへヒメコが料理を運んできた。短いスカートから形のいい脚を出し、乳首の透けて見える上着を着ているのは、家の中でくつろいでいる時のいつもの服装である。ミヤコスはそれに目を留めて、

「相変わらず可愛いね」と露骨に機嫌をとる調子で言ったが、ヒメコは顔をゆるめもせずにこのミヤコスを無視してPの横に座ると、Pの肩に頭をすり寄せるようにして、これまた露骨に甘えるしぐさをして見せた。Pはそのヒメコの髪を撫《な》でながら、

「御機嫌を直してお客様にお酌してさしあげなさい」と言った。

「パパの言いつけなら」

ヒメコは観念したように肩を竦めると、ミヤコスの膝に腰を下ろして、グラスに注いだ酒をミヤコスの口にもっていった。そしてそれを飲みながら見つめているミヤコスと目を合わせて、これでいいでしょうと念を押すように微笑して片目を閉じて見せた。

「いい子だね。痺れるね」とミヤコスは御満悦の体でヒメコの髪や背中を撫でた。ヒメコはしかしすぐに立ってPの膝に移ってきた。

「余り意地悪をしちゃいけないよ」とPは耳元で囁いたが、ヒメコは無視している。そこで仕方なく薔薇色の子供向きの果実酒を飲ませてやってから、わざと体を重たくして抵抗しているヒメコを膝から下ろした。「そこでおとなしくしておいで。今話が佳境に入ったところだから

ね」

「ヒメコが来てくれて丁度よかったよ」とミヤコスは上気した顔で言った。「パードレはアマノンのエロの実態について知りたいそうだが、そういうことならヒメコもぼくも、それぞれセクレ、ピップとして経験があるから、二人して教えてあげるといいわけよね」

「ミヤコスもセクレの経験があるんでしょ」とヒメコが言った。

「それは人並にね。でも昔のことよ」

「今だってセクレがいてよろしくやってるんでしょ。だったら自分でわかってるくせに」

Pはヒメコが現職の内閣官房副長官に対して敬語も使わずにしゃべるのが気になったが、多少とも古典語風の敬語を使うのは今日では非ピップ、特に下層階級の特徴であり、ピップ仲間では敬語抜きのぞんざいで幼児的な話し方が行なわれていることはPも知っていたから、ヒメコとミヤコスの間ならこれでいいのかと思い返した。ミヤコスの方はいっこうに気にしている様子もなく、むしろヒメコが親しい仲のようにしゃべるのを喜んでいる風さえあって、

「それが実は、恥ずかしいことながらセクレとはうまく行ってなくてね」と愚痴をこぼした。

「浮気をしようという時には、みなさんそうおっしゃるわ」

「信用してもらえないようね」

ミヤコスは大袈裟に溜息をついて見せた。

「ヒメコ、その浮気というのは？」

「自分のセクレのいるピップがほかの新しい子や他人のセクレに手を出してエロの関係に入るふりをしたり、ふりがやがて本当になったりすることを言うの。この人は明らかに私と浮気しようとしてる」

「君さえよかったら、サービスだと思ってその浮気に応じてあげてもいいよ」

「パパって、残酷なことをおっしゃるのね」とヒメコはPには敬語を使った。

「言っておくが、このミヤコスはヒメコと同じく女だ。女同士でエロだか恋だか、まあその種のことの真似事をしたってどうということはないじゃないか。せいぜい客をもてなすためのちょっとしたサービスにすぎないとぼくは思っている。ただ、それが君を傷つけるというなら何も無理強いするつもりはない。どっちにしろ、君に対する気持はいっこうに変わらない」

「私がこの人と何をしても？」

「勿論だよ。それに、何をしても、と言うが、ミヤコスは女だから、女同士でできることは高が知れている。本当のところ、どこまでできるものか、アマノン流の女同士のエロというのを見せてもらいたいね」

ミヤコスはPとヒメコのやりとりを聞いているうちに、酔いも手伝ってか、ひどく調子に乗って積極的になり、なんでもやってやろうという構えを見せた。シャツも脱ごうとする勢にPの方がいささか呆れて、

「まあ、そんなに慌てなくてもいいよ、まだ夜は長いんだから」とミヤコスを制するように言

った。「それよりこの辺でシャワーでも浴びてさっぱりしてきてはどう? ヒメコも一緒に行って、泡でマッサージしてあげたらいい」

「いっそみんなで浴室に行きましょうよ」とヒメコが言った。「その方が楽しそうよ」

「いいことを言うね。ぼくは構わない、いや、大歓迎ね」

「まあ私は遠慮しておくよ。ミヤコスは男の裸というものを見慣れてないようだし、仰天するといけないからね」

「かえって好奇心をそそられるね。それにぼくは大概のことには驚かないよ。変わったことはなんでもやってみようという方だから」

ミヤコスのそんな態度にPは内心笑いが止まらないような思いをしながら、早速サバントを呼んで、庭園の中の屋外浴場で温水浴をする用意を、と言いつけた。屋外浴場の方は広くて水泳もできるほどだし、三人で戯れるのにもこちらがむいていると判断したからである。案の定、木立の間の石畳の道を通って大きな池に似た温水浴場に来ると、ミヤコスは子供のようにはしゃいで、裸になるや、まず飛びこんで泳ぎはじめた。

「どう、これでもぼく、泳ぎは得意で、子供の頃は水泳大会で優勝したこともあるのよ」

「水泳なら私も負けないわ」とヒメコも言った。

「それじゃ、しばらく二人で水泳競技大会でもやってみるといいね。私はこう見えても泳げないんだ」とPは言った。

服を着たまま見ていると、ミヤコスに続いてヒメコも裸になり、二人は追いつ追われつして大浴槽の中を泳ぎまわっていたが、やがて水を掛けあったり、潜って足を引張りあったりしてふざけはじめた。Ｐは大小二つの裸がからみあってあたり構わず嬌声《きょうせい》を上げるのを目で追いながら、どちらを観察ないしは鑑賞したものか、しばらくは目移りがして戸惑ったが、今はとりあえず、大きな、完全に発育した方の裸体に視線を集中して観察しておくことにした。というのも、ミヤコスのようなピップの裸を見る機会には、今後もそうは恵まれないだろうと思ったからである。Ｐの印象によれば、ミヤコスは長身だけあって、まぎれもない女の体でありながら、若い世代のピップらしく、十分な運動を通じて鍛えられていて、ある種の威風堂々とした彫刻を思わせる力強さを備えている。それに比べると、未成熟なヒメコの方が、小さくて華奢な体からかえって妖精風の女らしさを漂わせているようでもあった。見ているうちにＰの体には当然の変化が起こった。

「そんなところで見てるよりぼくたちと一緒に遊ばない？」

「今のところは見てる方がいいよ。見てるだけで楽しい。ミヤコスは実に見事な体をしてるね」

「まあ、背は高い方だし、人一倍鍛えてあるからね」と言いながらミヤコスはＰのところに近づくと、いきなり思いがけない力で腕をとって引張った。Ｐが抵抗しないでいると、ミヤコスは上がってきたヒメコを促して、二人で服を脱がせようとした。これにもＰは無抵抗を決めこんでいたので、瞬く間に丸裸にされて胸や腕や脚に剛毛のある男の体と体の中央に聳え立つ異形の角《つの》がむきだしにされ、二人は思いがけないものを見た衝撃を紛らそうとしてか、わざとらしいほど笑いころげてPの体を叩いたりつねったりしながら浴槽の方に押していくと、力を合わせて温水の中に思い切り突き飛ばした。それから水中での乱暴狼藉が始まり、大型と小型の海獣に翻弄されるままにさんざん水を飲まされて、息も絶え絶えになりながら、Pは女たちの力を計り、多少の余裕をもって裸の接触を楽しんでもいた。こういう悪ふざけのうちに接触に慣れておくのは今後のためにも有益なことだと思われたし、また、いざとなれば女たちを苦もなく制圧できる目途が立ったこともPとしては有難いことだった。それにしてもこの二人の悪ふざけはいささか度を過ぎているというほかなかった。アマノン人の意外な一面を見せられたようで、その一面というのが男の子に近い型の幼児性だった。悪ふざけにしても、やることが天真爛漫に荒っぽいのである。Pは水飛沫を上げて取っ組みあったりくすぐりあったりしながらも、その間にもどさくさに紛れてミヤコスの強い手が堅い角を摑んだ時に、何かのはずみで折れたり、擦り傷を負わされたりしないように十分気をつけていた。特に、女にしては大柄なミヤコスが不用意に馬乗りになった時には肉の棒が捩じ曲げられて折れたりしないように注意を払う必要があった。

気がついてみると、どうやら二人は水中のスポーツの一種のつもりで大騒ぎしているらしい。そこでPもそのつもりになり、本来の力を出して反撃に転じることにした。例えば、逃げまわるミヤコスをつかまえて抱き上げ、棒のようにのけぞって抵抗するのを空中に放り上げて受けとめたり、抱いたまま回転して目が回ったところを水の上に投げ出したり、格闘競技に近いことをしてみせると、ミヤコスはますます子供っぽく喜んで、しまいには自分から抱きついてきて、もっと乱暴な目に遭わせてほしいとせがんだ。ヒメコにも同じことをしてやったが、こちらははるかに柔らかくて壊れやすい人形を扱うようで、また格別の趣があり、恐怖のためか、かすかに震えながら無抵抗にしているのが、人形に意識があってその意識を弄んでいるような、不思議な興奮を呼ぶのだった。ヒメコに関してはこうした無抵抗な様子から、そしてミヤコスに関しては格闘競技めいたスポーツに熱中している様子から、Pは今なら二人の体にどんなことでもできるような気がした。試みにミヤコスの乳房を掌で押えたり乳首を舌でくすぐったりしてみると、相手は身をくねらせて、「それは反則よ、くすぐったいじゃん」などと言いながらも、本気で拒否する気配は見せなかった。

「あなたも負けずにくすぐり返せばいい」

「だめだめ、ぼくはくすぐりには極度に弱いのよ」と言いながら、ミヤコスは胸の急所を押えられたままPの膝の上で体を波打たせた。「唇や舌まで使うのはずるいよ」

「それじゃ、いろんな反則はまたあとでゆっくりやらせてもらうよ」

「それにしてもあなたは力が強いね。ぼくも体力に自信がある方だけど、あなたには叶わない。まったく人間離れしてるよ」

「女離れしている、というだろうね。男ならまあこんなものだ。大人と子供位の差はあるかもしれないね」

「骨の太さも筋肉の強さもまるで違うのね。おまけに滑稽な位毛深いし」とミヤコスは感心したように言った。「でもなんと言ったたって滑稽なのはそのテコみたいな棒ね。そんなに大きくて堅いと邪魔になってしようがないけど、それが男の性器なら仕方がないのね」

「パパのそれはいつもはもっと柔らかくて小さくなってるの。でないとズボンもはけなくて大変でしょ」とヒメコが言った。

「それはそうね。でもどうしてそれが突然操縦桿《そうじゅうかん》みたいになるの?」

「アマノンでは生理学も解剖学も女の身体だけを対象としているだろうから知らないのも無理はないが」と言ってPは医学部の出身者らしく男性器の膨脹《ぼうちょう》と硬化のメカニズムをわかりやすく説明した。

「でも何のためにそういう状態にならなきゃいけないの?」

「女性器に挿入するにはこの程度の硬さを必要とするわけだ」

「うまくできてるのね。で、どうやればその状態になるの?」

「生理的なメカニズムの話は省略して、意識の状態との関係を言うなら、ある種の興奮とともに性器の硬化と膨脹が起こる。興奮というのは、女、例えばあなたをセックスの対象として意識することで、モノカミ流の表現では、それを『女に対して欲望を抱く』という。欲望を抱いて興奮すると、自動的にこうなるわけだ。実際に女の性器を見るといったことがその欲望の引金となるのは勿論だけど、そのほかに、性器に関連のある女の体、特に裸の一部、さらには性器の部分を隠している下着などを見たり、触ったり、さらにはそういうものをただ想像したりするだけでも反応が起こってこの状態になることもある」

「要するに、想像するだけでもそうなるというわけね」

「そういうことだね。で、例えば、あなたのような見事な裸を見ると、想像力はこれ以上はないほど充血して、それとともにこの部分もふくれあがるし、硬度も最高になるというわけだ」

「つまりそれは、ぼくの性器にそれを挿入する可能性の意識によって引き起こされるということね」

「むずかしい言い方をするね。まあ早く言えばあなたとセックスをしたいということだ。性器がこうなっているのがその証拠だとも言える」

「あなたがそうしたいなら、ぼくはお相手をしてもいいよ。ただし経験がないからうまく行くかどうか自信はないけどね」

「私の方は経験豊富だから心配することはないよ。最初は無理だろうが、そのうちあなたの方も快感が得られるようになるし、下手なスポーツよりははるかにいいものだということがわかる」

それから三人は裸のまま来賓用の寝室に行った。ミヤコスの話によると、ピップたちはお気に入りのセクレと私的な時間を過ごす時は、食事をしても寝室に入っても終始完全な裸でいることが多いという。

「あなたのお相手をするのは少々恐ろしそうだからあとまわしにしてもらって、その前にヒメコと楽しみたいけどね」

「いいよ。それじゃアマノン流のエロというのを拝見させていただこう」

「よかったらあなたも適当に加わった方がいいよ。最近ではピップ一人にセクレ二人とか、その逆とか、相手を複数にして変化を楽しむのが流行《はや》っているからね」

そう言いながらミヤコスはベッドの上に寝た。その上にヒメコが体を重ねた。二人の体は絡み合う二匹の蛇のようにゆっくりと動きはじめ、変幻自在にさまざまの形をつくりながら接触と愛撫の妙を尽くした。ただ、静と動という点から言えば、静はミヤコスで動がヒメコという役割の分担らしく、ヒメコの方がミヤコスの腹のあたりを中心として時計の針のように回りながらミヤコスの体に指と口と全身の微妙な接触による愛撫を加え、それに応えてミヤコスの方は快楽の波のうねりを全身で表しながら、その手をヒメコの背中やお尻に触手のように這いまわらせている。見ているうちに、こうした二人の動きには、ある複雑なリズムがあり、極度に様式化されたものが含まれているらしいことがわかった。要するに、ミヤコスは勿論のこと、ヒメコの方にもセクレ役を上手に演ずるだけの経験なり訓練の成果なりが見られるということで、それだけにこの女同士の交歓の光景は優雅であると同時に、初めてのPにはなかなか刺激的な見物であった。殊にヒメコの愛撫がもっとも女らしい部分に及んだ時のミヤコスの表情は、恍惚とも苦痛に耐えているともつかぬ不思議なもので、同時にヒメコは、Ｐが見ていることを意識してか、ミヤコスの快楽の花びらの動物的な動きがはっきりと見えるような姿勢をとった。Ｐの判断によれば、その部分は通常の男女のセックスを十分可能ならしめる状態に達していたが、ミヤコスにはその経験がない以上、Ｐがただちにその行為に入ることには多大の困難が伴うのではないかという心配もあった。それでＰは今少し様子を見ることにした。二人が特別の器具を使って互いに挿入するような段階に至るかどうかを確かめておこうと思ったのである。しかしどうやらその気配はなさそうだった。アマノン流のやり方では依然として指と唇と舌による刺激が中心で、それ以上の行為に及ぶことはない様子である。

「見てないであなたも一緒にやったら？」とミヤコスが意外に平静な調子で声をかけたのでＰは一瞬ぎくりとした。

「お邪魔すると悪いと思ってね」

「邪魔になるってことはないよ。相手は多いほどいいんだから。ヒメコを見倣ってそろそろやってみたら？」

「それじゃ一つお言葉に甘えて」と言って、Ｐはヒメコが開け渡してくれた片方の乳房に手を伸ばした。そしてその感触を楽しむというよりも、相手の反応を気にしながら、できるだけ柔らかく優しく愛撫してみたが、Ｐの手が移動して中心部に近づくにつれて、ミヤコスはそれまでの安定したリズムのある波のような動きとは違った、不規則で切迫したような、痙攣《けいれん》的な動きを見せはじめたので、Pは自分がアマノン流のセクレのとは異質の愛撫を加えたために思わしくない結果を招いたのかと心配になった。

「痛いの?」と訊くと、ミヤコスは苦痛に耐えるような表情のまま首を振った。

「それでいいのよ。でも、セクレ式とまるで違った感じで、調子が狂ってしまいそう。頭が分裂していくみたいなのね」

「ミヤコス、なんだったら私は手を引くから、パパのやり方で一度試してみたら?」

「ああ、それがいいかもね」

ミヤコスは少し息を弾ませながらそう答えた。

Pはヒメコの指示を参考にしながら、ミヤコスの体の中で特に敏感な部分を手と口で次々に訪問していったが、効果のほどは余り芳しいとは言えなかった。快感に浸されて陶然となる気配はまったく見られないのである。しかし相手は鼻息を荒くして興奮の度を高めている様子ではあり、Pはそのまま仕事を続けて、ヒメコに言われるままにミヤコスを裏返して背中と臀部《でんぶ》にも愛撫を加えながら、何やらマッサージ師が作業に熱中しているような具合だと思った。それからまた相手を仰向けにすると、ここから先はもうヒメコの意見も無視して、自己流の手順に従って攻略しようとPは決心した。

「どう、こんな具合で」

「悪くないね。最初は大分乱暴な気がしたけど、慣れるとあなたのやり方も悪くないね。男って結構面白いと思うよ」

「受け入れ態勢が整ったら、例のものを挿入してみるが、これは少々痛いかもしれない」と言って、Pはミヤコスのその部分に指で触りながら、若干の医学的な説明を試みた。

「麻酔はしないのね」とミヤコスはやや頼りなげな声で尋ねた。

「冗談じゃない。全身麻酔をすれば、あなたは何も知らないままセックスをすることになる。それじゃ何の意味もない。部分麻酔だと、その部分は痛くもない代わりに全然感覚がなくなる。手術じゃあるまいし、こういうことは麻酔抜きでやるもんだよ」

「わかったよ。少々のことなら我慢するよ。それより、セクレとの場合にくらべて快感の方は断然凄いの？」

「いずれそうなるかもしれない。あなたなら多分そうなるだろうが、ただし最初から快感を得るのはまず無理だと思ってもらいたい。何しろちょっとした出血を伴うこともあるからね」

そんなことを言いながらPはミヤコスが受け入れ可能な状態にあることを確かめると、予告抜きでいきなり肉の庖丁《ほうちょう》を使って執刀にかかった。ミヤコスは押しつぶされたような声を発したが、そのあとは比較的おとなしくしてひたすら苦痛に耐えている様子が見えた。

「本当に大丈夫なの？」

「この程度ならね」

「もっと力を抜いた方がいいよ」

「抜いてるつもりよ」とミヤコスは言った。

「どんな感じ？」

「無理やり口に何かを捩じこまれてるようで、痺れてよくわからない。でも痛みはそれほどでもない。少し慣れたようね。あなたの方はこの後どうするの？」

「余りしゃべらない方がいいね」とPは注意した。「大体、これは、無我夢中で発する睦言《むつごと》は別として、ひたすら黙って真剣にやるべきことだよ」

「それはわかるけど、あまり動かないでほしいね」

「少しは動かないとなんの意味もない」

「もう一つだけ訊いておくけどね」とミヤコスはうわずった声で言った。「あなたの方はぼくとセックスして快感はあるの？」

「その心配は無用だ。快感と言っても想像的なものだからね。ミヤコスのようなピップとセックスしていると思うだけで大変な刺激だ。これであなたが快感を覚えてくれれば申し分ないわけだ」

Pはそばで好奇心をあらわにしながらも心配そうに見ていたヒメコに合図して、ミヤコスに対する愛撫を再開するようにと促した。そして自分も寝台の脇に立ったまま、使える両手を有効に使ってミヤコスの胸や敏感な箇所に触った。こうしたことが功を奏したと見えて、やがてミヤコスは痛みを忘れて行為に没頭していくようだった。Pはそれからなお十分時間をかけてミヤコスの反応を観察しながら行為を続けた。

「パパ、最後はどうなるの」とヒメコが尋ねた。

「ぼくの方の最後は精液の発射だが、今日はそこまで行くつもりはない。ミヤコスが十分楽しんだら止めにするよ」

「ぼくとしては異様な感覚で、痺れたような具合でよくわからない。でもそんなに痛くはない。それより、ぼくの体の中に変なものを発射しないでほしいね」

「いずれは妊娠してもらうことになるが、今日のところはそこまで行かないようにする。それにまず第一回だから、基本姿勢だけで終わりにしよう」

Pはそう言ってから、ミヤコスの体に挿入して一種の心棒の用をなしていたものをその膨張して堅い状態のまま抜き出した。ミヤコスは呼吸困難から解放されたかのように大きく息をついた。

「どうだった？　まあ、最初から完全な快感を覚えるのは無理だと一般に言われている。ひどい痛みがなかっただけでもよしとしなければね。これから経験を積むにつれてだんだんよくなるよ。次からはもっと高度な技術を使うつもりだし、あなたさえ我慢してもう少し相手になってくれれば、エクスタシスに導く自信はあるんだがね」

「いいよ、これからも協力するよ」とミヤコスは真面目な顔で約束した。「何しろ初めての経験で頭が混乱しているから、うまくは言えないけど、男とのセックスも案外悪くはないというところかな」

「少し出血があるようだけど」と言って、ヒメコがサバントに薬箱をもって来させた。

「大したことはないよ、かすり傷だから」

そう言いながらミヤコスはヒメコの手で軟膏《なんこう》のようなものをつけてもらった部分を掌で叩き、二、三度膝の屈伸運動をして、片手を上げて大丈夫だという合図をした。一試合終えたあとの選手のしぐさを見るようで、Pは思わず笑みを洩らした。ミヤコスがどちらかと言えば上機嫌で帰っていったあと、ヒメコは少女らしい夜着に着替えて、冷たい飲物をもってきた。

「パパも大変な奮闘ぶりで、楽じゃないのね」

「トライオンのところにいたヒロコンとかいう象みたいな奴ね、あれに比べたら今日のミヤコスあたりは軽くて楽なものだ」

「これから今日のようなことをどんどんするの？」

「そういうことになるね」とうなずいてから、Pは声の調子を優しくして言った。「それにしても今日は御苦労だったね。あとでもう一度二人でゆっくり風呂に入ろう」

「嬉しいわ」とヒメコは目を輝かせてPを見上げた。「でも、私がもっと大きかったらパパのお相手が務まるのにね」

「今でも無理をすれば務まるよ。しかし君にはひどいことをしたくない」

「随分ひどいことをしてるんじゃないかしら」

抱き上げられて浴室へと運ばれながらヒメコは少し眠そうな声でそんなことを言った。

第十三章　宗教番組「モノパラ」

数日後にミヤコスは、テレビ会社の重役で制作局長だというアイコスと、その部下でデレクタのレイコス、広告宣伝会社の営業担当重役ルミコス、それにこれらの人物のいずれとも顔なじみらしいマスコミ評論家と称するヒデコス、合計四人を連れてやってきた。今ではPにも一見してわかるようになっていたが、この日現れたのはみな女である。しかも、モノカミの女と違ってスカートこそはいてはいなかったが、Pの目から見ても十分女らしい、つまりはアマノン人としては一風変わった服装をしているという点で、政治家や官庁のピップ、財界のピップ、ビジマンなどとは違った世界の人間であることは明らかだった。服装のほかにも目を引く点はいくつかあって、第一に髪を長くして、奇妙な色に染めている。顔にはそれとわからないように、手をかけて化粧している。爪は長く伸ばして、しかも赤や薄紫の燐光《りんこう》を放つ色に塗られているし、首飾りのほか、宝石をあしらった指輪、耳飾り、それにテレビ会社の重役は腕輪までしている。要するにこの種の職業の人間は、アマノンの普通の女の男性的な服装からは大きく逸脱した服装をしており、それが結果としては本来の女らしい服装となっているわけだった。

午後の、酒を出すにはまだ早い時間で、会合の席にはカガノンの指図で上等の菓子と数種類の茶が運ばれた。その菓子をつまみながらおしゃべりをする様子を見ているうちに、Pはここに集まっているのが紛れもない女、それも三十過ぎから四十前後までの、女盛りの女であることを改めて実感した。

すでにミヤコスから、この日の顔ぶれと各人の経歴についてはメモが届いていたが、それによると、いずれもアマノン大学を出たインテリートで、それぞれの分野で才能に恵まれた若手実力者として評判の高い人物であることがわかった。カガノンに独自の情報網で調べてもらったところでも、その点については間違いはなかった。ミヤコスとの事前の打合わせで、これからの仕事を進めていくためにPが出資をして株式会社を設立するという基本方針は決まっている。会長はP、社長はミヤコスで、テレビ会社と広告宣伝会社から送りこまれる有能なスタッフが中心になり、さらに代表的な銀行と商社からも人材を受け入れて、宗教的なサービスの提供を主な業務とする会社ができる予定である。

「この件について大筋ではパードレとぼくの間で意見は一致して大体の話はまとまっているんだけど」とミヤコスは最初に説明した。「一つだけ保留になってるのは、政府から資金と重役の派遣を仰いで特殊会社にするか、それとも純然たる民間会社で行くか、という点なの。ぼくの意見としては、後者で行けるし、またその方がいいと思う。政府がスポンサになる特殊会社の方が何かとメリトがあっていいんじゃないかという点については、現にユミコスも現職総理としてこの会社の顧問に名前を貸してもいいと言ってる位だし、その方がメリトが大きいという意見があるのもよくわかるのね。ただ、この形をとると、会社の業務活動と決算を政府に報告しなければならなくなる。これは面倒ね。それと将来もっと厄介な問題になりそうなのがいわゆる『アマ下り』、『アマノン下り』というやつで、政府が関係する特殊会社だと、政界や官界から有能とは言いかねる人材を押しつけられる道が開かれることになるわけ。これは困るのよ。それにこの際打ち明けておくけど、政府には今マネがない、というより慢性的な財政危機で、スポンサになっている特殊会社に対しても、口は結構出すくせにマネはほんのわずかしか出さない。そういう事情をよく知ってるだけに、ぼくとしては政府の紐付きになることは余りお勧めできないってわけ」

「ミヤコスの忠告はわれわれにとって大変有益だし、その通りだと思う」とPは感謝を表した。「私もミヤコスが言うように民間会社でいっこうに差支えない。それでは、ユミコス総理にはとりあえず私的な顧問という形で参画していただくことにしよう。総理在任中は民間会社と関係するわけにはいかないというなら、当分は表面に出ない会長相談役という形で協力していただくのがよさそうだ。実は、先日総理から直接電話を頂戴した。その時、将来正式に顧問なり重役なりに就任するまでのつなぎとして適当な形で新会社との関係を保持しておきたい、という意向をうけたまわったことでもあるしね」

「その件についてはそれでいいじゃん」と広告会社のルミコスが言った。

「ぼくの方もまったく異存ないよ」とテレビ会社のアイコスも同調した。評論家のヒデコスも同意を表してうなずいている。

「どうせ政府からマネを引き出すことは不可能だとしたら、問題はスポンサをどうするかということね」とルミコスが話題を変えた。そのルミコスが説明したところによれば、スポンサというのは、テレビ会社の番組制作費を出す代わりに、番組の提供者であることを放映に当たって強調し、放映時間の四分の一程度の時間を自由に使って自分の会社の宣伝をする立場の会社のことである。商品を製造している会社であればその商品のことを、またサービスを提供している会社であればそのサービスのことを、さらにはその会社自体のことを、いかにも優れていると思わせるように宣伝するのである。それは、通常楽しい歌や音楽や寸劇、踊り、動画、その他のあらゆる芸術形式を駆使した「ヒルム」として制作され、番組の前後や途中で放映される。正式には「コマーシャル・ヒルム」と呼ばれ、略して「コマヒル」と言われている。

「官房副長官としての顔とコネを動員すれば、十や二十の超優良会社をスポンサに見つけてくることは簡単だけどね」とミヤコスは腕組みしたまま言った。

「スポンサなら特にいらないんじゃないかね」とPは簡単に言った。「というのは、私自身が、あるいはモノカミ教団アマノン支部の責任者である私がスポンサとなってマネを出すことになるから。つまりその番組は、言ってみれば全体が私のためのコマヒルのようなものになる。勿論、私に相乗りしてスポンサになりたい会社があったら、それはどうぞ御自由に、ということにしてもいい」

「なるほど、凄い発想ね。これはぼくらの常識を完全に超えている。番組全体が実はコマヒルになるわけね。面白いじゃん？　いいヒルムを作ればそれで行けるね」

アイコスは多少興奮気味で部下のレイコスの方を振り返った。

「一見コマヒルらしからぬコマヒルにして、それ自体が面白ければいいわけですね」とレイコスは言った。「そしてパードレ以外のスポンサには商品を提供していただいて、それをさりげなく、実はしつこく見せつける。さもなければ、スポンサ自身に出演していただいて、ヒルムの中で何かメセジをしゃべってもらう。そういうタイプの三十分番組を作ればいいんじゃないでしょうか」

広告会社のルミコスもこの考え方には賛成だというので、この一風変わったヒルムのスポンサになってもいいという会社を早速探してみることになった。

「ところで、パードレの目的は結局のところ何なの？　まあそれはモノカミ教の布教ということになるだろうけど、布教とはさしあたり信徒の数を増やすことだと考えていいのね」とミヤコスが訊《き》いた。

「それは最終目標と言った方がいいね」とPは答えた。「さしあたりは信徒が増えなくてもいい」

「モノカミ教について知ってもらえばいいわけ？」

「まあそうだね。知ってもらうというのはかならずしもモノカミ教をよく理解してもらうことでなくてもいい。モノカミ教なるものの存在を知ってもらうこと、そして私の存在を知ってもらうこと、そして私がアマノン一の有名人になることが重要だ。こちらに来てから私は、知られることは知る人々に対して力をもつことだ、と悟った次第でね」

「知られることは権力の源泉だというわけね。それは正しいね」とミヤコスが言った。「でも、知られることで人々を操作する力を獲得するということは宣伝の定義みたいなもので、そのこと自体は目的ではないのよね」とルミコスが異を唱えた。「本当の目的は、例えば、人々に自分のところの商品をもっと多く買わせるといったことでしょ。パードレの場合、何を売ろうとしてるの?」

Pはそれに対して直接は答えなかった。Pの隠された狙いは、アマノン国のできるだけ多くの国民すなわち女とセックスをして、働き蜂化した女を本来の女に戻し、自然の妊娠、分娩によって子供を生ませ、その際に男子の方を増やし、やがてアマノンを正常な男と女からなる国にする、ということにある。これはいささか無謀な「革命」であるが、ここに集まっている連中はいずれも商売のため、マネのためにPの事業を推進しようというわけであるから、Pも商売の枠を逸脱するような話をこの連中とするつもりはなかった。ただ、Pはやや謎めかしてこう言った。

「私が売ろうとしているのは普通の商品ではない。強いて言えば、人々がこの番組を繰返し見ているうちに、いつのまにかある変化を受け入れている、という結果になることを私としては望んでいるわけですな」

「つまりはモノカミ信仰といった類の、観念病源菌を感染させることがパードレの商売なのよね」とミヤコスが言った。

「まあそういうことだね」とPもこの場では肯定しておくことにした。「さすがにミヤコスは鋭いね。しかしそんな目的で番組を提供して宣伝することも、別に違法ではないでしょう。とにかくこれはあくまでもモノカミ教の布教活動の一環だから」

「そう、アマノンでは宗教活動という名目なら大概のことは大目に見られるからね」と言ったのは評論家のヒデコスだった。「例えば、明らかにポルノに属するものでも、宗教的儀式とか祭祀《さいし》とかに見せかけるのに成功すれば、どこからも文句はつけられないのね。もっとも、何年か前、自殺を究極の目標とする新興宗教の教祖がテレビで焼身自殺を演じて見せた時はさすがに問題になったけどね」

「そんなことまでテレビでやらせるんですか」とPは感心したような声を出した。

「視聴者が面白がることなら大概のことはね。ただ、あの焼身自殺の場合は全身に油をかぶって放火して死ぬというやり方がなんとしても悪評だった。で、その後、そのパラモン教——パラモンとは、パラダイス、つまり天国の門を自ら叩けというところから来た名前のようだけど、この一派では焼身を止めて服毒自殺に変えたり、さらには自分で呼吸を止めて死ぬという優雅なスタイルを発明したりして評判を取り戻したの。でも、これは誰にでも実行できる自殺法じゃないのよね。結局、パラモン教の指導者連が次々に自発的窒息死を遂げていったおかげで、あとを追う人間が種切れになった。それでこの新興宗教はたちまち消滅しちゃったってわけ」

この話を聞いてみんなは大いに笑った。何度か聞いているが聞く度におかしいという類の話の一つらしい。Pは、集まった連中の様子を見ているうちに、アマノンのインテリートたちの宗教に対する態度が徹底して冷笑的であることに注目した。

「念のために伺っておきたいが、先程のヒデコスの話によると、テレビ放送でも宗教上の主張や宗教的表現に関しては大幅な自由が尊重されている、ということですね。しかしそれは本当に宗教が尊敬され、重視されているからというより、どうも宗教を徹底的にバカにしてなめてかかった結果が、好きなようにやらせておけ、という自由放任の態度となっているんじゃないかしら」

「その通りね」とヒデコスが言い、他のものもうなずいて同意を表した。「ピップ、その中でも特にぼくらインテリートは、宗教を、下らないものだがマスには必要なものだと思ってるね。必要とする人間がいるとなれば、それはなんらかの形で提供されなくちゃ困るじゃん。で、それはかならず提供されるのね。大変結構なことよ。それに対してぼくらは腹の中ではバカにしきって唾を吐いていても、表だっては何も言わない。バカなマスがバカなことをする自由を尊重して、黙ってやらせておくわけ」

「ただし、宗教団体からも税金は取ることにしてる」とミヤコスが補足した。「一種の取引税の形でね。大昔は税金を取っていなかったらしいけど、宗教も医療や美容などと同じサービス業だから、税金を取らないというのはかえって連中のためにもならない。ちゃんと税金を納めながら活動して初めて健全な宗教ビジネスになるのよ。そういうわけで、税金さえ納めてくれたら、あとは自分の宗派の宣伝のためのテレビの利用や出版活動、イベントその他については最大限の自由を保障する。その方がマスにとってもぼくらにとっても得じゃない？」

「なるほど、それはそれで筋の通った考え方だと思うね」とPは言った。「他人に害を及ぼさない限り、どんな宗教が出てきてどうやって信者を集めてもいい、というわけね」

「そうよ。だからパラモン教みたいな自殺教が公開自殺を見せたっていいの。また信者同士で殺し合ったり自殺を幇助《ほうじょ》したりするのも差支えない。ぼくらの関知するところにあらずというわけね。でも仮に殺人教という宗教があって、関係のない他人を殺したりすると、これは明らかに犯罪になる」

「もっとも、自殺とか殺人とか、そんな異常なことを売物にしている宗教はほとんどないけどね」とヒデコスが言った。「何しろ、アマノン人は死ぬことを極度に恐れるから、ほとんどの宗教は心身の健康の増進、病気の治癒、不老長寿といったことを約束してお客を集めてるものね」

「その点についてはみなさんも同じですか」とPが尋ねた。

「まあ誰だって病気にはなりたくないし、長生きはしたいね」とアイコスが言った。「でもそのためには、宗教は本当のところ何の足しにもならないよね。ほかに合理的な方法がいろいろあるから、ぼくらだってそちらの方で努力は惜しまない。それでもいよいよ駄目になって死ぬのは避けられないと決まったら、安楽死という手もある。ピップの場合はほとんどがこれを使っている。今や公然の秘密だね」

「ということは、法律上は安楽死はまだ認められていない、ということだね」

「そう、認められていない。この百年余り随分議論されてきたけど、結論は出ないの。で、こういうことは立法化になじまないということがわかって、最近ではやりたい人は適当にやってるし、需要に応えて便宜を図ろうという医者も出てきた。それを政府は見て見ぬふりをしてるってわけ。ただ、もぐりの安楽死にはうんとマネがかかるね。ピップならほとんどの人がいざという時には安楽死をやってもらえるようにあらかじめ医者と秘密の契約を結んでいるようだし、一般の人でも安楽死のために苦労して貯蓄してる例は少なくないそうよ」

そういう話をしているうちにわかったことの一つは、アマノンでは死後の世界とか死後の生命、霊魂の不滅といった観念がまるでなくて、死ねばすべてはなくなる、死ねば万事終わり、という考え方をしており、それだからこそ苦痛のない安楽な死に方に人々の異常な関心が集まっている、ということだった。またほとんどすべての人が「生きた父親」なしに精子バンクの精子と母親の卵子とから人工子宮で生まれるから、親子のつながり、先祖とのつながりという意識もきわめて稀薄である。したがって先祖の霊を祭るという習慣もない。第一、墓というものがない。人が死ぬと、役所に届けてから、清掃サービスの会社に頼んで遺体の焼却をしてもらい、遺骨と呼ばれる灰の一部を受け取ることになっているが、最近ではその遺骨の受取りも面倒だというので省略されることが多く、要するに死者はなるべく目立たないように「処分」して、あとは遺族——と言っても普通は死者の娘がいるだけであるが——や友人が中心になって、死亡の披露と追悼のための宴会を催すだけである。それがモノカミ世界の葬式に当たる。ただしアマノンでは、特にピップの場合、この死亡披露の宴には宗教色をもちこまないのが最近の流行で、このやり方は、会場とサービス一切を提供するホテルやサービス会社には歓迎されているけれども、伝統的な葬式業者であるブッダ教その他の宗教関係者の恨みを買っているという。

「いろいろ伺ってみると、われわれとしては、さしあたり生死のことに関係のない方向でやった方がよさそうだね」とPは言った。「で、この間から考えているのは、生きながらにして天国、つまりパラダイスとやらを体験してもらう、というサービスを提供する話だ。仮にわれわれに霊魂というものがあるとする。これが体から抜け出してパラダイスというどこにもない場所へ行く、いわゆるエクスタシスの体験を提供しようというわけだ。このパラダイスをモノカミのパラダイス、つまり『モノパラ』と呼ぶことにしたい」

「モノパラね。感じのいい名前ね」とミヤコスが言った。「で、そこは具体的にはどういう場所だと考えたらいいの？」

「本来は、善行を積んだ信仰篤い人間が死後に行くことになっている天上の世界だね。そこには綺麗な花が咲いて、この世のものとも思われない不思議な鳥が飛んでいるとか、巨大な睡蓮の葉が池に浮かんでいて、その上に座って無限に続く陶酔の時を過ごすことができるとか、これまでもいろんな空想が行なわれているようだけど、肝腎なのは、そこでは一種の無重力空間を游泳する状態にも似た、完全に苦痛や苦悩から解放された恍惚の状態が永久に保証されている、ということだろう。身体から抜け出した霊魂はそういう別の空間に移行して、しばらくの間そこで遊ぶことになる」

「果たしてそんなことがうまくできるの？」とヒデコスが懸念を表明したが、ミヤコスがそれを打ち消した。

「本当にエクスタシスに成功してそのモノパラに行けるかどうかなんてことはこの際問題にしなくてもいいじゃないの。ぼくらのテレビでは、それらしく見えて、しかも面白いということが何よりも重要だからね。どうせ出演者にはこちらの要求通り演技をしてもらうわけだから、エクスタシスの状態に入ってモノパラに行ってきたと言わせることにして、またそう見えるように演技指導をしたらいいじゃん。意外と簡単なことよ、これ」

「ところで、肝腎なのは出演者だけど、これは大々的なオーデションをやって、若くて新鮮なアマを選んだ方がいいね。それに私の好みを言わせてもらえば、パードレのセクレのヒメコとか、首相のセクレのマリコとかに匹敵する、最高クラスを揃えたいね」

ミヤコスはそう言いながら、Pの横に座ってセクレらしくPに飲物を差し出したり、逆にPからお菓子を食べさせてもらったりしているヒメコの方を眺めた。

「それもいいが」とPは念のためにそれとは別の考え方も持ち出してみた。「毎回出演者を募集して、希望者の中から抽選で決めるという手もある。その方が話題にもなるし、モノカミ教の宣伝という目的にも合致するからね」

「ぼくはパードレの意見に賛成よ」とアイコスが言った。「近頃のテレビの人気番組では視聴者の参加が必要条件みたいになってるの。どんな形にしろ、出演者にはアマを募集して加えなきゃね。プロだけでは駄目ね」

「ミヤコスとアイコスの意見を折衷するようなことになるが、私としてはできるだけ広く、老若、美醜を問わずに出演してもらってエクスタシスを経験させたい。しかし、ぼくの相手を務めてもらう以上は、できることならぼくの好みに合った相手がいい、とは言わないまでも、ぼくが苦痛を覚えるような相手は御免蒙りたい」と言ってPはいつかトライオンのところで相手をした途方もない肉塊、確かヒロコンと名乗った「古代的な娼婦」のことを面白おかしく説明した。

「ほとんど恐怖漫画の世界ね」

「ぼくの体力で辛うじて制圧することはできたがね。しかしこの番組で見せるのは格闘競技でもなければスポーツでもない。で、出演者の件だが、ともかく一定の審査を行なって、『適格な出演者』を選ぶという形をとりながら広く募集したい。この『適格』ということの中には容姿や演技力が一定水準以上であることも勿論入るけれども、私とセックスをする以上、その面での適合性ということも無視できない。というわけで、私を審査委員長として、審査委員会を構成することは是非とも必要だと思う」

一同やや釈然としない顔になって、しばらく言葉が途絶えた。

「番組の核心の部分に触れる話が出たようなので、この際、そこの点をパードレから実地にやって見せていただいた方がいいかもね」と言ったのはミヤコスで、自分はすでに経験しているだけに、このことに関しては積極的な態度が見えた。とは言うものの他の四人にあらかじめこの前の経験を詳細に説明して予備知識を与えておくほどの気持はなかったようで、その代わりにみんなの前でPとのセックスを再現して参考に供するつもりはあるらしかった。

「それは是非とも見せてもらいたいね」とルミコスも言った。「あんたが実験材料になってくれるといいじゃない？　この間から、その肝腎の話になると説明がどうも曖昧で、ぼくらとしてもイメジが摑めないんで困ってたところなの」

「それでは、よかったらみなさんにも是非加わっていただきたいですな」とPは社交界の大物を思わせる鷹揚さと断りがたい威厳を見せながら愛想よく誘った。「アマノンの諺《ことわざ》にも言うじゃありませんか、『踊るアホに見るアホ、同じアホなら踊らにゃ損』とか。特にみなさんのような好奇心の強いインテリートなら、すぐ夢中になって楽しめるはずですよ」

「痛くはないの?」とルミコスが訊いた。

「最初だけはね」とミヤコスが答えた。「でも大したことはないし、ちょっとした注射を受ける程度じゃないかしら。一度だけそれを我慢しておけば、あとは回を重ねるにつれて快感が増えるのよ」

「それでは浴室の方に御案内します」

ヒメコがすかさずそう言って先頭に立った。

「君も一緒にやってくれるよね」とミヤコスが言うと、ヒメコは笑顔でうなずいた。

庭園の中の屋外浴室を初めて見る四人は、この前のミヤコスと同じように、歓声を上げてはしゃぎながら、裸になるが早いか広い温水の浴槽に飛びこんでふざけはじめた。Pはアマノンの成人女性がもっている幼児性を再度確認するとともに、ミヤコスに劣らず長身で均整のとれた四人の裸体を見て、若い世代のインテリートが、少女を、あるいはむしろ少年を思わせる贅肉のない体をつくり、維持することに気を配っていることを知った。それに、Pの知る限り、ピップ、とりわけインテリートは他の階層の人間に比べてかなり背が高いようである。いずれにしても、アマノンの成熟した女に残るこうした少女的な硬さは、通常の結婚生活を知らず、妊娠、出産の体験もないということから来たものだと思われた。考えてみると、この女たちはいずれも、出産どころか性交の経験もない処女であって、その年齢と無関係な少女らしさが、いささか変質して中性的な要素となって残っているのももっともなことではあった。

Pが服を脱いで浴槽に入っていくと、女たちは、生まれて初めて本物の男の裸体を見た衝撃を紛らすためか、わざとらしく笑いころげるようにしてPに飛びついたり体を叩いたりして大騒ぎになったのはこの前のミヤコス、ヒメコとの時とまったく同じだった。ただ、今度はPもなすがままにされて水を飲まされるのは閉口だと十分用心してかかっていたので、Pは女たちを次々に抱き上げては勢よく何回転もして、遠心力で目を回したところを放り出すという荒っぽい手を使った。すると女たちは男の腕力で振り回されるのが殊の外お気に召したと見え、悲鳴と歓声を織り混ぜながら、ますます興奮してPに飛びついてくる。そのあとはくすぐりあいになる。Pは手や口や腕まで活用して、濡れてすべる女たちの敏感な箇所に的確に触り、くすぐるふりをしながら愛撫した。それは次第に効果を表して女たちの様子が変わってきた。くすぐったがってあられもない嬌声を上げていたのが、荒い息遣いと苦しげな吐息を縫って女らしい声を洩らすようになり、次第に抵抗力を失っていくのだった。女たちはそれを単純に疲労のせいだと思っているらしく、浴槽の縁に座り込んで胸を波打たせながら放心状態に陥ったので、Pは休憩のためと称して客用の広い寝室に一同を誘った。

ここでもミヤコスは思いがけないほど積極的かつ協力的で、唯一人の経験者として自信たっぷりに、というよりこの前の経験に味を占めて、とも解釈されるような態度を見せて、自ら寝台の上でPを迎える姿勢をとった。この態度は、ミヤコスが自分の欲求とともにPに対する特別の好意に似た気持を素直に表している証拠のようにも受け取られた。そこでPも前回のどちらかと言えば実験的なやり方とは違って自然な気持でセックスに没入し、かつ新しい生徒たちの前で模範演技を見せる教師の冷静な集中力を発揮することができそうだった。ヒメコにはミヤコスの胸を中心に上半身の愛撫を任せ、P自身はミヤコスの性器を中心に大胆で繊細な刺激を加えることにして、早速解剖学の実習を思わせる作業にとりかかると、ミヤコスは予想以上に敏感な反応を示した。挿入を受け入れる姿勢も適切で、その後の動きのリズムもPと息が合い、前回とは見違えるような上達ぶりである。そのことを耳もとで囁くと、ミヤコスは上気した顔に喜色を浮かべて自分からPの背に腕を回してきた。やがてミヤコスは興奮から陶酔に移行して軟体動物のように柔らかくなり、両腕を頭の上に投げ出し、下半身は水中を游泳する動物のような動きを見せはじめた。Pは結合の状態がほかの四人にもよく見える姿勢をとるともに、網を絞って確実に魚を追い詰めていく要領でミヤコスを忘我の絶頂へと導くことに専念した。それからミヤコスが恍惚の状態をさまよっている間にその体を自由に扱って、見学者の参考のためにもさまざまの可能な姿勢をとらせながら、快楽の扉を開くための鍵穴に何種類もの鍵を差しこんではそれが鍵穴に合って有効であることを確かめた。

この実地教育が他の四人に対して強力な効果を発揮したことは確実だった。Pがミヤコスに続いて、若くて肌の艶も弾力も一番の、Pの好みからすればもっとも食指の動くレイコスを次の相手に選ぼうとした時に、アイコスがレイコスを押しのけるようにして、自分の方を先にするようにと要求したのも、今目撃した光景からの刺激、それに快楽への期待がきわめて大きいことを示していた。そこでPは二番目をアイコス、三番目をルミコス、四番目をヒデコス、最後をレイコスという順序でセックスの相手を務めることにして、順番が回ってくるまでの間に、ヒメコから準備的な愛撫を受けておくようにと指示した。ところが驚くべきことに、やがて元気を回復したミヤコスもその準備的な愛撫を加える側に回り、そして受ける側も受け身一方にはとどまらず、日頃セクレとの経験で磨いた技を披露してお返しを始めたので、気分はここで一挙に盛り上がった。ピップが好んで使う表現によれば、大いに「乗ってきた」というわけである。事態は今や、六匹の白い猫が互いにじゃれあっている中に一際大きい黒い猫が飛びこんで手当たり次第に白猫を襲っているようでもあり、あるいは黒猫を中心にして白猫の渦巻きが回転しているようでもあり、見方によってはひどく淫蕩な乱闘のようでもあり、また無邪気な子供たちの取っ組み合いのようでもあった。ここまで来るとヒメコがこれ以上渦中にとどまる必要はないと思ったので、Pはヒメコの耳に囁いて、休憩しながら見ているようにと勧めた。

「なんだったら撮影の方を手伝ってくれてもいいよ」

実はサービス会社から派遣してもらったビデオのカメラマンが先程からこの光景の「下撮り」を始めていたが、こうして全員が「乗ってくる」と、カメラの方には自由に移動して接写その他の手法も駆使してもらった方がいいとPは思ったのである。

それからPは気力を集中して予定の順序で女たちにセックスを体験させた。面白いことに、前回のミヤコス一人の時と違って、ここでは興奮の相乗作用や競争心が働くためか、女たちは初めてとは思えないほど上手に受け入れ態勢をとり、したがって挿入ははるかに容易で、痛みもほとんど問題にならないようだった。それどころか、多少の誇張はあったかもしれないが、快感の表現もなかなか積極的で、ここにも互いに張り合うことのよい効果が現れているようだった。

Pがレイコスの相手をして、これで一通り済ませたと思った時に、

「最後はぼくよ」と言いながらPの上に跨《また》ってきたのはミヤコスである。

「それはずるいじゃん」と誰かが叫んだが、ミヤコスは委細かまわず自分の方から巧みに結合を果たしてしまった。そして勝ち誇ったように、馬を駆って疾走する姿勢で体を躍らせた。その動き方から、Pはミヤコスが自分の快感を確実に取り出すコツをすでに摑んでいるのを感じた。

「すっかり上手になったね」

「割とうまいでしょ。ぼく、こういうことは得意なのよ」

「それに今の君は可愛い」

その言葉でミヤコスは恍惚の絶頂に舞い上がるかのように体を痙攣させ、やがて柔らかい魚の形に伸びて動かなくなった。Pとしてはもう沢山という気持だったが、これを見てほかの女たちは黙っていなかった。Pがそのまま仰向けになっているのをいいことに、ミヤコスが試みたのと同じ姿勢をとって次々と自分の快感を掘り出すことに熱中した。さすがのPも、辛うじ

て壮絶な戦いを耐え抜いたという気分だった。

もう一度浴室に行って体を洗ってから、Pは全員を宴会用のホールに案内した。そこには、客も主人も裸のまま、長椅子に寝そべったり回転椅子に跨ったり、思い思いの姿勢で酒と御馳走を楽しむ「古代的な饗宴」の用意ができており、そこで早速、先程撮ったばかりのビデオが壁の受像装置に映された。

「未編集にしてはなかなかいい感じじゃん」とアイコスが言った。

それを皮切りに、他の女たちも口々に感想や意見を述べあった。

「音の方はこのままじゃ駄目ね。気の利いたムジクがいるね」

「全体としてはエレキ・ムジクが合うだろうけど、あのパードレとミヤコスが静かに抱き合っているシーンあたりでは古代の楽器を使ったムジクもいいかもね」

「エクスタシスを暗示するには、シンセで神秘的な宇宙音みたいなのを出すといいよ」

「それにしてもレイコスは体が柔らかいね」

「ええ、あの姿勢はほかの方にはちょっと無理かもしれないね。昔はもっと柔らかくて、自分の上の口で下の口をなめることもできたの」

「信じられないね。でもこうして見ると、セックスの姿勢には実に豊富なバリエーションがあるのね。ぼくの好みから言えば、最後にやってみた姿勢が一番いいみたいだけど」

「視覚的効果からすると、これもいいじゃん？」とルミコスが指摘したのは、哺乳類が交合する時の典型的な姿勢のことだった。「これを横から逆光で撮ると、荘重で宗教的な絵になると思わない？」

「そうかしらね。でもデレクタの立場からすると、性器や結合部分が明確に見えるような姿勢を工夫することも大事だと思うけど」

「その点の技術的な検討は専門家に任せるよ。ただ、その部分の拡大をリアルな絵にするか、幻想的な絵にするかは、大いに問題になる」

「赤を基調にした、火口と溶岩のイメジなんかいいじゃん」

「それは少し強すぎるよ」

「今感じたけど、下の髪は美容師に整えてもらった方がいいね」

「場合によっては、全部剃り落とした方がいいと思う。結合の状態がはっきり見えるしね」

「でも毛を剃り落としたあとは羽をむしられた鶏の皮みたいでグロじゃないの？」

「本当は、まだ発毛してないセクレを使うと綺麗だけどね」

「それはわかるけど問題があるね」とPが注意した。「私と本格的なセックスをする相手は性器が十分発達した大人でなくちゃいけない。子供では無理だ。苦痛があってはいけないし、また見るものに残酷な印象を与えてもいけないからね」

「そこだよね」とヒデコスが異論を唱えた。「ぼくはむしろ、いたいけな子供が魔神の生贄となって串刺しにされながら神の霊を注入され、神霊に憑かれる、というイメジの方が強烈で受

ける と思うけどね」

「君ならどう思うかね」とPに訊かれて、ヒメコはその大きな目を輝かせた。

「結論から言って、未成熟なセクレがパパに生贄にされる場合は、エクスタシスというよりも、今のお話に出た憑霊《ひょうれい》、つまり宗教学で言うポゼッションの方がもっともらしくはないかしら。それに対して、成熟した大人の場合は、私にはまだよくわからないけど、多分、快感が高まるとともに脱魂、つまりエクスタシスが起こって頭の中も空っぽになる、という感じではありませんか」

「ヒメコは素晴らしく頭のいい子だね」とPは手放しで褒めた。「われわれはエクスタシスとポゼッションの区別をいい加減にしていたが、言われてみると、これはよく考えてみるべき問題だ。宗教学の教科書、と言ってもこれはアマノンに来て読んだもので、わがモノカミ世界には『神聖契約書』とそれに関するモノカミ教団公認の注釈書以外に宗教を論じた書物は存在しないことになっているが、とにかくアマノンの標準的な宗教学説によると、神がかり、つまり専門用語でトランスと呼ばれる状態には二種類ある。その一つが脱魂、エクスタシスで、これは文字通り霊魂が人間の身体から抜け出して、パラダイス、天界、霊界、冥界、といった他界へ飛んでいって、そこで神や精霊、死霊などと接触することらしい。もう一つはさっきヒメコが言った憑霊、つまりポゼッションで、こちらは神や死霊が向こうからやってきて、ある人間に憑く。いずれにしろ、こうした形でトランスに陥る特別の能力をもった巫女のような人間がシャーマンと呼ばれるわけだ」

「なるほど、そう言えばアマノンには今でもそのシャーマン的能力を売物にしてやってる新興宗教が沢山あるようね」とミヤコスが言った。「で、その場合、エクスタシスよりもポゼッションの方が多いんじゃないかな。一般に、霊魂が脱出してどこかへ行ってきたという話は余り信憑性がないものね。それより、何か不気味なものが目の前のシャーマンに憑いてるという話が迫力に富むじゃん?」

「でも、ぼくの感じでは、セックスの時の恍惚の状態はどちらかと言えばエクスタシス型みたいね。神霊がぼくに憑いてるという感じではないな。ヒメコが言うように、大人と子供とではトランスの型が違うんじゃないの?」

「私がパパの相手をして巫女の役をやらせていただいたとしたら、多分最初は恐ろしい苦痛があるけど、それが麻痺に変わったところで、パパの体から熱い火の柱のような生霊が侵入してきて、全身が熱くなり、目からも口からも火を噴くような状態で、結果としては私の霊魂は体外に押し出されてしまうことになりそう。でもこれはエクスタシスとは根本的に違うと思うの」

「ヒメコも一度パードレにやってもらったらいいじゃん」

「今はまだできない」とPは首を振った。「この子がもう少し成長しないと無理だ」

「あんたはこのセクレに優しいね。どうやら模範的なエロの関係にあるみたい」とルミコスが羨ましそうに言った。

「それならヒメコ位の可愛い子をサービス会社から調達するか、一般公募するかして、実験的にやってみたらどう？　エクスタシス型だけでなくてポゼッション型も提供してみせた方がよさそうだものね。脱魂してパラダイスへ遊びにいくのも面白いけど、霊魂がどこかからやってきて体に憑くというのもスルリがある」

「スリルのことですか」

「現代語ではスルリよ。視聴者の中にはこちらの型の神がかりに乗ってくる人も多いと思うな」

「でも、どっちにしてもぼくらはその霊魂というものを信じてるわけじゃないのよね」

「それは言わない方がいいんじゃない？」

「モチ、そうよ。そうだけど、これからは信じてるふりをするためにも、いっそ信じちゃった方がいいかもね。契約書に一項入れといて、出演者にはそれを信じさせるのよ」

「いいアイデヤね。その方が何かと面倒がなくていい」

「そんなに簡単に信じることができるのかね」とPは首を傾げた。

「簡単よ。だから契約ということが成り立つじゃん」

「なんだか変な理屈だね。しかし言われてみると私の場合もそういうことかもしれない」

「パードレはそんな頼りないこと言ってちゃだめよ」とアイコスが言った。「あんたは確信に満ちたメセジを伝えなきゃいけないんだから」

「それはモチね」とPはピップらしい言葉遣いを真似て言った。「ただし、モノカミ教の宣教師風の説教では逆効果だろう。本当のメセジはエクスタシスなりポゼッションなりを演じるシャーマン役の口を通して語らせなきゃね」

「そうよ。あんたはセックスの方に没入して、その強力な肉の棒で相手をトランスに導けばいいの。で、あとはその前後に適当に雑談したり質問したり、できたら冗談でも連発してくれると最高ね」

「その際、パードレはもう少し外国人らしくおかしなアマノン語でしゃべった方がいいよ。今みたいに流暢にしゃべられるとかえって面白味がないよ。ラ行の音は思い切って巻き舌で発音した方がいいし、アクセントも、例えば、『あなた』は『アナタ』、『アマノン』は『アマノーン』という風に発音するといいじゃない？　『モノカミ』も『モノガーミ』と濁った方がよさそうね」

「もっと極端に『モノギャーミ』とやった方がいいね」

「モノギャーミね」とPは苦笑した。「その調子でやれば私も本物の外国人らしくなるわけだね」

「それに、『神聖契約書』から引用したりする時は、モノギャーミ語のままにした方が呪文《じゅもん》らしくて効果的かもよ」

「なるほど、例えば、『サ、サ、ヤー、トコー、シェル、ヤーエ、ヨハナン、アハレリャー、コレ、ワイシェ、コーノ、ナギード、モシェー』といった調子でやるわけだね」

「そうそう。でもモノカミ語って、案外アマノン語と似たところがあるじゃん？　古いアマノン民謡みたいよ」

「それからパードレの顔だけど」とアイコスが言う。「若くてハンサム過ぎるのよね。テレビでは濃い色付き眼鏡をかけて、髭も生やした方がよさそうね」

「髭は付け髭でいいでしょ」とヒメコが言った。

「髭は嫌いなの？」とPが訊《き》くと、ヒメコはうなずいて、

「むさくるしいからいやなの。今のままの方が優しそうで好きだわ」

「セクレの言う通りかもね。近頃は優しくて面白くて剽軽《ひょうきん》なタイプがテレビでは受けるからね」

　そんなことを際限もなく話しているうちに酒の瓶が卓上に並び、やがて酔眼朦朧として半ば眠りに沈みかける者も現れたので、Pはこの日の会合をお開きにすることにして、カガノンを呼び、全員をそれぞれの寝室に案内させた。

「今日も大変な御奮闘ぶりでしたな」とカガノンがそのあとで言った。「それにしても驚くべき精力絶倫ぶりです」

「そうかね。私は別に無理をして頑張っているわけじゃない。もともとセックスは好きなもん

でね。多々益々弁ずというやつね。魅力的な相手に恵まれて無射精セックスを繰り返すということなら、相手が多ければ多いほど元気が出てくるんだ」

「私には想像を絶した酔狂としか申し上げられませんな」と言ってから、カガノンは付け加えた。「今、確か無射精セックスとかおっしゃった。それなら問題ありませんが、万一実弾を使うということですと、これは大問題の火種になります。アマノン国の人口管理体制の根幹に触れる事態が起こりますからね」

「それはわかるがね。で、要するにどうするのが一番いいだろう」

「総理に相談して、できることなら、この番組で生まれる子供を人口管理法の例外扱いとしていただくようにしてはいかがでしょう」

「いいアイデヤだね」とPは上機嫌で言った。「その際、あの豊満で成熟した美人ともお手合わせをすることになるかと思うと、前途にますます光明を見る思いだね」

カガノンは呆れたように三白眼《さんぱくがん》を見張るだけだった。

第十四章　秘境探訪

ミヤコスたちと相談した通りの「モノパラ株式会社」が発足し、テレビ番組「モノパラ」も軌道に乗って——というのは、週一回土曜日の八時から放映され始めるとたちまち予想を上回る人気番組となったのであるが——連日放映への移行も検討されるに至った頃、Pは久しぶりにトキオを離れて旅行に出た。連日放映に踏み切ることになれば、Pの自由になる時間は著しく制限される。大規模な旅行、視察などが困難になることは目に見えているし、Pとしてはそこまでテレビ界に深く入りこむようなことは、できれば避けたいと考えていた。

一週間の予定で出かけることにしたのは、キオトに近い仙山である。実は、番組が始まってまもなくトライオン博士から電話があって、「モノパラ」を面白く見せていただいたというような話が出たあとで、仙山の奥の方に現代文明から隔絶した「秘境」があり、そこには男と女が古代的な社会そのままの生活を守りながら取り残されているらしい、という話を聞いたのである。

「太古の伝説にある『桃源境』に似ていますね」

「随分古いことを御存じですな。それはモノカミ建国からさらに何千年かさかのぼった旧世界時代に伝わる伝説ですが、このアマノンに残っているという『桃源境』はそんなに古いものではない。建国後のものであることは間違いありませんからな。それに、調べてみると、百五十年ほど前、あるテレビ局が『秘境探訪』と題して取材に行ったことがあるようです。ところが、放映してみるとまるで不評なので、すぐ打ち切りとなって、爾来《じらい》、この種の企画は相手にされない」

「私としては是非行ってみたいですね。ただ、簡単に行けるところかどうか……」

「地図や資料がありますから、早速そちらにお送りしましょう。伝説上の桃源境のように、誰も二度と行けない異次元の世界というわけではない。忘れられて、誰も行かなくなった小さな聚落《しゅうらく》にすぎませんが、長い間放っておかれるうちに、いわば、萎縮、退行、癒着して原形を止めなくなった器官と同様、今では姿を消してしまった、というわけですな。人口がある水準以下まで減ると、動物の場合と同じで、人間も繁殖不能に陥って絶滅するらしいから」

「博士もよろしかったら御一緒にいかがですか」とPが誘ってみると、トライオンは急に年寄りじみた弱い声になって、近年足腰の衰えがひどいので、仙山の奥まで徒歩で探勝するのはとても無理だと言った。「それより、パードレと御一緒したいところはほかにある。エンペラに拝謁する機会が得られたら、その時は私もお伴させていただきたい。少々の無理は厭いませんん」

「私のような不法入国の外国人がアマノン皇帝に拝謁を許されるとは思えませんが」

「御心配は無用です。私から政府に手を回して許可が出るように取り計らっておきます。外交官や国賓のエンペラ拝謁を決めたり段取りをしたりするのは政府ですから」

それからトライオンは、Pの旅行の無事と成果の大きいことを祈るという挨拶をして電話を切った。その数日後にミヤコスの後任の新しい内閣官房副長官から電話があった。

「イモタル郷」——と相手は言ったが——の視察に出掛けるなら、政府の方で護衛をつけることにする、という連絡である。そしてやってきたのは、身長も体重も人並外れた大男、いや大女が二人、それも訊いてみるとサービス会社から派遣された護衛専門サバントだということだった。Pはこのほかに自分で雇ったサバントを五人ほど連れていくことにした。

問題はミヤコスだった。官房副長官を辞めてモノパラ株式会社の社長に就任したミヤコスもこの旅行に同行したくて子供のようにだだをこねていたが、仕事の上でPの片腕、つまりパートナになるとともにセックスの面でもPのパートナになったつもりで、仕事をそっちのけにしてでもPと水入らずの旅行がしたいというのである。勿論、そんなことができるわけはないので、Pはどうにかなだめすかして、結局この旅行にはヒメコとカガノンを連れていくことにした。

「困ったもんだね、もうすっかり女房気取りになって」とPはカガノンにこぼしたが、カガノンはその意味を理解したのかどうか、肩を竦めてみせた。

「パパはミヤコスのことをどう思ってるの?」と、今度はヒメコが尋ねた。

「顔は笑っているが、怖い目をしてるね。ミヤコスのことで嫉妬してるのかね」

「何？　ジラシのこと？」

「古典アマノン語では嫉妬。つまり、ミヤコスがぼくと仲良くすることが君は不愉快で、そのためにミヤコスを憎んでいるというわけだね」

「その傾向は皆無ではないわ」とヒメコは大人びた言い方をした。

「わかったよ。君のその気持を逆撫でしないように十分気をつけよう。ミヤコスのことは有能で気の合うパートナだと思っているが、それ以上でも以下でもない。大体、ミヤコスは三十女だし、どちらかと言えば大女だし、可愛いセクレになれる立場じゃない」

「でも、セクレ関係とは別の、大人の男女関係というものがあるんでしょ、私にはわからないけど。例えばさっき、女房気取りだとか言ったけど、女房って何なの？」

「古いアマノン語で『妻』の俗語だ。どちらも今は廃語になっているようだがね」

「私ではその妻とか女房にはなれないの？」

「いずれなれるよ」とPはヒメコの髪を撫でてやりながら言った。「もう少し大きくなったらかならずぼくの妻にする」

ヒメコは中身のよくわからない贈物をもらう約束をしたことで顔を輝かせたが、それを見てPの方は相手がまだ子供だと思わずにはいられなかった。

仙山へはキオトから運転手付きの小型乗用車で行くのが便利である。特急列車の駅もあるが、そこから仙山の入口にある旅館までは、谷に沿って迂回する道を歩かなければならない。乗用車だとキオトからの距離はかなりあるが、そのまま旅館の前に乗りつけることができる。この「山麓館《さんろくかん》」という旅館はトキオの現代的なホテルとは大分趣を異にしており、木の箱を乱雑に積み重ねたような複雑な建物で、泊まり客もトキオのビジマンやピップとは様子の違った田舎の人間が多いように見受けられた。ヒメコは「しなびた」旅館だと評したが、この「しなびた」というのは、「ひなびた」という古語が訛《なま》ったもののようである。本来の意味通りにしなびているのは泊まり客の方で、田舎の老人が圧倒的に多いせいか、顔も手足も長年の労働の結果乾燥果実を思わせる様子をしていた。その老人たちがここではめいめい自分の食事をつくって食べては、日に何度も天然湧出の温水風呂に入っている。聞いてみると、この温泉は各種の病気に卓効があるばかりか、昔から「若返りの湯」とも言われており、老人、それも病気持ちの老人たちは療養を兼ねて気晴らしに来ているのだった。カガノンは、去勢者という立場上、他人と一緒に入浴することは考えられなかったし、またヒメコは都会育ちの若いセクレとしては当然のことながら、この老人たちと大浴場で入浴するのをいやがったので、Pは一人で、数十人の老人とともに血のような色の湯を湛えた岩の浴槽に入ってみた。そしてここでも老人たちが皆、女であることに改めて気がついた。しかし女たちは、外国人の男であるPに奇異の目を向けるでもなく、あちこちでかたまって、Pにはよく聞きとれない方言でおしゃべりを続けている。そのうちにわかってきたが、女たちはPのことを話題にして何やら評しあっているのだった。「カイジン」という言葉がさかんに出てくるのが耳についた。どうやら長居は無用のようだと思ってPは早々に部屋に帰ってきた。

「私のことを『カイジン』と言っていたようだが」

「それは普通のアマノン人にあらざる人間、特に外国人、あるいは端的に言って女にあらざるもの、つまり男、という意味ももっているようです」とカガノンが説明した。

「ある意味ではそれが正常な反応かもしれないね」

「と申しますと？」

「都会の人間たちが、好奇心旺盛なのはいいが、珍しくて面白ければなんでも抵抗なく受け入れてしまうというのは、かえって感覚の根本のところが鈍麻している証拠ではないかとも思われるわけでね。大袈裟に言えば、この国に来て異邦人らしい扱いを受けたのはこれが初めてかもしれない」

そんなことを話しているところへ、騒々しい一団が押しかけてきた。見ると、テレビ会社の撮影スタッフの連中だった。

「何しに来たんだ？」

「言わずと知れた撮影じゃん」

「休暇中の個人的な旅行にまでついてきて撮影するのかね」

「そういうことになってるのよ」と言いながら、デレクタらしい女が合図をすると、カメラが回りはじめた。「このあと、大浴場に場所を移して、いつものエクスタシスの儀式をババたちの前でやってもらって録画しておこうと思うの。これ、ちょっと面白いアイデヤじゃない？」

「別に面白いとも思わないが、まさかあの年寄りを相手にセックスをしろという注文じゃないだろうね」

「それは気がつかなかった。その手もあるのよね。ババが参加するのも悪くないじゃん」

「冗談じゃない。そんなことは不可能だ」

「じゃあ仕方ないね。いつものようにやろう。お相手をするタレントは用意してあるよ」

　Ｐは正直なところ、余り気が進まなかったけれども、インテリート、ピップ、セクレおよびその卵といった上流階級や都会のマス以外の人間にも例の儀式を実地に見せた方がよいのかもしれないと思ったので、ともかく大浴場を舞台に実演と録画撮りをやってみることにした。そこで、機材一式を運びこみ、ババ――というのは、このデレクタの言葉の使い方からすると、都会の住人でない、インテリートでない、若くない女のことを指して言うようで、『ババい』という形容詞もさかんに使われている――を臨時の観客に仕立てて録画撮りにかかろうとすると、大浴場の中は大変な騒ぎになった。若い助手が声を張り上げて場内整理にかかったが、ババたちも負けずに黄色い嗄《しわが》れ声を上げ、なかなか言うことを聞かない。やっと用意が整ってＰとタレントがセックスを始めた途端に、今度は卑猥な笑いと囃し声が湧き上がって収拾がつかなくなった。しかしデレクタたちはこれを面白がって、雰囲気は大いに盛り上がっていると見なし、撮影もまずは上首尾に終わった。

その夜、Pはアマノンに来て今までに食べた中ではもっとも粗末な食事をしながら、カガノンとヒメコに次のような疑問を呈してみたのである。

「実は今日の撮影騒ぎで気がついたことだが、あのババたちはわれわれの儀式を見てひどく卑猥な笑い方をしたね。あれはセックスを知っている女の反応ではないかと思う。都会はともかく、田舎の下層の女たちは若い頃に男とセックスをして子供をつくった経験があるんじゃないか、というわけだ」

「それはなんとも言えませんな」とカガノンは冷淡な答え方をした。「しかし、アマノンにはあのババたちが自由にセックスができるほど男はいないはずですがね。アングラの男にしても、そう沢山はいない」

「一つ考えられるのは」とヒメコが言った。「これもアングラの男に属するんでしょうけど、いかがわしい芝居や歌その他のアングラ芸能を見せるために巡回してくる一座がいると聞いてます。その連中が村や小さな町にやってくると、そこの女たちが集まってお祭騒ぎをしたあげく、その一座の男たちとセックスをすると言われてるの。子供もそうやって生んでいるんじゃないかしら。どうせそういう下層の女には、国の精子バンクから正規の手続きで、質のいい精子を交付してもらう可能性もないと見ていいんだから……」

「なるほどね。とすれば、そういう下層の女もあの番組に出演させてみると面白い結果が得られるかもしれないね」

翌日の朝早くPたちは出発したが、ここから先は交通機関はまったくない上に、山中の寺院で泊めてもらうにしても、食糧その他、宿泊に必要なものを自分たちで運ぶか、人夫を雇って運び上げてもらうかしなければならない。Pの一行にはあらかじめサービス会社から派遣してもらった運搬要員が含まれていたので、問題なく深い山と谷の中へ入っていくことができた。奇巌の道は狭いが、石畳が敷きつめられていて、上り下りの坂道はすべて石段になっている。奇巌の間を縫ってしばらく登っていくと、下の旅館の方で何やら騒動がもち上がっているのは、Pたちの出発に気がついたものの、荷物を運ぶ人夫の手配をしていなかったテレビ会社の一行が、そこから先へは進めなくなったためらしい。ヒメコは快哉《かいさい》を叫ぶように、その一行に向かって手を振った。

「ざまあ見ろだわ」

「これであの蠅みたいな連中からも解放されたわけだ」とPが言った。

仙山の数十の峰が束になって聳え立つ中心部には、ブッダ教の修道場と宿舎を兼ねた古い寺院があり、そこがこの仙山探訪の終点とされている。その寺院までの道は、下に絶えまなく岩を嚙む渓流の音を聞きながら、ある時は竹林を縫い、ある時は白骨の色をした幹の繊細な落葉樹の間を石段で登り、また石段を降りて川床に近づき、何本かの吊橋を渡って信じがたいような蛇行を繰り返すのであるが、Pを夢心地にしたのは谷間の至るところから湧き上がる霧だった。それが塊になって動く様子は、低いところを徘徊する雲と言ってもよかった。それはほとんど仕掛けられた穴から吐き出されるようにして出現し、Pの一行を迎える。このゆるやかに舞う雲の群れにまぎれて進むうちに、Pは次第に夢幻の気分に誘われた。次々に霧の切れ目から姿を現わす奇巌の群れは、地から生えた巨人の手や拳や頭、あるいはさまざまの獣の形を模した石の彫刻のようで、それが霧の海の上に現れては消える姿は自然の設計と制作になる風景とは思えないほど奇怪なものだった。

やがて道は登り一方になって、主峰と見られる岩塊の頂上に近づいた。やや丸みを帯びた頂上は疎《まば》らな樹林に覆われていたが、その一角に古い寺があり、そこから多くの峰を展望することができる。案内を乞うと、見習い僧らしい少女が出てきてPたちを「宿坊」と呼ばれる分散式になった宿泊施設の一つに案内した。建物はすべて木造で、トキオのホテルなどとは違って古代的な様式を残したものであるらしい。部屋にはある植物の茎を編んで作った厚い敷物が敷きつめてあり、戸や窓は木の枠組と紙でできている。

「ヒメコはついこの間までキオトのお寺にいたから、こういう建物で暮らすのには慣れているだろうね」

「そうでもないわ。ムインのお寺でも、形だけは古代アマノン様式に似せた建物だったけど、ここのように本物じゃないの」

「一服したら住職のコイン師に挨拶してきましょう」とカガノンが言った。「何しろ、この寺はめったなことでは一般の人の宿泊を許可しないことになっていて、今回は政府から手を回してもらったのと、破格のマネを寄附するということで、やっと泊めてもらえることになったものですから」

「アマノンでも特別格式の高い旅館だと思えばいいわけだ。場所から言ったら、確かにここに及ぶ旅館はないかもしれない。トライオンの山荘も眺望には恵まれていたが、あれはやや単調で人工的な風景だった。しかしここはまさに仙境だね。風景の規模も質も違う」

本堂という恐ろしく広い板敷きのホールに通されてしばらく待ったのち、PとヒメコはP本堂の横の小部屋に案内された。そこでPたちを迎えたのは、高齢ではあるが性別の判然としない高僧風の人物だったが、この人物の印象が以前会ったムイン師の印象と混りあったために、Pはあのムイン師と再び対面しているような気がしてならなかった。勿論、それがムイン師であるはずはないし、もと弟子であったヒメコも表情を動かさずに落ち着いている。Pは挨拶を済ませると、この寺での僧たちの修行のことを話題にしたが、相手は穏やかな微笑を浮かべて、「実は修行というほどのものはやってないのでして」と言った。「お客さんに見ていただくために、朝夕修行らしく見えること、例えば瞑想や水浴の行などをやることもあります。しかしこれは特別の心付けを頂戴したお客さんに対するサービスというべきもので、ボイたちも、そうでなければこの種の退屈なサービスはいやがるんです」

「ボイというのは見習い僧のことですか」

「僧の姿をさせてありますが、まあそれがボイの制服みたいなものですな。要するにあれは僧なんかではなくてこのホテルのボイですよ」

つまり、この老僧、と言うより僧形《そうぎょう》のホテル支配人コインが説明したところによると、ここは実質はホテルでありながら、税金対策上、また秘境を訪れる観光客の好みも考慮して、深山の寺という外見をとるように工夫し、ある程度客層も限定することで、アマノンでも有数の高級観光ホテルになっている、というのである。その「高級」である所以は、例えば宿泊料一つをとっても、はっきりと定めて公示する形をとらず、宿泊者自身の判断によって妥当と思う額を「フセ」、つまり寺院に対する宗教的寄附として納めることになっているが、その妥当なフセの相場を宿泊者はあらかじめ関係者、宿泊経験者に手を回して知ろうと努め、その結果知らされるのは驚くべき高額なのである。

コインはその高僧的風貌にふさわしい動作で、静かにお茶を入れて供してくれたが、これは粉末状の茶を茶碗の中で攪拌《かくはん》して泡立てるという珍しい方式のものだった。強烈な芳香をもつ茶の成分が直接舌の細胞に浸透するようで、Pは思わず舌を出した。ヒメコも同じように舌を出して見せてくれたが、その舌は苔が生えたように鮮かな緑に染まっていた。

「なかなか結構なお茶ですね。いちどこの濃厚な味を覚えると病みつきになりそうだ」とPが言うと、コインは笑って、

「慣れない方には少々強すぎましたかな」と言った。「これにはかなりの覚醒効果がありまし

て、夜寝る前に飲むと、眠りの中でも頭は覚めていて、星辰《せいしん》の運行の有様が見えたり、その際に発せられる宇宙の音楽が聞こえたりすると言われていますし、また、これを飲んで仙山の峰を前に瞑想に耽《ふけ》っていると、峰々が取り交す超言語的な会話が聞こえてくるとも言われています」

コインは淡々として茶の功徳《くどく》を述べたが、Pには、観光客を相手に毎度言い慣れたことを繰り返し平板な調子で述べているだけのようにも思われた。

「ところで、仙山のほかにこの辺で見るべきものと言うと、どんなものがありますか」

「仙山に始まって仙山に終わるということでしょうな」

「実はこの奥の方に不死人間が住む秘境があると聞いてきましたが」

「はあ、イモタル郷のことですか。それではお客様は取材でいらっしゃったわけですね」

「まあそんなところです」

「ここからはそう遠くありません。あの衝立《ついたて》のような山の向こう側に回ったあたりがイモタル郷です。しかし取材に行かれても、きっと失望されるだけですな。いや、もっとはっきり申し上げるなら、多分不愉快な思いをなさるだけでしょう」

「いらっしゃったことがあるんですか」

「ありません。でも、あそこの住人のことはよく知っているものですからね。実は以前、イモタル人をこのホテルで使っていたことがあるんです」

「するとその秘境というのは、要するに不死人間、イモタル人が集まって暮らしているところなんですね。最初私は、大昔この地方に隠れ住むようになった男女の子孫が、一般のアマノン社会とは違った男女有性生殖型の社会をいまだに維持している、という風に聞いていましたが……」

「男と女、ですか」とコインは首を傾げた。「ひょっとすると男も混っているかもしれない。しかし実態はお説とは違うようですな。あそこに住んでいるのはイモタル人で、連中の社会が昔から変わることなく続いているのは、生殖の結果ではなく、単に連中自身が死なないということの結果にすぎません」

「なるほど、それでイモタル郷という名前の通り、そこにいるのはイモタル人だけだということですね」

「でも、イモタル人も働いたりするんですか」とヒメコが言った。

「政府の要請もあって、うちで引き受けて働いてもらうことにしたんですが、それと言うのも、連中は何しろ不死ですから退屈している。それに、連中を甘やかさないで自立させるのが望ましい、ということも言えるわけで、何人かを現地採用しました。ところが、結論としては失敗に終わりましたな。お客の評判が恐ろしく悪いんです。こういう観光サービス業では老人のサバントは嫌われます。イモタル人と言えば極め付きの老化人間ですから、体はよく動かないし、言語は不明瞭だし、『老臭』がするし、歓迎される要素は何一つない。私どもでもさすがに閉口して早々にお引取り願ったような次第でして」

「そんな風らしいとは前から聞いてましたが、やはりそうですか」

「多少とも御存じなら、これ以上酔狂はなさらない方が無難かと存じます」

「とおっしゃるのはよくわかりますが」とPはきっぱりと言った。「百聞は一見にしかずとか言いますから、とにかく行くだけは行ってみますよ」

「それでしたら、私どもの方で案内人兼通訳を一人つけるように致しましょう。規定以上にフセも頂戴しておりますから」

その夜、Pは寝る前にもう一度例の粉末茶を泡立てて飲んだが、コインの口上にあったような不思議な覚醒効果はまったく見られず、峰を巡る風の音に耳を傾けているうちにすぐ眠りに落ちて、そのまま朝まで熟睡した。しかしヒメコはそのお茶のせいで目が冴えて眠れなかったと言いながら、いつもよりさらに青みがかった目をして起きてきた。

「確かに今朝の君は目が冴えているね」

「そういうことじゃないのに」と言ってヒメコは欠伸を噛み殺した。

用意されていた案内人兼通訳は、主人のコインよりもはるかに年を取って耄碌ぶりがはなはだしい老人で、Pは最初、この老人自身もイモタル人ではないかと思ったほどである。しかし訊いてみるとそうではなさそうだった。そしてそう誤解されただけでも心外だという態度を隠さなかったところを見ても、イモタル人に対するこの男の――カガノンがこの老人がラオタンであることを一目で見破ったのである——反感にはなみなみならぬものがあることがわかった。

荷物および随行者はあの寺院風ホテルに残したまま、老ラオタンを先頭に立て、Pはヒメコと手をつなぎ、そのあとにカガノンが用心深くあたりに目を配りながら続くという形で、一行はゆっくりと「秘境イモタル」に向かって山峡の道を進んだ。やがて、道は渓流の水源と思われるあたりに至って尽きた。意外に早く秘境らしいところに到着したらしい。両側から山が迫って、正面は塞がれている。その辺りは果樹の林になっていて、わざとらしいほど赤く熟した拳大《こぶしだい》の実がまるで照明のために取りつけられたかのように赤々と輝いている。

「これは何という果物だろう。ちょっと旨そうだね」

「古くからの言い伝えによると『物忘れの実』ですな」とカガノンが博識を披露した。「つまり、これを食べると、過去の辛い記憶が即座に消えてしまうと言われているんですが」

「そういうことですな」と言いながら、案内人は無造作に実を一つもぎとって口に入れると、ひとしきり噛んで、真赤な種と皮を吐き出した。その様子が血だらけの肉片を吐き出すのに似て異様に見えたので、Pはそれだけでもこの果実を口にする気になれなかった。

「君たちも食べてみるかね」

「私は食べない。辛い記憶でも何でも、記憶が消えてしまうのは薄気味悪いもの」

「私も止めときましょう」とカガノンも言った。「これからはだんだん記憶が衰えていくばかりだし、これ以上記憶が減るのはまっぴらですな」

「賛成だね。楽しい、都合のいい記憶だけを残したいというのはいかにもあさはかな考え方だ。しかし、これは本当に記憶抹消の効力をもっているのかね」とPは案内人に訊いた。

「そのようですな。私はイモタル郷へ行ったら、帰りにはかならずここで『物忘れの実』を食べることにしているんです。とにかく、今見たばかりのことを頭から消さないことにはやりきれないという気になる。まあ、みなさんもいずれおわかりになりますよ。それに、イモタル人たちも時々這い出してきては、記憶を消すためにこれを食べているようです」

「入口はどこにあるの？」とヒメコが尋ねた。

「あの先に洞窟があります」と言いながら案内人はおぼつかない足取りで果樹の向こうの岩の後ろに回った。

そこにはPたちが背を屈めて入れるほどの洞窟が口を開いていた。

「なるほど、秘境への入口にふさわしい洞穴だ。しかし何も見えないね」

「向こう側に抜けるにはしばらく我慢していただかなければ」と言うと、案内人は先頭に立って洞窟に入った。

中は妙に生温かくて息苦しい。Pはとっさに、大きな蛇か何か、途方もなく長い動物の腹の中を通過しているような気分に襲われたが、その感想を洩らすのは差し控えた。まもなく前方が薄明るくなった。別の世界からの光が差し込んでいる気配である。それが半透明の光の膜になって出口を塞いでいた。言ってみれば大きな動物の眼球の中に閉じこめられて外界を眺めているような具合である。

「ここからどうやって出るんだ？　これはいやに弾力のある膜のようだが……」とＰが首を傾げていると、案内人は唾をつけた指で膜を突き破り、そこから両手で膜を引き裂いて人間が通り抜けられる穴をつくった。そしてそこから踏み出したところがイモタル郷だった。

最初に目についたのはそこいらで餌を啄《ついば》んでいる鶏だった。やや黄色がかった鈍い光に満たされている風景の中を灰色の道がどこまでも延びて、それが黄色い道と至るところで不規則に交叉している。その道に区切られた部分は畑かと見えたが、よく見ると作物が栽培されている様子でもない。無秩序にさまざまの植物が生えているだけである。一番幅の広い道を歩いていくと、あちこちに背の高い樹木に囲まれて民家が点在しているところは一見ありふれた農村の風景に似ていたが、田畑があるわけではなく、耕している農夫の姿も見えない。

「家の中を覗いてみますか」と案内人が言ったので、Ｐもその気になって一軒の家に近づいていった。

案内人が声をかけたが返事はなかった。土塀で囲まれた長方形の敷地に中庭を囲むようにして細長い建物が配置されている。建物の内部は、中庭に向かって開いた部屋が一列に並んでいるという単純な構造になっているらしい。中庭の中央に井戸と水飲み場があり、そのそばには、木陰をつくるためらしく、一本の傘の形に枝を広げた木が植えられている。人気のない中庭を数羽の鶏が走りまわっては声も立てずに喧嘩をしていた。案内人は遠慮なく庭に入って、部屋の一つを覗きこんだ。使われないまま放置されている部屋もあるらしい。「ここにいましたよ」という声でPたちが行ってみると、その部屋の、寝具とも脱ぎ捨てた衣服とも洗濯物ともつかぬものが散乱した中に、こちらに裸の背を向けて寝ている老人が見えた。悪臭が漂っている。食器や食べかすも部屋の中に放置されたままらしい。その他の汚物もそのままではないか、とPは思ったが、口に出すのも不愉快だったので、黙っていた。

「あれで生きてるのかね」と案内人に尋ねると、

「全然動きませんが、死んではいないでしょう。何しろイモタル人だから」

「病気ではないか」

「病気とか健康とかの状態を超越しているようですな」とカガノンが言った。

「要するに、極度に老衰しているわけです」と案内人は明らかに反感をこめて言った。

「死なないで何百年か生きてるんですからね」

「もう体が動かないのかしら」

「そんなことはありません。何をするのも億劫になって、自分で自分の身のまわりのことにも一切手を出さなくなるんですよ。昔はボランチャーの子供たちが身のまわりの世話をしに来ていたこともあったようですが、近頃ではそんな奇特な人間もいない。こう不潔では誰も寄りつかない。誰も世話をしないからますます不潔になる。この部屋にいる人なんか、比較的若いからまだましな方で、中には数百年も自分の汚物にまみれて寝たきりという恐ろしい例もあります」

「食べるものはどうするんですか」

「イモタル人は食べなくても餓死することはないんです。まあ、物を食べていれば、それなりに動く元気も出るようですが。もっと奥の方まで行けば、比較的元気なイモタル人のいる村がありますす。そこの連中ならインタビューにも応じてくれるはずです」

Ｐは異臭を放っている家から足速に出た。それから大通りに当たる道をまたしばらく進んだが、相変わらず人の姿はなく、田畑に当たるところも耕された形跡はなく、どの家のまわりにも使い捨てられた道具などが散らばっていて、どこを見ても乱雑な感じである。丹念に手入れが行き届いた田園の風景とはおよそ違って、全体がごみ捨て場のような、極度に荒廃した印象が強い。Ｐは「秘境探訪」という言葉に釣られてこんなところまでやってきたことを後悔したが、一方では、折角来た以上は、もう少しましな、典型的なイモタル人に会って話をしてから帰ろう、という気にもなっていた。

「そろそろこのあたりがイモタル郷の果てですが」と案内人が言った。「この一角に住んでいるのは比較的ましな連中で、一応口も利くし、言葉もそんなに古くないから、私の通訳でもなんとか間に合います。もっとも、記憶は定かでないし、好奇心もありませんから、長く生きていても各時代の出来事についてはまったく無知なもので、何を訊いても面白い返事は返ってきませんね」

「とにかく憂鬱な連中らしいね」

Pはそう言ったが、林を背にした丘の上のやや快適そうな聚落を見つけていくらか希望がもてるような気になって、一際大きな集会場風の建物の前にたむろしているイモタル人たちに近づいた。

「あの、一番若くて元気がありそうなのにインタビューしてみよう」

「あれですか。あれはドライモンと言って、ここでは一番ふとっていて一番よくしゃべる奴です。ドライモンに目をつけるとはさすがですな」

「通訳をお願いしよう」

そう言ってから、Pは、地べたに腰を下ろして放心したようにどこにも焦点の合わない目を見開いているイモタル人に話しかけて、ほぼ以下のようなやりとりをした。

問　私ハモノカミ世界カラ布教ノタメニヤッテキタPトイウ者デアル。現在、テレビデ「モノパラノ奇跡」トイウ宗教番組ヲ提供シ、カツ私ガ主演シテイルガ、御存ジカ。

答　知ラナイ。テレビトイウモノハココ何百年モ見タコトガナイ。

問　ソレデハアナタノコト、イモタル人ノコトニツイテ伺イタイ。アナタハ何歳カ。

答　年齢ハ覚エテナイ。大体、イモタル人ハイツマデモ死ネナイデ生キテイル自分ノ年ナド思イ出シタクモナイ、トイウワケデ、大概ノ人ハ自分ノ年ヲ早々ト忘レテシマウ。

問　百歳ハ超エテイルト思ウカ。

答　ハルカニ超エテイルコトハ間違イナイ。

問　コノイモタル郷ニハイモタル人ハ何人位イルカ。

答　ワカラナイ。マア、百人カラ五百人ノ間トイッタトコロデハナイカ。ダンダン増エテイルコトダケハ確カダ。何シロ死ンデ数ガ減ルトイウコトガナイワケダカラ。

問　自分ガイモタル、ツマリ不死デアルトイウ特性ニツイテ知ッタノハイツ頃ノコトカ。

答　記憶ニナイガ、普通、百歳ヲ過ギテモ死ナナケレバ、イモタルデハナイカトイウ疑イガカナリ濃厚ニナル。シカシ中ニハイツマデモ希望ヲ捨テナイ人モイル。

問　希望ヲ捨テナイトイウノハ？

答　ツマリ、タトイ五百歳ニナッテモ、明日突然死ヌカモシレナイ、トイウ希望ヲ捨テナイデイルワケダ。コレガ若サヲ保ツ秘訣ダネ。

問　アナタ方ニトッテハ死ヌコトガソンナニモ切実ナ希望ナノカ。

答　ワレワレニトッテ最大ノ楽シミハ死ヌコトダ。シカシ残念ナガラコレハ今ノトコロ想像上ノ楽シミニスギナイ。

問　ナゼ死ニタイノカ。

答　生キテイルノガ退屈ダカラダ。退屈ニ勝ル苦痛ハナイ。

問　退屈ニ陥ラナイ、積極的デ有意義ナ生キ方トイウモノモアルノデハナイカ。

答　ソレハ人生ニ死ガアルカラコソ可能デアル。

問　死後ドウナルト思ウカ。死後ニハドンナ世界ガ存在スルト思ウカ。

答　死ネバスベテガナクナル。自分ハ消滅スルワケダ。生キ残ッタ人間タチノ世界ハ多分コノママ続クダロウ。勿論、ソレハワレワレノ——トイッテモ、ワレワレガ死ネルモノトシテノ話ダガ——関知スルトコロデハナイ。トニカク、自分ガ消滅スル、無ニナル、トイウコトハ考エルダケデモ素晴ラシイコトダ。

問　モシソウダトスレバ、死ヌタメノ手段ガ一ツ、イヤ二ツホドアルノデハナイカ。ツマリ、一ツハ自分デ自分ノ体ヲ破壊シテ死ヌコト、イワユル自殺デアル。今一ツハ、他人ニ委嘱シテ殺シテモラウコトデアル。不死人間トハ言ッテモ、身体ガ完全ニ破壊サレテ消滅スレバ死ヌコトニナルト聞イテイル。死ヌコトガデキナイトイウアナタガタノ嘆キハ、結局ノトコロ、自殺モ嘱託殺人モデキナイトイウ行動不能状態ヲ容認シテノモノデ、ワレワレカラ見ルト、余リ同情ニハ値シナイヨウダ。部屋ニハ戸ガアッテ、イツデモ開ケラレルノニ、戸ヲ開ケテミヨウトセズ、イヤ、戸ヲ探ソウトモセズニ、外ニ出ラレナイト嘆イテイルヨウナモノデハナイカ。

答　自殺ノコトヲオッシャルガ、自分デ自分ノ体ヲ破壊スルトイウヨウナコトハ、生命ニトッテ自己矛盾デアル。ソンナコトハ、シタクナイトイウヨリモ、本来デキナイコトニ属スル。他人ニ殺シテモラウコトモ同様ダ。

問　ソレデハ、アナタガタノ関知シナイ運命ノ力ガ働イテ、不意ニ死ノ鎌ガ一閃《いっせん》シテ生命ヲ刈リ取ッテシマウ、トイウ形ナラドウカ。アナタガタトシテハソレヲ歓迎スルカ。

答　歓迎スルトハ言イガタイガ、少ナクトモヒソカニソレヲ待望シ、ソレヲ希望ノ糧トスルコトハ確カダロウ。

問　ソノ点ニツイテハ、アナタガタノ死ヘノ希望ガ叶エラレルヨウニ、私カラモ政府ニ働キカケテミルツモリデアル。トコロデ、アナタノ性別ハ外見カラハワカラナイガ、男カ女カ。

答　質問ノ意味ガヨクワカラナイガ……

問　人間ニハモトモト男女ノ別ガアル、トイウコトハ知ッテイルト思ウガ、少ナクトモアナタガタガ若カッタ頃ニハコノアマノンデモ男女ノ別ガハッキリシテイテ、男女ハ結婚シ、性交スナワチセックスニヨッテ女ハ妊娠シ、子供ヲ生ム、トイウヤリ方デ人間ハ子孫ヲ残シテイタ。シカシ今ハ御承知ノヨウニ、アマノンデハ女ガ社会ノ圧倒的多数ヲ占メル正規ノ構成員デ、ゴク少数ノ男ハイワバ社会ノ穴ノ中ニ隠レテ辛ウジテ存在シテイル。アナタガタハ、コノ地デ、ソレトハ違ッタ古代的ナ男女カラナル社会ヲ維持シテイル、トイウ風ニ聞イテイタ。ソノ点ハドウナノカ。

答　ドウモオッシャルコトガヨクワカラナイ。男ト女ノ区別モワカラナイシ、アマノントハ何ヲ意味スルノカモワカラナイ。アマノントイウ国ガドコカニデキタノカ。

問　コレハ驚イタ。コノ地ヲ含メテ、ココハアマノン国デ、アナタガタモアマノン国民デアルコトハ間違イナイ。性別ノコトダガ、自分デモ本当ニ男デアルカ女デアルカガワカラナイトイウノカ。

答　ワカラナイ。

問　ワカラナケレバ判別スル方法モアルガ、ヨロシカッタラ性器ヲ見セテイタダケルカ。

答　性器トハ何カ。（このあと、Ｐはカガノンに命じてこのイモタル人の衣服をめくりあげて鑑定させたのであるが、老化による変形がはなはだしく、また接近して正視することを不可能ならしめるほどの異臭もあって、結局このイモタル人の性別はわからなかった。止むを得ず、Ｐは自分の性器を見せ、また嫌がるヒメコのも見せた上で、相手に質問した。）

問　若イ頃ノアナタハドチラノ性器ヲモッテイタカ。

答　記憶ガハッキリシナイ。昔ノコトハ忘レル一方デ、コレハホカノ人ニ訊イテミテモ同ジコトダロウ。

問　セックスノ経験ハアルカ。

答　アルカドウカ、記憶ニナイ。

問　食ベルモノニハ不自由シテナイカ。ドンナモノヲ食ベテイルノカ。

答　イモタル人ハ物ヲ食ベナクテモ生キテイラレル。食ベレバ筋肉モツクシ、ソレナリニ元

問　気モ出ルガ、一方デハ厄介ナ問題モ生ジル。

答　排泄ノコトカ。

問　ソウダ。味覚ガ残ッテイル間ハ、アトノ厄介ヨリモ味覚ノ楽シミガ大キイノカ、物ヲ食ベテイル人ガ多イ。食物ハ森ニ行ケバイクラデモアル。

答　木ノ実トカ鳥獣トイッタモノカ。

問　何カワカラナイガ、木ニモ食物が生ッテイルシ、地面ニモ生エテイタリスル。イクラ取ッテモ取リ切レナイホドダ。食物ニハ不自由シナイ。

答　睡眠ハ？（と訊いたのはカガノンである。）

問　イモタル人ハ眠ラナイ。死ネナイノト眠レナイノトガイモタル人ノ二大特徴ダトサレテイル。

答　全然眠ラナクテ、心身ニ異常ヲ来タサナイカ。

問　別ニ。タダ、不眠デ困ルノハ、オカゲデ退屈ガマスマスヒドクナル、トイウコトダ。

答　イツモ目覚メテイテ頭ガ働イテイルトスレバ、コノ刺激ニ乏シイ環境デ、ドンナコトヲ考エテイルノカ。

問　何モ考エテイナイ。考エルコトハナイシ、頭ハデキルダケ休メテ睡眠ノ状態ニ近ヅケテオクノガイイ。

答　ソレデハマスマス退屈デハナイカ。（とヒメコが訊く。）

答　イヤ、頭ヲ使ッテイロイロ考エタリスルカラ退屈スルノダ。

こうした問答のあと、Pはトキオから持参した土産の品を差し出したが、イモタル人はそれには全然関心を示さず、目の前にPたちが立ちふさがっているのを避けるように、腰を下ろしたまま体をずらして場所を移動した。

「どうやら日向《ひなた》ぼっこの邪魔をしたようだね」とPは言ったが、ヒメコは肩を竦めて、「イモタル人って、早く言えば生ける屍なのね」と辛辣な評言を洩らした。

「まだあちらにも元気のよさそうなのがいますが、行ってみますか」と案内人が言った。

「インタビューならもういいね。この丘の上を一回りしてから帰ることにしよう」

「このあたりには宿泊施設もないだろうね」とカガノンが言った。「勿論、泊まる気なんかないが」

「昔は二、三軒ありましたが、最近は観光客もほとんど来なくなって、旅館もとっくに廃業しました。大体、こんなところに泊まろうという人はまずいないんじゃないですか。ほとんどの人は、イモタル人の生態を見るや、一刻も早くここを出ようとするようですね」

「われわれもそのようにしよう。これ以上、変わった生態が見られるとも思えない」と言いながら、Pはこのイモタル郷が風変わりな動物を放し飼いにしている動物園のような気がしてきた。珍奇な動物でも、見て快いものとそうでないものとがあり、残念ながらここにいる動物はあらゆる点で愉快な気分になれない種類のものだった。案内人が、帰りに「物忘れの実」を食わずにはいられないのも理解できるような気がした。

「また最初の出入り口まで引返すんですか」とヒメコが言った。

「正式には使われておりませんが、裏口というか、通用門と言うか、管理関係者が出入りするところがこの先、丘の向こうにあるはずです。とにかく行くだけ行ってみましょう」

そこで丘を下りて林の中をしばらく進むと、高い石の塀が見えてきた。塀はイモタル郷と外の世界を画然と分けるためか、起伏に沿って延々と続いている。

「なんだか妙な気分だね」とPはつぶやいた。

「どうかなさいましたか」

「実は刑務所の塀を思い出した。あるいは矯正用の修道院か精神病院か、といったところだ」

「これは外からの侵入を防ぐためのものかしら、それとも中からの逃亡を防ぐためのものかしら」とヒメコが言うと、案内人は無造作に、

「要するに隔離壁ですよ」と片づけた。「あそこに通用門があります。守衛はいないようですが……」

行ってみると、頑丈な鉄製の扉に錆びた錠前がついていたが、なぜか鍵が差しこまれたままになっている。Pは案内人にチップを与え、仙山のホテルに置いてきた荷物を送り返す手配を頼んでから、案内人とはここで別れることにした。

扉を開けて外に出ると、そこは人家の立ち並んだ街だった。

「キオトだわ」とヒメコが懐しそうな声を上げた。

「仙山からさらに奥の秘境まで踏みこんで、出たところがいきなりキオトの街とはどういうことだろう」

「イモタル郷の裏口がキオトに接していた、ということでしょ。帰りはこんなに近くて助かったわ」

Pは今出てきた通用門の扉を閉めながら、門柱に書いてある字に注目した。

「キオト市塵芥《じんかい》処理場　関係者以外の立入りを禁ず」

第十五章　ユミコス首相との一夜

仙山からイモタル境を探訪してトキオに帰ると、一週間のうちに約二か月分のビデオを撮らなければならなかったので、Ｐはその間スタジオに詰めっきりで、番組一回につき四人、ざっと四十人の相手とセックスをすることになった。毎回四人のうち一人はリレー式に指名されて出演する人気芸能人で、あとの三人が一般公募の出演者である。この頃から司会には現在一、二を争う人気コメデアンのトンコが起用され、これが当たったこともあって、今や「モノパラ」の評判は大変なものだった。Ｐはモノカミの教父らしい風貌を強調するため、デレクタの意見を容れてついに頭を剃った上で、いつもは鬘《かつら》を着用することにした。「モノパラ」では、まずだぶだぶの黒い教父服に赤い頭布《ずきん》という出立《いでた》ちで登場し、事に及んでその見事に剃りあげた、「崇高で、かつ性的磁力を放出する」と評された頭を露出するのであるが、この演出は確かに成功だった。番組の前半でタイプの異なる素人の出演者三人を相手にする時は、そばにいて野次を飛ばしたり冗談を言ったりするトンコと掛合いでスタジオの客を笑わせながらセックスをして見せる。次にトンコを相手に、教理問答めいた話から時事問題に関する放談、噂話、猥談に至るまで、あらゆる話題にわたって雑談をする。最後に、その日のゲストである人気芸能人が登場して、相手の個性にもよるが、概して優雅で陶酔的なセックスをして見せる。そういうパタンがほぼ固まってくると、Ｐの方も、強行日程の撮影にもかかわらず、割に楽に仕事をこなしていくことができるようになった。そして、この番組が始まって三か月目に入った頃、一般出演者の中に妊娠が確認された者が数人出たので、いずれ臨月を迎えた時にはもう一度出演してもらって、出産の場面を実況中継することが発表された。これはＰが特に強く望んだことで、当初Ｐの意図したことはこれでほぼ実現することになる。

「今後、もしも『モノパラ』を一時間番組に昇格させるつもりなら、前半で男の一般出演者を登場させることにしてはどうかね」とＰはミヤコスに相談してみた。

「男がパードレの役を演じるわけね」

「そうだ。私はそばにいて、その男にいろいろと指導することにしよう」

「それは面白いアイデヤだし、ぼくも賛成だけど、問題はその男の出演者をどうやって調達してくるかということね。パードレのようなまともな男って、この国にはいないのよ」

「まず、正式に認定された精子提供資格者……」

「それは駄目。現在三百人位いるけど、これは厚生省の人口局の厳重な管理下にあって、手が出せないいね」

「どこかに幽閉されているのかね」

「似たようなものね。事実上軟禁に近い形で病院に収容されていて、脳の一定部位を刺激するという方法で定期的に精子を採集されるわけ。仮にこの連中を引張り出してきたとしても、パードレのような芸当はできないし、物の役には立たないよ」

「情ない奴らだな。それじゃ男とは言えないね。ほかにセックスができそうな男はいないのか」

「アングラの男ならね。職業で言えば、いかがわしい演劇の俳優、この中にはかつてセックスのショーを秘密クラブや舞台で見せていた者もいる。それからガングの男ね」

「ガングって？」

「犯罪を商売にしている地下組織のことよ。勿論、表向きはいろんな商売をしてることにはなってる。例えば、料理人、マッサージ師、行商人、押売り、美容師、用心棒といったところね。この連中の中には、今でも女性と同棲して、セックスをして子供を生ませたりしてる者があるの。だからこの番組に出てパードレの役を務めるには一番むいてるわけだけど、素性が素性だけにちょっと問題があるのね」

「とにかく、出られそうな男がいることはいるんだね。細かい問題についてはそのうちに相談しよう。それより、明日は総理の晩餐会に招ばれてるんだが、どういう用件か、君にはおよその見当はつくかい？」

「パードレのほかには誰が出席するの？」

「それはわからないが、私の勘では、招かれているのは私一人じゃないかと思う。官房長官のサイオンあたりが出てくるかどうか、というところだがね」と言いながらPは招待状を取り出してミヤコスに見せた。

「サイオンは多分出ないよ」とミヤコスが言った。「セクレ御同伴で、とは書いてないから、招ばれてるのはパードレだけよ。よほど立ち入った話があるんじゃない？」

「じゃあヒメコは連れて行けないわけだね」

「それは違うの。セクレは当然連れていくのよ。複数の人間が招待されてる比較的ホーマルな晩餐会やパーテーだと、わざわざ『セクレ御同伴で』と書くものなの」

「なるほどね。それにしても用件は何だろう？　この番組が大分羽目を外して発展してるから、そろそろ圧力がかかる頃かもしれないね」

「そんなことはないと思う。ユミコスもあれはお気に召して毎週欠かさず見てるはずよ」

その翌日、Pはヒメコを連れて首相官邸に出かけた。前に昼食会に招待された時には、まだヒメコをセクレにしていなかったので、間に合わせにクーミンを連れて行ったのだが、今思うと冷汗を禁じえなかった。しかし今のヒメコはどこへ出しても恥ずかしくないセクレになり、あの首相のセクレのマリコも色褪《いろあ》せて見えるにちがいない。Pはこのところ急に背が伸びたヒメコに腕を貸しながら、夕方の退庁時の官邸に入った。

「お久しぶりね」と言ってユミコスはその豊満な胸でPに抱きついて肩の後ろを叩きながら親愛の情を示した。気のせいか、Pはこの前の時と違って相手が女らしさを率直に表しているような気がして、こちらも愛人でも抱く気分で、かなり大胆に抱きしめてみた。

「お元気そうね」

「総理もお元気そうですね。それにますます綺麗になられた」

「まあ堅苦しい挨拶は抜きにして」とユミコスは少し上気した頬に掌を当てながら、Pとヒメコを私用の食堂に案内した。晩餐の席に就くのは首相とマリコ、Pとヒメコの四人だけらしい。

「あなたの番組は毎回面白く拝見してるよ」

「恐れ入ります。やっと軌道に乗ったと言うか、調子が出てきたところで、そのうちに一時間番組にするつもりです」

「あなたのセックスは見応えがあるね。マリコともよく冗談に言うんだけど、ぼくらもできたら一度出演してお相手をさせてもらいたい位だね」

Pは、この冗談、というより明らかに本音としか聞こえない言葉に驚倒しそうになったが、考えてみると、首相がそう言うならできない相談でもなさそうである。これまでの経験を総合すれば、アマノンではどんなにとっぴな思いつきでも、およそ人の頭に浮かぶほどのことなら大概は実行に移される。

「こちらこそ是非お願いしたいですね。首相をスペゲスとしてお迎えできれば最高です。これまでにもいろんなテレビ番組に出演してらっしゃるようですから、それほど問題はないと思いますが」

「いや、まあそれは冗談よ。とりあえずマリコなら、いつでも出してもらっていいけどね」

「失礼ですけど、もうセックス可能の段階に達してるんですか」

ヒメコがやや鋭い口調でそう訊いた。Ｐにはヒメコの微妙な気持の動きがすぐに察知できたが、ユミコスは質問を真に受けてうなずいた。

「実はこの子も一人前になったようでね。御覧の通り体も急に成熟して、セクレと言うより、今や若いピップという感じが強くなった。ぼくとしても、そろそろ独立させて成人の扱いをしなくては、と考えてる」

「ということは、マリコを手放すおつもりなんですか」

「そう。いつまでもセクレとして縛っておくわけにもいかないからね。辛いところではあるが……」

「そういうことなら、しばらく私の番組にレギュラー出演者としてお貸しいただけませんか。司会の助手か、私がセックスのコーチをする時の助手をやっていただけると有難い。芸能人も大勢出るようになりましたが、まだこれだけの優雅な美少女は登場したことがないもので」

「お世辞がうまくなったね」とユミコスは上機嫌で笑った。「しかしあなたの手元には別格の美少女がいるじゃないの。そちらは大事にして、簡単には使わないというつもりね」

「そういうわけでもありませんが、まだその時期が来ないもので」とＰは弁解した。

「あなたの気持はわかるよ。ま、ヒメコは大事にした方がいい。マリコは自由に使っていただいていいけど、どちらかと言えば無口な子でね。心配なのはその点だけ」

「御心配には及びません。賢い美少女は無口なものです。このヒメコにもその傾向がありますが」

そんな話をしているうちに、テーブルには大層豪勢な料理が現れた。以前、田舎町での歓迎会で出たことのある生きた海老の料理である。

「これがアマノンで一番お気に入りの料理だと聞いてたもんでね」

Pはユミコスの気配りに感謝し、早速大海老の脳味噌から賞味した。

「絶品です。アマノンの海の香りと海老の知恵の複雑にして高貴な味が舌の上で混じるところがなんとも言えませんね」

「それはよかった。よく吟味されたいい海老らしい。このあと、ロギョという魚の活け造りも出てくるよ」

首相と並んだマリコは、大きな目を見張るようにしてPの方を見つめている。この前の時とは違ってPに特別の興味を抱いている様子だった。ヒメコよりも少し年上らしく、その顔には開いた花の色が現れている。

「先日、仙山と、その奥にあるイモタル境という秘境に行ってきました」

「そうらしいね。いや、そういう情報は自然にぼくの耳に入ってくることになっているもんで」とユミコスは言った。「イモタル人の実態はどう？　実を言うとぼくもよくは知らないのよ。何しろ、その秘境とやらへはまだ行ったことがないし、本当のところはむしろ行きたくない、というわけなの。でも、君はあんなところまでよく行ったよね」

「まあ、あれは見るべきものではありませんね」と言ってPは苦笑した。「ただ、役に立ちそうなこともいくつかわかりましたよ」

「ほう、それは有難い。どういうことなの？」

「連中はひたすら死に憧れていますね。しかし自分では死ねない。前に、イモタル人の自殺もあるという話を伺いましたが、例外は別として、イモタル人たちは自分で自分の体を破壊して死ぬ気は全然ない。他人に委嘱して殺してもらう気もない。偶然、ないしは外部の事情で死に至らしめられることなら受け入れようというわけで、要するにまったくのあなた任せで死を待ち望んでいるわけです。だとすれば……」

「わかったわかった」とユミコスは鷹揚に手を上げて制した。「政府としても適当な手を打ちたいと思ってるし、どういう手があるか、あとは言わなくても察しはついてる。しかし今日はその問題にも関係してくるけど、実はもっと凄いことをお話したい。そして是非相談に乗ってもらいたいのよ」

ユミコスは取っておきの秘密を打ち明ける時の快感を抑えきれないという顔で、眼鏡越しにPを見つめた。その探るような微笑を湛えた目は、よく見ると若い娘の笑いを含んだ目にも似て、なかなか魅力的だった。

「政局にかかわることですか」とPが言うと、ユミコスは大きくうなずいて、

「モチよ。でも別に重大かつ深刻な問題が発生したわけじゃないのよ。むしろ、ぼくにとっては笑いが止まらないようなことね。かと言って浮かれてるわけにもいかない。まあ、例えば、大変な可能性を孕んだ卵を突然手に入れたみたいなもので、これは、うっかり落とすと割れて大爆発して世界がぶっこわれちゃう。そういう大変な卵なのね。それがまた、掌の中で簡単に握り潰せそうな位柔らかい。だから余分な力を入れないで、しかもしっかりと握っていなければいけない……と、まあそんな性質の秘密をぼくは手に入れたわけ」

そう言いながら、首相はポケットから親指ほどの小瓶を取り出した。瓶の頭と尻を二本の指で挟んでかざして見せたが、きわめて用心深い態度で、それをテーブルの上には置こうとしない。中には無色透明の液体が入っている。

「まさか、世界中の人間が一遍に殺せるという毒薬じゃないでしょうね」

「当たらずといえども遠からずね」とユミコスは古い慣用句を使った。「毒薬じゃないけど、毒薬以上のものね。タナトミンと名づけられた新物質なの」

「タナトミン……タナトス。どこかで聞いたことのある名前ですね」

「君はさすがに博識で、おまけに勘がいいのね。そうなの、これは旧世界の神話に出てくる死の神タナトスの名をもらってつけたものなの」

「するとやはり人を殺す薬なんでしょう？」

「結果としてはね。生命を奪うことになるのは確かよ。でも単純な毒薬とは違う。これは絶対確実な効力をもった自殺誘発物質なの」

「脳に働きかけて、人を自殺させる薬ですね」

「前にここに来てもらった時も自殺の話題が出たの、覚えてる?」

「覚えてますよ。近頃老人と子供の自殺が増えて、この一年間で百数十人になったとか。私に言わせれば、人口当たりで見ると驚くべき低自殺率ですが」

「そう言ってたね。それでもアマノンでは顕著な自殺増加ということになるのよ。断っておくけど、それはこの薬を使ってひそかに実験をやったせいじゃないからね。実験は今のところ動物でしかやってない。自殺誘発物質を開発したシニコス博士からは、できるだけ早い機会に人間を使った実験をやりたいという希望が出てるけど、動物に関する限り、これは百パーセント有効なの。例えば、マウスや兎、犬、猫、猿などの哺乳類では、このタナトミンを脳重量の十億分の一という極微量投与をすれば、動物は確実に自殺する。動物の癖に自殺とはおかしいと思うだろうけど、本当に自殺するのね。入水溺死、火に飛びこんでの焼死、その他死ねる方法さえ用意してやれば、断固として自殺するのよ。自殺の手段が与えられてない場合は、自分の体に嚙みついて、足の指や尻尾や腹の皮まで齧りとってしまう。ほっておくと、死ぬまで止めないそうよ」

「人間の場合はそれとよく似た遺伝病でレシュ・ナイハン症候群というのがあって」とPは医

学部時代の知識を思い出しながら言った。「これは自分の唇や口腔粘膜や指、舌の先などを噛み切ったり、尖ったものに自分の体を打ちつけたり、ひどいものでは目をえぐったりするんですが、代謝異常が脳に作用してこういう強迫症状を呈するようです。その問題の自殺誘発物質も似たような性質のものかもしれませんね」

「なかなか専門的な知識があるようね。ぼくにはそこまで詳しいことはわからない。シニコス博士の説明では、ドーパとかいう神経伝達物質の受容体に作用する物質の合成を研究している途中で偶然このタナトミンを発見したというんだけど、これが脳内のある未知の神経伝達物質を無力化するか増大させるか、それとも自殺遺伝子とでも呼ぶべき遺伝子を抑止する酵素を破壊することで自殺遺伝子を活性化するのか、その正確なメカニズムはわからないそうね。博士としてはあとの仮説を採りたいといってるけど、例えば、タナトミンをサルに大量投与した場合はただちに異常な錯乱状態に陥って自殺するのに対して、有効量以下を継続投与すると、自殺実行までに数か月を要することもあり、いわば覚悟の自殺みたいな態度で、従容《しょうよう》として死に赴く、というわけ。しかもこの間に性交、受精があって生まれる子は活性化された自殺遺伝子を受け継いでるらしくて、生後まもなく、さっき君が言ってたレシュ・ナイハン症候群と似た症状が発現して確実に自殺する、というの」

Pは、もしもそのタナトミンの作用が本当なら、それは容易ならぬ意味をもつことになると思った。ユミコスも同じ意見だったが、事の重大性という場合、ユミコスはもっぱらその物質の利用によってもたらされる政治的な結果、特に自分の手に入るかもしれない絶大な権力のことが念頭にある様子だった。

「想像できるかしら。ぼくがそのタナトミンを手にしたということは、他人の生死を意のままに支配できるということだから……」

「つまり、あなたが死を望む人物は、自殺させるという形で、何の証拠も残さずに排除することができるということですね」

「そうよ。これこそ完全犯罪じゃん。もっとも、ぼくは犯罪とは言いたくないけどね。それに、このタナトミンは人を脅迫するのには使えない。ひそかにこの世から排除するだけね。でもね、反対する人間を片っ端から抹殺していくという形でやれることはたかが知れているし、ぼく自身はそういうことを余り好まない。無闇に使う気はないのよ。まあしかし、楽しいことではあるね。このところぼくは笑いが止まらない。毎晩、これから何をしようか、何ができるかと夢を見るのに忙しくて眠る時間も足りないほどなのね」

「例えば、私にその薬を使うことだってできるわけですよ」とPは思いきって核心に触れることを口に出した。「それに、先程総理は、タナトミンは人を抹殺するのに使うことはできても人を脅迫して意に従わせる目的では使えない、とおっしゃいましたが、少なくとも私に対しては脅迫のために使うことができるんですよ。何しろ私は重大な秘密を打ち明けられましたからね」

「ああ、そういうことね」とユミコスは平然と言ってから、「パイポで一服させていただいていいかしら。よかったら君もどう？」とＰにも勧めたが、Ｐはもともとタバコを吸わなかった。

「そのタナトミンは、人に気づかれずに経口投与できるんでしょう？」

「モチよ。微量でいいし、お誂《あつら》え向きに無味無臭なの。だから君のこの料理の中に入れて混ぜてあっても絶対にわからないはずね」

「それでは防ぎようもないわけですね」とＰも笑った。「ところで、私を脅迫して何をさせようというおつもりですか」

「それなのよ。今日はそのことで相談したかったわけ」

「私としては、脅迫されれば、できることは何でもすると申し上げるしかありませんね」

「ぼくは君を脅迫するつもりはないよ」とユミコスは真面目な顔に戻って言った。「君にすべてを打ち明けたのも、恐ろしいことを知らせて脅迫しようというつもりからではないのよ。大体、こういう話は、現物を使って証拠を見せない限り信用してもらえるかどうかもわからないじゃん。ぼくとしては、ほかの誰にも話すわけにいかないことだからこそ君に話したわけよ。君は外国人で、おまけに男だから、さしあたりぼくとは利害が競合しない第三者で、今後お互いの利益を増進するためにぼくの味方、あるいはパートナになってもらう可能性はあっても、ぼくの敵に回る恐れはまずない、と思うの。そうでしょ？」

「私がモノカミ教団から何か恐るべき秘密の任務を与えられているかもしれない、といったことは考えないわけですね」

「ぼくは物事を行動で判断するのよ」と首相はパイポの煙を優雅に立ち上らせながら言った。「いざとなればタナトミンが物を言うもので、ぼくは安心して君に好きなようにやってもらうことにしたのよ。大体、どんな宗教でも自由に競争して商売ができるこの国でモノカミ教をいくら布教しても独占の状態に達するはずはないし、賢明なパードレが手段を選ばず破壊的なことをするとも思えない。実際、君はアマノンの流儀をすぐ飲みこんで、一番うまいやり方を見つけたのよね。テレビに出るというのは正解よ。お見事と言うほかないね。ただ、君の最終目標がどういうことか、それだけはまだよくわからない」

「今日はそれを訊き出して、その答次第では、ということですか」

「君もかなり用心深いのね」と言ってユミコスは大袈裟に肩を落としてみせた。「ぼくは大概のことには驚かないよ。君がぼくを暗殺してアマノン首相なりアマノン王なりになって、モノカミ教皇も兼ねる意思をもっていたとしても大して驚かない。ただ、その場合は御忠告が必要だと思うけど、この国は誰かが権力を握って号令をかけて動かせるようにはなってないのね。機械を運転するための油圧系統が複雑になりすぎて、どこをどう操作してみても一人や二人の力では到底思うようには動かせない。君は何もできない独裁者になっちゃうわけよ。そんなことになるより、多少とも運転のコツを知っているぼくと組んで、二人でやっていった方が賢いと思うよ」

「で、総理の目標は結局どういうことですか」

「可愛いセクレもいるところでこんな途方もない話をするのは恥ずかしいけどね」

「ヒメコは別室に下がらせてもいいんですが」

「いや、その必要はないよ」とユミコスは慌てて制止した。「その代わり、笑ったりしないでね」

「私なら、めったなことでは笑わない質ですし、勿論秘密も守ります」とヒメコが強い調子で言った。

「実はね、ぼくはアマノン人を率いてここから脱出して、君たちの世界、というか本物の世界へ出ていきたいの。そして地上にアマノン国を建設したい。その場合、理想を言えば、モノカミ国とは仲よくしたい。こちらは女性だけの国だけど、モノカミの男とセックスをして子供を生んで、男の子ならモノカミに渡す、という形で独立国としてモノカミと共存関係を維持していきたい。でもそれが無理なら、モノカミの男を帰化させて、その結果、男女からなるモノカミ国と同じタイプの国ができても差支えない。ただ、モノカミ国の属領にはなりたくない。もしもモノカミ国が今のような線で共存共栄を図る意思がないとなると、モノカミと一戦交えてこちらの好きなだけ領土を確保する、という覚悟ももっている。その場合にも、このタナトミンは強力な切り札となる。そういう構想を頭に置いて、君には外交官として一働きしてもらいたいと思ってるの。その際はかなり大きな範囲で自由に判断をしてもらっていいよ。仲介者として動いても結構だし、両方から君自身の利益を得るように動いても結構、というわけ」

「面白い構想ですね」

Ｐは率直に感想を述べた。幼児的で誇大妄想的ではあるが、解いてみるに値する方程式を与えられたようでもある。Ｐ自身の方程式をこれと連立させて、意味のある解が得られるかどうか、まだ皆目見当はつかなかったが、Ｐとしては解くこと自体に大いに興味を覚えたのである。

「面白い？　でもこれはまだ完全に固まった計画じゃないのよ。何しろ荒唐無稽な夢みたいなもので、想像力の射程距離を超えてるの。ところで、君の方はどういうことを考えてるの？」

「正直なところ、私も誇大妄想に近いことを考えているわけでして、その点ではあなたの構想といい勝負ですね」とＰは穏やかな笑みを浮かべて言った。「私の方は、緩やかに進行する変化が累積して、気がついた時は一種の革命が達成されている、という形のものを考えているんですが、その中身は、要するに、アマノンをほぼ男女五分五分の数からなる国に変えよう、ということで、その男子の種は、例の番組その他を利用してぼくが蒔くわけです」

「セックスを通じて、そして古代的な分娩によって、というわけね」

「その通りです」

「それも面白いじゃん」

「うまく行きそうです。ただし、これには時間がかかります」

「そう、どうやらそこが難点ね。でも、そのセックス革命の完成がぼくの新アマノン国建設に先行しなきゃいけないわけでもないし、セックス革命とここからの脱出とは同時併行的に進行してもいいから、その意味では両立可能な目標なのね」

「完全に両立可能です。ただ、理想を言えば、セックス革命がある程度進行していることが、モノカミ世界への脱出、ないしは侵攻、したがってモノカミ教団との戦争といった事態を考えた場合には断然有利だとは言えます。こういうことには女性にはない力、特にある目的のためには血を流したり生命を抛《なげう》ったりすることのできる男の力が必要になります。女性だけでは戦争もクーデタもできません」

「戦争をすることになるの？」とユミコスはやや怯《ひる》んだように訊き返した。

「多分、戦争は避けられないでしょう」

Pは意識して堅い、厳しい表情を作ってそう言ったが、それはユミコスの子供じみた構想がとめどなく広がるのにあらかじめ釘を刺しておく効果を狙ってのものだった。

「本当は外交折衝で目的を達したいところだけど、残念ね」

「残念ながら、それはまず不可能でしょう。アマノン人がモノカミ世界に侵入して、その一角に新アマノン国を建設しようという話ですから、普通なら交渉の余地もなく、決着は戦争でつけるしかないでしょうね。それに、宗教の問題もあります。アマノンでは宗教に関しては完全な自由競争で、何百もの宗教がありますが、支配的な宗教はないし、勿論国の指定する宗教もない。ところが、モノカミ世界ではモノカミ教だけが宗教で、これ以外の宗教はない。またこれを否定するような個人も組織も、またそういう考え方そのものも存在しえないんです。そこへアマノン人が割りこんで、まるで違う国家を建設するということをモノカミ側が認めると思いますか」

「何か取引きの材料になるものはないかしら」

「アマノンからは何を与えますか」

「ぼくは、宗教に関しては余りこだわらないのよ。例えば、アマノン国を挙げてモノカミ教徒になったっていい、というのがぼくの本音だけどね」

「簡単におっしゃいますが、それがどういうことだかおわかりになってないようですね」とPは憂鬱そうに言った。

「そうかしら。別に面倒はないじゃん?」

「モノカミ教徒になるということは、完全にモノカミ世界の一部に組み入れられるということで、つまりはアマノン国という独立国家の存在は否定されるということなんです」

「同じようにモノカミ教を奉じて友好国としてやっていくつもりなのにね」

「モノカミ教の考え方は違うんです。モノカミ教徒である限り、モノカミ教団の全世界的秩序の中に属すべきであり、そこから離れて独立したモノカミ教徒なんてものは原理的にありえない、というわけです」

「随分融通の利かない考え方ね」とユミコスも失望した様子で言った。「それじゃ、やっぱり君が言うように、紛争は避けられないね。となるとタナトミンの出番だな」

「そのようですね」

「例えば、タナトミンを使って、モノカミ教団のトップの頭の堅い連中にうまく自殺してもらうことを考えなきゃいけないわけね」

「戦争という正面衝突を避けて目的を達するためには、恐らくそれが唯一の有効な作戦でしょうね」と言いながらPは嬉しそうに笑った。

「何がそんなに嬉しいの？」

「いや、実はちょっと面白いことを想像したわけですよ。教義上自殺を絶対の悪としているモノカミ教の教皇以下、最高指導部の連中が次々に自殺していく。なんとも傑作な話ですよ、これは」

「自殺ということが一般に知れ渡ればね」

「そうです。それも、できれば発作的な自殺ではなくて、何か月にもわたって考えぬいたあげくの覚悟の自殺という形をとるのがいい。そうなると、その遺書に述べられる思想はモノカミの教義を真向から否定したものにならざるを得ない。それがどんなものになるかは私にとってはどうでもいいことですが、とにかく想像しただけでも面白いじゃありませんか」

「君はプロのモノカミ教宣教師のくせに、本当はモノカミ教に恨みか反感でももってるのかしら」

「別に恨みも反感もありませんが、正直なところ、私はモノカミ教の布教に必要な限りのことを理解しているだけで、それを信じているかと言われると、信じてないと答えるべきかもしれませんね。少なくとも、命を賭してでもモノカミの教えを守ろうという気はない人間ですから。つまり、間違っても殉教者になって聖者の殿堂に登録されるようなことにはならないと思いますね」

「君はとにかくまともな人間なのよ」とユミコスは微笑を浮かべてうなずいた。「アマノンの人間と変わったところがない。もしも君が、当初ぼくらが恐れていたような狂信的なモノカミの宣教師だったら、今頃はまず君がタナトミン投与実験対象第一号になっていたはずよ。これでもぼくは首相という地位に就いてるもんで、その責任上、国の安全に対する重大な脅威が迫ってくれれば排除しないわけにはいかないじゃん」

「タナトミンがなかったらどうするつもりだったんですか」

「いやな質問ね。その時は、大昔あったという暗殺なんてことでも考えるかしら」

「その点、モノカミ世界では、裁判、審問、診断、抹殺と、四つの方法があるんですがね」と言ってPは皮肉っぽい笑みを浮かべた。

「裁判はわかるけど、あとのはどういうことなの?」

「裁判が一般の司法制度上のものであるのに対して、思想や信条、学問上の著作、芸術表現などの面でモノカミ教団の教義に抵触する疑いがある場合には教団が直接審問という手続をとりますが、これは裁判なんかとは比較にならないほど厳しいもので、その人間の精神を生きたまま解剖するような容赦のない尋問が行なわれて、モノカミへの不信仰の罪が暴露される、というのがお決まりの筋書きで、これに召喚されるとまず生きて釈放される見込みはないと言われている。大半の人は、審問会議に召喚を受けたというだけで自殺する位です。しかしもっと手強い容疑者だと、審問の場であだこうだと抵抗して不都合なことを口走る恐れもあります。その場合は精神病の専門医に鑑定をさせて、精神病だということにする。そして終身、精神病院に監禁してしまうわけです。最近ではこのやり方が一番よく使われています。最後に、秘密警察が動いて被疑者を抹殺することもあると一般には言われていますが、これには証拠もなければ目撃者もないから、真相はまったくわからない。秘密警察なるものが存在するかどうかもわからない。わかるようだとそれは秘密警察とは言えないわけですからね。とにかく、ある日突然、知っている人間がいなくなる、という現象は周知の事実で、『モノカミに召される』とか『モノカミ隠しに遭う』とか言われて恐れられています」

「恐ろしいことね。要するに、精神病院に監禁される場合以外は、合法か非合法かの別はあるにしても、死刑が行なわれてるわけね」

「精神病院に収容された場合でも、まもなく『病死』することになるんですよ」

「なるほどね。ますます恐ろしい。ところで、アマノンではこの数百年間、死刑が執行されたことがないの。刑法には死刑があるし、昔は死刑の判決もあったけど、それがうやむやのうちに執行されないという例が増える一方で、ついにはその矛盾を避けるために、死刑の判決を避けるようになったのね。だから今ではアマノンに事実上死刑はないわけ」

「凶悪な犯罪や反逆罪が増えるということにはなりませんか」

「別に関係ないんじゃない？　なぜかアマノンでは犯罪発生率はうんと低いのよ」

「信じがたいことですね」

「何しろ、テレビを始め、マスメデの目が光っていて、犯罪があれば徹底的に取材、報道するもんだから、時には警察もいらないほどなのね。一般に犯罪の被害者は指定の警察会社に告発する、つまり国費による犯人捜査を依頼するという手もあるけど、テレビ会社に働きかけて取り上げてもらえば、事件の性質によってはスポンサもつくし、自分もテレビに出て、謝礼はもらえるし、注目を集めて応援団ができたりもするし、何かとこちらの方が得なのね。一方、テレビ会社としてもこういう事件を扱えば企画に頭を使わなくても済むし、犯人を見つけたり、テレビで自供の場面を放送することに成功でもすれば大変な人気を博するしで、被害者が話を持ちこめば大概は乗ってくる。中には、被害者と加害者とがあらかじめ事件を作りあげた上で企画を持ちこむという話もあるそうだけど」

「要するにマスメデが捜査活動や裁判みたいなことまでやってしまうわけですね。呆れた話だ。そんなことでは今に収拾がつかなくなりますよ」

「現に一部で行過ぎが問題にはなってるけどね」

「でも、さきほどのタナトミンを裁判に活用する手があるんじゃないかしら」とヒメコが言いだした。ユミコスも同意を表して、

「そうね、例えば、死刑の判決をどんどん出して、刑の執行の代わりにタナトミンを飲ませるとか……」

「それもあるけど、もっと手っとり早いのは、自白しない容疑者にタナトミンを飲ませることですね。覚悟の自殺をするようにもっていけば、覚悟を固めた時には何もかも告白するんじゃない？」とヒメコは言う。

「なるほど、致死量以下を連続投与することで、タナトミンの告白促進効果を引き出そうというわけだね。自殺する気になるということはすべてを告白するということでもある、とも考えられる」

「その仮定は当たってるかもしれないね」とユミコスも言った。「一つ法務省に話をして、まずは確定死刑囚にでも実験的にタナトミンを使用してみよう」

「結構ですが、念のために申しますと、それも秘密にしておやりになった方がいいと思いますね。タナトミンの存在は当分の間ここだけのことにしておきましょう」

Ｐはタナトミンの存在が知れわたると、それこそ収拾がつかない事態が起こるにちがいないと思ったが、しかしどんな事態が起こりそうかはまったく予想もできなかった。単純に考えても、それが権力闘争に利用され、というよりもその争奪をめぐって闘争が起こることだけは目

ている。そのことを注意すると、ユミコスは、やや真剣な顔になった。「その権力闘争とかいう恐ろしげなものはアマノンにはないけど、政権の交代に関係して『連合』とか『いびり出し』といったことはあるのよね。つまりある日突然、何人かが結託して派閥をつくる。するとこれに対抗して別の派閥ができる。派閥同士が入り乱れて、離合集散を繰り返しているうちに、圧倒的多数を擁する派閥ができて、そこから外れた少数派の『いびり出し』に成功すると、その多数派にかつがれた次の政権ができる、というわけ。こういう過程で外にいて影響力を行使する人物もいる。いずれ、ぼくも首相の座を降りたらそういう役をやってみたい」

「例えばエイオスのような……」とPが言うと、首相は一瞬ひるんだような目になった。「エイオスのことを知ってるの？」

「いつか、インタ化調査委員会のあとのパーテーに出た時、エイオスが来ていて、挨拶だけはしたことがあるんです」

「正直に言うと、ぼくは、タナトミンの活用に関してはまずエイオスの顔が浮かぶね」

「エイオスがいない方がいいんですね」

「ぼくにはエイオスの地位を狙うつもりがないとしてもね。はっきり言って、あれはぼくの好みに合わない。下品で鬱陶しいじゃん？　猪みたいに鼻息が荒くて体臭もひどいのね。とてもまともなピップとは思えない」

「あの人、前に一度、あるパーテーの席で、自分の食べかけのものを私にくれて、無理やり口に押しこもうとしたことがあるの。自分のセクレでもないのに、大変な侮辱よ」

マリコまで目に憤りの色を見せてそう言った。

「まあ、ぼくとしてはあれを消さなきゃやっていけないという政治的な理由はないけどね。個人的にむかつくのね。マリコが侮辱を受けたことも忘れちゃいない。いつか思い知らせてやるつもりではいるのよ」

そう言いながらユミコスはマリコの長い髪を優しく撫でた。

「タナトミンを政治的な目的で無制限に使うのはどうかと思いますが」とPは言った。「今のお話のような個人的な反感なり私怨なり、さらには趣味の問題として豚や猪を排除するという目的でお使いになるのは大変結構ではないですか」

「君はなかなか話がわかるね。ま、そういうことで、あいつにはいずれ自殺してもらう。顔を見るだけでもほんとに鬱陶しいもんね」

「醜い動物が己れの姿を恥じて自殺するのはいいことですね」とヒメコはその顔に似合わぬことを言って、自分のグラスで首相とマリコに向かって軽く祝杯を挙げるしぐさをした。最後の料理が運ばれてきた。米と海草のようなものをスープで煮た料理で、首相の好物らしい。

「食後の酒でも飲んで、ゆっくりしてね。今夜は泊まっていってもらうつもりだから」

Pはその首相の言葉の意味するところを考えてみたが、さしあたり思いつくのは例のセックスの経験をこの際しておきたいのか、ということ位で、相手がそれを望むならそれもよかろうと覚悟を決めて、首相の豊満な体を抱いた時のことをあらかじめひそかに想像してみたが、それは満更悪くなさそうな気がした。

やがてマリコの案内でPは客用の浴室に出かけたが、首相官邸には、さすがにPの家にあるようなプールほどの野外浴場やトライオン博士の別荘の温泉のようなものまでは用意されてないと見えて、客用の浴室と言ってもホテルの浴室に似た狭い殺風景なものだった。

「ユミコスは寝室でお待ちですから」とマリコは言った。

「セックスをするつもりなんだね」

「ええ」とマリコはやや堅い表情で答えた。

「君とヒメコはどうするの」

「ヒメコと私はあちらの部屋で休みます」

「ほんとは君たちも参加して、様子を見ておいた方がいいんだが」

「ユミコスは私がいない方がいいと思ってるみたい。ヒメコはどうなんですか」

「大概はアシスタントとして参加してもらってるね。セクレがいて手伝ってくれた方が何かと順調に行くことが多いのでね」

「私自身は余り興味がないんですけど」

「『モノパラ』出演もかねね」

「出演はしてもいいんです。でもそれなら事前に少しセックスの練習をしておかなくちゃ」

「あとでぼくが教えてあげるよ」

「有難う。パードレから直接教われるなんて最高ね」

「ぼくもアマノンに来て、君のような美少女のセックスのお相手ができるなんて、最高に楽しいね」と言いながらPはマリコを抱き寄せてキスしたが、相手は不意を突かれてされるままにしていたものの、明らかに困惑の体で、舌を使って応じてくるような気配もなかった。

「ユミコスとはこんなことはしないの？」

「しないわけじゃないけど、男の人とは初めてだから、なんだか気持が悪いみたいで」

「今に慣れるよ。もう一度やってみよう。今度はもっと熱烈でしかも優しいのを」

そう言いながらPはマリコを軽々と抱き上げてキスをして、微妙に舌も使った。するとマリコも上手に舌を絡ませてきて長いキスになり、次第に熱い塊が融けて口から口へと通い合う感覚が湧いてきた。

「上手だね」

「でも、これ、どういう意味があるの？」

「セックスへの序曲になる場合もあるし、もっと軽いのでは、ちょっとした愛情の表現という性質のものもあるね」

「愛情って？」

「アマノンではエロって言うのかな」

「私たちと男の間ではエロってないでしょ？　そんなの、アブじゃない？」

「本来はアブじゃないんだよ。女同士、または男同士のエロの方がアブなんだ」

「そう？　でも、私、アブでもいいから、今夜はヒメコとエロしてみる。いいでしょ？」

「ヒメコさえその気になればね」とＰは答えたが、もしそういうことになるのなら、二人の間のエロというのを見せてもらいたいような気がした。ユミコスとのセックスよりもその方がはるかに興味をそそるのである。マリコの方が少し年上で、成熟も進んでいるらしいから、マリコがピップの役を演ずることになるのだろうか。


Ｐは一人で入浴を済ませると、マリコから聞いていた「総理大臣寝室」と書かれた部屋へ行った。名前がいかめしくて、まるで公的な執務の行なわれる部屋のような印象を与えるが、扉を押して入ってみると、中は広々として上等の絨毯が敷きつめてある普通の寝室で、その総理大臣と呼ばれる当の人物は、寝室にふさわしい恰好で、つまりゆったりしたローブのようなものを羽織って、下は裸で、ベッドの縁に腰を下ろしていた。ローブから覗いているのは白い輝くばかりの、紛れもない女の豊満な胸であったけれども、太い縁のめがねをかけて、パイポをくゆらせながら新聞を広げているところはどう見ても女らしいとは言いかねた。それはいかにも「寝室の中でくつろぐ総理」という姿で、Ｐは一瞬入る部屋を間違えたような気がした。

「やあ、待ってたよ。御苦労だけど、ちょっとぼくの相手をお願いするよ」とユミコスは言ったが、これも気のせいか、王侯風の貫禄にみちた言い方で、家臣か従僕に物を頼む調子のように思われた。Ｐはつい、「畏まりました」と言ったが、深い紫のローブを脱がせて、完全な裸になった首相をベッドに静かに横たえた頃から、相手が意外に緊張しており、それを隠すためにかえって鷹揚に見える態度をとろうと努めているのがわかった。官房副長官だったミヤコスが、長身で引き締まった体型をしていたのに対して、ユミコスは、ミヤコスに負けない長身の上に、白い光沢のある充実した肉で豊かに覆われた見事な体をしていた。筋肉質のミヤコスとでは裸で取っ組み合う格闘技でもやっている感じがあったけれども、このユミコスなら肉も適度に柔らかくて抱き心地がよさそうだった。

「失礼ですが、どこを刺激されるのがお好きですか」とＰは念のために訊いてみた。

「そうね、特にどことということはないようね」とユミコスはパイポをくわえたまま照れ臭そうに答えた。「君のいつもの手順通りにやってくれればいいよ」

「それでは、まずは乳首あたりから参りましょう。異常にくすぐったがる人もあるようですから、もしくすぐったければ遠慮なく言って下さい。途中で狂ったように笑いだしたりすると、あとがなかなかうまく行かないものですから」

「どちらかと言えば、ぼくは人に触られるとくすぐったがる方みたいよ」

「ここは大丈夫ですか」

「今のところはね」と言いながら、ユミコスは手を伸ばして枕許の絵入り雑誌を引き寄せた。

Ｐは少なからず気になったが、美容院で髪を整えてもらう間、雑誌を読んだりするのはよくあることだし、ユミコスの場合は多分に照れ隠しの要素もありそうなので、ここは雑誌を読もうとパイポをくわえていようと、気にしないで先へ進むことにした。どうせそのうちに、痛みか、でなければただごとでない感覚に襲われるかで、悠然としてはいられなくなるはずである。Ｐは専門家の目で観察して、この首相の場合はかなりの痛みを伴うことは避けがたいようだと判断した。公務の多忙さからしても止むを得ないことであろうが、マリコとのエロの生活には日頃余り深入りしていない様子で、感受性も技術もそれほど開発されていないのである。

「マリコとは普段はどんなことをするんですか」と訊いてみると、案の定、

「このところ忙しいこともあって、その方面のこととはすっかり御無沙汰してるのよ。マリコには悪いと思ってるけど」という返事が返ってきた。

「そのようですね。泉がやや涸れてるようです」

「面白い表現を使うね」とユミコスは感心したように言った。

「アマノンではその種の比喩的表現を使いませんか。モノカミではいろんな表現がありますよ」

「例えば？」

「花びらとか、草むらとか、それに今言った泉とか、噴火口、貝、蜜の壺……きりがありませんが」

「分泌が活発でないと、やっぱり具合が悪いかしら」

「あなたの方が痛い思いをする恐れがありますね」

「多少の痛みは覚悟してるよ。君の番組を見ても、あれで痛くないのが不思議だという気はするけどね」

「潤滑剤を使うこともあります。でも、あなたの場合はどうやら必要なさそうです」

「そう、少し温かいものが出てきたみたいね」

「雑誌を読むのを止めて集中した方がもっとうまく行きますよ」

「でも、こんなことに一心不乱になるのもなんだかきまりが悪いのよね。君の方は気に障るかしら」

「そんなことはありません。で、もう少し力を抜いて下さい」

Pは標準的な手順で刺激を加えていったが、パイポをくゆらせながら雑誌を眺めるという言語道断の態度にもかかわらず、刺激に対する反応は思ったよりは良好だった。それに、「モノパラ」の放送が始まってからすでに百人を超えるアマノン女性とセックスをした経験から、顔に美醜や品位の上下があるように、性器の形状にもおのずから美醜の差があり、P自身の好みに合うもの、合わないものの別があることを知ったが、その点から言えば、首相の場合は端正でそれなりの品位があり、上等の部類に属することは確かだった。何よりも、その年齢にしては驚くべき若さを保っている。恐らくは、使用頻度が低いことから来るもののようであったが、弾力に富み、周辺の肉づきのよさを別とすれば、少女のものに近い、可憐な様子を残している。

「そろそろ始めます」とPが知らせると、ユミコスは平静な声で、

「どうぞ」と答えたが、その調子がPにはなんともおかしかった。

Pは慎重を期して半分ほど侵入したところで様子を見ることにした。ユミコスは相変わらず顔の上で雑誌を広げ、その横からは紫煙が立ち上っている。かなりの近眼であるから、眼鏡も依然としてかけたままらしい。こういう相手は始めてだったが、ここでPは、意気沮喪《いきそそう》するどころか、かえってにわかに新鮮な興味を覚えた。それに、無理をして雑誌に気を取られているふりをしている相手に対して妙な親しみが湧いてきた。こういう相手に限って、最後には眼鏡もパイポも雑誌も投げだして大変な没入、狂乱ぶりを示すことになる公算が大きいし、また是非ともその状態にまで追いこんでやろうという闘志も頭をもたげてきたのである。そこでPは遠慮を忘れて大胆に動きはじめた。ユミコスはさすがに痛みを覚えたらしく、体を堅くしたが、雑誌は顔の上にかざしたままだった。

「あなたも強情ですね。よく頑張りますね」とPが言うと、ユミコスは苦痛に耐えていることを言われたのと勘違いして、

「これ位ならなんとか我慢できるよ」と答えた。

「我慢できなくなったら悲鳴を上げても泣いてもいいんですよ」

そしてPは本格的な攻勢をとった。しかしその直後に予想外の事態が突発したのである。ユ

ミコスの体が硬直するとともに、Pの方は鉄の手で握りつぶされるような、捩じ切られるような激痛に襲われて、余りの痛さに声も出せない。Pには医学の専門知識があるので、これが何事であるかはすぐわかった。脂汗を流しながら、力を抜け、深呼吸をしろ、と怒鳴ってみたけれども相手も逆上して泣き叫ぶばかりでどうすることもできない。こうなっては、人を呼んで、医師の手配をしてもらうしかなかった。息も絶え絶えにそのことを説明して協力を求めると、ここには非常ベルも緊急連絡用の電話もないという。外部からの緊急連絡はセクレを通してこの部屋に入ってくることになっているが、首相が急病で倒れたような場合の連絡については考慮されていないということだった。それが嘘か本当かはよくわからなかったが、どうやらユミコスにはこの事態の深刻さが充分理解できてないようで、そのうちにPがなんとかして抜け出してくれるだろうという期待を捨てていないらしい。

ベッドの頭の方に木製のキャビネットがあって、水差しやコップ、酒の瓶などが立っている。酒に弛緩《しかん》作用があるだろうか、と苦痛に意識も薄れそうな頭で考えながら、Pは必死の思いで、接合したまままわずかにずり上がり、手を伸ばした。

「強い酒を飲めば効果があるかもしれない……もう少し腰を上げて……」

その時、酒瓶の間にさっきのタナトミンの小瓶があるのを見て、Pの頭に菫色《すみれいろ》の啓示のようなものが閃《ひらめ》いた。これを飲ませればあの絶望的な力で締めつけている肉の罠から脱出することができる、という直感が一瞬のうちに確信に変わったのである。Pは手を伸してグラスに褐色の酒を注ぎ、さらに小瓶から無色透明の液体を二、三滴垂らしこんだ。その恐るべき効果からすると、致死量、いや急激な自殺誘発を引き起こす量をはるかに上回る量であることは間違いない。ようやく調合が終わって、Ｐは用心深くグラスをユミコスの口に近づけた。

「これ、ぼくが飲むの？」

「全身の弛緩作用があるはずだ。あなたの方で緩めてくれなければ、ぼくは出られない。さあ、一気に飲んでごらん」

Ｐの予想は当たった。タナトミン入りの酒を飲み下すと、一分足らずのうちにユミコスの顔に赤みが差し、呼吸が荒くなったかと思うと、次の瞬間には嘘のように全身が弛緩して、Ｐは解放された。幸い、まだ紫色に腫れ上がるという段階には至っていない。

「よく効いた」とＰは大きく息をついた。「自分でも信じられない位だ」

「なんだか、すっかり力が抜けて、体が綿みたいに軽くなって頼りない。一体、何を飲ませたの？」

「そこの茶色の酒、それにタナトミンを混ぜて」

「そうなの」とユミコスは哀しげに聞こえる声で言った。「やっぱりそうなの。それでぼくは死にかけてるわけね」

「死ぬわけじゃない。あれは自殺させる薬だろう？　しかしあなたには自殺させない。多分、あの量なら衝動的に自殺させる効果があるだろうが、何分か何時間かの間、君を摑まえて自殺させないようにしていれば、タナトミンの効果は消えてしまうはずだ」

「そうかしら」とユミコスは力のない、投げやりとも聞こえる声で言った。顔の表情も、手足も、すべてが女らしく柔らかくなって、夢の中を遊泳する水棲《すいせい》動物のようになっている。少なくともPを跳ねとばして自殺を決行しそうな気配は見られない。

「苦しいの？」

「苦しくはない。すっかり力が抜けて、体も意識も溶けていきそうなの」

「薬が効きすぎて、自殺を図る力もない状態になったんだね。とにかく、ぼくが朝まで抱いていてあげよう」

「そうしていてくれる？」

「棒も差しこんで、しっかり固定しておこう。このベッドに君を磔《はりつけ》にしておくわけだ」

そしてもう一度試みると、今度は半ば液体になったような柔らかい肉がPを包み、自在に動くことができて、動きにつれて体の深いところから反応があった。筋肉が収縮するような反応とは性質の違った、果てしなく肉が溶けて、温かい湯が湧き上がってくるような反応である。

「今度は痛くないね」と訊くと、ユミコスは夢に浸っているようなしぐさでゆるやかに首を振りながら、

「痛くない。いい気持」とつぶやいた。Pがどんな激しい動きをしても、反応は、「ああ、いい気持」である。

こんな状態で朝を迎えた頃、ユミコスはPに押えこまれたまま眠りの中に沈んでしまった。ようやく体を離してみたが、異変は起こりそうにない。ユミコスは眠りつづけ、やがて壁のどこかでマリコの声がして、朝食の知らせがあったので、肩をゆすって起こしてみると、ユミコスは寝ぼけたような顔をして起き上がった。

「久しぶりによく眠ったみたい。もう朝食の時間なの?」

「タナトミンもすっかり抜けたようだね」

「ああ、あれね」と言いながらユミコスは両手を差し上げて大きく伸びをした。「結局、ぼくには効かなかったわけね」

「ぼくがついていて、一晩中杭《くい》を打ちこんで押えつけていたからね」

「そのようね。今までにない経験をしたわ。死の海に浮かんだまま、沈もうとしても沈めない感じで漂流してたみたいよ。あれがエクスタシスってものかしら」

「ぼくの方もそんな経験をした女に付き合ったのは初めてのことだ。何しろ、お互いに特別な経験をしたね」

Pはそう言ってから、例の小瓶を取り上げて、ポケットにしまった。

「これはぼくが預かっておこう。誰かに使いたい時は相談しよう。その方が君に負担がかからなくていいと思う」

「君に任せるよ。それから、あとでタナトミンの製法に関する資料も渡そう。厄介なものは君に管理してもらった方がいい。もう、君を無限に信用してるからね」

「タナトミンの製造ができることになれば、まず自殺してもらわなければいけない人物がいるね」

「シニコス博士でしょ？」とユミコスは即座に言った。「でも、博士は抗タナトミン、つまりタナトミンを無効化する物質ももってるらしいのよ。もしそうなら、それを取り上げないとうまく行かないね」

「その件もあとで相談しよう」と言いながら、Ｐは一瞬何年も一緒に暮らした妻と朝の会話を交わしているような錯覚に襲われた。

第十六章　エンペラ謁見《えつけん》記

　ユミコス首相の秘書官から連絡があって、先頃の閣議でPに皇帝、すなわちエンペラ・アマゴン三世との謁見を許可してはどうかという議題が出て、差支えなかろうとの結論になった、という。

「エンペラとの拝謁が叶うのは大変結構ですが」とPは念のためこの秘書官に訊いてみた。「私の方から正式にその願いを出した覚えはないし、それが閣議で話題になったということは、できるだけ早い機会にエンペラに謁見した方がいい、あるいはそうすべきだ、ということですか」

「まあそうね。国賓はそうすることになってるそうよ。最近では例がないけど、古い記録を調べるとそうなってることがわかったたってわけ」

「で、総理も同行して下さるんですか」

「ほんとはそれが前例なのね。でも総理は、率直に言ってあそこへは二度と行きたくないのだそうで、結局、私的な名代としてトライオン博士に行ってもらうことに決まったの。トライオンならパードレも知ってるでしょ?」

「よく知ってるよ」とPも思わずピップ調のしゃべり方になった。

「それはよかった。トライオンもこれが最後の御奉公になるだろうから、と喜んで引き受けてくれたの」

それから二、三日後にトライオンの声で、今トキオ駅に着いたところだがこれからお邪魔してよいか、という電話があった。まるで田舎から親戚の年寄りが出てきて途方に暮れているような調子の電話で、Pは早速迎えの車を差し向けようと言ったが、相手は遠慮したのか、自動運転車で行くから大丈夫だと固辞して、やがてやってきたのは、ガニ股がひどくなって短軀が一段と縮み、歩行もひどく不自由そうな老人で、これがトライオン博士だった。お供のサバントはわずか一人、そちらも皺だらけの貧相な老人である。しかしよく見るとこのサバントはもとはかなりの肥満体であったのが急速に皮下脂肪と体重を失って痩せてしまった様子で、その時Pはようやく気がついたが、それはトライオン博士を訪問して夜伽《よとぎ》のもてなしに与かった際に提供された、あの驚くべき肥満体の娼婦の変身した姿だった。Pの方ではヒロコンというその名前もちゃんと覚えていたが、相手は、Pのことは勿論覚えていたけれども、自分があの時ヒロコンという名前を使っていたことをすでに忘れていた。

「パードレのセックスはテレビで見たの。懐しかった。ぼくもあれに出してもらってもう一度パードレとセックスしてみたいな。あの時は娼婦としてお相手したけど、今度はそうじゃない本格的なセックスをね」とヒロコンはやや不自然なピップ風のしゃべり方で言った。大体、サ

バントの身分でそんなしゃべり方はどうかと思ったが、

「そのうちにね」とPは軽くあしらっておいた。「しかし残念だな。テレビに出てもらうなら、この前の時位ふとってる方が迫力満点でよかったがね」

今は見るかげもなく痩せてしまったヒロコンにPはすっかり興味を失っていたのである。

「あの女は少々早まったんですな」

トライオンはPの家の若いサバントに支えられ、足をひきずって歩きながらヒロコンの変身についてそう評した。

「つまり、あれはパードレのおかげで本格的なセックスを経験することができて、それですっかり病みつきになったのか、誰とでも、と言っても実は私とするしかないが、とにかく普通にセックスができる体にまで痩せようと一大決心をした次第でして、その結果が只今御覧の通りの惨澹《さんたん》たる凋落ぶりです。かわいそうではあるし、滑稽ではあるし、まあ仕方がないので、以後、娼婦の仕事は止めさせて、サバントとして使うことにしたような次第でしてね」

「元通りにふとってくれれば『モノパラ』に出演させてもいいんですがね」と言いながら、Pはトライオンを客室に案内して、茶を出した。それにしても、しばらく見ないうちにトライオンの方も急に老化が進んで「惨澹たる凋落ぶり」である。これでは、相手の体重が減って扱いやすくなったとは言え、ヒロコンとセックスを楽しむだけの気力も体力もなさそうで、医学部にいたことのあるPの目からすると、動脈硬化が急激に悪化し、最近軽い脳梗塞でも起こしたのではないかと思われた。

「少しお痩せになったようですが」とPが言うと、トライオンはうなずいて、

「このところとみに体力が衰えましてな。あちらの方もすっかり御無沙汰続きになりました。よほど調子がいい時でないと、その気も起こらない有様で、そろそろ人生の黄昏が近づいたようですな」

「まだまだそんなことをおっしゃるお年ではありませんよ」と気休めを言ってから、Pは日常生活に関する医学上の注意を二、三述べて、今度のエンペラ拝謁の旅行も、無理なようなら同行していただかなくてもいいし、場合によっては時期を延ばしてもいいのだから、という意味のことをほのめかした。

「いや、御心配は無用です」とトライオンは顔を引き締めて首を振った。「これは私の悲願でもありましてな。死ぬまでにもう一度エンペラにお目にかかりたい。そしてアマノンの行く末のこと、エンペラを奉じて行なうべき革命、あなたのおっしゃる『オッス革命』のことを申し上げておかなくてはならぬ」

トライオンはそう力説するうちに興奮して相好《そうごう》が崩れ、泣き顔になった。明らかに、動脈硬化の進んだ人によく見られる典型的な情緒不安定の症候である。

「ところで、お話の様子では、博士は前にもエンペラとお会いしたことがあるんですね」

「ありますとも。昔、私はエンペラの少年時代に専任の家庭教師として、週三回の御進講をし

ていたこともある」

「それは心強い限りです。で、少年時代があったということだから、現在エンペラは立派な男なんですね」

「勿論」とトライオンは大きな声を出した。「エンペラと言えば男に決まっている。歴史以前にまで遡れば、エンペラの先祖は、神話に登場する男の主神に一致するのです」

「その、歴史以前というのは、今のアマノン国建設以前のことですね」

「そう、エンペラはあちらの世界からアマノン人と一緒にこちらに移ってきたと言われている。しかしアマノンが女の国へと変質するにつれて、エンペラは盲腸の虫様突起同様の無用な存在となって、忘れられてしまったんですな。今でもエンペラのために誕生日を祝う祭日が設けられているが、エンペラがどこかにいることすら忘れてしまった人間もいる有様で、肝腎のエンペラに対しては完全な無関心が広がっている。もはや話題にされることもない。つまり、先祖代々、蔵の奥深くしまいこんであるものの、見たこともなければ取り出して風通しをしたこともない家宝同然、まさに無用の存在となり果てたんですな。今更、蔵から出して捨てるのも面倒だというわけだ。なんとも嘆かわしいことです。しかしエンペラを軽々しく考えてはなりませんぞ。エンペラは不滅の潜在的カリスマを保持している。オッス革命のためにはエンペラを復活させることが不可欠だと、私は前から考えておるのです」

「それは検討に値する見方ですね」とPは当たり障りのない言い方をした。正直なところ、その忘れられた、あるいは無関心の埃をかぶってどこかに埋もれてしまったエンペラに「潜在的カリスマ」というようなものがあるのかどうか、そんな話はまったくの眉唾で、トライオンの衰えた頭の中で妄想の渦巻きが回っているだけではないかと思われたのである。ひとしきり興奮してエンペラ復活の必要を力説したあとは、緊張が緩むとともに涙腺も緩むという、高血圧症の老人に典型的な様子を見せて、トライオンはやがて疲労困憊と無気力の中に沈んでしまった。

そのトライオンを休ませてから、Ｐはカガノンとヒメコを呼んで、今度のエンペラ謁見について相談をした。

「御覧の通りで、さしものトライオン博士も衰弱がはなはだしい。どうも厄介な連れができて頭が痛いね。しかし総理の意向も無視するわけにはいかず、それにまあ、エンペラに特別の感情を抱いている博士が少々大袈裟に敬意と感激を表してくれた方が、こちらとしては何かとやりやすい面もある」

「おっしゃる通りかと存じます」とカガノンは執事らしい思慮深さを示しながら賛成した。

「それに、私の知る限りでは、エンペラ・アマゴン三世は大変な御高齢で、言語もいささか不明晰、というよりエンペラ家の伝統として、独特の古代語風アマノン語をお使いのようですから、今回は是非とも古代語に造詣の深い博士には同行をお願いした方がいいと思います」

「エンペラは高齢だそうだが、年はトライオン位かね」

「とんでもない。はるかに上です。一説によると、百十八歳だとか」

「まるでイモタル人間だね」

「実は、ひょっとすると、エンペラはイモタルかもしれないんです」とヒメコが目を輝かせてその推理を披露した。「百十八歳だと、まだほんとにイモタルかどうかわからないけど、その可能性はかなり大きいいんじゃないかしら。でも、エンペラでありながらイモタル人間の仲間入りをするなんて、前代未聞だわ」

「そうかね」とPは言った。「エンペラという制度は、代々人は替わっても一つの継続する人格であり、だからエンペラは本来イモタルであるべきものかもしれない。現在のエンペラがイモタルで、永久に在位することになれば、それはそれで結構な話じゃないか。でないとすると、跡継ぎのことが絶えず問題になる。大体、この国のエンペラはこれまでエンペラ位継承をどういう風にやってきたの？」

「それは長子相続でしょ」

「それがかならずしもそうじゃないんでして」とカガノンが説明を始めた。「ある時期までは男の長子が自動的にエンペラ位を継いでいたんですが、そのうちにお妃がいなくなって、自然の形では子供が生まれなくなった。結局、政府に頼んで人工受精の男の子をつくってもらって、それをエンペラの座に据える、というやり方になり、さらに最近ではもっと簡略にして、精子バンクに直接注文して、人工子宮で男の子をつくってもらっているようです」

「情ないエンペラだね。そんなことじゃ、遺伝子の面でのエンペラの不滅性ということも成り立たないじゃないか。もともとエンペラなるものは、大勢の妻妾《さいしょう》を抱えて、何十人もの子供を生ませるのが本来の仕事のはずだが、今や、何のためにいるのか、まるで意味のない存在に成り下がってしまったことになる」

「それもおっしゃる通りでして、政府の中でも、そろそろエンペラを廃止することについて検討を始めてはどうか、ということが何度か話題にはなっているらしいんですが、しかし存続させたところで、大した経費がかかるわけでもないし、存続すること自体に特に支障があるわけでもない、ということで、いつも結論は先に延ばされてきたわけです」

「イモタル人間の処分と似たような問題じゃないですか」とヒメコが言った。

「まあそういうことだろうが、処分の方はその気になればいつでもできるからね。邪魔にならなければ、折角古くからあるものだからとっておこう、ということだろう」

そんな話があって、数日後、Pとトライオン一行は、ヒメコ、カガノン、ヒロコンのほかに旅行専門のサバント数人を加えた顔ぶれで、エンペラの宮殿を訪問することになった。旅行サービス会社の言によると、宮殿訪問には古代からの伝統に従った一定のスタイルがあり、一行は牛車に牽かれた神殿風の造りの車を先頭に、華美な行列をつくって行進していくことになっているという。ただし、今は車を牽く牛はいないので、自動運転車の外装を牛そっくりに仕立て、横腹には本物の毛まで生やしたのがあるというので、それを旅行サービス会社に調達してもらって借りていくことにした。

その日、一行は、牛の形をした儀式用の車を先頭に、随員に仕立てたサービス会社の人間十数人を従えて、しずしずと大通りを進み、古代都市の跡だというヨミにある宮殿に向かった。先頭の「牛車」にはPとトライオン博士、それにヒメコとカガノンが乗り、牛の背中に当たるところを開いて、そこからPとヒメコが上半身を出して、沿道の見物人に時々手を振る。それが国賓の行進の時の慣例だと聞いていたので、Pは忠実にそうやって歓呼に応える身振りを続けたが、実は歓呼もどよめきもなくて、見物人は半ば呆然として、まるで重大犯人の護送車でも見送るようにかるいどよめきを上げただけだった。角を生やし、毛まで生やした車、そして古代風の礼装をした人形じみた随員たちの異様な姿に驚いて言葉を失っている様子が見えた。やがて見物人の中に、Pが「モノパラ」に出演している人間であることを目ざとく見つけた人がいて、数人がPにサインをもらおうとして「牛車」に駆けよってきた。たちまち行列は立ち往生した。Pがサインを始めると、車を取り囲む人数はますます増える一方で、ついに収拾がつかなくなったところへ、例によってPの行動を取材するためについてきていたテレビ会社の撮影班の連中が現れて、手際よく群衆を整理して道を開けさせた。

ヨミへはこの行列がしずしずと歩いて約二日の行程である。一日目は川、といっても水の澱《よど》んだ掘割のような水路に沿って進み、歩き続けの随員も車に乗っているPたちも疲労困憊したと思ったあたりで行列は自然に止まり、そのまま野営となり、夜明けとともにまた行列は動きはじめ、次第に両側に迫る山の間を縫うようにして、人影一人見えない荒れた道に入りこんでいった。何時間か進むと、やがて古代都市の遺跡というより、建物を取り壊して整地したばかりの空地という感じの広場に出た。

エンペラの宮殿に至る道は、この広場の中央から地下へもぐっていた。と言うより、正確には、ゆるやかな傾斜の道がどこまでも下りていくにつれて両側の壁はどこまでも高くなるのであるが、暗い地底へ下りていくという感じは全然なく、天井に当たるものも見えず、あたりには秋の午後の弱い陽射しに似た黄色い光が靄《もや》のように広がっている。むしろ、ゆっくりと進む「牛車」は坂を下りているのではなくて、道は水平で、両側の壁だけが次第に高くなっていくのではないか、という錯覚に陥りそうだった。やがて地底の広場に当たるところに着くと、その広場の至るところに小さな倉庫に似たものが雑然と建ち並んでいる。トライオンに事情を訊いてみると、建物は代々のエンペラたちを祭った廟《びょう》だろうということだった。Ｐは車を止めて休憩することにした。あたりに人影はまったくない。相変わらず黄色い光が充満して、天井も空もさだかでない。妙に人工的な空間が広がっているのは、確かに、死者が眠る墓地の雰囲気にふさわしかった。それにしても、神聖なエンペラの墓地なり廟なりを管理する役人もいないのは不思議なことだと思ったが、しかしそれを幸いとして、Ｐはその廟の一つを覗いてみようという気を起こした。重い古代の衣装を着た随員たちが疲れ果てたように腰を下ろして飲物や軽食をとっている間に、カガノンとヒメコを促して、一番手前の廟に近づいてみると、それは土と木でできた粗末な建物で、廟なり神殿なりにふさわしい建築様式によったとは到底思えない代物だった。倉庫か物置きに似ているという最初の印象がやはり正しかったのである。入口の上に、初代エンペラ・アマゴン一世と下手な字で書いた板が打ちつけてあるところを見ると、これが初代エンペラを祭った廟であることは間違いなさそうである。

「こうなったら、扉を開けて中を覗いてみよう」

「何か祟りがありそうですよ」とカガノンが尻込みした。

「こんなところに、祟りをするほど強力な亡霊なりミイラなりが閉じこめられていそうにもないがね」

「初代エンペラの柩《ひつぎ》でも安置してあるんでしょう」とヒメコが言った。

「それならついでに柩の中も拝見したいものだ」と言いながらPが錠もかんぬきも見当たらない木の扉に手を掛けると、それは簡単に左右に開いた。中には埃臭い空気が澱んでいるほかには、石の柩のようなものが無造作に置いてあるだけで、祭壇も何もない。およそ宗教的な行事や儀式をするのに使われるような道具、装飾の類もなく、ただの倉庫としか見えないのである。

「なんとも殺風景なところだ。これで本当にエンペラを祭る廟なのかね」

そう言いながら、Pは近づいて柩と思われるものの蓋を持ち上げてみた。たちまち異臭が鼻を襲った。土とも埃とも乾燥した腐肉ともつかないものの臭いが棺の中から発散してあたりに広がったのである。この様子では中にミイラ化した遺体が入っているかもしれないと思って、

Pは鼻を覆いながら覗きこんだ。柩の底には骸骨《がいこつ》が横たわっていた。埃の堆積の表面に曖昧に描かれたような骸骨の姿である。そう思っているうちに外気の侵入で空気が動いたのか、骸骨はもろくも崩れてその輪郭を失い、うず高い埃の中に姿を消してしまった。

「何か入ってますか」とカガノンが訊いた。

「骸骨らしいものが見えたが、光と空気に触れてたちまち崩れてしまったね。もうただの埃だ」

「遺体とともに霊魂のようなものが封じこまれていたとか……」

「そんな気配はないと思うがね。ただし、さっき蓋を開けた時、異様な臭気を発するものが出ていったが、それを霊魂だと見るかどうかは各人の勝手だ」

「悪霊かもしれませんよ」

「モノカミの公式の教義は別として、私自身は死んだ人間の霊魂がどこかに存在するとは信じてない。だから悪霊も聖霊もないわけで、ここから悪霊が脱出していって何か恐ろしい害をなすという気もしない。君はそういうことを信じてるのかね」

「信じてはいませんが、怖いことは事実ですよ。大体、火葬にしないで棺に閉じこめておくということ自体がそもそも不気味じゃありませんか」

「それはわかるがね」

Pはそう言いながら体の埃を払い落として外に出た。一つだけ見れば、あとの廟も似たりよったりだろうから、例の臭気を嗅いでまわる必要もないと思った。それに、これは誰にも言うつもりはなかったが、一番古い初代エンペラの遺体があのような状態であるとすると、比較的新しいエンペラたちの遺体はまだ完全にミイラ化していない可能性があり、その時はうっかり柩の蓋を開けでもすれば、もっとすさまじい、耐えがたいものと対面しなければならないだろうし、新鮮な死者の中には突然起き上がるものもあるのではないか、という妄想の雲が一瞬Pの頭に湧いたのである。

行列は再び動き始めた。あたりには依然として樹木は一本もなく、風も吹かず、光はぼんやりと拡散して人にも物にも影ができない。Pはトライオンに話しかけて、

「どうもこの風景は冥界《めいかい》の様子に似ているようですね」と言った。「地底にあるせいかもしれませんが」

「地底？　そんなことはないはずですが」とトライオンはぼんやりした顔のまま答えた。

「しかし上の広場からだんだん下りてきたわけで、ここは地下のかなり深いところだと思いますが」

「エンペラの宮殿は本来地上、いや天に近い高原の上に造営されていたはずです。われわれはさっきの広場からかなり高いところまで上ってきた」

「そうですか。私の感覚では逆だと思いますが、まあそれはそれとして、ここには人はいないし、犬も猫も馬もいないし、風もなければ物の動く音も聞こえない。それにあの異様に貧寒と

した代々のエンペラの廟……すべてが死後の世界、死者の住む世界としか言いようのない空気に支配されている。宮殿に行っても生きたエンペラはおろか、生きた人間は一人もいないのではないか、という悪い予感がする位です」

「嘆かわしいことですな。この様子ではアマゴン三世は身の回りの面倒を見る侍従や侍女にも事欠いて、御不自由しておられるかもしれない。あるいは……」

「面倒を見てくれる人がいないまま、とっくに息絶えて、半分ミイラになって……」と思いきったことを平然と言ったのはヒメコだったが、実を言えばPもそれと同じ最悪のことを想像したところだったので、心配そうな顔をしてうなずいた。

「とんでもない。そんなことになったら私は臣民として申訳なくて生きてはいられない」

トライオンは例によって早くも涙ぐんで異常な興奮を示した。

「いいえ、そういう可能性よりも、エンペラがイモタル人間の仲間入りをした可能性の方が大きいのではないかと、私はそちらの方を申し上げたかったんです」とヒメコが言った。

「そうですか」とトライオンはたちまち興奮の方向を逆転させたらしかった。「あなたは若いのに似合わずいいことをおっしゃる。アマゴン三世がイモタルになる……そんな素晴らしいことはない。もともとエンペラは理念的にイモタルであるべきものです。エンペラは不滅です。今まではその不滅性を直系の長子によるエンペラ位継承という制度を通じて遺伝子レベルで近似的に実現してきたが、今やアマゴン三世がその生身のまま真にイモタルになられたとすれば、こんな喜ぶべき奇跡はない。まさにモノパラの、いや、アマノンの奇跡です」

「確率的に言ってエンペラの中にもイモタル人間が出現することはありえますからね」とPもトライオンの気分を高揚させるようなことを言った。

「いや、確率論の問題ではない。エンペラは、その先祖が神だったということから考えても、ようやくここで本来のイモタル性を取り戻したのだ、と私は言いたい」

Pは少なからず呆れてヒメコの耳もとで囁いた。

「トライオンはもともとこういう神がかり的な思想の持主なの？」

「著作集を読んだ限りでは、ごく若い頃のトライオンはかなり奇矯《ききょう》な思想を述べていたようです。老化が進むにつれて、新しい方から記憶が消えていったので、古い記憶の層がまた表面に現れたのじゃないかしら」

「まあそういうことだろうね」とPは納得して、それならそれで、エンペラに尋常でない敬愛と忠誠を捧げようとしているトライオンの態度に敬意を表しておくことにした。

「牛車」は宮殿の正門跡と思われる二本の柱が立っているところを通り抜け、石を積んで築いた低い塀に両側を挟まれた道を進んだ。道は不自然に折れ曲がって時に行き止まりになったりするので、なかなか宮殿には到達できない。どうやら、正門から宮殿に至る道はかなり複雑な迷路になっている様子である。結局、随員役のサービス会社の人間が四方に散って、正しい経路を見つけ、行列を誘導することになった。この作戦が功を奏して車はまもなく迷路のほぼ中央に位置するらしい狭い空地の中に建つ神殿風の古い建物の前に出た。それは見かけが神殿に似ているだけでなくて実際に今も神殿の用を果たしているらしく、正面の階段の下には礼拝のための道具や献金箱が用意されていた。

「これがエンペラの宮殿なんですか」とPは半信半疑でトライオンを振り返って尋ねた。

疲労で頭の働きが鈍くなっているトライオンは、簡単にうなずいて自分だけの感激に浸っている。

「われわれはここで礼拝するわけですか」と重ねて訊くと、トライオンは今度は重々しくうなずいて、

「まず古式にのっとっておごそかに、かつ格調高く礼拝すべきです」と言った。

そこへようやく巫女のような衣装の少女が姿を見せて、何やらトライオンに話しかけてきた。Pにはよく理解できないアマノンの古代語らしい。その通訳をトライオンに頼もうと思っている間に、少女は労を省こうというのか、いきなりPに向かって、

「要するに、宮殿に入る時には伴奏の音楽があった方がいいんじゃない？　だったらここにマネを入れたら自動的に古代の宮廷音楽の演奏が宮殿に流れるよ。どう、やってみる？」

「ところで君はどういう方ですか」とPが用心しながら少女の身分を探りにかかった。

「私？　私はサービス会社から派遣されて、ここで侍女の仕事をしてるの」

「するとアマゴン三世の身の回りのお世話もあなたがやっているわけですな」とトライオンが

言った。

「それはサービス会社から来たもう一人の人がやってるの」

「じゃ、少なくとも二人の宮中サバントがいるわけだね」

「それにあとは侍従長官、つまり侍従は長官一人なの」

「たったそれだけなのか」と言いながらトライオンは涙声になった。

「今の政府の予算ではそれ以上の人を雇うことは不可能なのよね」

「お話の様子ではアマゴン三世は大層貧窮していらっしゃるようで、まことにお気の毒としか申し上げようもありません。つきましては、国賓の私の方から若干のマネを、それも純金で献上したいと存じます。その旨、どうぞよろしくお伝え下さい」

Pが献上の目的で用意してきたのは、モノカミから届いた例の金塊の中から延べ棒の形に仕上げたものだった。

「黄金ね」と巫女のような少女は喜々として金の延べ棒を撫で、両手で抱え上げた。

「正真正銘の黄金です」とPの方は平静な顔で言った。

「これだけあれば、エンペラの礼服も整えることができるわ」

「ということは、国賓と接見する時のちゃんとした礼服もないということなのか……」

トライオンはまたも絶句して涙にむせんだ。

「何かと準備がおありのようなら、こちらはアマゴン三世の御都合のいい時にまた出直してきてもいいんですが」とPも一応の遠慮を見せた。

「いいのよ、そんなことなら」と侍女は簡単に言った。「侍従長官とは相談済みだけど、折角来てくれたんだから、エンペラと会っていった方がいいじゃん？　どうせエンペラも暇なんだし、見苦しい恰好はしてるけど、本人は頭もぼけてなんにもわかっちゃいないんだから、君たちさえ気にしなきゃ別に問題はないってわけ」

「君は典型的なピップ調でしゃべるようですが」とPは念のために訊いてみた。「アマゴン三世とは言葉は通じるんですか。アマゴン三世の言葉は古い時代のアマノン語で、現代人には通訳なしでは理解できないとか聞いたが」

「言葉なんか通じなくてもいいじゃん。別に話すこともないし、侍女の大事な仕事は結局のところ精液採取だけだからね」

侍女の露骨な言い方に今度はPが絶句した。

「でも、今でも採取可能なの？」とヒメコが尋ねた。

「年に何回かは可能ね。特に、私はこの仕事に合ってるみたい。エンペラは私には反応して興奮もするし、これまでに私が手掛けてできた子供は二十三人になるの。で、どうする？　会っていくの？」

「お願いしよう」

話が決まったので、Pたちは宮殿の階段の横の高い床の下で、古代から伝わるエンペラ伺候《しこう》用の礼服に着替えた。恐ろしくだぶだぶの、しかも長い裾を引きずって歩かなければならない衣装で、Ｐにはまるで精神病患者のための拘束衣のように思われた。まもなく侍女が合図するので、歩行困難なトライオンをＰが抱きかかえるようにすると、ヒメコは後ろから裾を持ち上げ、階段を上って、左右に開かれた宮殿の扉の向こうの薄暗闇の中へ足を踏み入れた。床には用途不明の箱や梯子のようなものが雑然と置かれていて、さっきの歴代エンペラの廟と同じ物置き小屋の感じがあった。そこを抜けると、屋根のない渡り廊下が延びている。その先には作業場を思わせる、これも殺風景な建物に囲まれた中庭があって、中央に置かれている背凭《せもた》れの高い仰々しい椅子が玉座らしい。そこに色とりどりの燦然《さんぜん》と輝く古代風の——とＰには思われた——衣装を重ねてくるまった老人が、ひどく小さく見える体を折り畳むようにして座っていた。腰を掛けるのではなくて、椅子の上に足を組んで座り、行者のような姿勢を取っている。近づいてみると、豪華な衣装のように見えたものはぼろを何枚も重ねたものだった。半ばミイラ化したように見える老齢のエンペラは、こうして絢爛たるぼろにくるまって玉座に就いていたのである。Ｐはこの光景が、イモタル郷で見たものに酷似していることに気がついた。しかしその不逞《ふてい》と言われかねない感想を押しつぶすように、Ｐはあらかじめ教えられていた作法通りに平伏した。胸も腹も床に密着させるようにして、折り紙の人形さながらに、できるだけ薄くなって額を床に押しつけるのである。かなり長い間そうやっていると頭の上でいかにも古代的な音楽が鳴り響いた。先程マネを入れておいた装置から自動的に流れ出てくるらしい。その音楽が続く間は平伏を続けることになっているのか、トライオンは信じがたいほど薄くなって床にひれ伏したままである。この不自然な姿勢をとるのが限界に達した頃、音楽が止み、これも不自然なほど勿体をつけた女の声が、「直る」と歌う調子で言った。号令のようでもある。しかしその意味がよくわからないのでPは隣のトライオンの様子を窺うと、次第に高く、かつ大きくなっていくうなり声を発しながら信じがたいほど緩慢な動きで上半身を起こしていくのが見えた。そこでPもその真似をした。二人が完全に身を起こしたところで、再び女の声が、「お言葉」と荘重に言う。これはあの巫女風の侍女の声らしかった。トライオンは床に手を突っぱって頭を下げた姿勢をとった。Pもそれに倣った。

エンペラのものと思われる奇妙な声が頭の上をゆるゆるとたなびく雲のように流れていった。恐ろしく甲高くてかぼそい声で、Pは最初これも侍女の声かと思ったほどである。これが本当にエンペラの肉声だろうか、と不審の念が湧くままに、そのことを隣のトライオンに小声で尋ねてみると、トライオンは耳が遠いと見えて、大きな声で訊き返してきた。

「いえ、別にいいんですが、これはエンペラのお声ですか」

「勿論です」

「男の年寄りとは思えない不思議な声ですね」

「これが伝統的なエンペラの声と話し方です」

「言葉はまるでわかりませんが、通訳をお願いできませんか」

「はるばる来てくれて嬉しい、と仰せられた。それから沢山の黄金を有難う、折角来てくれたのに何もなくて御免、まあ水でも飲んでいってくれ……水というのはそこの不老不死の霊泉のことらしいが」

顔を伏せたまま声をひそめてそんなことを話していると、また女の声で「直る」と号令がかかった。Ｐは顔を上げた。

「奏上」と侍女の声がかかる。

「今度はわれわれの番ですぞ」とトライオンが言った。

「挨拶を申し上げるんですか」

「そうです」

「博士からどうぞ」

「しからばお言葉に甘えて」と言うと、トライオンは膝行《しっこう》して玉座に近づいて両手をつき、ただし顔だけをエンペラの方に向かって上げた姿勢で、何やらＰには理解できない古代語らしい言葉でゆっくりと歌うように話した。トライオンが話を終えて一礼すると、侍女がまた「奏上」と号令をかけて、次はＰの番であることを知らせた。そこでＰは自分がモノカミ世界からアマノンを訪れた使者、正確には宣教師であることを述べ、アマノン到着後の活動、テレビ番組「モノパラの奇跡」のことなどを説明し、最後にエンペラの無窮の栄光と長寿を祈る旨を伝えて挨拶とした。トライオンの通訳でこの話に耳を傾けていたエンペラは、それに答えて何やら発言した。

「モノカミと言えば、三百年ほど前にやはりPのように不法入国を図った宣教師がいてエンペラに謁見したことがある、とアマゴン三世はおっしゃっておられる」

「それは本当ですか」とPはむしろトライオンに向かって問い返した。しかしトライオンはPの言葉を機械的に通訳しただけだった。

「間違いないとの仰せである」

「そうですか。モノカミ教団からはそんな話は聞かなかった。で、その宣教師は無事帰国したでしょうか」

「アマノンに帰化してこの地で生を終えた。あなたもこのアマノンに身を埋めてはどうか、という お言葉である」

「有難いお言葉です」と言ったものの、にわかには返答しがたい言葉だとPは思った。

「もしパードレにその意思があれば、あの霊泉の水を特別無料で分けて下さるとのことですが」

「それを飲むとどういうことになるんですか」

「不老不死の力を手に入れることになるでしょうな」とトライオンは自分の意見を述べた。

「死すべき存在である人間がそんな力を手に入れるのはどうかと思いますがね。エンペラにはふさわしいことでしょうけれども、少なくとも私は辞退申し上げたい」

その時エンペラが何か言った。どうやら、Pの言うこと、つまり現代アマノン語を聞きとって理解する力はあるらしい。

「なんとおっしゃってますか」

トライオンはなぜか顔色を変えて一瞬痴呆の表情を見せた。

「理解できないことだ。どういう意味だかわかりませんな。なんでも、アマゴン三世は、三百年前にアマノンにやってきたモノカミ宣教師の子孫だと言っている。つまりエンペラは実はモノカミ人ということになる……」

「多分冗談でしょう」とPはわざと軽く片づけておこうとしたが、これを聞いたエンペラは不服そうに唸り声を発した。

「嘘ではない、なぜ信用しないか、と御不興のようだ」

「するともし」とPは頭に閃いたことを思わず口に出した。「私が不老不死の霊泉の水を飲んでアマノンにとどまることにした場合は、いずれ私がアマゴン三世から譲位されてエンペラになる、ということでしょうか」

その通りである、とエンペラはトライオンの通訳で言った。トライオンは通訳をしながら事の重大さを十分理解できないほど混乱と衝撃に陥ったらしかった。つまりはPが次のエンペラになりそうだという話だったので、近い将来のエンペラに対する敬意と、異国人が事もあろうにアマノン国のエンペラ位に就くという法外な事態に対する憤りとがぶつかりあった結果、トライオンは支離滅裂な精神状態に陥ったらしい。泣き顔に痙攣的な笑みを浮かべたかと思うと目は怒りに吊り上がるといった有様で、やがてその分裂的な高揚が去ったあとは弛緩した無表情だけが残った。Ｐとしてはこの際エンペラに尋ねたいことがいくつかあったけれども、トライオンのこの様子ではもはや通訳を期待するわけにはいかなかった。それでも、アマノン国におけるエンペラの役割、存在理由はどこにあるのか、というようなことを訊いてみると、エンペラはＰの質問を理解して何やら答えた。トライオンが泣き顔で放心しているので、侍女が通訳を買って出て、エンペラの言葉のおおよその意味を伝えてくれたが、それによると、エンペラは古井戸の如き存在であり、水を涸らすことなく存続することにのみ意味がある、というのだった。

「しかし、その水はいわばアマノンの伝統そのもので、エンペラの存在は、アマノンの国民が知らず知らずのうちに飲んでいる貴重な水脈に相当する、とは言えませんか」

「そんなむずかしい理屈を通訳することなんかできないよ」と侍女は言った。「それに、『奏上』はもうそろそろ終わりにしたらどう？　エンペラに余り長くしゃべらせるのはよくないから」

「それはそうだ」とＰも素直に認めた。「何しろ大変な御高齢でいらっしゃるし、お疲れになっては申訳ない」

「そういうことより、エンペラは長いことおしゃべりしていると錯乱するのよ。このオジンもかなり錯乱してるけど、まあちょうどこんな具合に頭の働きがおかしくなるわけ」

「お二人とも脳梗塞が大分進んでいるかもしれないね。それじゃ、今日はこの辺で切り上げることにしよう」

「謁見終わり」と侍女が歌うように言って、謁見の打切りを宣言した。

「時に、今ここにいるのはあなただけ？　つまり、侍従長官がいると聞いたけど、挨拶しておかなくてもいいのかね」

「長官は前から病気なの。それで、サービス会社から来てるもう一人の侍女はこのところ長官の付添い看護婦みたいなことになって、あちらで病人の世話をしてるわ。そんなことをする義理はないけど、エンペラのたっての願いだというので、断りきれなくてね」

「入院させた方がいいんだがね」

そう言いながらPはヒメコを伴って、中庭の向こう側の粗末な建物を覗きにいった。床のない土間のようなところに鉄製の寝台が置いてあり、病人が寝ているのが見えた。そしてその枕許では、病人の看護に疲れ果てたという顔つきの、髪も服装も乱れた中年のサバントが大儀そうに腰を曲げて何やら仕事をしていた。Pは近づいて病人の様子を一瞥し、肝硬変らしいと見当を付けた。そこで看護に当たっているサバントと少女の侍女とを外へ呼び出して、こう言った。

「肝臓が悪いようだね。残念ながら、このままではもう長くはない。さっき献上した黄金をマネに換えて、あの侍従長官は早速入院させ、代わりにサービス会社からもっと若くて有能な侍従長官を派遣してもらった方がいいね。それに、侍女もあと十人位はいないとエンペラとしての威厳も保てないだろう。ともかく、帰ったらユミコス総理にここの窮状を説明して、しかるべき予算措置をとってもらうように頼んでみよう。アマノンに窮民救済法のようなものがあるかどうか知らないが、エンペラを窮民以下の扱いで放置するとはひどい話だ。少なくとも、私がアマノンに来て見聞した限り、ほかではこんなみじめな生活をしている人間はいなかった。トキオの市民はみな贅沢な生活をしているのに、エンペラのことを心配する人間は誰もいないらしい」

「でも、それは仕方がないじゃん」と侍女が言った。「誰もエンペラのことを人間だとは思ってないんだもん。まともに関心なんてもてっこないでしょ?」

「人間じゃないとすると、何者だ?」

「だから、エンペラじゃないの。だからこそエンペラという特別の名前がついてるじゃん。あやって玉座にうずくまってるところを見ても、人間じゃないってことはわかるでしょ?」

「まるで珍奇な動物みたいに言うね」

「動物とも怪物とも言わないけど、不思議な生き物を世話してるって感じね。それは私なんかには理解できないほど高貴な生き物かもしれないけどね。例えば神とか。で、私たちは飼育係であると同時に巫女でもあるということになるかもね」

「まあ、いずれにしても当分は君たちにしっかりやってもらうほかないわけだ」と言って、Pは改めてこの二人に特別多額のチップをはずんだ。

「有難う。それじゃ、お礼にあの霊泉の水を特別飲ませてあげるわ。いらっしゃい」

侍女はそう言うと、中庭の古井戸のつるべで水を汲み上げた。見ると、飲料水とは思えない灰緑色の濁った液体で、とても口にする気にはなれない。

「折角だけど」とPは辞退して、手に掬《すく》って臭いを嗅いでみた。腐臭に近い臭いに、顔を近づけただけで吐き気を催した。

「この水は腐ってるね」

「でも別に害はないみたいよ」と年上の方の侍女が言った。「エンペラも侍従長官も毎日あれを飲んでるんだから」

「多分そのおかげで肝硬変になったんだろうね。エンペラだっていずれは体がおかしくなるよ」

「でもこの井戸の水はエンペラ管理局の方から供給されてるはずだけど」と若い方の侍女が首を傾げた。

「自然に湧いてるんじゃないのか」

「違うの。ここで必要なものは、水も食べ物も、エンペラ管理局が調達して地上からパイプで送りこんでくるの。そこに葉っぱのない木のようなものが立ってるでしょ？　あれが実は食べ物を送ってくる装置で、一定の時刻になると調理済みの料理が木の幹の空洞になったところを通って下りてくる。それを取り出して食べるわけ。もうそろそろ昼の分が下りてくる頃だから、よかったら食べていかない？　今日はお客さんの分も注文してあるから大丈夫よ。大した御馳走じゃないけど」

Ｐは半ばは好奇心から、半ばは空腹の時が訪れていたことから、その宮廷料理を賞味してみることにした。中庭の一角に食卓と椅子が用意され、エンペラも自力で玉座を下りて食卓に就き、トライオンもエンペラ主催の昼食会に列席するという栄誉に浴したのだった。若い侍女は木の幹の一部を拳で叩いてから、扉のようになっているところを開けて、手を突っこむと、何段もの引出しのついた金属製の箱を取り出した。その引出しの中に一皿ずつ料理が入っていた。料理というよりも、火を通し、塩と最小限の調味料を使っただけの根菜、豆類が中心の、下《した》拵《ごしら》えした材料に近いもので、Ｐはモノカミのコレジオや修道院の粗末な食事を思い出した。そして食べているうちにある種の懐しさを覚えたことも事実である。

「こういう料理はエンペラの好みなのかね」と訊いてみると、

「モチ。最初はまずくて喉を通らなかったけど、慣れてくると案外おいしいのね。エンペラはこういう質素な食事が健康にいいと言うの。何しろ健康第一の人だから」

「栄養学的には問題はないだろうね。あとはあの腐った水を止めることだ」

その時にトライオンの様子がおかしくなった。顔面蒼白になり、腹痛と吐き気を訴えているのを見て、Pはトライオンが先程飲んだ「恩賜《おんし》の霊泉」のせいだろうと診断した。苦しみ方が尋常でなく、このままではショック死に至る恐れも十分あった。脈搏も微弱で数えられないほど速い。例の薬のことがPの頭に浮かんだ。

「ちょうどここにいい薬がある。タナトミンと言って、こういう時に飲むと楽になる霊薬です。飲ませてみましょう」と一同に説明して、Pは懐中からタナトミンの小瓶を取り出し、トライオンのコップの霊泉の水にその一滴を垂らした。それを飲ませると、トライオンはみるみる元気を取り戻して正常な状態に返った。気分の方もすっかり落ち着いて安定したように見える。

「仰せ」と侍女が声を張り上げた。エンペラの発言があったようである。

「なんと仰せられましたか」

「自分もその薬が欲しい、とのことです」

「そうおっしゃるなら一滴差し上げてもいいが、この霊薬は人によって効能が違うし、それが予測しがたいのです。まだ薬理学的には十分説明されてない点がありまして」

「苦しゅうない、との仰せです」

「そうですか。それなら差し上げましょう」と言って、Pはエンペラのコップの水にもタナトミンを一滴垂らした。エンペラは待ちかねたようにそれを飲み干した。

長居は無用、と思ったので、Pはヒメコに目配せして立ち上がり、拝謁を許された上、思いがけなく昼食を御馳走になった礼を述べ、辞去の挨拶をした。そして中庭をあとにして、物置き小屋に似た建物を経て宮殿を出ようとしたが、その時誰かが立ち上がってあとを追う気配がした。振り返ってみるとトライオンだった。ついてくるようなら一緒に帰ってもいいが、と思いながら見ていると、トライオンはそのまま古井戸に近づいて、確信に満ちた動作で、頭を下にして井戸に飛びこんでしまった。Pや侍女が慌てて覗きこんだ時には、はるか下の暗がりに足の裏だけが二つゆらめいて見えた。それもやがて闇の中に消えた。

「発作的な自殺ね」とヒメコが言った。

「見かけはね」とPは苦い顔をして答えた。「しかし必然的な自殺だ」

「困ったことをしてくれたのね。これで霊泉の水が飲めなくなったじゃん、とエンペラは怒ってるわ」

「管理局に連絡してあの井戸と給水機構を修理してもらうことだね。なんなら、その修理費は私に請求してくれてもいい」

Pはそう言い残して足速に宮殿から出ていった。門の前にはサービス会社で調達したお供の行列要員が、いかにも無気力な様子で地面に腰を下ろしていた。Pとヒメコが「牛車」に乗ると、行列はのろのろと動き始めた。

「トライオンとエンペラに飲ませた薬は何なの？　ほんとにタナトミンなの？　それじゃ、エンペラもやがて自殺することになるのね」

「それはわからない。ぼくはあの薬の効能を百パーセント信じているわけじゃない。現にユミコスには効かなかったからね」

「でも、万一エンペラが自殺したらどうなるの？」

「どうもならないじゃん？」とPはふざけてピップの口調を真似た。「あらかじめ決まっているエンペラ位継承者が次のエンペラになるだけだ。今のエンペラがイモタル化していつまでも死なないのでは、あとに控えている候補者たちがかえって迷惑するということもあるしね」

「こっそり訊いておきたいけど」と言いながらヒメコは頬を寄せてきた。「パパは自分でエンペラの位に就くつもりはなかったの？」

「一度は漠然と考えたこともある。エンペラがモノカミ教皇のようなものなら、それを狙う手もあると思った。しかしアマノンのエンペラはそういうものではなかったね。あれは一体どういうもので、なんのためにあるのか、結局のところわからなかった。君はどう思う？」

「私にもわからない」

　そう言ってヒメコは小さなあくびを掌で抑えた。

第十七章　危機管理対策本部

「どうだった、エンペラに謁見した印象は?」とユミコス首相はPが電話に出るなり言った。Pの帰りを待ち構えていたようで、帰る前からすでに二、三回、せっかちな口調の電話があったという報告がサバントからあった。

「まあ、一口で言えば、人間離れのした方でしたね。ただ、かなりの高齢でいらっしゃるし、健康状態は余りよくありません。イモタル化しておられるのではないかとの説もありましたが、その点はどうでしょうかね。栄養状態も芳しくないようです」

「そう、それは嘆かわしいことね」とユミコスは気乗りのしない調子で応じた。

「エンペラ管理局とかいう所管官庁の面倒見がよくないのか、予算が足りないのか、現在エンペラ付きのサバントがわずか三名、しかもそのうちの一人は瀕死の病人で、残りのうちの一人はこの病人の世話にかかりっきり、おまけに管理局から供給される食事もはなはだ粗末なものです。私としては、もう少し予算を増額するよう、首相に進言してみますから、と慰めのつもりで言ってきた位です」

「ああ、予算の増額ね」とユミコスは相変わらずうわの空で言った。「それはなんとかしてみよう。トライオン博士もきっと同じ意見なのね」

「勿論です。博士はエンペラが窮民並のみじめな境遇におかれていることにいたく悲憤慷慨《こうがい》して、そのショックの余り古井戸に投身自殺をしました」

「ほんと？　あの偉い哲学者が自殺したの？」

「哲学者って、精神科の医者と並んで自殺率の高い人間の筆頭でしょう？　とは言うものの、実はここだけの話ですが、例の薬を使って安楽死をさせてやったようなものです。博士は脳梗塞と老人性痴呆が進行していて、かつての博士ではないんです。私はモノカミで医師の資格ももっている人間ですが、医師の立場から判断しても、私のとった処置が適当だったと思います」

「エンペラの方は無事だろうね」

「同じようにタナトミンを一滴差し上げましたが、目の前では効果は出なかったようですね。どうやら、あれは人によって効果に相当な差があるようです」

「そうかもね。あの時はぼくにも効かなかった。もっとも君がセックスでエクスタシスの状態をつくってくれたおかげでもあるけどね」

「しかしエンペラは男ですからね。あなたの場合のように耐久性があるかどうか。私の予想では、男は女に比べて自殺誘発物質にははるかに敏感に反応する可能性がある」

「エンペラに効き目があったとしても、そんなに心配することはないよ。現エンペラに何かあれば、早速政府として必要な措置をとって次のエンペラを即位させる」

「政府の権限でエンペラを指名して即位させる、ということができるんですか」

「そうよ。誰かが指名してやらなければエンペラになる人がわからなくなって困るでしょ。それはそれとして、君とはできるだけ早い機会に会ってゆっくり二人だけで話がしたいの」

「いいですとも。総理のお体があき次第、招んでいただければ、いつでも参ります」

「ほんとに？　なんだか信じられないみたい。だって、さっきから君の様子が随分変だったもん」

「そうですか。私の方は特に変わったところはないと思ってますが」

「その妙によそよそしい態度がおかしいと言うの。この前別れた時の君とは別人みたいよ」

「あの時の調子をつい忘れてしまったもんで」とPは言訳をした。「それに、電話の時、あんな調子ではまずいんじゃありませんか」

「なぜなの？」

「盗聴ということも考えられますからね」

「盗聴？　そんなことはアマノンではありえないよ」

「モノカミでは普通のことですがね」

「もう、じれったい人ね。とにかく至急会いたいの。今夜でも来てくれる？」

「私の方はいいですよ」

「いや、都合がつき次第、ぼくがそちらに行くよ。その方が目立たなくていい。執務が終わったあとなら、つきまとってくるマスメデの蠅もかなり数が減るからね」

そんなやりとりをしてから数時間後に、首相はお忍びでPの家にやってきた。セクレのマリコを手放した代わりに、十二、三歳に見える少女を新しいセクレとして連れていた。名前はマユミンと言い、前のマリコよりも勝ち気で利発そうな、小柄な少女である。Pの好みからすれば、マリコの方が女らしくて食欲をそそるところがあった。

Pは自慢の庭園大浴場に首相を案内した。最近、庭の観葉植物の間に大小いくつかの池が散らばる形に設計しなおした温水浴場である。もう日が暮れかけていたので、照明をつけて、この林間の池を思わせる浴場でゆっくりと戯れて楽しむつもりだった。しかしユミコスの方は、この風変わりな浴場に目を奪われはしたものの、それに感心するよりも、落着きなく苛立っている様子が目立った。浴場での戯れはいい加減に切り上げ、早く寝台のある部屋に移って、本格的なセックスに没入したい、ということらしい。そう言われてみればその方がいいのかもしれない、という気がPにもしたのは、ユミコスのやや肥満気味の堂々たる体軀は、公務の時の姿勢がそうであるように、まっすぐに立っているか、あるいは寝台の上に完全に横たわるかすれば、威厳か豊満さか、どちらかが際立って、なかなか魅力的な姿態を見せるのであるが、浴槽で中途半端な姿勢、特に四足獣の姿勢をとったりすると、水辺で遊ぶ河馬《かば》を連想させるところもあり、Pとしてもこの眺めは余り歓迎できなかったのである。

寝室に移った時、ユミコスは長く愛人の腕に抱かれる機会を奪われていた中年の女が久しぶりにその機会を得たという性急な欲望を露骨に表して、ほとんど体をぶっつけるようにしてPに抱きついてきた。アマノンの女でこれほど率直に自分の欲望を表明したのはこのユミコスが初めてである。というより、わずか一度の経験でこれほどセックスが病みつきになった例は初めてだった。元官房副長官のミヤコスもセックスにこれほどの執着を示すには至ってない。会うたびにセックスを楽しみにしてはいるが、それは食事や遊びと同じような性質の楽しみにとどまっていて、目の色を変えてせがむほど真剣な欲求ではなさそうだった。ユミコスがこんなにも熱烈にセックスを求める理由はと言えば、前回の時の異常な経験、つまり突然襲った激烈な痙攣と、それを鎮めるために使ったタナトミンの不思議な効果のことがまずPの頭に浮かんだけれども、ユミコスとのセックスであのような深い陶酔がもう一度得られるという自信はPにももてなかった。

Pは寝台の上で期待に興奮して喘《あえ》いでいるユミコスを型通り愛撫したのち、通常の姿勢でセックスを始めた。ユミコスの反応は平凡で、人並外れて鋭敏でもなければ深いわけでもない。いろいろと姿勢を変え、Pとしてはほかの相手にはめったに試みたことのない高度な技術も動員してユミコスをエクスタシスに導こうとしたが、なかなかうまく行かなかった。それでもユミコスの反応は水準以上の高まりを示し、柔らかく融けそうな肉でPの全身を包みこもうとする感じがやってきた。しかしその時ユミコスはうわ言のように言ったのである。

「お願い、またあれを使って」

「あれ？」と一瞬Pは頭の中が混乱に陥るのを覚えた。

「あれよ、タナトミンよ」とユミコスはいやにはっきりした声になって要求した。

「この前みたいに？　しかしあれは危険だ。今度もうまく行くという保証は全然ない」

「いいの。うまく行かなくて死んでもいいの」とユミコスは恍惚の表情で言った。

「死んでもいいなんて、いい加減なことを言ってもらっては困るな。あれは強力な自殺誘発剤なんだろう？」

「自殺しないように押えつけて夢心地にして」

「虫のいい話だね。うまく行けばいいけど、かなり危険な賭けだ」

「危険だから最高じゃん。早く飲ませて」

正直なところ、Pには、この前のように事がうまく運ぶという自信も見通しもなかった。しかしこうなったからには、ユミコスの要求を容れ、死への衝動で膨脹したユミコスの体を強力な肉の剣で突き通し、完璧に制圧してやろう、という気力が湧いてきた。そしてタナトミンを二滴ほど水に落としてユミコスに飲ませた。この前よりも量がいくらか少なめだったことも関係したのか、ユミコスは前回より元気があり、死の穴に落ちこんだような脱力状態というよりも、死の穴の縁で危なっかしく踊るのにも似た、はるかに刺激的な反応を示した。Pが力を抜くと跳ねとばして自殺を決行するのではないかと思わせる不気味な様子が見え、それだけにP

は全力をふりしぼって勇戦しなければならなかった。やがて今回も勝敗の帰趨《きすう》は明らかになった。ユミコスはPの体の下でいくぶん扁平な肉の塊に変わり、あとはPの思うままになって死と紙一重のエクスタシスの中に溶けていくように思われた。Pもさすがに疲れたので、相手が眠りに落ちたのを確かめると、今回は自分も強力な睡魔に身を委ねた。

深い海底で電話のベルのような音が聞こえている。それは何かの唸り声のように長い間執拗に鳴りつづけているように思われた。ようやくPが手を伸ばして受話器をとると、嗄れた不吉な声が伝わってきた。一瞬、Pにはそれがモノカミ教団から死の呪いをこめてやってきた声であるかのような気がして、自分が今どこにいるかもわからなくなった。そして次の瞬間にはこの声の主をカガノンと間違えそうになったが、ようやく目覚めた頭で判断したところによれば、この声の主はサイオンと名乗っているのだった。官房長官のサイオンである。カガノンとの声の酷似は両者がラオタンであることによるものらしい。

「あなた誰？　ああ、パードレ？　そちらに総理がいるでしょう。ちょっと電話に出して下さいますか？　折角のお楽しみに水を差すようで悪いが、ちょっと厄介な事態が発生したもんでね」

「総理がここにいることがよくわかりましたね」

「それはあなた、私は秘密警察からの情報を一手に握っていますからな」とサイオンは自慢するような調子で言った。「総理には私のところで濾過《ろか》して必要な情報だけを上げているんですが、今度は重大な事態が発生しているので、そんな余裕はない。この情報をめぐって総理とじきじきに相談しなくてはいけない。とにかく、総理に代わって下さい」

「総理なら私のベッドで正体もなく熟睡してらっしゃるが、今は電話に出るのも無理なようですね。何しろ激しいセックスをして死と紙一重のエクスタシスをさまよったあとですからね。もう少し待っていただければ、起こして、元気になったところでそちらにお帰ししますよ。で、その重大な事態というのは、およそどんなことですか」

「呑気なことを言ってる場合じゃないと思うがね。まあ止むを得ない。できるだけ早く起こして官邸に帰して下さい。総理の三選が危なくなっている。そう言えば事の重大さはわかりますよ」

「わかりました」と言って電話を切ってから、Pは、ぼんやりと目を開けているユミコスに話しかけた。「聞いたの？　あなたの地位と政治生命にかかわることらしい。クーデタも起こりかけているかもしれない」

「クーデタ？　ここではそんな古典的な方式は通用しないよ。そんなんじゃない。しかし困ったな。要するにエイオスがぼくを引きずり下ろして別の人間を総理にしようと画策しはじめたらしいのよ。予想されないでもなかったけど、この時期になって、またなんで急に……」

ユミコスは涙ぐんでおろおろしながら裸で部屋の中を歩きまわった。腰を屈めて、まるで目の不自由な人間が脱いだ衣服を探しているような具合だったので、

「まあ、とにかく服を着たら？」とPは声をかけた。「そんななさけない恰好じゃいい知恵も浮かんでこないよ。あなたは総理なんだから、総理らしい服を着て堂々としなくちゃ」

「そうなのよね。でもどうしていいかわかんないの。エイオスはなぜぼくを見捨てる気になったのか……きっと、ヤスコスを擁立するグループが何か手を打ったのよ。ヤスコスはぼくの姉に当たるけど、大して有能じゃない分、素直でエイオスの言うことをよく聞くから……」

「ちょっと待って」とPは慌てて口を挟んだ。「そのヤスコスとか言うあなたのライバルはあなたとは姉妹の関係なんだね」

「知らなかったの？　ぼくもヤスコスも、それに前首相のタカコスも、その前のヨーコスも、みんなエイオスの子供なの。精子はそれぞれ違うけど、みんなエイオスの卵子でつくられた子供よ。エイオスはアマノンで一番の力をもった母親なのよ。エイオスはここ十数年来政界と財界の両方を握って、自分の子供を順番に首相の座に送りこんでいるわけ。そのことは聞いてなかったの？」

「恥ずかしいことながら、今初めて聞く話だ」とPはさすがに興奮して言った。「するとエイオスは女王蜂か女王蟻のようなものだな。偉大にして巨大な母親だ。しかしあなたは今はそのエイオスが邪魔になったというわけだね。あなたの方は庇護者としてのエイオスを当てにすることはできなくなったし、エイオスの方ではなぜかあなたをこれ以上首相にしておく必要がなくなった、ということらしい。で、エイオスに対してあなたは特別の感情を抱いているわけではないだろうね」

「特別の感情って何のこと?」

「つまり母親を慕う子供の情とか」

「そんなもの、あるわけないじゃない?」

「そうだろうな」とPはうなずいた。「母親の方にも自分の腹を痛めて生んだ子という気持はないだろうし、まして子供の方からすれば遺伝子提供者の一方にすぎないわけで、あとは養育と同居から生まれるある種の感情だろうが、それも余り期待できそうにないね。ピップの場合は大概育児サービス会社から派遣された乳母や家庭教師が母親の役目をやってくれるわけだし、ピップ以外の階層なら子供は集団育児と集団教育専門の会社に任せっきりだからね」

「そんなことより、ぼくはどうすればいいの? こうなってはもうお先真暗よ。いっそ君がぼくの代わりに総理をやってくれると有難いな」

「ばかなことを言っちゃいけない。こうなったからには、エイオスを始末することを考えるしかないだろう」とPは単刀直入に結論を述べた。「あなたに特別にこだわりがなければの話だが」

「そんな恐ろしいこと、できっこないじゃん」

「何が恐ろしいの? エイオスの復讐か、それとも人を抹殺することか。しかし完全に抹殺してしまえばエイオスはいなくなるわけだし、抹殺すること自体はエイオスにとっては恐ろしいことであっても、あなたが恐ろしがることではない。例の薬を利用する方法を考えてみよう。あなたの方では腹心の部下なり支持者なりを集めて相談する手続をとってもらいたい。例えば閣議とか、特別閣僚会議とか、国防委員会とか、何かそういう名前のものがあるだろう?」

「危機管理対策本部という秘密の委員会を設置することができるのよ」とユミコスはやっと気を取り直して言った。「さしあたり官房長官のサイオンを中心にして、安全保障大臣、警察長官、それに君や前副長官のミヤコス、トライオン博士などを顔ぶれに加えることにしよう」

「トライオン博士は駄目だ」

「なぜなの? ホーカノンじゃこういう場合頼りにならないじゃん?」

「トライオンは薬を飲んで自殺したと、さっき言ったじゃん」

Pはいささかじれったくなって思わず「じゃん言葉」を使った。

「ああ、そう言えばそうだったよね。ぼくも頭がおかしくなったんだわ。もうほんとに、おなかの底が抜けたみたいで、自殺したい気持ね。やっぱりあの薬の後遺症かしら。飲んだ直後には自殺しないですんだけど、慢性自殺待望症みたいなことになるのかもね」

「そんなことはないだろう。ただ、あなたはぼくと関係を結んだことで、にわかに女らしくなったようだ。とにかく、名称なんかどうでもいいから、あなたの判断で、重要な相談ができる範囲の人間を集めること。勿論ぼくも行くから」

ユミコスが腑抜けのような顔になって帰っていったあと、Pはカガノンに命じてモノパラ株式会社の最高幹部たち、ミヤコス、アイコス、ルミコスたちを招集した。

「緊急に相談したいことがある」とPが口を切ると、ほかのものたちはある程度見当がついているのか、顔を見合わせてうなずきあった。「そうか。君たちにも思い当たるふしがある、というわけだな。それではまず目下の状況を説明してもらおう」

「パードレ、このところ細かい報告をする機会がなかったけど、実は最近、あの番組をめぐって好ましくない動きが起こってるの」

「評判が落ちたの？」

「いや、ますます人気は高いようね。今やアマノンの大人の六十パーセント以上がモノパラを見てるよ。それだけに問題が大きくなったとも言えるのね。つまり、宗教団体の連合会あたりを中心にして、あの番組が反淫乱《はんいんらん》条例に抵触するのではないかという声が上がりだしたの」

「その淫乱だけど、どういう意味なの？」とPは尋ねた。

「肉体的行為を含むエロ行為ね」とアイコスが言うと、

「それも公衆の目に触れる形をとった場合の肉体的行為を言うのね」とヒデコスが補足した。

「反淫乱条例の正式の名前は、『不特定多数の公衆に向かって行なわれる肉体的エロ表現の取締に関する法律』というの。でも、これができたのは百年以上前の話で、とっくに休眠法になってるはずよ。テレビその他のマスメデではそんな法律のことなんか気にもとめずにやってるし、今頃になって突然持ち出してくるなんて、頭おかしいんじゃない？　それとも、ぼくたちを陥れるために持ち出してきたのか……」

「あとの方に決まってるじゃん」とミヤコスが言った。

「政治的な意図で、誰かがその淫乱行為反対の運動に火をつけたと言うんだろう？　要するに権力闘争が始まったのだ」とPは腕組みをして宙を睨《にら》んだ。「ユミコスの話だと、エイオスがユミコスの失脚か、少なくとも首相三選阻止の策動を始めたらしい」

「そのための材料としてエイオスはぼくらの運動に目をつけて、裏から手を回して宗教団体を動かしはじめたというわけね」とミヤコスが言った。「でもこれは大変なことね。エイオスが本気で動きだしたとすれば、もう何をやってみても無駄かもね」

「エイオスという人物はそんなに絶大な力をもっているのかね」

「と言われてるけどね。多分、それは本当だろうと思うよ」とルミコスが言い、他の者たちも一斉にうなずいた。

「そうだとして、その場合には二通りの対応が考えられるだろう」とPは努めて冷静な調子で言った。「一つはエイオスと対決して、エイオスの妨害や攻撃を排除するために戦うこと、もう一つは、妥協するなりうまく取り入るなりしてエイオスの気持を変えることだ。諸君の意見はどちらに傾いているのかね」

「勿論、あとの方よ」とミヤコスが言った。「エイオスに楯突いて勝った者はまだいないからね。問題はエイオスにどんな条件を提供するかということよ」

「それはユミコスやサイオンたちと相談することにしよう。私としては、例えば私のマネ、それも黄金の形で使えるマネを提供するという手もあると考えている」

「それはいい考えかもね」とアイコスが言った。「エイオスはマネには目がないから、きっとうまく行くと思うよ」

「カガノン、首相官邸に連絡してみてくれ」とPは命じた。

その返事によると、官邸では今危機管理対策会議が開かれているところで、首相は、Pとミヤコスに至急来てもらいたいとの意向であるという。予想された事態の展開だ、と思いながら、Pはヒメコとカガノンを連れてミヤコスと一緒に首相官邸に向かった。

官邸は最近引越して、以前よりも多少ましな高層ビルの最上階全体を占めて、高級ホテル並の快適さと豪華さを備えるようになっている。サービス会社のサービスも質量ともに格段に向上しており、Pたちは正面玄関に到着するなり美少女のボイたちに迎えられて、座り心地のいい自動移動椅子で長い廊下を進み、総理執務室隣の「秘密会議室」(と入口に金属プレートが嵌めこんであったのはおかしなことではあったが)に案内された。そこでようやくわかったが、この秘密会議室というのは政府の要人がセクレ抜きの会議をするための部屋、ということだった。

Pとミヤコスが入っていくと、首相は部屋の中を大股で歩きまわりながら考えをまとめようとしているところだった。先程に比べてかなり気力を取り戻しているように見える。そして集まっている顔ぶれは、官房長官のサイオン、財務長官、安全保障大臣、警察長官、教育長官、ほかには内閣官房の若手の事務官が三人だった。

「まあ、ミヤコス、元気だったの」とユミコスが皮肉っぽく言った。

「おかげさまで。この任務に就いてからはね」

「それにしては任務に熱心とは言えないじゃん。このところちっとも報告がなかったけど、報告がないのは万事順調ということかと安心していたら、今度の騒ぎじゃないの」

「それは悪かったけど、君がパードレと親密な仲になったことから考えても、必要な情報は直接パードレから手に入れているものと、ぼくは判断したのよ」

「勝手に判断しちゃ駄目よ。それとも君はぼくとパードレとのことを妬いてるの？」

「それは君の方じゃない？」

「二人とも今はそんな議論をしてる場合じゃないだろう」とPは割って入った。「それにしても、今のやりとりからすると、ミヤコスが官房副長官を辞めてぼくの会社に来たのもやっぱり課報活動の一環だったわけだな。ひょっとするとお二人の仲もいまだに続いているのかもしれない、ということだね」

「そんな穿鑿《せんさく》はこの際後回しね」と言いながらユミコスは困ったような顔をした。

「ともかく、予定通りまず教育長官からもっと詳しい説明を聞いた方がいいですな」とサイオンが言った。

「事情はさっき説明した通りよ」と教育長官のマサコスが憮然として言った。「それに、さっきから言ってるように、これは宗教関係のトラブルだから、もともとぼくの所管じゃないのよね。なぜ宗教長官のマリオスも呼ばなかったの？」

するとサイオンが嗄れ声で嚙んで含めるように説明した。

「マリオスはこの事件発生以来、露骨に非協力的になっている。エイオスのところへも頻繁に出入りするようになっているし、あれは完全に向こう側の人間になったと見なければならんでしょうな。それに、騒いでいるのは宗教団体だが、問題の性質から言えば、これは文化問題だ。宗派同士のいざこざというわけじゃないんだから」

「サイオンの意見に反対するわけじゃないけど、これは人口省と保健省の問題でもあるのよ」と財務長官が口を挟むと、教育長官が言った。

「賛成ね。そもそも彼らの主張というのが、人は人工受精、人工子宮によって子供をつくるべきで、それがアマノン精神に合致した正しい方法だ、言い換えると生殖に男を関与させるべきではなく、男とのセックスを介入させるのは不道徳だ、ということなのね。それで、あのテレビ番組は中止させるべきだし、番組の中のセックスを通じて妊娠したものには強制的に中絶手術を施して、母体からの出産という非人道的な形で子供を生む者が続出しないように厳重な監視が必要だ、とも言ってるよ」

「早く言えば、伝統的なアマノン方式がよいから一切の改変は駄目という超保守派の考え方ね」とユミコスが憤然として言った。「でもピップの大多数はあの番組を支持してるはずでしょ?」

「セックスという流行のスポーツについては、ですな」とサイオンが言った。「確かにあれはピップに受ける要素がある。ピップは自分でテレビに出演しようという気は起こさない代わりに、ひそかにこの新種のサービスを買ってみようという気になって、サービス会社にはセックスのできる男性サバントに対する申込みが急増しているということです。勿論、本家本元のパードレのサービスを受けたい、そのためにはどうすればいいかという問合わせも多いそうですが、これはサービス会社としてはいかんともしがたいので、目下、株式会社『モノパラ』と折衝中だという。パードレはその話は聞いてますか」

「まだ聞いてませんね」と言いながら、Pは今後の有望な方針のいくつかが闇夜の稲妻のように閃くのを覚えた。

「その件はうちの会社としても近く本格的に検討することになってたのよ」とミヤコスが説明した。「ただ、パードレは、いわゆる余人をもって代えがたいセックスの名人だからね。新しい体制が整わない段階で、注文に応じてその場凌ぎの対応をするのはまずいじゃん? テレビ向きのセックスのできるタレントももっと沢山養成する必要があるし、長期的に見れば、精子バンク用の男のほかにセックス専門の男も必要になるから、男の出生比率を大幅に引き上げるための措置も考えなきゃいけなくなる。つまりこれは重要な政治問題にまで発展する性質の問題なのよ」

「確かに政治問題だし、権力闘争の一環でもある」

Pは立ち上がって、檻の中の猛獣のように行ったり来たりしながら、力強い声でしゃべりはじめた。

「長い目で見れば、われわれのやろうとしていることは革命だ。目下、わが社ではテレビ番組でセックスの実演ができそうな男を集めて特別訓練をしている。いずれサービス会社と提携してタレント兼サバントとして使える男を増やすとともに、先程ミヤコスが言ったように、近い将来、アマノンの人口管理法を改正して、これらの男たちが自由に生ませた、それも自然受精、自然分娩方式で生ませた子供を正規のアマノン国民として認知させるとともに、人工受精・人工子宮方式の子供についても、男の比率を大幅に引き上げるようにする。こうして男の数を増やしていく。必要とあれば、その男たちの利害を代表する政党を結成して私がその初代党首を務めてもいいし、王様のようなものが必要だというなら、私がその王様になってもよい。しかし私は王様や権力者になって支配すること自体にはまったく興味がない。私の目的は、いわゆる『オッス革命』にある。つまり、この国に正常な男と女のあり方を復活させ、また同時に、セックス、妊娠、分娩、育児を自然な男女の関係と結びつける制度としての婚姻、家族などを復活させることにある。それ以外の、例えば政治体制、経済体制等々のあり方については、正直なところほとんど興味がない。それはアマノン国民が好きなようにすればいいことで、現行の体制でも決して悪くはない。いやモノカミの神権体制に比べれば、むしろ結構なものではないかと言いたい位だ。それに、人々の生活の洗練された贅沢さ、放縦に近い自由を享受してなお、ある種の秩序を保っている知恵、女らしい現実主義と保守主義、脱宗教的態度、真理や正義を旗印にした闘争を卒業していることなど、アマノン社会には評価すべきものが多々ある。そういうものは『オッス革命』とは関係なく残しておいた方がいい。で、私としては、革命を成就したのちは政治権力の高みに座るつもりは毛頭なくて、気に入った女と歓を尽くすことだけが望みなのだ」

「パードレの立場はまことによく理解できる」と官房長官が言った。「おまけになかなか格調の高い演説でもある。それで、今思いついたが、この際パードレを国賓として国会に招待し、今のような内容をさらに敷衍《ふえん》した記念演説を本会議場でやっていただいてはどうだろう。特調の話では、政治同友会の中にもそんな声が結構強いという」

「それが政治的に有効ならやってもいいね」とPは言った。「しかしそれよりも、この段階ではエイオスに対して行動を起こすことを考えるのが先ではないか。私としては二つの武器が使えると思う」

「暗殺でも考えてるの？」とユミコスが不安そうに尋ねた。

「勿論、それも含めて考えている。ただしここで言う二つの武器とは、一に飛び道具、二に毒薬、といった類のものではない。一にマネ、二にセックスだ。マネで事が解決すれば、それが一番で、駄目な場合は、私がエイオスにセックスのサービスを献呈することで妥協の道を探ってみるわけだ。最後の、とっておきの秘密の武器については、ここでは触れない方がいいと思う」

そう言ってPはユミコスの顔を見た。タナトミンの存在は他の人たちには知られていないものと仮定してのことである。案の定、ユミコスはPに片目をつぶって見せながら、とぼけて、

「君のその体についてる強力な武器のほかに、まだもっと凄い武器があるの？」と言った。

「実はモノカミ教の魔法がある」とPも調子を合わせて冗談を言った。すると、

「ほんとに魔法が使えるの？」とミヤコスが身を乗り出した。

「使えるよ。呪文を唱えて、人の脳に直接働きかけることができる。呪文には沢山の種類があって、例えば人を狂わせたり、自殺させたりする呪文もある」

「凄い。それでエイオスをやっつけてくれるといいじゃん」と警察長官が言った。

「まあね。最後はこれを使いたい。ただし、この呪文はモノカミ語だから、モノカミ語のわからないアマノン人に利き目があるかどうかはわからない。その点、マネとセックスは誰に対しても多少の効果は確実に期待できる」

「いずれにしても」とサイオンが言った。「パードレにはできるだけ早い機会にエイオスと会っていただく必要がある。エイオスを黙らせることに成功すれば、当面の問題はすべて解決することになりますからね」

ということで結論のようなものが出て、首相と官房長官、ミヤコスとPを残して、他の者たちはひとまず帰っていった。

「さっきの魔法とか呪文の話はほんとにほんとなの?」と早速ミヤコスが訊いたが、Pは笑って首を振った。

「パードレがおっしゃった秘密の武器とはタナトミンのことでしょう」と言ったのはサイオンだった。それに対してユミコスがすぐさま、

「今、アマノンでタナトミンのことを知っているのは、開発者のシニコス博士を除けばここにいる四人だけというわけよ」と説明を加えた。「それで、早速相談だけど、現在、博士は某所に軟禁してあるの。この前にも言った通り、タナトミンの製造に必要な資料はこちらで押えてあるから、博士がいなくなっても差支えない。残ってる厄介な問題は、抗タナトミン物質のことなの。実は博士がその方も開発してるらしいけど、そちらの情報は渡そうとしない。自分でこの抗タナトミンを注射しているから、こちらがタナトミンを使って脅迫してみてもいっこうに怖くない、というわけ。どうしたものかしらね」

「モノカミでは、そういう場合の常套手段は三つばかりあって」とPはややうんざりしながら言った。「つまり、一つはモノカミに対する反逆、瀆神《とくしん》の罪で裁判にかけて死刑にする手で、二つ目は精神異常と診断して精神病院に強制収容する手、最後は秘密警察が黙って消すという手。もっとも、アマノンではどの手も使えそうにないが」

「モチよ。そんな恐ろしい手は使えないに決まってるじゃん。ぼくはシニコス博士と取引きして、タナトミンと抗タナトミンの両方をぼくらと一緒になって管理するか、どうしてもそれに賛成してもらえない時は、気の毒だけど、タナトミンの力で自殺してもらうことにしたいの」

「博士は抗タナトミンの管理をエイオスの手に委ねてもいい、と言ってるらしい」とサイオンが指摘した。「そうなると、われわれがタナトミンを使ってエイオスを脅迫することができなくなる」

「いろいろと議論している暇に、その抗タナトミンとやらの効力を試してみてはどうですか」とPが言った。「シニコス博士に試してみればいい。大量投与によって抗タナトミンの効果を上回ることも考えられる。どうやっても歯が立たない時は自殺させることは諦めて他殺の線で処理するしかないね」

「わかった。こうなったら決断が大事ね。ぼくはその方針で行く」

ユミコスがそう言うと、サイオンもミヤコスも賛成だった。

「で、次の段取りは、エイオスに会うことだ。これは先程みんながいるところでも言ったように、まずマネ、次にセックスでやってみる。タナトミンのお世話になるかどうかはその先の段階の問題だ。さしあたり、エイオスと会えるように手配してもらいたい。エンペラに謁見するよりもむずかしいそうだけどね」

「それは私の方でなんとかします」とサイオンが言った。

それからまもなくサイオンが帰ったあと、Ｐは首相と前官房副長官を相手に三時間ほど汗を流した。ユミコスはタナトミンなしでも十分エクスタシスに達したようだった。ミヤコスも同様で、Ｐは二人を相手にした割には楽をすることができた。そして途中から、珍しくP自身もタイプの違う二人の女を楽しむ気持になって、最後には、若くて妊娠の可能性の大きなミヤコスの方に放出して終わりにした。そのことを言うと、ミヤコスは素直に喜んで、

「ちょっと不安はあるけど、嬉しいね。ぼくも自分の子宮で胎児を育ててみたいと思ってたの」と言った。

ユミコスは嫉妬とも劣等感ともとれる表情を見せた。

「まあ、一度位で運よく妊娠するかどうかはわからないがね」

そう言って、Ｐは排卵や妊娠について細かいことを知らないらしいミヤコスの期待に水を差すとともに、ユミコスにも気を使ったつもりだった。

第十八章　エイオスの館《やかた》

　それはそこだけが街から外れたところに独立して聳え立つ途方もない館だった。Ｐもその一部を朝晩空中庭園の縁から眺めていたにもかかわらず、それがエイオスの館だとは気がつかなかったし、その全容を見るのも無論初めてである。館は低い丘の上に建っている。というよりもこの丘全体が複雑な建物を寄せ集め、積み重ねることでできあがっているようでもあった。Ｐの印象では、さまざまの形の巨大な石材を集めて築かれた古代の帝王の墳墓にどことなく似ている。その墳墓風の丘の上に、今度は不揃いな石材を縦に立て並べたような館が聳えているのは、紛れもなく墓石の集合を思わせる。それにしても、個人の家でこれほども大規模で宏壮《こうそう》なものを見たのはアマノンに来て初めてのことだった。大体、トキオでは個人の住居で独立して建っている例をＰは知らない。トキオそのものが想像を絶した規模の集合建築物、言ってみれば無数の瘤《こぶ》状の突起が集まった巨大なサボテンだとすれば、このエイオスの館はその縮小版で、強いて譬えるなら、そういう形状のものがあるかどうかはＰにもわからなかったが、途方もない蟻塚を連想させた。

「個人の住宅としては破格だね。馬鹿げていると言いたいほどの代物だ」

Ｐはお供のカガノンにそんな感想を洩らした。

「おっしゃる通りですな。実に悪趣味で雑然としています。しかし、この規模と外観は止むをえない面もありまして、何しろエイオスの家族、親類、眷属《けんぞく》と称する連中が集まってきてその庇護を受けて暮らそうというわけで、増築に増築を重ねるうちにこんな複雑怪奇な姿になってしまったんでしょう」

「どうしてそんなに大勢の親類縁者がいるの？」

「それはなんと言っても、エイオスには何百人もの子供があるからです」とヒメコが説明した。

「エイオスは排卵の数だけ子供をつくる、と言われている位ですから」

「だから、なぜだろう、と依然として言いたいわけだ」

「きっとエイオスは、将来アマノン人を自分の子供で置き換える、という夢でも見てるんじゃないかしら」

「なるほど。そうやってアマノンの大母となるつもりなんだね」

「何ですか、その大母って」

「そういう言葉はないのかな。今思いついて口にした言葉だが、要するに、ハチやアリやシロアリの女王、つまりその群れの生殖を一人で引き受けて子供を生む巨大な母親のイメジをあらわすわけだ」

「それならわかりますな」とカガノンも言った。「ただ、いくらエイオスでもアマノンの全人口を自分の子供で置き換えるわけにはいかないでしょうが」

「あの人は自分の子供を権力の根みたいに張りめぐらして自分で養い、その根で自分を支えるという方法を発明したんです」

「ヒメコはうまいことを言うね。するとあのグロテスクな館は権力の根が露出したものだということになる」

そう言いながら丘の麓に着くと、数人の守衛が警備する大きな門があって、その前には長い行列ができていた。面会を求める人々の行列らしい。向かって左の通用門の扉には「一般陳情者。二列にお並び下さい」と書いてあり、右の通用門には「特別陳情者」と書いてあって、こちらには行列はない。カガノンが守衛に言うと話はすぐ通じて、Pたちは邸内に案内された。ゆるやかな石段が曲がりくねって上っていく両側には石むろ風の住居が並び、その一つ一つに一見してわかる窮民の生活の匂いが充満していた。何よりも子供が多いのである。しかしカガノンの説明によればかならずしもそうは言えないそうで、窮民の子供の数はむしろ少ないけれども、親子同居という形をとっていることが多いので、見た目には家の中に子供が沢山いるような印象を与えるのかもしれない。

「この窮民たちをエイオスが養っているわけだね」

「はい。そうして窮民たちに取り囲まれていることがエイオスの不気味な力の源泉になっている、という次第でして」

「何かあればこの連中を率いてエイオスが立ち上がる、というわけかね」

「まさかそんなことはないでしょうが、いかにもやりかねないと思わせるところがエイオスの凄みでしょうな」

やがて丘を上りつめたあたりにまた門があって、今度は陳情者云々といったことは書いてなかった代わりに、門を入ったすぐ横の診療室風の部屋で、それが決まりらしく、簡単な身体検査をされた。凶器など危険なものが持ちこまれないようにという警戒のためであるらしい。Pたちの場合はピップ中のピップ、つまり国賓に準ずる扱いを受けている旨の注意が事前に内閣官房から届いていたのか、守衛たちの態度も鄭重で、検査はごく簡単なものだった。ただ服を脱いで下着になる必要があったので、Pはこの時初めてカガノンのラオタン独特のだぶだぶの下着を目にしたが、勿論その下にあるもの、あるいはその下にないものについては想像するのも憚られて思わず目をそらした。

それから長い廊下を通って面会者控室に案内された。廊下の壁に雑多な古道具や衣装、古い武器、責め道具、甲冑などが飾ってあるところはまるで民俗博物館でも訪れたような具合だったが、控室に入ると、今度は一転して、見るからに高価な現代風の美術品が、これまた雑然と並べられて、客を圧倒する仕掛けになっていた。特別のピップ専用の控室らしく、ほかに客はいなかったので、三人は部屋の中の絵や彫刻、調度品などを見て回った。部屋の一角には「サイセン箱」という頑丈な木製の箱があって、中を覗くと古代の金貨のようなものが大量に入っている。蓋《ふた》の説明文によれば、受付でもらった「お土産券」というカードを挿入すると、自動的に蓋が開いて、箱の中に片手を差し入れ、金貨を摑めるだけ摑みとることができるらしい。

「なるほど、いかにもエイオスらしい趣向ですな。折角だから頂戴していきましょう」と言ってカガノンはカードを挿入すると、片手にかなりの枚数の金貨を摑みとった。

「お前も案外欲の皮が突っ張っているね」

「そうかもしれませんが、エイオスのところで土産をもらって帰るというのは大変なことですから」

カガノンがそう答えるのを聞いて、Pはあの干物のような精神状態にあるカガノンでさえもエイオスの威光の前には自制心を失う様子に感心した。しかしヒメコの方は大量の金貨を見ても動じるところがなかった。

「私はいらないわ。マネを手で摑むと独特の金属臭が手について気持が悪いし、それにこの黄金は余り品質はよくなさそうだし」

「ヒメコの言う通りだね。金が欲しければ、政府に預けてある中から延べ棒の形でいくらでもあげるよ。これだって、ぼくがエイオスに贈っておいた金塊でつくったものかもしれない。ただ、そうは言っても折角のエイオスからの贈物だから、一枚ずつ頂戴しておくことにしよう」

そこへサバントが現れて、面会の順番が来たことを告げた。Pだけがエイオスの部屋に案内されて、ヒメコとカガノンはその間別室で接待を受けることになっているらしい。Pは一抹の不安を覚えたが、それは自分の身に何か危険が降りかかってくるかもしれないということよりも、ヒメコたちの身の上を案じてのことだった。自分のことについては、相当な覚悟は決めているし、万一の場合は腕力に物を言わせてエイオスを人質に取るか道連れにするつもりだった。

部屋に入ったとたんにPはまずその広さに驚いた。毛足の長い絨毯が敷きつめてあるその部屋の一角には椅子やテーブルなどの家具が見えたが、そこに到着するまでには絨毯の大平原を横断しなければならず、気のせいか地平線はかすかに彎曲《わんきょく》して、その向こうにある椅子に身を沈めているエイオスの姿も最初は十分には見えないほどだった。絨毯に足を取られながら近づいていくと、エイオスは立ち上がって、待ちかねたように自分の方から一歩、二歩と歩み寄ってきた。思っていたほど背は高くないが、肉づきのいい巨体である。

握手したエイオスの力は大変なもので、Pの方でも負けずに握り返して全身に力をこめていないと、その怪力と肉塊の引力で吸い寄せられてしまいそうだった。

「なかなかの力持ちでいらっしゃいますわね」とエイオスは感心したように言った。

「あなたこそ大変な力です」

すると相手はその厚ぼったい手を口にあてて笑った。Pは前に一度、インタ化調査委員会のあとのパーティで会った時の印象と余りにも違っているのでいささか困惑して、それとなくエイオスの様子を眺めた。あのパーティでは髪をかなり短く刈りこんで、その巨体と目つきの鋭い風貌は格闘技の選手のように精悍《せいかん》だった。そして猛烈な勢で長広舌をふるったものだったが、今はその時の凄みはなく、相変わらず切れこんだ目から放たれる光は尋常でなかったものの、全体としてはでっぷりした女のオペラ歌手のような印象に変わっている。というのもエイオスの服装は長いスカートにゆったりした上着という女らしいもので、胸もとを広くあけて豊満な乳房の隆起を強調し、頭には長く波打つ金髪の鬘をかぶるといった具合で、昔の宮廷の貴婦人の感じを狙っている様子だったが、それがオペラでそういう役を演じている女の歌手を連想させたのだった。化粧もしていた。ただし、これはいい加減な厚化粧で、赤すぎる頬紅などはサーカスのピエロを思わせた。

「この前にお会いした時の印象とは随分違って、優雅で豊満な貴婦人のようで、驚いています」とPがお世辞を言うと、エイオスは鷹揚にうなずいて、

「つまり意外に女らしいとおっしゃりたいんですのね」と答えたが、このしゃべり方もPを驚かせた。貴婦人というのは少々大袈裟だとしても、いかにも女らしい口調で、おまけにそこには、ある種の上流婦人によく見られる、可愛い少女ぶった嬌態まで含まれていた。それに女という言葉を平気で使ったのも一般のアマノン人では考えられないことである。

「家ではいつもこんな風でいらっしゃるんですか」

「さいざんす。この方が楽でよござんすよ。ピップの方々は窮屈な服装にこだわる傾向があるようですけど、私のような肥満体にはこういうゆったりした家庭用婦人服が一番ですわ」

「実によくお似合いです」とPはまたお世辞を使ったが、それに対する反応がまるで見られな

いのはいささか不気味だった。エイオスはその口調や服装にはおよそ似つかわしくないせかせかした様子でPに席を薦め、自分も座った。それからいきなり核心にふれる話になった。

「いきなりで何でございますけど、お国の方にはいつ頃お帰りになるおつもりですの？」

「別に予定はありません。というより、そもそも帰ることができるかどうか、その見通しもまったく立っていないというのが正直なところでして」

「その気にさえおなりになれば、いつでもお帰りになれますわよ」

「それはまた思いがけないことで」と言いながら、Pは相手の意図を素早く忖度《そんたく》した。エイオスが暗に言わんとしているのは、できるだけ早くこの国から退去した方がいい、ということなのかもしれない。そう気がつくと、Pは改めて闘志の電圧を高めてエイオスの笑顔の中の笑っていない目を見返した。

「お帰りになるための長距離航行船なら、私の方でお世話して差し上げることもできますのよ。ユミコス首相以下、政府関係者もいずれモノカミへお出掛けになりたいようですから、私もそのつもりで造船業者に言って船の整備をさせているところですわ」

「それはまことに恐縮に存じます」

「とんでもない、お気になさらないで下さいまし。新船を建造するのだと大変ですけど、幸い、パードレのお国からやってきた貨物船を整備すれば済むことですから」

「ああ、あの船ですね」とPは感嘆の声を上げた。「あれが元通り使えるようになるんですか」

「モチですわよ。アマノンの技術もばかにならないざんすよ」

「ところで、つかぬことを伺いますが、あなたの御意見としては、私が早くこの国を立ち去った方がいい、ということですか」

「そんなことはございませんわ」とエイオスは肉の厚い掌を顔の前で細かく振って否定した。

「私としましては、ただ皆様のために便宜を図って差し上げたいと思うだけざんす」

「皆様と言いますと……」

「あなたと、ユミコスその他の政府関係者、それに勿論ヒメコやカガノンやミヤコス、ルミコスたちも含めてのことですわよ」

エイオスはPが関係している人間のことについてもよく知っている様子だった。その時急にPは相手の力の源泉を見たような気がした。つまりエイオスはその巨体にふさわしい大量の情報を集めて身につけている、というより大量の情報が肉と化してそこに存在しているというべきかもしれない。体に比較してやや小さめの頭はそれを処理する計算機のようで、これまた小さくて底光りのする目は、外部の人間への反応を示すというより、頭の中で働いている脳の状態を反映しているかのようである。しかしその姿とはおよそ不釣合いに可憐な声としゃべり方は、頭の内部の状態とは無関係な出力方式であるらしく、別の時にはまた別の方式で、例えば軍人の怒号のようにでも学者の講演のようにでも、必要に応じたしゃべり方を選ぶことができるにちがいない。そう思うと、目の前にいる相手が薄気味の悪い怪物に見えてくる。

「失礼ながら、私のことも含めて、この国のあらゆることについて大変な情報をお持ちのようにお見受けしますが」とPが切り出してみると、エイオスは餌に食らいつく魚の俊敏さでこの話題に反応した。

「さいざんすとも、あなた。何しろあなたの動静は、さる経路を通じて逐一ここに入ってきますし、アマノンにいらっしゃる前からも別の経路でモノカミ最高指導部の情報が入っておりますの」

「モノカミ教団と連絡をとってらっしゃるんですか」

「びっくりなさいました？」と言ってエイオスは身をよじらせて、というよりもその肉を震わせて笑った。「この国は完全な鎖国状態で、外の世界との交信は途絶しているとお思いかもしれませんけど、そうでもないんですのよ。私のところからある方式で発信すると、外ではそれを受信して、やがて返事が返ってきますし、またその逆もあるという仕組みになっていますの。でもこのことは、総理以下誰も知らないことで、ただ、私が何かを知っているらしいことはあの人たちも知っていますから、それで私のことをとても恐れている、というわけですわ」

「なるほど。で、私についてモノカミ教団はどんなことを言ってきました？」

「それは秘密ですわよ」と言って、エイオスは笑わない目を除く満面に謎めいた笑みを浮かべた。「でも御安心なさいまし。私はモノカミから言ってくることを真に受けるほどおめでたくはありませんし、勿論モノカミの代理人でもありませんから」

その言い方でPはかえって用心した。このエイオスは本当はモノカミ世界の代理人、つまりある種のスパイかもしれない、そうでなければどうやってモノカミ世界と交信して情報を手に入れることができるというのか、とPは推理したが、それにしても自分のことがどこまで知られているのかわからないのだから、なんとも居心地の悪い状態に置かれていることは確かだった。

「モノカミの教団本部は私について余りいいことを言って寄越さなかったでしょう?」

「御自分でもそうお思いになりますの?」とエイオスは言った。「率直に申し上げてそうなんですけど、私は先程も申し上げましたようにモノカミの代理人ではございませんもので、あちらからパードレを処分しろなんて言って寄越しても、言う通りにする義理はございませんの。でもまあ、必要以上にあちら様の不興を買うのも何でございますから、あなたの活動ぶりについてはなるべく無難にお伝えしてありますわ。布教の成果は着々と上がっている、という風に」

「好意ある御配慮を賜りまして、感謝いたします」とPはようやく余裕を取り戻した態度で言った。「実際、見方によれば布教の成果は予想外に上がっているとも言えますからね」

「モノカミの司教長がこちらへいらして、あなたのおっしゃるその成果なるものを御自分の目で御覧になれば、ほとんど仰天して頓死《とんし》なさいますわよ」とエイオスはからかうように言った。

「特にあの『モノパラ』という番組は」

「お目に止まりましたら光栄に存じますが」

「止まりましたわよ。でもそんな堅苦しい調子は抜きにして、どうぞお楽になすって」

「恐れ入ります。エイオスさんこそ大層優雅な古典女性語をお話しになるものですから、ついこちらも上がり気味になりまして」

「あら、さいざんすか。よく御存じですわね。私、気が向けば古典女性語で会話をすることもできますの。特に国賓級のお客様をお迎えした時など、そうした方が感じがよろしいのではありませんかしら。ただ、演説にはいかにも向いてないようでございますね。それにパードレがあちらで勉強なさったのは随分古い古典アマノン語だったということもお聞きしたものですからね」

「そのためのお心遣いなら御無用に願います」とPはすかさず言った。「今では現代アマノン語も不自由なくしゃべるようになっております。まあ、ピップ流の垢抜けのしたしゃべり方だけは依然として多少苦手ですけれども、聞く分にはそれも平気です。そちらこそ、いつもの一番楽な調子でお話しになって下さい」

「外交語としてはさっきのような調子の方がいいかもしれんがね」とエイオスは突然話し方を変えた。それとともに金髪の鬘をむしりとり、上着も脱いで、胸の透けて見える下着のようなものになった。

「そうそう、その方が本来のあなたらしいですよ」とPが言うと、エイオスも、

「あんたも窮屈なピップ服なんか脱いでラックスにしたらどうかね」と勧めた。

「ではお言葉に甘えて」

そう言いながらPも上着を脱ぎ、ネクタイも取って、シャツのボタンを外して胸毛をのぞかせた。

「あんたの胸には妙なものが生えてるね」とエイオスが不思議そうに言った。「かなり猥褻な代物だ。私ならどうってこともないが、神経の細かいピップにはかなりのショックを与えるんじゃないかね」

「目障りですか」

「そんなことはない。面白いね。モノカミの男は誰でもそういうものを生やしてるのかね」

「人にもよりますね。私は比較的毛深くない方です。それでもアマノンの女、というより女ばかりのアマノン人とは段違いの体毛だろうと思います」

「よかったらちょっと見せてくれないかね」

「お安い御用です」と言って、Pは逞しい上半身を裸にして、闘士が闘いの前によくやるように力瘤《ちからこぶ》をつくって力を誇示するポーズをとって見せた。

「なかなか強そうだな。今度お手合わせを願いたいものだ」

「今度とおっしゃらず、今すぐでも結構ですよ」

「ではあとでお願いすることにしよう」

「ところで、どういう種類の試合でしょう？　単純な力比べですか」

「これも私の趣味の一つだが、アマノンの古典的な格闘技で、スモというやつだ。やり方は簡単で、要するに裸になって取っ組み合いをして、相手を完全に床に押えつければいい。投げたり、倒したりするのにちょっとしたコツはあるがね」

「つまり、相手を倒して身動きできない状態に押えこめばいいんですね」

「そういうことだ。それに、私の場合は賭けをする。あんたがいやだと言うなら賭けは止めてもいいが、それだと面白さは半減するね」

「何を賭けるんですか」

「マネでも何でもいいが、もっと面白いものを賭けてはどうかね」

「例えば？」

「例えば、勝った方は、負けた方を好きなだけくすぐるとかね」

「変な賭けですが、それでもいいでしょう。私が勝った場合は思う存分セックスをさせていただくことにします」

「セックスというのはくすぐったいかね」

「くすぐったがる人も稀にはいますが、概して、痛がるか快感を覚えるかのどちらかでしょうね」

「私は何事にも苦痛を感じない質だから、気持がいいかくすぐったいかだろう。どちらにしても、それなら差支えないね」とエイオスは嬉しそうに言った。「しかしその前にあんたに御馳走したい。それに大事な話の続きもある」

「いつも想像を絶するほどお忙しいとうかがっていましたが……先程も門のところに面会を求めて長蛇の列ができてましたよ」

「ああ、陳情の連中ね。あれはいくら待たしてもいいんだ。まる三日位待つのは普通だ。長い時は十日待ってもらうこともある。待つ時間が長ければ長いほど、私に会えた時の感激と満足も大きいんだよ。だからそういう人にはほんの二、三分も会ってやれば死ぬほど感激する」

「そんなに長く待って、何を陳情するんですか」

「さまざまだね。子供に棄てられたと訴える親もあるし、子供をいい学校へ入れるために便宜を図ってほしいと頼んでくる親もある」

「どちらかと言えばその種の個人的な頼み事が多いんですか」

「そういうわけでもないね。ここでは簡単に言えないような政治的な問題がもちこまれてくることもある。一例を挙げると、首相の座をめぐる厄介な抗争の処理とかね」

「あなたにはそれをたちどころに解決するだけの力がある、ということですね」

「そうも言えますわね」と答えながら、エイオスは再び金髪の鬘をかぶり、上着を着て姿を改めるとともに、また最前の口調に戻った。「やっぱり正式のお話は外交用語でやるのがよろしいようですわ」

Ｐは相手の老獪さに感嘆したが、考えてみるとこの言い分にも一理ある気がした。今、自分の前にいる相手は、もしかするとアマノン随一の実力者、事実上の国家元首に相当する人物かもしれないのである。それを念頭に置けば、エイオスとはピップ調のなれなれしいしゃべり方ではなく、もっと格式張った言葉遣いで会談する方が適当のようでもあった。そこでＰももう一度服を着て威儀を正した。

御馳走が運ばれてきた。何やら見たこともない哺乳動物の丸焼きを始めとする豪勢な宴会用の料理が次々に現れたが、優に数十人分はあると思われるその量にＰはまず驚いた。これからエイオスの腹心の部下か親族か、あるいは被庇護者の一団が登場して盛大な宴会にでもなるのかと思っていると、エイオスはボイを下がらせ、むしろ人払いして二人きりになるのを望んでいる様子だった。

「大変な御馳走ですね」

「まあ標準的な接待用料理ですわよ」

「とても食べきれそうにありませんが……」

「お好きなだけ手をつけて下されば結構ですのよ」

「この丸焼きは何ですか」

「アマノン特産のメイサントンの丸焼きざんす。お気に召しましたらもう一頭用意がございますわよ」

「とんでもない、これを見るだけでも気が遠くなりそうな位です」

それは複雑な皺の多い、肉の鍾乳石とも言うべき奇怪な姿をした豚の一種らしく、エイオスの説明によれば、その皺をなす皮の部分がすこぶる美味だということだった。

「ところで、また先程の話の続きになりますけど」とエイオスは例の目だけは笑うことのない笑顔とともに口を切った。「今日はお互いに率直に本音と意見を交換することにいたしましょう。で、あなたがこの国でなさりたいことは、結局のところどういうことざんすの？」

「その話に入る前に、折角の御馳走ですから、率直な気分になるためにも、肝腎の飲物を所望したいですな。ただひたすら食べるだけではこの哀れな豚と同じことで、食べたものも体に入って泥に変わっていくような気持になるものですよ」

「ああ、お酒のことね」とエイオスはすぐさま反応して、ボイを呼ぶと酒の用意をさせた。

「つい忘れてしまって失礼いたしましたわ。実を申せば、私、生来その方面にはいたって不調法でございまして、ほとんど嗜みませんの。体質的に駄目なんざますわ。見掛けによらず、と言うべきかしら」

「本当に見掛けによらず、ですね。意外です。では私は遠慮なく頂戴することにして」と言いながら、Ｐはエイオスのお酌を受けて盃を挙げた。最高級のものらしい琥珀色の美酒を口に含むと、Ｐはようやく平常の状態に戻ったような気がした。つまり、どんな醜悪な相手に対しても、それが女であれば、闘志を振いたたせて戦闘可能な態勢にいつでももちこめそうだ、という自信が甦ってきたのである。

「それで、何の話でしたっけ?」

「あら、おとぼけになっちゃいやですわ」とエイオスは小娘のように身をくねらせたが、目つきはむしろ不機嫌に苛立っているのがわかった。

「失礼。そうそう、私が不法入国した目的ないしは意図についてお尋ねでしたな。それならすでにモノカミの方からあなたのところへ連絡があったでしょう。先程そうおっしゃっていたが」

「モノカミ教団の公式の見解はわかってますわよ。政府とは違って、私はモノカミ世界と直接交信できる立場にありますもの。でも、教団の公式の見解と本音とは違うでしょうし、あなたの本音はさらにそのどちらとも違っている可能性があるんじゃございません?」

「つまり、少なくとも三種類の意図がありうる、とおっしゃるわけですね」とPは明快に整理してみせた。「モノカミ教団の公式の見解によれば、私を含めて数百人の宣教師団をアマノンに派遣しようとしたのは、あくまでもモノカミ教の布教のため、アマノン教化のためです。本音の方も、それと別に食い違っているわけではないでしょう。何しろ、教化に成功したあかつきにはアマノンは完全にモノカミの一部となるはずですから。このことが何を意味するかは、アマノンの皆さんにはついに想像できないかもしれませんが、とにかく、そういうことになる。それが教団の最終的な狙いです。当然のことですが」

「なぜ当然のことだとおっしゃるの?」

「布教とはそういう目的に向かって人を動員することを意味するからです」

「そういうことって?」

「早く申せば、征服です」

「はあ、その征服ということが私にはよくわからないんですの」

「わかっていただけるかどうか、自信はありませんが、それに近いことならあとで経験させて差し上げることにしましょう」

「では先に進みましょう。あなた御自身の狙いはどういうことざんすの?」

「私自身が本当にやりたいことは、モノカミ教の布教ではありません。それは仕事ですから、布教も全然やらないというつもりはありませんが、無理にやるつもりもない。それより、私はアマノンの女とセックスがしたい。そしてその結果、自分の子供を沢山つくりたいと考えています。これはアマノン布教を志願した段階ではまだはっきり形をなすには至ってなかったのですが、こちらに来て女だけの不思議な世界を見ているうちに、その欲求がにわかに明確な形をとるに至った、というわけでして、現に私はテレビの番組を通じて布教を行なうと同時に私の個人的な満足も得ている。考えてみると、モノカミの観念という病原菌のようなものを善男善女に感染させて信仰という病気へと導くのが目的の布教活動よりも、自分の遺伝子を広く撒き散らして自分の分身を沢山つくることの方が楽しみも大きいじゃありませんか。もっと露骨に言えば、モノカミの下僕として病原菌伝播役を務めるよりも、自分が神になって神の子孫を残す方がはるかに面白い。同じことを女神の立場でやろうとしているあなたなら、あとはもう言わなくてもおわかりになるはずです」

「モチですわ」とエイオスはうなずいた。「あなたの『オッス革命』とやらは、やっぱりそういうことでしたのね」

「とっくに察しはついていらっしゃったようですね」

「それはもう、私にとっては何と言っても特別強力なライバルが出現したんですもの。御承知のように、私の方も自分の子供をできるだけ数多くつくろうとしてきたわけですけど、考えてみれば、数の点ではあなたの方式とは最初から勝負にならないようでございますわね」

「単純な計算だけから行けば、私の方は、仮にセックスという労の多い手順を踏んだ場合でも、一日数人の割合で生産することが可能ですからね。まして、精子を提供するだけなら、一日数億、とは言わないまでも、何万もの卵子に受精させることだってできるわけです」

「その点に気がついただけでもあなたには神になる資格がありますわ」とエイオスは意外に平静な調子で言った。「私もあなたがアマノンにいらした当初からその可能性に気がついておりましたの。必要な精子だけを残して男を事実上抹殺してしまったこのアマノン体制の泣きどころは、強力な生きた男が現れて精子バンクを破壊し、自分が唯一の精子提供者の地位に就いた時には、その男を神と認めるほかなくなる、という点にありますのね。観念の増殖体でも精子でも、それをもっているただ一人の男に対して、他のすべての人間がそれを受精して観念なり子供なりを増殖する女の地位におかれた時には、そこにモノカミ型の宗教が成立するわけですわね。でも、あなたの場合は、精子バンクに手をつけようとはなさいませんでしたし、ということは、本気で、征服の意図をもって神になるつもりはないものと私は拝見いたしました。ですから、こちらも実力行使に出るのは差し控えて、しばらく様子を見ることにしましたの」

「御好意には感謝しなければなりませんね」とPは盃を上げて笑った。「しかし念のために伺っておきたいんですが、エイオス流の実力行使とは、具体的にはどういう形をとるんですか。なんらかの方法で私を抹殺するということですか」

「アマノンでは人を殺すようなことはしませんわ。殺される側は勿論のこと、殺す方だってとても不愉快な気分になるでしょう?　殺人は滅多にありませんし、また稀にあっても、それに対して死刑をもって臨むようなことはありません。ここ数百年、アマノンで死刑が執行された記録はございませんわ」

「想像を絶するような理想郷ができあがっているわけですね。モノカミ世界では殺人も死刑もふんだんにありますよ。勿論、自殺もですが。何しろ、あちらでは人間はあり余っているもので、生命が失われることに対する心理的苦痛や生命の価値といったものが比較的小さいのでしょう。その点、アマノンでは人間は容易には死なない。いつまでも死なないイモタル人間までいる位ですから驚きますね」

「実は、何を隠しましょう、私もそのイモタル人間の一人なんですのよ」とエイオスは意外なことを言いだした。「不死の問題は、ここだけの話ですけど、もう解決済みになっております。シニコス博士の研究グループに委託して、ある操作によって『死の遺伝子』を除去するところまでは解決しましたの。つまり、これまでのように偶然、突然変異で不死人間が出現するのではなくて、必要または本人の希望に応じて不死人間をつくりだすことが可能になったわけざんすの。残る問題は不老ということで、現在の不死人間のように、老化の極に達した状態でいつまでも死なないでいるというのでは情ないと思いますわ。ところがこの老化については、『抗老化剤』の開発に期待をかけておりますけれど、今のところはっきりした見通しが立っていない状態ですわ」

Pはここでシニコス博士の自殺誘発剤のことに触れるべきかどうか迷ったが、結局触れないでおくことにした。

「で、あなた自身はその遺伝子の操作とやらを受けてすでにイモタルになっている、というわけですね」

「さいざんす。私が人工不死人間第一号なんですの」と言ってから、エイオスは突然重大な話題に飛躍した。「時に、今お話しした不老不死のための一連の研究の副産物として、タナトミンという面白い物質が発見されました。そのことはもう御存じのことと思いますけど」

「知っています」とPも腹を決めて答えた。「実はユミコス総理からその物質を預かっています。研究報告書や製造法に関する書類もです」

エイオスはわざとそれを無視する態度をとった。

「何しろ強力な自殺誘発剤ですわ。タナトミンは脳重量の百万分の一程度でほぼ即座に人を自殺に導くと言われております。一億分の一程度の極微量を長期的に摂取すると、だんだん生きる意欲を失って、緩慢な自殺、例えば拒食症から餓死に至る、といった経過をたどることになるそうですわ。ところで、ユミコスたちがそれを私に対して使うつもりだとか、さる筋から伺いましたけれど、まったく無駄ですからあらかじめはっきり申し上げておきます。と言うのも、ユミコスにタナトミンを取られた代わりに、私どもの方では早速抗タナトミンの開発に成功して、現に私もそれを毎日微量注射しておりますの。この抗タナトミンはタナトミンと結合して、自殺を実行する意欲をほとんどゼロに近い水準にまで下げてしまうんですって」

「素晴らしい効力を発揮する薬らしいですね」とPは医学の知識をもった専門家らしい冷静な調子で言った。「一種の鬱病誘発剤かもしれませんね。何をする意欲も起こらないほどひどい憂鬱状態では、自殺もできなくなるものですから。しかし実を言うと、私自身は、タナトミンの効力については全面的に信用しているわけではありません。勿論それを心理的な武器として使うのはある程度有効だと思います。そしてその場合、抗タナトミンも同様に心理的な対抗武器とはなりうるでしょうが……」

「するとあなたの本心は、抗タナトミンの効力もやはり眉唾だということですのね」

「さすがに鋭い御指摘ですね。むしろ、抗タナトミンがもたらす強度の鬱状態の持続が問題ではないかと思います。自殺を決行する意欲も抑圧するほどの効果があるとすると、そんな強度の鬱状態ではやがて食物を摂取する意欲も根こそぎにされるでしょうから、最後は断食の場合と同じ結末を迎えることになります。つまり緩慢な自殺になるということで、この最終結果はタナトミンの微量継続投与の場合と一致するわけです」

エイオスはわずかに動揺の色を見せたが、しかしそれを一掃しようとするかのように猛然と食べはじめ、食欲の旺盛さでPを圧倒しようという勢だった。

「医者の立場から申し上げますと」とPはあくまでも冷静に言った。「食欲旺盛なのは結構ですが、あなたの場合は失礼ながら過食症的傾向が見られますな。要するに、相当な太り過ぎです。容姿の面からも、医学的見地からも、肥満の利点は何一つありません。体重の増加は体力の増強をあらわすように見えますが、実際はその反対です。その点、あなたの場合は先程の抗タナトミンを一種の食欲制御剤として使うことには意味があるかもしれません。しかし今の召し上がり方を見る限り、抗タナトミンのその効力も余り期待できないのではないかと推定せざるをえないようですね」

「あんたは言いにくいことをよくそれだけ言ったね」

エイオスはまた外交用のしゃべり方を止めてその犀《さい》を思わせる顔つきに似つかわしい口調に戻った。と言っても、Pの冷静な挑発に対して怒りの色を見せている様子でもない。そこがまた不気味なところで、その怒りは厚い皮膚の下で炎を見せることなく燃えているのかもしれない。そう思うとにわかにこの相手が底知れない力を秘めた闘士か力士のように見えてきた。

「お気に障ったかもしれませんが、医者として率直に申し上げると、どうしてもそういうことになるのでして、その点は御勘弁いただきたいと思います」

「私は不愉快なことを指摘されたからといって逆上するほど単純な人間ではない。かといって不愉快な目に遭ったのにお返しを忘れるほどお人好しでもない。で、それはそれとして、われわれの間では、そのタナトミンとか抗タナトミンとか、いかがわしい手品の種を持ち出して小賢《ざか》しい応酬をするのはもう止めにしよう。お互いにあんなものはどうせ信用してやしない。信用できるのは自分の力だけだよ。必要とあれば、いつでもあんたをこの体で押し潰してやる位のことはできると思っている」

「それはどうですかね」とPも負けずに微笑とともに言い返した。「一対一の素手の格闘なら、どう見ても私の方に分があると思いますが、それはまああとでわかることですから、その結果を待つことにしましょう」

「賛成だね。今日は私の一族のものも楽しみにして待っているようだから、食事が済んだら一つお手合わせを願うことにしよう」

「何を賭けますかね」とPは言った。

「私の方は特に欲しいものもないね。強いて言えば、あんたのもっている黄金かな」

「全部は駄目ですが、あなたの体重位なら分けて差し上げることにしましょう」

「あんたの方の条件は？」

「私が試合に勝った時はおのずから欲しいものを頂戴する形になるので、それが何であるかはその時が来ればいやでも思い当たりますよ」

「言っておくが、命のやりとりはなしだよ」

「勿論ですとも」

それからＰとエイオスはアマノン特産メイサントンの丸焼きを中心とした御馳走を食べながら歓談したが、二人とも試合が決まったことでかえって率直さを取り戻し、アマノンの社会や文化の現状について忌憚ない意見を交換し、奇妙にも多くの点で一致を見たのである。Ｐの判断では、このエイオスは子供っぽいユミコスその他の政府関係者とは違って、見かけによらず知的な成熟度が高く、その意見には、政権の背後にいて隠然たる影響力を行使していると言われるだけの重みがあることを認めざるをえなかった。このエイオスは、別格の富と力をもち、傍若無人に贅沢三昧をしているように見えながら、アマノン社会のあり方について意外に辛辣な見方をしていることがわかったのである。Ｐはアマノンに来て初めて本物の大人に出会い、大人と話をすることができたような気がした。

「アマノンはちょうどこのメイサントンと同じように、ぶよぶよして骨も筋肉もないだらけた社会だ。あんたもこちらに来てもう大分になるから、その点は十分御承知のことだと思うが」

「今のところそれはそれでうまく動いていることは間違いありませんが、はっきり言って、背中に堅い骨が通っている脊椎動物の世界ではなさそうですね。男の王なり独裁者なり、強力な指導者がいて、例えば羊の群れのような人民を率いているという感じではない。いわば全体がアリかハチの巣の中に似た社会になっている。あなたはさしずめ女王バチか女王アリのような存在でしょう。もしもアマノンの人口増加分の卵子をすべてあなたが提供することにでもなれば、の話ですが」

「それはむずかしいね」とエイオスはいやに達観した調子で首を振った。「それに近いことを狙ってはいるんだが、いくらなんでもそういう遺伝子的支配を確立することは不可能だろう。で、私はいわゆる政治的支配力を蓄積することに活路を見出しているわけだ。そのためには全身にいやらしく肉をつけて、巨体で人を圧することも必要になる」

「あなたの政治的支配は何が目的なんですか」

「目的なんてないね。まあその、なんというのか、アマノンの存続だな。メイサントン風のぶよぶよした社会でもいいから、それがとにかく続いていくことだ。それ以上に大それた目的なんてない」

「オッス革命とか、モノカミ世界への復帰、征服、ないしは国交回復を念頭においたインタ化とか、なんらかの正義の実現とか、そんなことにはおよそ縁がない、というわけですね」

「縁もないし、関心もないね」とエイオスは底光りのする目に明らかな軽蔑の色を浮かべながら言った。「ユミコス一派が憧れている一連の改革など、アマノン古典語で言うところの児戯に類するというやつだ」

「同感ですね」

「そうかね。それが本音なら、あんたはなかなか物分かりがいい。事がよくわかっているから、布教についても、アマノンでは成功するはずのないモノカミ流のやり方をあっさり棄ててしまった。モノカミ教の教義も見事なほど表面に出さずにやっている。ひょっとすると、モノカミ教なんてものもとっくに棄てているかもしれない。その代わりにテレビの番組を提供するという意表を突くやり方を採った。実に頭のいい作戦だね」

「お褒めに与かって光栄です。そういうことになったのも、アマノンには宗教が余りにも多すぎて、しかもそのほとんどが、『祈れば気が済む、信じれば御利益がある、病気が治る』式の気休め型宗教で、互いにお客を取りあって激しく競争しているところへ、今更モノカミ教のような口うるさく命令する型の宗教が割りこんでみても、圧倒的な独占状態をつくりだすことはほとんど不可能だと見きわめたからでして、それなら、折角女ばかりの国に来たんだから、自分の遺伝子をばらまいてみることにしよう、とまあそう考えたわけです」

「まさに私が狙っているところと軌を一にしているな。それにしてもうらやましいね。あんたは男だからその作戦の効率という点では断然あんたの方に軍配が上がる」

「そこで、物は相談ですが、われわれが手を組んで、二人の遺伝子の結合物を増やしていくというのはどうですか。つまり、私は遺伝子の無差別大量散布を止め、あなたはバンクから他の男の遺伝子を受け入れるのを止めて、遺伝子の結合は排他的にわれわれの間でのみ行なう、というわけです。これをモノカミ世界では一夫一婦制と呼んでいる。この場合、われわれがアマノンでただ一組の夫婦となって子孫をつくる力を独占するわけだから、まさにハチやアリの世界の女王と王の地位に就くことになりますね」

「なるほど、モノカミ世界で言う夫婦とはそういうものか。しかしモノカミではその夫婦なるものが無数にあるんだろう？　すると誰が支配者になるのかね」

「支配者は、遺伝子の関係という次元を超えた、観念の次元に設定されるのです。そこに設定された絶対的な支配者が神、つまりモノカミということになります」

「残念ながら、その観念の次元というのがわからないね。アマノンにはそういう次元はない」

「そう、それはなさそうですね。女ばかりのアマノンには、観念の遺伝子に当たるものが人から人へと広がって支配関係をつくりだすような次元は完全に欠落している。私はそのことに気がついたからこそ、モノカミ教の布教を諦めたんです」

「賢明と言うべきだな。アマノンはうんざりする位実益中心になっていて、そのモノカミという観念のお化けみたいな神なんかまず売れないね。私は、あんたがそれにいつ気がついてやり方を変えるか、多少の興味をもって拝見していたわけだ」

「暴走して殉教者にでもなった方が、あなたとしては面白かったかもしれませんね」

「御明察だね。しかしあんたがバカでなかったおかげで、こちらはモノカミ教宣教師演ずるところの殉教の喜劇を見る楽しみがなくなってしまったが」

そんな話がはずんで、食事が終わると、その夜行なわれることになった試合まで、エイオスはいつもの習慣に従って昼寝をする予定らしく、Ｐはその間、邸内を見物するなり、各種のトレーニング器具のある部屋で準備運動をするなり、自由にしていればいいということだった。

「妙な成行きになって」とＰは別室で御馳走になっていたヒメコとカガノンにその成行きについて簡単に説明した。

「それで、エイオスと決闘するんですか」とヒメコが心配そうに訊いた。

「決闘じゃない。命のやりとりなしの、ただの格闘技の試合だ。いささか無謀だとは思うがね」

「何しろエイオスはあの体で恐ろしい怪力の持主だそうですから」とカガノンが言った。

「誤解してもらっちゃ困る。無謀なのはあちらの方だ。エイオスは見たところ巨体を誇っていて強そうだが、単なる肥満体の持主というだけだよ。力も、アマノンの女にしてはなかなか強いが、手を握ってみて、およそ見当はついている。あの程度なら、こちらが全力を出せば大丈夫だ。最後は見事に強姦《ごうかん》してみせるよ」

「強姦って何？」とヒメコが興味を示した。

「相手を脅かしたり暴力を振って自由を奪ったりした上で無理やりセックスをすることだ」

「面白そうね」

「ある種の男にとってはね」

「いいえ、強姦されるのも面白そうだと思うの」とヒメコは好奇心で目を輝かせた。「私も一度経験してみたいわ」

「変わった子だな。強姦されるというのは大変なことで、された方は心身ともに傷を負うことになるものだ。中には必死になって抵抗したあげく、逆上した男に絞殺されたりする女もいる」

「エイオスはそう簡単に強姦できる相手ではないと思いますがね」とカガノンが執事らしく慎重論を唱えた。

「それはわかっているが、ここまで来た以上、もうあとへは引けない」

「でも、パパがエイオスに勝ったとして、それでどういうことになるの?」

「政治的な効果ということなら、大して期待できそうにないね。というより、正直なところエイオスが握っているという隠然たる権力なるものの正体がよくわからないから、そのエイオスを倒してどうなるのかも見当がつかない。とりあえず、こちらが勝てば相手も何かにつけ取引に応じるようになるかもしれないとは思っている」

そんなことを言いながらPが控室で脚の屈伸運動をしていると、サバントが呼びに来た。試合場の用意ができたというので、Pは上半身裸になり、首にタオルをかけて、プロの格闘士風のいでたちでサバントについていった。案内されたところは階段状の観客席まである小劇場風のホールで、そこにはすでに大勢の観客が座っていた。あのエイオスの親類縁者たちらしいが、Pは一見して、客層は余りよくないようだと判断した。慈善事業の一環として、劇場に招待された貧者の一団という印象である。それにしても、これでは観客はほとんどがエイオスの味方で、試合はかなりやりにくくなるだろうとPは覚悟した。ところが予想に反してそうでもなかったのである。エイオスが登場すると拍手が起こったが、余り熱狂的な声援はない。ホールの中央に、綱で囲い、マットを敷いてつくられた円形の闘技場にPの方が先に上がって待っていると、エイオスは水泳選手の水着風のものを着用して現れた。Pは医者の立場からエイオスの肥満ぶりを改めて確認して、この相手なら長時間の格闘には到底耐えられないこと、恐らくは数分と経たぬうちに息も絶え絶えの肉塊となってマットに横たわるだろうことを予想した。

「勝負はどういう形でつけますか」

「失神または疲労困憊のため立ちあがれなくなるか、押えこまれて身動きできなくなるかすれば、その方が負けだ。あるいは、戦意を喪失して降参しても負けになる。いいかね」

「反則、または禁じ手はないんですか」

「殴る、蹴る、首を絞める、嚙みつく、くすぐる、といったところかな。まあ、常識的な線で行くことにしよう」

「結構でしょう。わかりやすいルールですな」とPも同意した。

サバントの一人が洗面器のようなものを打ち鳴らした。それが試合開始の合図らしく、一瞬ぼんやりしていたPはエイオスの先制攻撃を受けた。というのは、いきなり綱を張るための支柱のところに押しこまれ、巨腹で圧迫された上、苦しまぎれに押し返そうとしたところをマットの中央に投げ飛ばされたのである。仰向けになったところへ、信じられない素早さでエイオスの体が落下してきた。通常の人間の数倍はあろうかと思われる重量の土嚢がまともに落下してきたようなすさまじさだった。喚声の中でPは気を失いそうになった。どうやらこれがエイオスお得意の速戦即決の戦法らしく、大概の相手はこれを食ったらまずおしまいだろう、とPは意識が薄れていく頭の片隅で考えながら、幸いにも、エイオスが自分から立ち上がって、もう一度、今度はとどめの落下押潰し攻撃をかけようとしているのに気づいた。二度目の肉弾爆撃がやってきた時、Pは仰向けに寝たまま膝を鋭く立てて落下してきた肉の土嚢に突きたてるようにした。この反撃が予想外に効を奏した。エイオスは苦悶の声を上げて横転したので、Pはその腕を逆に取って捩りあげた。観客はこの目を疑うような成行きにどよめきを上げた。

それからあとの試合運びは完全にPの思い通りのものになった。立って揉み合いになればPは得意の投げ技を連発し、後ろに回っては関節技をかけて手足を痛めつけ、次第に相手の動きを奪っていった。予想通り、エイオスは何よりもその肥満体のために持久力に欠けていたので、勝負が一瞬のうちに決まらなかった以上、エイオスの不利は免れなかったのである。Pは今や余裕綽々《しやくしやく》で、息切れしてもはや立っていられないエイオスを時々体の上に乗せて一休みさせてやった。すると観客は、エイオスが攻勢に転じてPを組み敷いているものと思いこみ、盛んに声援を送る。下になったPは、小声で、そろそろ降参してはどうかと持ちかけてみるのだが、エイオスは首を振って拒否した。

「頑張るのはいいが、あなたの心臓には負担が大きすぎますよ」

「私はいまだかつて負けたことがないのだ。自分から参ったと言うわけにはいかない」

「そうですか。それじゃ、されるままにしていて下さい。どちらが勝ったともわからないような形で決着をつけますから」

というようなわけで、Pはいよいよ最後の仕上げに入ることにして、まず、揉み合いながら、エイオスの水着を引き裂いて剝ぎ取りにかかった。エイオスは抵抗する力も気力もほとんど失っている。きつめの水着から解放されると、エイオスの過剰な肉の塊はその本来の形を、というよりも容器を失った半流動体さながらにその不定形の姿を現した。まわりには感嘆の声が起こったが、それはエイオスの完全な裸を目撃してのものか、それとも、続いて裸になったPの男性的な体形を見てのものか、Pにはよくわからなかった。とにかく、こうなってしまえば、日頃テレビに出演してやっているのと同じことをやるだけで、ただあとは、格闘技の一部らしく見えるように、Pの方はいかにも攻撃的に、エイオスの方はいささか屈辱的な姿勢で攻撃に耐えている、といった具合に事を運べばよかった。それでPはまず後方からエイオスを攻撃した。それからエイオスを組み敷いてひとしきり攻撃し、最後はエイオスに騎乗の姿勢をとらせて、自分は下から攻撃を加えた。観衆にはこの格闘技の形をとったセックスがよく呑みこめないらしく、特に、Ｐが下になって、馬乗りになっているエイオスの体を底部の急所から突き刺して攻めるという圧倒的な優位の状態についても理解できないようだった。素人目には、上になっているエイオスの方が攻勢をとっているようにも見えるのか、観衆の間からはそろそろとどめを刺せという意味の掛声もかかったりした。しかしとどめを刺されようとしているのはエイオスの方だったのである。Ｐの腹の上で、エイオスはもはや逃げ出す力もなく、意識も混沌として、一抱えもある土嚢同然になっていたが、そのうちにＰの攻撃に耐えかねたのか、全体重をかけて崩れ落ちてきた。まるで土嚢が裂けて中身が流出してきたような感じだった。Ｐはなおも攻撃を止めなかったが、やがてエイオスの様子がおかしいので、下からその巨体をひっくり返して跳び起きた。

声をかけてみたが、返事はない。だらしなくいびきをかいて眠りほうけている。Ｐは医師の立場に戻って、マットの上で身動きしなくなったエイオスを診察した。心臓の方ではなく、脳の方に異常が生じたものらしい。脳出血か脳梗塞ではないかと思ったが、どうやら脳梗塞の方であろうと見当をつけた。事情がよく飲みこめないまま騒然としている観衆に向かって、Ｐは一応、勝者は自分だということを誇示して両手を高く差し上げてみたが、勿論、歓呼の声は起こらず、かと言って、倒れているエイオスの身を案じて殺気立った観衆がマットのまわりに押しかけてきたり、Ｐに詰め寄って罵ったりするという風でもない。驚いたことに、観衆はやがてて興味を失ったのか、席を立ってぞろぞろと帰りはじめた。

「貧者め」

　Pが吐いて捨てるようにそう言ったのをヒメコが聞きとがめて不審そうな顔をした。

「いや、何とも情けない連中じゃないか」とPは説明した。「自分たちの庇護者の身に異変が生じたのに、無関心な態度でさっさと帰っていくというのは理解できない。精神まで鈍摩して、いかにも貧者らしい貧者になり果てている」

「はあ、そう御覧になったんですか」とカガノンが口をはさんだ。「私は違った印象を受けました。つまり、連中はエイオスが倒れて死んだために、その衝撃が余りにも大きく、葬式から帰る気分で呆然として帰途についたように見ましたが」

「変わった見方だね。案外それが当たっているかもしれないが。それはともかく、エイオスはまだ完全には死んでいない。脳梗塞らしい。憂慮すべき状態であることは間違いないね」

「疲労の余り意識を失ったんじゃない？」とヒメコが訊いた。

「最初から、私と格闘するということ自体が無茶な話だった。しかし心臓が壊れなくてまだよかった。十分な治療をすれば、意識だけは回復するかもしれない」

　Pはサバントたちに命じてエイオスをしかるべき病院に入院させることにした。

「エイオスの家族はいないのかね」

「家族と申しますと？」

「例えば血を分けた子供がいるだろう」

「子供は大勢いるようですが。さっき集まっていた連中も、世間ではエイオスが精子バンクの規則を無視してつくった子供ということになっております」とカガノンが答えた。

「スピークスマンを呼んでまいりましょうか」とサバントの一人が言った。

「それは何者だ？　代理人のようなものかね」

「まあそんなところかと存じますが。いつもエイオスに代わってマスメデにいろんなことを発表する人です」

まもなくやってきたのは、カガノンと同じラオタンで、これまたカガノンと同じく執事風の服装をしていた。Ｐが事情を説明すると、このラオタンは特に狼狽の色も見せず、かん高い嗄れ声で、こういう場合の措置についてはすでにエイオスから指示を受けている、と言う。

「どうすることになっているのかね」

「特別契約をした病院に入れて、生命維持装置をつけて生かしておく、ということです。もっとも、あの方はイモタル化の手術を受けていますから、生命維持装置と言ってもほんの簡単なものでいいはずですが。それから、世間に対しては、エイオスはあくまでも正常に生きているということにして、時々私が指示通りの声明を発表します」

「それは用意周到なことだが、一方的に既定の声明を出していくのでは、世の中の動きに対応していけないだろう」

「そうでしょうか。むしろエイオスの意思が表明されることで世の中が動いていくのではないかと思いますが」

「なるほど、それは大した自信だ。しかし私はエイオスが廃人同然になったことを知っているから、これからはエイオスの意思なるものを無視して好きなことをやらせていただく。とは言うものの、エイオスは自分が負けて再起不能になった時のことはどんな風に予定していたのか、できればそれを知りたいね」

「誰もがその好奇心のおかげで、結局エイオスの術中に陥るのです」とカガノンが的確に注意を喚起した。

「私どもでは別に隠しておく必要はありませんから、お望みとあれば教えて差し上げますが」と言いながら、このラオタンのスピークスマンは手帳のようなものを取り出してめくった。

「パードレは、この国から出ていかざるをえなくなります」

「モノカミ世界へ帰るのかね」

「そこまではエイオスから聞いておりません」

「国外追放という目に遭うわけか」

「むしろ国外脱出らしいですな」

「その前に、そろそろエイオスの館から脱出するとしよう。その件についてはエイオスは何か言い残してあるかね」

「いいえ。お帰りになりたければどうぞ御自由に。お土産も用意してございますからお忘れなく」

Ｐはヒメコとカガノンを伴って辞去することにした。その邪魔をするような者は現れなかった。ただ、疲労で少し目がかすむせいか、Ｐにはこの丘全体が乱雑な集合住宅の様相を呈しているエイオスの館が、今はひどく脆《もろ》い不確かなもののように見えた。それはどこか蜃気楼の城に似ていたのである。

第十九章　受　難

　エイオスの館を訪れてから数日後、久しぶりにユミコス首相が、と言っても首相の肩書きとは関係のない用件でPの家にやってきた。空中庭園内のP御自慢の露天風呂に入っている時、ヒメコが夕暮れの黄色い光の中に広がる古い絵のような風景の一部に、ある異変を発見したのである。

「あれはエイオスの館じゃないかしら。ほら、あの崩れかけているところ」

　そのヒメコの指差す方角に目を凝らしてみると、庭園の樹木の間から見えるのは、確かにあのエイオスの館だった。数多くの住居が集まって積木の丘をなしている姿は一つの偉観ではあったが、今、その丘が音もなく崩れはじめていたのである。それはひどく緩慢に、まるで砂糖の城が水分を含んで溶け崩れるような具合にその形と高さを失いつつあった。かすかに薄黄色の土埃らしいものが立っている。

「エイオスもこれでおしまいね」とユミコスは嬉しそうに言った。「病気で倒れて再起不能だという話は聞いてたけど、御自慢の館までこうあっけなく崩壊するとはね」

「まさか政府が手を回して取り壊しをやったんじゃないだろうね」とPが訊くと、ユミコスはむきになって否定した。

「まさかも何も、大体、政府にはそんなことをする権限もなければ予算もないに決まってるじゃん。でもとにかくこれでよかったのよ。エイオスがいなくなったら、念願のインタ化もどんどん推進できるわけだし」

崩壊は小一時間で完了した。近づいて見れば、すさまじい崩壊の様子が明らかになるかもしれなかったが、ここからだと、軽くて柔らかそうな土埃の低い山が残っているように見えるだけである。しかし崩壊の様子から判断して、瓦礫の下に生き埋めになった者など、死傷者は相当な数に上るにちがいないとPは思った。

「そんな心配はないんじゃない？」とユミコスは気楽な調子で言った。「あそこにはもう誰も残っていなかったのよ。エイオスが駄目になったとわかると、沈む船から逃げる鼠みたいにはやばやと逃げだしたのよ、きっと」

「そうかな。あの窮民にはほかに行き場所があるとも思えないが」

しかしユミコスはその豊満な体をサバントに拭かせながら、心ここにあらずで、このあとの楽しみを急いでいる様子だった。Pも期待に応えて、寝室に移ると入念な愛撫を加え、久しぶりにユミコスと本格的なセックスを行なった。勿論、例のタナトミンの使用によってエクスタシスを確実にしたのもいつもの通りである。とは言うものの、エクスタシスはあくまでもユミコスだけのものであり、Pとしては、それを目撃する楽しみにもいささか飽きが来たという感じは否定できなかった。

それよりも、この数日Pはヒメコとのセックスの準備段階とも言うべき一連の行為に熱中していた。まだ完全な成熟には達していないヒメコにセックスの指導を始めたのは、いずれテレビの「モノパラ」で、これまでとは趣を変えて、十代前半の少女相手のセックスを取り上げることになっていたからで、その場合、共演者はということになればヒメコをおいては考えられなかったからである。Pとしては、この美少女が、セックスにはまったく無知の、不安に身を堅くしている拒絶的な段階から、優しい愛撫と適切な指導のおかげでセックスを覚え、次第に感受性も開発されて、ついには高度な技術や表現力まで身につけ、自らはエクスタシスにも到達するようになる、といった経過をたどる姿を芸術性の高い映像にして放映するつもりでいたのである。そこでその最初の手ほどきの段階については、ヒメコには知らされていなかったが、Pの寝室に設置された遠隔操作の隠しカメラで撮ったものを編集することにして、あらかじめおおまかなシナリオも用意された。

それによれば、性の意識を欠いた「無性的存在」であるこの美少女が、最初は父親に対するのに似た感情で接していたPからにわかに性的な働きかけを受け、反発と嫌悪を覚え、しかしいったんその心理的バリヤを突破されるや、突然、性的対象にされている自分を意識して性的存在に変貌し、今度は積極的にPを誘惑して性的存在としての自分をエクスタシスの状態において実現する、というような筋書きだった。Pはこの筋書きをルミコスやレイコスと相談して決めたが、正直なところ、アマノン流の心理学理論を援用したこのシナリオにはどうにもよく理解できないところがあった。Pとしては、ここに少女の愛の発芽と成育という糸を一本通しておきたかったけれども、そのことをいくら説明してみても、男女の関係というものを知らないこの国のピップとしては当然のことながら、そんなモノカミ流の特異な感情を混入すれば話がいたずらに不明瞭になるだけだと言って、二人ともなかなか首を縦に振ろうとはしなかった。「モノカミ的な愛なんて、そんな難解な理屈を持ちこんじゃ駄目よ」というのがルミコスの意見だった。

「そうかね。私に言わせれば、アマノン流のエロというのがかえってわからないね」

「それは単純明快よ。要するにピップがセクレを可愛がる、セクレはピップの庇護を受け、ピップを尊敬し、またはそのふりをしながらお返しする。要求に応じて各種のサービスを提供するとかね。そういう関係はピップにとっても必要だし、セクレにとっても自分が将来ピップになるためには必要不可欠な経験なのね。つまり互いに得になるという関係で、それがエロよ。ちっともわかりにくいところはないじゃん？」

「そこまではわかったが」とPはなおも言った。「モノカミではその程度の曖昧な相互関係を愛とは言わないね。モノカミ的な異性愛にはそれ以上の要素がある。例えば、それは死という膜のすぐ裏側に接するまで過激になる性質をもっているかと思えば、死とは反対のもの、つまり遺伝子の永続性につながる余剰を生み出したりする。早く言えばこの余剰とは子供のことだが、アマノンでは残念ながら子供をつくるに至るような男女関係そのものが存在しないわけだ」

「そのむずかしい理屈をどうやって訴えるかはさておいて、番組が成功するためには文句なしに面白くなきゃいけないのよ」とレイコスが念を押した。「その上で視聴者にはいろんな解釈の余地を残すように作ればいいじゃん」

「まあ、そういうところで行こう」とルミコスも言って、Pは釈然としないままにそれ以上の議論は打ち切りにしたのだった。

肝腎のヒメコにこの「むずかしい理屈」を説明してみると、ヒメコは時々眉の間に可愛い皺《しわ》を寄せて真面目に聴いていたが、

「そういうことなら、私はモノカミ的定義から言ってパパを愛しているかもね」と答えたのである。

「どんなところからそう思うの？」

「パパのことを猛烈に憎んでるような気がすることがあるから」

「なぜ君に憎まれなければいけないのかな」

「私だけのものになってくれないからかしら」とヒメコは首を傾げた。「でも、憎むといってもそれはほんの瞬間的に、時々そんな気がするだけ。別にパパを憎みつづけてるわけじゃないの。大体、パパはいつも私には優しすぎるほど優しいもの。問題は、ほかの誰にでも結構優し

いということね」

「誰に対しても君が言うように優しいわけじゃないと思うがね」

「それならそれでいいの。本当は私に対しても誰に対しても冷たい方がいいの。そうしたら、もっと夢中になってパパにしがみついたり噛みついたりすると思う」

「剣呑《けんのん》な話だね。幸か不幸か、君に対しては御期待に添えるような冷たい気持にはなれそうにない。ヒメコを初めて見た時から、是非とも欲しい、手に入れたら放したくないと思ったね。そんな貴重な存在だ」

「どうしても買いたい品物かペットみたいなものだったわけね」

「そう、そういう性質の女の子だった。品物でもペットでもないが」

「でも私のことを気に入ってくれたわけね」と言いながらヒメコは大きな目に光る笑いの破片を浮かべてPを見つめた。「信じられない話だわ。なぜ私のことをそんなにも好きになったのかしら」

「なぜかという説明は不可能だ。君が大変な美少女だということもあるが、そう言ってしまうと、それはとたんに薄弱な理由の一つにすぎなくなる。君がとびきり賢いことについても同じだ。説明はできないが、要するにヒメコが好きで大切に思っている、ということで。この気持は君の態度がどうであれ、少しも変わらない」

「だからパパはこの上なく優しくて、冷たくもあるんだわ。モノカミ流の愛って、相手の態度や気持とは独立にそうやって純粋培養できるものだとしたら、それは無限に優しい愛でもあるしこの上なく冷たい愛だとも言えるんじゃない？」

「なるほど、それは鋭い指摘だ」と言いながら、Pは壁の向こうでこの場面を収録している装置のことがいささか気になっていた。「しかし今はそんなむずかしい議論をするのにふさわしい時ではないようだね。これからセックスをしようという時だから」

「お望みならしてもいいけど」とヒメコはPの腕の中に閉じこめられたまま言った。「実はそれをお断りしたら面白いんじゃないかと考えてるところなの」

「どういうことなの？」

「私はあくまでも抵抗するから、パパはいつか言っていた強姦ということをやってみればいいわ。私はエイオスみたいにデブくもなし、力も強くないから、その気になれば簡単に強姦できると思うけど」

「予想外の展開になったな」と言ってから、Pは頭の中で筋書きをどう修正するかを思いめぐらした。「しかしヒメコに乱暴を働いて無理やりセックスをするわけにはいかないだろう」

「だからパパは優しくて冷たいというの。なぜ強姦が駄目なの？　私がそれを望んでるっていうのに」

「それではこういうことにしよう」

Pが思いついた筋書きとは、最初の段階ではヒメコが眠っているか麻酔をかけられている状態にあって、人形のように無抵抗のまま、手術を受けるのに似た形でPの行為を受け入れる。それが何度か繰り返されたところで、ヒメコは覚醒して自分がされていることを知り、恐怖と怒りから激しい抵抗を示す。

「ここのところは適当に激しくやってもいい。ただし、君にはあのエイオスほどの体力はないし、本気になって死にもの狂いの抵抗をされたのではぼくの方がつい申訳なくて意気沮喪《そそう》する。だから、ここは羞恥と怯えと無意識の嬌態の入り混じった、少女らしい拒絶の態度、といった感じで抵抗してもらえると申し分ないけどね。それならぼくの方も興奮して、君を抱きすくめて思いを遂げる、という風にもっていきやすい」

「なんだか注文の多いセックスね」

「むずかしいかな」

「一応承っておきます」とヒメコは肩を竦めて答えた。「でも、その時の気分次第で、何をするかもしれないから、パパの方も気を許しては駄目よ」

「やっぱり噛みついたり引っ掻いたりするかい？」

「泣いてしまうかもね」

「泣くのはいいね。ヒメコの泣き顔を一度見たいものだ。それに、すすり泣きとか綺麗な大粒の涙とかはテレビでも効果的だし」

「でも私、多分泣かないな。物心ついてからまだ一度も泣いたことがないの。涙腺が凍結したままなのね。それが破裂して私が泣く時は、世界中が破滅する時じゃないかしら。なぜかそんな気がするの」

「君のせいではなくても、世界はいずれ破滅するだろうが」

Ｐはそうつぶやいたが、その時は大して重要な意味を込めたつもりはなかった。

「それじゃ、そろそろ眠ったふりをしなくちゃ」とヒメコは猫を思わせる柔らかさで伸びをしながら言った。「さっきの方針でおやりになるのなら、私の部屋へいらっしゃればいいわ」

自動撮影装置をヒメコの部屋に切り換えるのに手間取ったが、夜が更けて行ってみるとヒメコは広い寝台の上で女の子らしい曲線を描いて眠っていた。Ｐを待っているうちに待ちくたびれて本当に眠ってしまったとしか見えなかったが、蟬の羽のような薄い寝間着に包まれているところは『神聖契約書』の子供用絵本に出てくる天使の姿にそっくりだった。そしてその絵本の中の天使と同じく、裸の下腹部は白く冴えて清浄無垢というべき状態にあった。そこにやがて現れた一筋の傷は、広がるにつれて血とも薔薇とも形容しがたい色を帯びて少女の内部を示した。手術の経験のあるＰにも、この痛々しい血を湛えた池に自分の粗大な肉の棒を侵入させることには非常な心理的抵抗を覚えた。凌辱というよりも悪質な破壊と傷害の行為に及ぶことへの抵抗である。なぜかここに至って、Ｐがこれまでエイオスも含めてアマノンの数百人の女たちに示してきた攻撃意欲は見る影もなく萎えてしまったために、自動撮影装置の前で行為を続行することをひとまず中断することにして、装置を止めようとさえしたほどだった。

しかしその時、ヒメコは眠りのぬるま湯の中で気持よさそうに手足を伸ばしながら、その天使の絵にあるままの顔に微かな笑みに似た翳りを見せた。長い睫が動いたのかもしれない。それとともに白い腹や腿が誘惑的な動き方をした。眠ったふりをしているヒメコがPの優柔不断ぶりにじれてわざとそんな動きをして見せたのかもしれない、と思った途端にPはいつもの調子を取り戻し、ヒメコに対しても大胆細心にして確実な手術を施す態勢が整った。そこで一連の準備行為を入念に行なうと、それに対するヒメコの反応は実に繊細なさざなみの立つような、全身の皮膚の表面の震えという形のものだった。Pは夢の中を游泳《ゆうえい》するような気分になりながら、あくまでも優しい接触を続け、長い時間をかけて最後の侵入段階にまで到達したが、その時もヒメコの反応にはほとんど変わりは見られず、正常な眠りなのか病的な昏睡なのか定めがたい状態で、されるままになっている。Pの方は別の世界、例えば体内の世界に広がっている波のない海に浮かぶ小舟を漕ぐような気分で、これ以上はないほど優しくゆっくりとその舟を漕ぎつづけた。それでも相当な痛みを伴うはずだと思われたが、ヒメコの顔には苦痛を訴える表情も現れない。といって、苦痛を隠して仮面をかぶっているような不自然さも見られない。相変わらず目を閉じたままの長い睫の下から、信じられないほどの大きさの、透明な真珠がこぼれて目尻の方にころがっていくのを見て、Pはとっさにそれを舌でなめとった。

「結局、ヒメコのお望み通り強姦したようなものだ」とPは言ったが、ヒメコは答えず、寝返りを打つようにして背中を向けた。

朝が来てもヒメコは起きてこようとしないので、Pは自ら朝食を運んでその寝室に行ってみた。ヒメコは乱れた髪もそのままに寝台の上に起き上がり、台風一過の秋の野原のような、表情も何もない白い顔をしていた。目の焦点はどこにも合っていない。

「痛みはひどくない？」

ヒメコは黙って首を振った。

「念のため、医者に診てもらった方がいいね。早速手配しよう」

「いや」

「やっと口を利いたね」

「お医者さんはいいの。診るならパパが診て。もとお医者さんでしょ？」

「オブステトリクスの方は勉強してないんだけどね」

「アマノンではそれは内科の医者が診ることになってるの」

「そう、何しろ患者は御婦人方ばかりだものね」

Pはそう言いながらヒメコを診察して、軽い出血の跡を認め、もっとも原始的な治療を施した。

「それ、おまじない？」

「まあ、そんなものだ」

「気持がよくなったわ」

「今はここまでだ」

「今夜もこの続きをするの？」

「今夜はお休みにしよう。無理は禁物だ。君はまだ大人になってないから、徐々に慣れていくようにした方がいい。それに、今夜は『モノパラ』の仕事もある」

「マリコスとはいつセックスするの？」

「もう何回か録画撮りはした。来週あたり放映するはずだけどね」

そんなことがあって、その夜スタジオに着いてから、Ｐは不意にヒメコがマリコスとのことを気にしていたのを思い出して、それが妙に気にかかった。というのも、元首相のセクレだったマリコスは、セクレを卒業し、名前も幼名のマリコを正式名のマリコスに改めて以来、急速に大人らしくなって、今では目を見張るような妖艶な美女に変貌しており、「モノパラ」に出るようになってからはＰの最高の共演者として人気を集めるとともに、二人を恋人の関係として見せる演出も功を奏して、あとはこのマリコスがいつ、どんなセックスをして見せるかが視聴者の最大の関心事になっていたからである。こんなマリコスの急浮上ぶりに、ヒメコは一種の敵愾心《てきがいしん》を示していたのではないか、とＰは気になったのである。

「マリコに対する嫉妬かもしれないね」

Ｐは今や親密な関係にある者同士の呼び方を採って、マリコスのことを幼名のままのマリコと呼んでいた。

「嫉妬って、ジラシのこと?」

「現代アマノン語ではそういうらしいね」

「でもあの子、まだ子供でしょ。私にジラシするなんて、生意気じゃん」

「近くあの子もぼくのセックスのパートナとして『モノパラ』に登場する予定だけどね」

「まだ無理なんじゃない? それに、あんな細い体つきじゃ見栄えがしないわよ」

「君もあの子にジラシしかけているようだね」

「しないよ。私と勝負になるわけないじゃん」

マリコスはアマノンではこれまでにないタレントになりつつあった。まず徹底して女らしい化粧と衣装を売り物にしているところがアマノンの従来の常識をくつがえしているが、これはもっぱらPがモノカミの普通の女の化粧や服装を参考にしてデザイナや化粧係りを指導した結果である。一部のピップの間では「グロな趣味」として反発を買ったが、一般には強烈な印象を与えたらしく、早速マリコスの真似をして長いスカートや胸のふくらみを強調した服が流行しはじめ、長い波打つ髪や鮮かな口紅を使う化粧法などが少女の間に広がっていった。しかしPにとって意外だったのは、マリコスというこの新しいアイドル自身の変身ぶりで、ユミコスのセクレをしていた頃の、どちらかと言えば無口でおとなしい少女の典型のように見えたマリコが、マリコスになった途端に派手な妖婦型の美女になり、テレビの人気タレントとして成功の階段を駆け上がっていくところはもはや別人を見る思いだった。そしてPとの関係でも、マリコスはすっかり愛人気取りで、それもPが教えたモノカミ流の男女関係を少々大袈裟な形で演じている気配が見えて、Pとしてはかえって辟易するところがあった。セックスの時の演技も、Pが教えるのより少しずつ大袈裟で、テレビ向きではあるが、これもやや興醒めと言いたいところがある。結局、この女は見掛けほど賢い女ではないのかもしれない、と判断してからは、Pの方でもこのマリコスとは、濃厚なセックスを楽しむには恰好の相手として、かえって気楽にやっていけるようになったのである。

「ところで、この間の話だけど」と言いながらスタジオに入ってきたのはミヤコスだった。

「『モノパラ』に代わる新番組の件かね」

「そう。ぼくたちの一致した意見としては、ここで『モノパラ』を打ち切りにするのにはやっぱり反対よ」

「この前も言ったように、打ち切りというよりめでたく完結してお終いになる、ということだよ」

「視聴率はますます高くなって記録を更新中だというのに、理解できないじゃん」

「物事は頂上に立ったところで止めて次の仕事に挑戦する、それが男の人生だ、というようなことが『神聖契約書』にも書いてある位だ」

「それはモノカミのような男中心の世界の話でしょ。それに大体、スポンサのパードレがこんな人気番組を止めると言いだすのは筋が通らない。噂によると、パードレは近く対外関係担当の臨時閣僚としてユミコスの内閣に入るとか聞いたけど、そのこととも関係があるの？」

「その話はまだ具体化してない」とPは慎重な言い方をした。実際にはほとんど根回しも終わっていて、あとは議会で形式上の承認の手続をとってもらえばよいだけになっていたが、すでに政府高官の地位を離れたミヤコスとしては、ここでP自身が会社から手を抜いて入閣することにははなはだ心穏やかでないものがあるというわけだった。

「しかし、万一そういうことになった場合は、ぼくは名前だけはオーナとして残って、会社のマネジメの方は君に任せたいと思っている。その場合は、新しい番組についても君たちでアイデヤを出して自由にやっていただくことになるわけだ。いずれにしろ、『モノパラ』は、今度のマリコス相手のシリーズと、そのあとのヒメコ相手のシリーズで有終の美を飾ればいいじゃないか。ぼくも少々くたびれたし、あの方式はアマノン中にぼくの遺伝子をばらまくという目的からすると、余り効率がいいとは言えないしね」

「その点だけから言えば、精子バンク、人工受精、人工子宮という現行方式に勝るやり方なんてありえないよ」とミヤコスも言った。「でも、パードレの言うオッス革命のための宣伝活動としては、『モノパラ』は予想外の成功だったからね」

「そう、だから今後『モノパラ』を上回るような番組を考える必要がある。ぼくはスポンサとしてこれまで以上に資金を提供するつもりでいる。君の重役報酬も一段と引き上げられることになるわけだ」

「それはそうと、『モノパラ』がまもなく終わりになるとすれば、その前に一度総理をスペゲスとして出演させたいね」とミヤコスが言ったので、

「御本人が承知してくれるならね」とPも答えた。

「御本人は出るつもりなのよ。何しろ『モノパラ』も国民的番組になったから、総理が特別出演するか、自分はセックスの実演はしないまでも、ゲストとしてパードレと対談するか、その程度のことはむしろ積極的に実行してみた方がいいね。エイオスも片づいたことだし、あとはこれで人気を高めて総理の座にもっと長くとどまることを真剣に考えた方がいいのよ」

「『モノパラ』に出ることがそんなに決定的に重要だというなら、こちらはいつでも御招待するよ。ユミコスとはもう何度もセックスのお手合わせは経験しているし、首相にふさわしい悠《ゆう》揚《よう》迫らぬ風格のあるセックスを見せることができそうだ」

「それからついでに」と割って入ったのはアイコスだった。「実は例のエイオスとの大試合のビデオを手に入れたのよ。これを放映しない手はないね。大変な迫力だし、特にあの『ゴーカン』という結末も従来のセックスでは出てこなかったもので、なかなか刺激に富んでるじゃん。あれを見せたら、これまでセックスには興味をもたなかった中年の格闘技好きの連中にも受けて、もう五パーセントは視聴率が上がることは間違いないね」

「そうね、ぼくもその意見に賛成だ。ただし『モノパラ』とは別の枠で、例えばスポーツ番組の特集か何かでやった方がいいね」とミヤコスが言った。

それからまもなくこの首相の特別出演も実現し、エイオスとのすさまじい格闘のビデオも無修整で放映されて、いずれも大変な評判になった。特にユミコス首相の出演はさすがに国民の関心を呼び、視聴率は八十パーセントを超えるという記録をつくった。もっとも、視聴者の反応や満足度という点からすると、ユミコスとの正統的なセックスはやや迫力に欠けていたという声もあり、これに対してエイオスとの格闘、強姦の方は、視聴率こそやや及ばなかったものの、熱狂的な反応を引き起こしたのである。

マリコスとのシリーズが放映されはじめると、Pはヒメコと一緒にそれを見ながら参考になりそうなことを詳しく教えたりしたあとで、いよいよスタジオに入ってヒメコとのセックスのビデオ撮りに取りかかった。人形のように無抵抗な美少女に対して一方的に優しいセックスを行なうというパタンのものはすでに収録済みなので、今度は正統的なパタンのもの、一転して少女らしからぬ大胆奔放なもの、アブなものなどを収録しようという話になっていた。

「とてもあのマリコスのようにはやれないわ」とヒメコは沈んだ声で言った。

「キミはマリコスとは違う。まだ大人になっていないこともあるが、それよりも君には妖精的な魅力があって、演技過剰なマリコスなどとは比較にならない。ぼくは正直なところマリコスには食傷気味だ」

「それが本当なら、マリコスとはもうセックスしなければいいわ」

「仕事で必要な場合以外はね」

ヒメコはうなずくと、今度のやり方について提案した。

「この前は私が眠り姫で、何をされても無抵抗で目を覚さなかったでしょ。今度はパパがそうやってみたら？」

「君が眠っているぼくに好きなことをして、いわばぼくを強姦するってわけ？」

「そう。最後はパパが塔を立ててくれさえすれば、私はそれにまたがって好きなように操縦してみるから」

「面白そうだね」とPも賛成した。「そのパタンはまだやったことがない。これまでのはすべてぼくが攻撃するパタンばかりだ」

「最初はパパを優しく愛撫してあげる。そして、次第に物狂おしくなって髪を振り乱した妖精に変わっていく、というのをやってみたいの」

「君がかい？」

「それならやれそうなの」

「それじゃお任せしよう」

「途中で目を開けたり動いたりしては駄目よ。パパは死んだようになって自由を失っている、という想定だから」

「いいとも。楽しみだね。すべては君の創意と演技力にかかっているわけだ」

そしてこの筋書き通りに長いとりとめのない夢のような夜の時間が進行していった最後に、惨劇が起こったのである。Pはヒメコに体を委ねているうちに何度か本物の眠りに落ちたようにも思われて、その夢の中で数えきれないほど精を漏らした感覚も残っていた。ヒメコがどんな技を使ったのか、これまでに経験したことのないあっけなさで、自分の体から何かが間歇《かんけつ》的に流出していくのである。そんな夢うつつの時間がいつ果てるともなく続いているうちに、突然、冷たい刃物が一閃《いっせん》した感覚があって、血のカーテンが閉じた目の中一面に広がったのである。そのまま快い劇痛に体が痺れて、Pは気を失った。

意識が戻った時、Pは病院の手術室のようなところにいた。下腹部が他人の体のように重たい。医師や看護婦らしい人物のほかに、制服を着たラオタンが何人か覗きこんでいたのは、警官、あるいは民間の警察会社の人間らしかった。何が起こったのかと訊くと、医師が答えて言うには、Pの男性の武器であり、またPがあの「モノパラ」で活躍するための不可欠の肉体的条件となっていたものが、鋭利な刃物で切断された、というのである。それを聞いた時、Pはさもありなんという実感があって、特に驚愕するわけでもなく、その犯人についても今更訊くまでもないと思ったが、警察官が口をはさんでヒメコの名前を出した。

「詳しい動機その他については、目下警察庁の方で取調べ中ですが」

「それで、ヒメコはどこにいますか」

「勿論、身柄を拘束されて取調べを受けています」

「起訴されますか」

「普通ならそうでしょうが」とラオタンの警察官が言った。「しかし最近の慣行では、この種の怨恨による傷害事件の場合、被害者が告訴しない旨を明言すれば検察庁としては書類送検で済ますようです」

「それならこの事件もそのように取り計らって下さい」とPは言った。「ヒメコは私のセクレで、妻と娘を一緒にしたような特殊な関係にある人間です。告訴するなんて考えられませんから」

「医師の立場から言えば」と医師の一人が説明した。「これはある種の機能障害を残す恐れはあるけど、まあ大した傷害事件ではないわけね。復元手術もうまく行ったし、十日もすれば見た目には元通りの姿になるよ。ただ、セックスのためには用をなさないかもしれないね。でもそんなことはどうでもいいじゃん。テレビの『モノパラ』には出られなくなっても、アマノンには政府直轄の犯罪被害者救済保険という制度もあるし、困ることはないよ」

Pはうんざりしながらもこの医師の説明をおとなしく聞いていた。奇妙なことに、これでもうヒメコともセックスができないのかということがまず頭に浮かんで、地団太踏みたい気持だった。

「私の方は大丈夫だから、とにかくヒメコを早く釈放してもらって、こちらに寄越して下さい」

警察官がその手続を取ってくれたと見えて、まもなくヒメコが病室に姿を現した。その顔は、別人のような、というよりもみじめな鳥のような顔に変わっている。

「どうしたんだ?」

「もう駄目、もうお終い」とヒメコは言った。そして水道管が破裂したような勢で泣きはじめ、鳥がその嘴《くちばし》を胸に突き立てるようなしぐさで頭ごとPの胸にぶつかってきたので、今はその頭や肩を優しく叩いてやるほかにどうすればいいのか、Pにもわからなかった。

第二十章　タイザン鳴動

Pが初めて正式に閣議に招ばれたのは退院してから数日後のことで、この頃には医師が保証してくれた通り、見た目にはあの災難の前とまったく変わりない形状を回復していた。しかしそれが以前と同じように物の役に立つかどうかは、試してみもしなかったし、また試してみる気もなくて、不明のままだった。多分、これも医師が懸念を表明していた通り、機能の回復の方は絶望的だろう。しかしそのことが自分の運命にどんな影響を及ぼすかについては想像の及ぶところではなかった。

一方、閣議への出席については心当たりがないわけでもなく、すでにミヤコスなどの耳にも入っていたように、Pを対外関係担当臨時閣僚としてモノカミとの交渉に働いてもらおうというユミコス首相の構想が、少々強引ではあったが周辺の賛同を得て実現する運びになったところだった。閣議が開かれる首相執務室隣の会議室に入っていくと、他の閣僚たちは新しい閣僚であるとともにあの衝撃的な事件の主人公でもあるPを迎えて、同情と好奇心の入り混じった態度で歓迎してくれた。実は、Pの希望でもあったので、最後の傷害事件も含めてヒメコとの交渉の全容を記録したビデオはPの入院中に放映済みだったので、ユミコス首相を始めとする閣僚たちも、無論事件のことは知っていた。世間の反応は表面上はそれほど目立たなかったが、底の方では重たいうねりのようなものが広がり、しかもPの予想通り、言葉になりにくいある種の感動が人々を強く打ったことは確かだった。その結果、Pは「モノパラ」の主役として知られていただけの画面の上の存在から、今や人々の心中に食いこんで離れない寄生虫に相当する厄介な存在になったように思われたのである。

閣僚たちが順番にPの前に来て自己紹介したのち、席に着くとユミコス首相が口を切って閣議が始まった。意外なことに、Pが招待される理由にもなったという緊急の問題というのは、モノカミとの外交関係をめぐるものではなくて、まさに急を要する重大な危機への対策をめぐるものだった。

「まず目下の状況と最新の予測について率直にお知らせしておこう」とユミコスが言うと、官房長官のサイオンが書類をめくりながら報告を始めた。

「アマノン大学付属地震研究所からの報告によると、ここ数日、事態はますます憂慮すべきものになっているらしい。体に感じない地震の数が指数関数的に急増しているし、かなりの強度の局部的な地震も過去の百倍以上の頻度で発生している。タイザンを始めとするいくつかの火山が、従来休火山、死火山とされていたものまで含めて、いずれも大爆発の徴候を示している。例えば、タイザンの有名な『青い瞳』と呼ばれる火口湖に、このところ血の色をした不気味な瞳孔《どうこう》のようなものが現れて、それが刻々と広がりつつある。俗に、『青い瞳』が完全に『赤い瞳』に変わった時にはタイザンは大噴火を起こすと言われているのは御承知の通りでしょう。われわれの国は、今や陣痛を起こした子宮のような状態にあるとも言える。要するに、早く申せば、近く大噴火とともに大規模な地震が発生し、アマノン国の内部は火と溶岩に襲われ、外からは圧しつぶされ、崩壊して、消滅するだろう、ということですな。そうなると、アマノン国に人間が生き残る余地はもはやないと考えるしかない」

「生き残る余地がないなんて、まるで冗談みたいな言い方ね」と財務長官のノブコスが言ったが、誰も笑わなかった。

「それより、その大破局がやってくる近い将来とはいつ頃のことなの？」とユミコスが尋ねた。

「そのことなんですが、地震研究所の見解そのものも統一されてないのでして、早ければ数日以内、遅くとも三年以内、というのが多数意見ですな。ところが、少数意見としては、科学的な予測という立場に忠実ならば、大破局が起こるのは早ければ明日、遅ければ五十年後、という形の予測にならざるをえないという説もあります」

「学者らしいアホな意見ね」と誰かが言った。

「しかし三十年とか五十年とかいう話を聞くとばかばかしいような気がするね。その頃にはぼくらは死んでるか、まもなく死のうとしてるわけで、どっちにしても死ぬことは確かだから、今から騒いでも仕方がないね」とノブコスが言った。

「財務長官の感想には個人的には賛成だけど、政府としてはそういう立場をとることもできないし、とりあえずアマノン滅亡が目前に迫っているものと認識して、何ができるかを相談することにしよう。実を言えば、前々からインタ化の問題に取り組んできたのも、いずれやって来るであろうアマノンの物理的壊滅に対処して、アマノン脱出の方法を研究しようという含みがあったのよ。でもその頃ぼくの耳に入ってきた情報によると、タイザン大爆発というようなことはここ何千年かはありえないということになっていたからね。今や事情は一変したわけ。数日以内になんらかの対策を見出すか、なすすべもなく死んでいくか、事態はそこまで切迫してるってわけね。何か意見はある?」

ユミコスがそう言っても、閣僚たちの顔には特に深刻な苦悩の色が浮かぶでもなく、むしろ呆然自失した子供の顔に似て、無邪気な空白が見られるだけだった。第一、ユミコス自身からして、妙に愛想よく笑顔を絶やさなかったが、それはどこかで笑いの栓がゆるみっぱなしになっているような印象しか与えなかった。

「テレビではこのことはまだ報道されてないの?」と教育長官のマサコスが訊いた。「つまり、このことは地震学者と政府関係者以外にはまだ知られてない、ということなの?」

「今のところはね」とユミコスが気のなさそうな返事をした。「一応、報道管制には協力してもらってるけど、いずれ情報は洩れるんじゃない? そうでなくても、地震とか噴火活動とか、実際に前兆が現れはじめたらどうにもならなくなるね。実はぼくが私的に委託した別の調査グループの報告でわかったことだけど、この間のエイオス邸の崩壊にしても、その前兆の一つらしいの」

「そういえば、あそこは秘密の通路でどこか外部とつながっているという噂が以前からあったけど、今度の崩壊もそれとも関係があるんじゃない？」

「外部ってどこのこと？」

「例えばモノカミとかね」

「そもそも今度の危機も、単なる天変地異じゃなくて、そのモノカミあたりの陰謀、介入のせいかもね」

　Ｐは黙って閣僚たちの愚にもつかぬ話を聞いていたが、結局この日はなんの結論も出ないまま、翌日も臨時閣議を開くということだけが決まって解散したあと、サイオンとともにあとに残ってユミコスの私室に行った。

「あなたの演技はなかなかうまかったが、事態ははるかに切迫しているんだろう？」とＰは単刀直入に言った。「あの愛想笑いは只事でなかったものね。そこで、私の結論を言わせてもらうと、一刻も早くここから脱出することを考えるべきだ。それも閣議でのんびり相談している暇はないし、この話はあなたと、ここにいるサイオン止まりにしていただきたい。脱出する顔ぶれについても同様だ。今のところお二人、それに私の方ではヒメコとカガノン、あとはせいぜいミヤコスあたりまでにしたい」

「アマノン国民はどうなるの？」

「どうなるかは想像してみればわかるだろう。しかしそれに対してはどうすることもできないね。で、そのことはこれ以上考えないことにしよう」

「ぼくらだけで脱出するのはいいとしても、うまく行く方法はあるの?」

「この間、エイオスとした話の中にいくつかヒントがあった。エイオスはわれわれがモノカミ世界へ脱出するための長距離航行船を用意することができるというようなことを言っていた。そこで、これから至急やっていただきたいことは、まずエイオスと関係のある造船業者に頼んで、モノカミからやって来た貨物専用の長距離航行船を改造させること。それから、エイオスの身柄を確保すること。意識があるようなら一緒に連れていった方がいい。エイオスはモノカミ教団と連絡をとっていた可能性もあるからね」

「そこまではなんとかなりそうですが」とサイオンが言った。「その船をどうやって操縦してどんな経路でモノカミまで行くのか、それが皆目見当もつかない」

「私にもわからないね」とPは平然として言った。「ただ、長距離航行船には自動航行装置がついている。制御盤を見て、目的地をモノカミに設定すればいい。航路とか、バリヤをどうやって突破するかとか、細かいことを考えだすときりがない。要するにそういうことは私にも一切わからない。船がどこへ連れていってくれるかわからないが、今はそれで脱出を図るしかない」

「わかりました」とサイオンはうなずいた。「その線でできるだけやってみましょう。閣議は明日も開きます。パードレも出てきて、だらだらと下らない議論をするのにお付合い願います。

なお、地震研究所関係の学者たちには例のもので自殺してもらうことにしますが、よろしいですか」

「どちらでもいいが、慎重を期すのなら、そうすればいいでしょう。そうそう、タナトミンはかなりの量を製造しておいた方がいい。抗タナトミンについても同様」

閣議は連日続いたが、議論は堂々めぐりするだけで、出てきた結論と言えば、とりあえず危機管理対策本部を再編成して「緊急災害対策本部」を設置するということだけだった。それも当面は、本部の下に「タイザン地方火山活動調査委員会」を置いて、最近注目されているタイザン火口湖の「赤い瞳」現象とタイザン一帯の不気味な「鳴動」を中心に、専門家を集めて調査を始めようという悠長な話である。

「例の『赤い瞳』と言えば、大昔にもそれが現れたという記録は残っていますが」とカガノンが言った。「その時にも大騒ぎしたものの、結局、大噴火や大地震といったこともなくて、アマノンはこの通り存続しているような次第でして」

「今回もそんな風なら有難いが」とPは身のまわりの整理をしながら言った。「何が起こってどうなるかを見届ける前に、既定方針通りに脱出を図るしかないんでね。結果がわかった時はアマノンとともに死んでいく時、というのでは困るわけだ」

「ヒメコも連れていきますか」

「勿論《もちろん》だ。本人の意思がどうであれ、連れていく」

「お国には奥様もお子様もいらっしゃるんでしょう?」

「それがどうした、と言いたいね」

「ヒメコはパードレに対してひどいことをしたんですからね。まあ、奴隷かサバントとして連れていくのなら話がわかりますが」

「ひどいことをしたのはお互いさまだ。それより、私も危うくお前と同じラオタンになるところだった。幸い切断されたのは棒の方だけで、それも今は外見だけなら元通りになっているよ。ただしセックスには使えそうにない。お前たちの気持が多少わかるような気がするよ」

そんなことを話している時に、かなり強い地震があった。ヒメコは自分の部屋の寝台の下に這い込んで震えていた。Pはそのヒメコを捜しに行ってみて、あの事件以来、ヒメコがひどく内気な子供へと退行してしまった様子が改めて気になった。

「どうだい、例の壊れた塔が復元したかどうか、そろそろ君の目で確かめてみるかね」

Pはそんな冗談を言ってみたが、ヒメコは真面目な顔をして首を振るだけだった。

その夜、テレビでは「タイザン特集」として、ついに火口から溢れだした「赤い瞳」、つまり血の色をした、ひどくさらさらした溶岩流の映像を見せていた。Pの印象では、それは溶岩流とは言いながら、画面で見る限りまるで熱さが感じられない不思議な液体で、まさに地底から湧き上がってきた血としか思えない代物だった。タイザン鳴動の不気味な響きは依然として続いている。そのうちに、火口全体が画面でもそれとわかるほど痙攣しはじめ、まるで激しい咳とともに人間の口から喀血を見るように、爆発音とともに火口の血が溢れるのだった。その時、サイオンから電話があった。

「船の用意はできました。出発の場所はパードレが到着した海岸です。出発はいつにしますか」

「今すぐにしよう」と言ってPは立ち上がった。

「それでは特別機が待っている空港へ御案内する車をそちらに回しましょう」

空港を飛び立ったのはそれでも夜明け前になった。アマノンの飛行機は余り高いところを飛ばないので広い範囲を見下ろすことはできなかったが、それでもタイザンの「赤い瞳」がひときわ大きく悪魔の目のように燃えているのを始め、火山の噴火と思われる赤い塊が薄暗い地上のあちこちに見えた。地上の音はまったく聞こえないので、進行している異変のすさまじさのようなものはいっこうに伝わってこない。

「恐らく、今日中にトキオのかなりの部分は、あのエイオスの館と同じような具合に崩壊して瓦礫の山となりそうですな」とサイオンがつぶやいた。

目的の海岸に着いてみると、朝早くから、以前見かけた漁師の女たちが波打ち際にたむろして、奇怪な魚のような形の長距離航行船や、それに乗ろうとしているPたちの一行を珍しそうに眺めていた。前と同じように今も裸である。

「あんたたち、どこへ行くの？」と女の一人が話しかけてきた。「漁なら、このところ海が荒れてさっぱりだよ。何かの祟りかもね」

「これから自分の国に帰ろうというわけでね」とPはできるだけ平静な調子で答えた。

「お国はどこなの？」

「この海を渡って、遠いところだ」

「無事に帰り着くといいね」

「有難う」

そう言ってからあたりを見回すと、予定の顔ぶれはすでに揃っていることがわかった。手押し車に積まれた土嚢のようなものから顔だけ覗かせているのはエイオスらしい。

「意識は戻っているのかね」と訊いてみると、サイオンが首を横に振った。

「海が荒れてこないうちに航行船に乗ることにしよう」

自動開閉扉が大きく開くと、細かく仕切られた船内の様子はちょうど蟹の甲羅を剥がした時の姿に似ていた。この中に入って、密閉されて、どこに到着するかも定かでない長い旅をするのは、棺桶に入って死の世界へ旅立つのと大差ないようにも思われた。Pは全員に抗タナトミンを服用するように指示した。誰かが自殺を図るというような事態は考えられなかったけれども、抗タナトミンの睡眠薬としての副作用に期待して、意識を失っている方が望ましいと判断したのである。それとも全員に与えるべき薬はタナトミンの方だっただろうか。

漁師の女たちが手伝ってくれて、厚い扉が閉まるのを確かめると、Ｐは操縦席で制御盤を見つめ、スイッチを入れた。動物的な唸り声と振動が伝わって、何やら巨大な動物の体内に入ったような感じである。船は動き始めたようだった。抗タナトミンが効いてきたのか、Ｐはヒメコの肩を抱いたまま眠りに落ちた。

エピローグ

モノカミ教団大司教の娘に当たるアマノン夫人の容体が急変したのは最初の陣痛がやってきた直後のことで、今回の「アマノン夫人処女懐妊計画」の責任者であるインリ博士は、この段階で計画が不首尾に終わったことを悟った。失敗の責任は免れない。責任をとるということが何を意味するかもわかっていたが、しかしそれよりも博士自身にとって痛手だったのは、「アマノンの中でのことはすべて、送りこんだ『精霊たち』の自由意志に任せる」という、博士の主張した基本方針が、結果としては裏目に出たということだった。この計画に参画した医師たちの大半は、外からの綿密な監視と制御の下で計画を推進すべきだと主張していたし、大司教もどちらかと言えばその意見に与《くみ》していたと見られるが、最後はインリ博士の信念に一歩譲った形で、博士の方針を黙認した。何しろ、「モノカミの恩寵《おんちょう》を受けたものは『精霊』と化し、アマノンに送られた『精霊』は、そこで『奇跡』を生ぜしめてモノカミの子を創造するはずである」というこの神学者の原理主義的な主張に対しては、大司教といえども簡単に疑念を差しはさむわけにはいかなかったのである。

ともかく、最終段階に至って異常な事態が発生した以上、現場の処置は医師団に任せるほかなかった。

「開腹しましょう。異存ありませんね」と外科部長がインリ博士に念を押した。

博士はうなずいて、手術台から離れた。

強い光の中で、医師たちはそこに出てきた異形《いぎょう》のものについてどのような処置を取るべきか、額を突き合わせて相談した。しかし誰もが一様に呆然として、判断も意見も失った状態だったので、この鳩首協議もいっこうに埒があかなかったのである。

「どういうことかね、これは」と外科部長がまた繰り返した。

「わかりません。とにかく、われわれは失敗したんです。これだけは間違いありません」と若い医師が言った。

「婦長はこういうのを見たことがあるかね」

「いいえ」

「そうだろうな。奇形は奇形でも、こんなのは見たことがない。人間じゃないと言いたくなるような代物だ」

「部長、この処置はどうしますか」

「この、とはどのことだ？」

「この、出てきたもののことです。まだ生きてますよ」

「生かしておけると思うかね。しかしわれわれとしては、ともかくありのままを大司教に報告して、指示を仰ぐしかあるまい」

「大司教様はあちらの控室でお待ちでございます」と看護婦が言った。

「母体の方は？」と医師の一人が訊いた。「このままでは危険な状態ですが……」

「それも併せて伺ってくる」

部長が部屋から出ていくと、医師たちは手術台の上のものをできるだけ見ないようにしながら、この事態の収拾について相談するというよりも、なぜこんな事態が出来したかをめぐって、憶測を混じえた繰り言をやりとりするだけだった。

「どうも途中から様子がおかしいんじゃないかということは羊水の検査でも見当がついていたけどね」

「そもそも、インリ博士の考え方にはついていけないものがあったからね」

「あの段階で人工分娩装置に移すべきだったんだ」

「いや、それは今になって結果を見たからこそ言えることだ。あの時は全員の判断で、自然分娩で行けるだろうと判断したじゃないか」

「結局は使った『精霊』に問題があったんだ」

「『精霊』たちの中に悪魔が紛れこんでいた、とインリ博士なら言いそうだな」

「出てきたものが悪魔よりひどいものだとすると、そう考えるしかないだろう」

「しかしそれだけかな。そう言っては何だが、ぼくは母体の方にも問題があったと見るね」

「母体とは誰のことか忘れてもらっちゃ困るね。そちらの方には問題があることは最初からわかっていたじゃないか。それだからこそ、こんな一か八かの方法を採らざるをえなかったんだ」

部長が戻ってくると、医師たちは話を止めてその顔を注視した。

「出てきたものは処分する」と部長は言った。

「母体は?」

「適当に処置せよとのことだ。つまりは」と言いながら部長は首を振って大司教の意思を伝えた。「アマノン夫人の意識が回復するのは困るということだ。そうなると、われわれとしては例の薬を使うしかない。この件については私が責任を取る」

そう言ってから、部長は看護婦に向かって永久睡眠薬注射の用意を命じ、自分はポケットから「タナトミン」と読めるラベルの貼られた瓶を取り出した。

気がついた看護婦が止めようとする暇もなく、外科部長はそれを飲みほした。そして激しく身震いしたかと思うと、そのまま窓を開け、踊るようにして姿を消したが、その瞬間、医師たちも看護婦たちも呆然として立ち竦んだままだった。人々が窓に駆け寄ろうとするのをインリ博士が静かに制した。

「騒いでも無駄だ。落ち着きなさい。タナトミンか。自殺誘発剤を飲んだようだな。彼ははやばやとこの世から出ていったが、諸君にはまだそれぞれの仕事が残っている。アマノン夫人にただちに永久睡眠薬を注射すること。責任は外科部長がとってくれたから、諸君がその点で困った立場に立たされることはない。それから、母体から取り出したものはただちに焼却すること。すべての処置が終わったら大司教様に御報告申し上げなさい」

そう言ってから、博士は開いたままの窓のところに歩み寄って、外科部長が飛び出していった空を眺めていたが、

「モノカミはわれわれに徒労を与えたもうたようだ」とつぶやいた。

「え？　何かおっしゃいましたか」と不審そうな顔をした若い医師に、インリ博士は微笑を浮かべて首を振ると、

「いや、何、大丈夫だよ。私はここから逃げだしたりはしないということだ」と言った。

博士の唯一の希望は、いずれ喚問される異端審問の場で、自分の考えをすべて述べたのち、モノカミ教の古式に則って、公開の広場で処刑されることだったが、その希望を他人と分かち合う気はなかったのである。

付録・アマノン語辞典

第二章　尋問

ラオタノス　「ラオタン」の蔑称。
ラオタン　男性器切除手術を受けて「宦官《かんがん》」化した人間。
スペゲス　特別重要な賓客。
アメカン語　「アメカン」はある古代国家。
ホルマリズム　形式主義。「ホルマリスト」は形式主義者。
ヒーリング　感じ、感触。

第三章　晩餐会《ばんさんかい》

ボイ　給仕。
カッペ・スタイル　田舎風。
トキオ　アマノン国の首都。

ダントツ　断然第一位。
パードレ　モノカミ語で、モノカミ教団の司祭の地位にある者を呼ぶ時の尊称。

第四章　首都への旅

マネ　貨幣。
キオト　アマノン第二の都市。近くに「仙山《せんざん》」の名勝がある。
テーセレモニー　社交的な茶会。
ブッダ教　古代語では「仏教」。
シントイズム（シントー教）　古代語では「神道」。

第五章　美少女ヒメコ

特調　特別調査室の略。内閣直属の秘密調査機関。
モノカミズム　一神教。
パンカミズム　汎《はんしん》神論。
無カミズム　無神論。

オジン　子供が男の大人を呼ぶ時の蔑称。
エントロペ　「エントロピー」（無秩序の尺度）の訛ったもの。

第六章　トキオ到着

ビジマン　会社に所属して働いている人間。
サバント　各種の対人サービスを提供する専属の人間。古代語では「召使い」。

第七章　インタ化調査委員会

ピップ　重要人物、エリート、上流階級の人間。古代語のＶＩＰが訛ったものか。
インタ化　国際化。
フリトキ　「フリー・トーキング」の略。自由な議論。
バリヤ　侵入防止装置。
バスコン　産児制限。
アボション　妊娠中絶。
ノーコメ　ノー・コメント。

セクレ　ピップ専属の若い秘書兼愛人。

第八章　首相との会見

エロ　愛、特に肉体関係を伴わない「純愛」。
ロリコン　少女に対する純愛。特に初潮前の少女を対象とするもの。
イモタル人間　不死人間。
ビジー　多忙。
ヒクサー　まとめ役。
マスメデ　新聞、雑誌、テレビ、ラジオなどのこと。マスコミともいう。

第九章　ヒメコとの契約

ヒジカル　物理的な、身体的な。
アブⒶ　変態、異常。
ポルノ　ピップがひそかに見ている秘密映画やアングラ・ショーのことで、内容は大概男女の間のアブなセックス。

ロマンス　子供や大衆向きのエロ小説。
ロマン　本格的な小説。
カッコい　恰好がいい。
エクスタシス　エクスタシー、神がかりなど、忘我の状態。
アングラの男　正規の手続で生まれたのではない、したがって正規の国籍をもたない男。
レンタル子宮　貸し子宮。
チャーミン　魅力的。

第十章　トライオン博士訪問

シュキオロジー　アマノンの古典的な学問。
タオロジー　古い自然哲学の一種。「タオ」とは古代語で「道」のこと。
タイザン　「仙山」と並ぶ名勝。
ヘリコプラ　ヘリコプター。
アマ　古代語で「女」のこと。
オン　古代語で「雄」、「男」のこと。

第十一章　アマノン史の謎

ヨッシャ・ヨッシャ　「ヨッシャ」はモノカミの英雄の名で、転じて難局に立ち向う不屈の態度を指して使われるようになった。

オッス革命　男性化革命、アマノン国に男性を復活させる革命。

第十二章　ミヤコスとの一夜

マネジメ　マネジメントの略。経営。管理。

ラブ　ピップとセクレの相互愛撫のこと。

メリト　利点、取柄。

アブⒷ　成人男女の性交。ピップがひそかに見る映画やアングラ・ショーで演じられる。

第十三章　宗教番組「モノパラ」

モノパラ　「モノカミのパラダイス」の意。

デレクタ　ディレクター。

アマ下り　「アマノン下り」の略。天下りの意。

ヒルム　フィルム。

コマヒル　「コマーシャル・フィルム」の略。

メセジ　メッセージ。

パラモン教　自殺を説き、実行する宗派。「パラモン」は「パラダイスの門」の意。

マス　一般大衆。

ムジク　音楽。

シンセ　シンセサイザー。

イメジ　イメージ。

ポゼッション　憑依《ひょうい》。

スルリ　「スリル」の現代語。

アイデヤ　思いつき。

スポンサ　番組の提供者。放映時間の四分の一ほどの時間を自由に使って自社の宣伝をする。

サ、サ、ヤー、トコー、……　古代ヘブライ語または「伊勢音頭」から伝わったものではないかと推定されているモノカミ語の『神聖契約書』の有名な一節。古代ヘブライ語の原義は、「汝ら喜び悦べ、エホバ仇敵を海に投げ給へり、エホバは憐れみ深く在すなり、

我エホバを讃へまつらん、彼呼び出し、かつ救ひ給へり、彼は樹て給へり、指導者のモーゼを」の意味。伊勢音頭では、

ササ　ヤートコセ　ヨーイヤナ　アリャ

リャ　コレワイセ　コノナンデモセ

という囃し言葉となっているが、両者はもとは同じであるという説もある。

第十四章　秘境探訪

エンペラ　皇帝。

イモタル郷　イモタル人たちが隠れ住んでいる秘境。

ジラシ　嫉妬。

パートナ　相棒。

しなびた　古代語の「ひなびた」が訛ったもの。

カイジン　アマノンの俗語で「外国人」、「女にあらざるもの、つまり男」の意味。「怪人」と「外人」とが混用されたものか。

ババ　都会の住人でない、若くない、インテリでない女のこと。

ババい　「ババ」から来た形容詞。

フセ　寺院に対する宗教的寄附。
ボランチャー　「ヴォランティア」の訛ったもの。

第十五章　ユミコス首相との一夜

ガング　「ギャング」の訛ったもの。
ホーマル　格式張った、正式の。
ロギョ　古代のスズキという魚のことか?
タナトミン　シニコス博士によって開発された自殺誘発剤。
パイポ　「パイプ」が訛ったもの。
アシスタン　助っ人。

第十六章　エンペラ謁見記

パレス　宮殿。
アマノミコトス　アマノン神話の男の主神。
ヨミ　エンペラ家のあるアマノン国の古都。

第十八章　エイオスの館

ラックスする　楽にする、くつろぐ。「リラックスする」の訛ったものか。
スモ　アマノンの古典的な格闘技。
メイサントン　アマノン特産の食肉用家畜。

P+D BOOKS ラインアップ

三匹の蟹　大庭みな子
● 愛の倦怠と壊れた〝生〟を描いた衝撃作

アニの夢 私のイノチ　津島佑子
● 中上健次の盟友が模索し続けた〝文学の可能性〟

冥府山水図・箱庭　三浦朱門
● 〝第三の新人〟三浦朱門の代表的2篇を収録

虚構の家　曽野綾子
● 〝家族の断絶〟を鮮やかに描いた筆者の問題作

地を潤すもの　曽野綾子
● 刑死した弟の足跡に生と死の意味を問う一作

幼児狩り・蟹　河野多恵子
● 芥川賞受賞作「蟹」など初期短篇6作収録

P+D BOOKS ラインアップ

海市　福永武彦　●親友の妻に溺れる画家の退廃と絶望を描く

風土　福永武彦　●芸術家の苦悩を描いた著者の処女長編作

夜の三部作　福永武彦　●人間の〝暗黒意識〟を主題に描く三部作

黄昏の橋　高橋和巳　●全共闘世代を牽引した作家〝最期〟の作品

生々流転　岡本かの子　●波乱万丈な女性の生涯を描く耽美妖艶な長篇

長い道　柏原兵三　●映画「少年時代」の原作〝疎開文学〟の傑作

P+D BOOKS ラインアップ

アマノン国往還記　倉橋由美子　●女だけの国で奮闘する宣教師の「革命」とは

ソクラテスの妻　佐藤愛子　●若き妻と夫の哀歓を描く筆者初期作3篇収録

女優万里子　佐藤愛子　●母の波乱に富んだ人生を鮮やかに描く一作

山中鹿之助　松本清張　●松本清張、幻の作品が初単行本化！

白と黒の革命　松本清張　●ホメイニ革命直後　緊迫のテヘランを描く

花筐　檀一雄　●大林監督が映画化、青春の記念碑作「花筐」

P+D BOOKS ラインアップ

虫喰仙次　色川武大　●戦後最後の「無頼派」、色川武大の傑作短篇集

小説 阿佐田哲也　色川武大　●虚実入り交じる「阿佐田哲也」の素顔に迫る

ぼうふら漂遊記　色川武大　●色川ワールド満載「世界の賭場巡り」旅行記

親友　川端康成　●川端文学「幻の少女小説」60年ぶりに復刊！

廻廊にて　辻邦生　●女流画家の生涯を通じ〝魂の内奥〟の旅を描く

夏の砦　辻邦生　●北欧で消息を絶った日本人女性の過去とは…

P+D BOOKS ラインアップ

眞晝の海への旅 辻 邦生
●暴風の中、帆船内で起こる恐るべき事件とは

鞍馬天狗 1 角兵衛獅子 鶴見俊輔セレクション 大佛次郎
●〝絶体絶命〟新選組に取り囲まれた鞍馬天狗

鞍馬天狗 2 地獄の門・宗十郎頭巾 鶴見俊輔セレクション 大佛次郎
●鞍馬天狗に同志斬りの嫌疑！ 裏切り者は誰だ！

鞍馬天狗 3 新東京絵図 鶴見俊輔セレクション 大佛次郎
●江戸から東京へ時代に翻弄される人々を描く

鞍馬天狗 4 雁のたより 鶴見俊輔セレクション 大佛次郎
●〝鉄砲鍛冶失踪〟の裏に潜む陰謀を探る天狗

鞍馬天狗 5 地獄太平記 鶴見俊輔セレクション 大佛次郎
●天狗が追う脱獄囚は横浜から神戸へ上海へ

P+D BOOKS ラインアップ

罪喰い　赤江 瀑
●〝夢幻が彷徨い時空を超える〟初期代表短編集

春喪祭　赤江 瀑
●長谷寺に咲く牡丹の香りと〝妖かしの世界〟

おバカさん　遠藤周作
●純なナポレオンの末裔が珍事を巻き起こす

宿敵 上巻　遠藤周作
●加藤清正と小西行長　相容れぬ同士の死闘

宿敵 下巻　遠藤周作
●無益な戦。秀吉に面従腹背で臨む行長

銃と十字架　遠藤周作
●初めて司祭となった日本人の生涯を描く

P+D BOOKS ラインアップ

ヘチマくん　遠藤周作
●太閤秀吉の末裔が巻き込まれた事件とは？

フランスの大学生　遠藤周作
●仏留学生活を若々しい感受性で描いた処女作品

春の道標　黒井千次
●筆者が自身になぞって描く傑作〝青春小説〟

裏ヴァージョン　松浦理英子
●奇抜な形で入り交じる現実世界と小説世界

快楽（上）　武田泰淳
●若き仏教僧の懊悩を描いた筆者の自伝的巨編

快楽（下）　武田泰淳
●教団活動と左翼運動の境界に身をおく主人公

（お断り）

本書は１９８９年に新潮社より発刊された文庫を底本としております。
あきらかに間違いと思われるものについては訂正いたしましたが、
基本的には底本にしたがっております。
また、底本にある人種・身分・職業・身体等に関する表現で、現在からみれば、
不当、不適切と思われる箇所がありますが、著者に差別的意図のないこと、
時代背景と作品価値とを鑑み、著者が故人でもあるため、原文のままにしております。

倉橋由美子（くらはし ゆみこ）
1935年（昭和10年）10月10日―2005年（平成17年）6月10日、享年69。高知県出身。1961年『パルタイ』で第12回女流文学者賞受賞。代表作に『聖少女』『スミヤキストＱの冒険』など。

P+D BOOKS

ピー プラス ディー ブックス

P+Dとはペーパーバックとデジタルの略称です。
後世に受け継がれるべき名作でありながら、現在入手困難となっている作品を、
B6判ペーパーバック書籍と電子書籍で、同時かつ同価格にて発売・配信する、
小学館のまったく新しいスタイルのブックレーベルです。

アマノン国往還記

2018年6月12日　初版第1刷発行

著者　倉橋由美子
発行人　清水芳郎
発行所　株式会社　小学館
〒101-8001
東京都千代田区一ツ橋2-3-1
電話　編集　03-3230-9355
販売　03-5281-3555
印刷所　昭和図書株式会社
製本所　昭和図書株式会社
装丁　おおうちおさむ（ナノナノグラフィックス）

ISBN978-4-09-352341-7

P+D BOOKS